U0030366

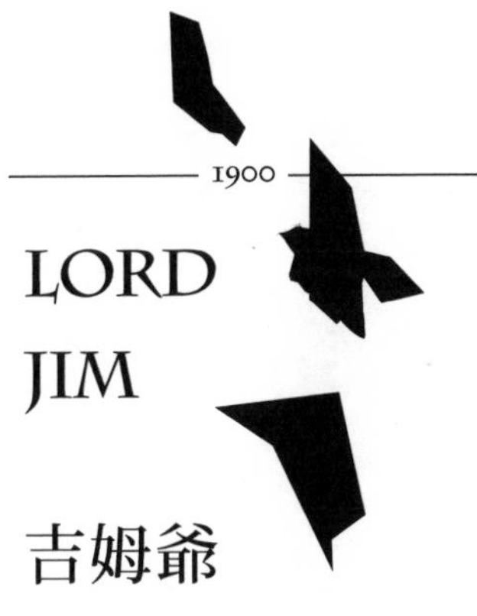

1900

LORD JIM

吉姆爺

Joseph Conrad　約瑟夫・康拉德

陳錦慧——譯

〈導讀〉

背對高山憂鬱的暮光

國立臺東大學英美語文學系副教授　鄧鴻樹

一八七三年五月，瑞士弗卡山隘。一名十六歲的波蘭少年站在峰頂俯視阿爾卑斯山谷：山路蜿蜒，陡坡裸露的岩層如同浮雕，可見冰川懾人的刻痕。少年遠眺雄偉山景，逐夢雄心油然而生：他想暢遊七海，航向了不可見的海平線。

兩年後，年僅十八歲的他隻身前往馬賽，登上一艘法籍帆船成為見習生，開啟近二十年的航海生涯。他從船員一路做到船長；後來，他輾轉落腳英國，渡過三十年的寫作人生。他的作品捕捉各種人物的夢想、幻滅，與活下去的勇氣。他就是揭開現代英國文學序幕的船長作家康拉德。

充滿傳奇的兩段人生

康拉德是波蘭人，出生於波蘭南部一個小城（現烏克蘭西北部）。當時波蘭因列強瓜分而亡國，他父親參與獨立運動受到迫害，全家慘遭流放。艱苦的放逐生活重挫這一家：短短六年內，雙親相繼過世，小康拉德淪為亂世孤兒。

身為「異議份子」之子，康拉德很清楚唯有離鄉才能擁有自己的人生。他二十一歲踏上英國土地，加入英國商船服務。那時，他所知道的英文「不超過六個字」。他用第一份薪水買了《莎士比亞全集》，刻苦自學。莎翁精練的文筆深深影響康拉德；莎劇的悲情元素成為他日後寫作的一貫主題。

康拉德二十九歲歸化英國籍，順利取得帆船船長資格。跑船期間，他周遊東南亞、大洋洲等地，體驗異國文化。不過，他的航海夢過得並不順利。當時正值帆船航運沒落，穩定職缺難尋。康拉德三十七歲再次人生急轉彎：他決定回到陸地改行當作家。自學英文不到二十年便能以此外語專職寫作進而成為文豪，這項寫作成就在英國文學史上至今無人能及。

康拉德離鄉四十年後才再次踏上故鄉土地。或許因為長年漂泊異鄉，他終其一生寫下許多離散的故事，探究放逐與回歸的糾結。他於自傳寫道：「要解釋人性各種矛盾之間密切的依存關係，怎麼說也說不清：為何有時心中的愛會被迫以背叛的形態呈現。」《吉姆爺》正是一部把愛與背叛說個明白的傳世鉅作。

逐夢的代價

《吉姆爺》記敘一位流落異域的英國水手離鄉逐夢的故事。這部小說具有強烈的自傳色彩，是康拉德最知名的代表作。

吉姆從小嚮往成為冒險故事的英雄人物：「他永遠是盡忠職守的典範，跟書裡的主角一樣義無反顧」。然而，現實生活遠比冒險故事更為嚴苛。有次出航，吉姆服務的輪船遇上緊急事故，情急下他隨船員私下逃生。吉姆不僅當不成英雄，反而遭受吊銷執照的恥辱。這件海事醜聞讓他無顏返鄉，淪為「被放逐的海員」。他要如何扭轉失去榮譽的慘澹人生？一位歷盡滄桑的老船長徹夜說出吉姆不為人知的故事。

如莎劇《奧賽羅》所示，一個人若失去名節，生命將毫無價值；《哈姆雷特》則揭示，「要活，還是不要活，正是問題所在」。《吉姆爺》重溫莎翁大哉問：失去榮譽後，要如何保有尊嚴活下去？

吉姆在生死關頭選擇救自己，儘管有違職業操守，絕非懦弱無能。老船長很同情吉姆的處境：「坦然接受死亡的人不算少，卻很少有人會披上『決心』這堅不可摧的盔甲，在大勢已去的戰鬥中堅持到最後一刻」。吉姆身陷「物質世界生與死相互牴觸的訴求」，栽入自我救贖的深淵。這位青年的悲劇揭露一個殘酷真相：唯有「在毀滅的力量裡沒頂」，才能練就堅如磐石的生存意志「追逐夢想，直到永遠……」。

被夢想俘虜

為求谷底翻身，吉姆前往一處偏遠自治區擔任貿易代理人：

那片土地注定為他歌功頌德，從內陸的藍色山峰到海岸的白色浪花，無一例外。河流第一次轉彎後，他就看不到大海了（大海辛勤的浪濤永遠升起又落下，消失再升起，正是勞苦人們的寫照），眼前是深深扎根在土壤裡無法動彈、迎著陽光賣力生長的森林。森林代代相傳的昏暗力量生生不息，就像生命本身。

吉姆在當地追剿盜匪、促進貿易，發揮武力征服的道德效益，成為傳奇人物。他的作為正如十九世紀中葉治理砂拉越的英籍「白王」（the White Rajah）布魯克（James Brooke, 一八〇三～一八六八）：以「白人主子」之姿爲英式殖民主義立下楷模。

吉姆在邊陲打造英雄國度的手段不僅「政治正確」，經濟行為也是如此。身為英國船員，吉姆很清楚當地農特產（燕窩、蜂蠟）極具經濟價值。他特別在當地開墾咖啡園。咖啡樹並非當地原生作物，十七世紀由歐洲人引入爪哇與蘇門答臘。該區高海拔山地所產之曼特寧咖啡（Mandheling）舉世聞名，成為重要輸出品。因此，從政治與經濟角度來看，吉姆的英雄大業有賴外界殖民體系庇護才得以實踐。

然而，如老船長指出，英國海員信奉一個核心價值：「必須堅定地相信我們自己種族的觀念是真實的」。同文同種的國族認同不可撼動：「我們必須在自己的族群裡奮鬥，否則我們的生命就沒有意義」。可是，吉姆遠赴「原始森林」，替他族奉獻青春。家鄉同胞該如何衡量吉姆的成就呢？老船長點出一個難題：「重點是吉姆沒有跟他自己以外的任何人有所往來。所以問題在於，他最後有沒有接受某個比秩序與進步的規則更強大的信仰」。

吉姆能否超越強大的國族信仰，成為自己命運的主人？老船長語帶保留：「他在那裡贏得的信任、名聲、友誼和愛情，既讓他成為主人，也讓他淪為俘虜」。吉姆在森林憂鬱的暮光下逐夢，了不可見的湛藍大海愈加遙不可及，歸鄉的衝動愈加徒勞無功。吉姆自始至終被白人的幻夢所擄獲，無法掙脫國族身分的詛咒。吉姆的掙扎令老船長不勝唏噓：「人的心夠開闊，裝得下整個世界。扛起重擔固然勇氣十足，但放下重擔的勇氣在哪裡？」。後來，吉姆再度被捲入愛與背叛的漩渦，最終被迫以激烈手段體現「放下重擔的勇氣」。

一九二四年八月，聲望如日中天的康拉德不幸與世長辭。法國作家紀德於悼文表示：「沒有人能像康拉德那樣瀟灑過活；也沒有人能像他那樣沉穩、敏銳、深具會意地將人生化為藝術。」紀德是一九四七年諾貝爾文學獎得主，非常崇拜康拉德。喜愛法國文學的康拉德晚年與紀德有密切的書信往來。紀德最欣賞的作品就是《吉姆爺》；長篇代表作《梵蒂岡地窖》第五部特引用《吉姆爺》名句作為卷首語：「只有一個辦法！只有一件事能讓我們治好自己」。康拉德逝世百年後，要如何治癒人生仍是無解的大哉問。故事結尾，吉姆「驕傲又無畏的短暫一瞥」看到了什麼答案？老商人揮別深山蝴蝶的手勢已默默道出一切。

目錄

作者的話

這部作品首度以書本形式問世之後，有人說我被文字駕馭。某些評論家認為，這本書原本是短篇小說，後來的發展脫離作者的掌控。其中一兩位從書中找出證據佐證他們的論點，似乎頗為自得其樂。他們認為這種敘事手法有缺陷，因為沒有人能說那麼久的話，也不會有人花那麼多時間去聽。他們說，這種事不太可信。

我反覆思索了大約十六年，覺得無法認同。不管是在熱帶或溫帶地區，都有人閒坐大半個晚上，分享彼此的故事。相較之下，這部作品只說一個故事，而且屢屢停頓，提供許多喘息空間。至於聽眾的耐心，想必只要故事有趣，就不會是問題。這段故事必然是有趣的，如果我不這麼認為，當初就不會動筆寫下來。至於具體的可能性，我們都知道某些議員在國會發表演說時，三小時不算多，接近六小時者比比皆是。反觀書中人物馬洛口述的所有內容，全部誦念一遍多半花不了三小時。再者，雖然我排除了故事裡所有無關緊要的細節，但我們不難猜到，當天晚上必然備有飲料或茶點，比如一杯蘇打水，讓敘述者潤潤喉。

言歸正傳，真實的情況是，我最初的構想是寫一則短篇故事，只描述朝聖船那段情節。這個想法合情合理。只是，寫了幾頁之後，基於某些原因，我對那些內容不太滿意，於是擱置了一段時間。後來我之所以再把那些東西從抽屜裡拿出來，是因為當時還在人世的出版商威廉・布雷伍德先生（William Blackwood）希望我再為他的雜誌提供文稿。

直到那時我才意識到，朝聖船那段情節是個不錯的起點，可以發展成一篇恣意揮灑的故事。另外，這個事件也恰到好處，正可以透過一個單純又敏銳的人物烘托「生存的全部感受」。不過，在那個時候，這些初步的心境與內心的感觸都還相當模糊。即使事隔多年後的此刻，也沒有變得更清晰。

我擱置的那幾頁文稿在題材的選擇上有一定的重要性，但所有內容都用心重寫一遍。我重新動筆之後，就知道這會是一部長篇，卻沒有預料到它會在雜誌上連載十三期。

偶爾有人問我，在我的全部作品之中，這是不是我最喜歡的一部。不管在公開場合或私底下，我非常不願意對事物表現出偏好，即使涉及作家與自己的作品之間的微妙關係，也是如此。原則上，我不會有最喜愛的作品。不過，如果有人偏愛《吉姆爺》，我也不至於為此悲傷或惱怒，我甚至不會說我「無法理解……」不會的！只是，有一回我倒是感到困惑又驚訝。

有個朋友從義大利回來之後告訴我，那裡有位女士不喜歡這本書。我當然覺得遺憾，但令我吃驚的是她不喜歡的理由。她說，「那本書太病態。」

她這句話讓我苦苦思索一小時。最後我得出結論：首先，以女性的正常鑑賞力而言，這本書的題材確實相當陌生。但即使納入這點考量，我仍然斷言那位女士不是義大利人，甚至推測她根本不是歐洲人。無論如何，只要是拉丁裔，就不可能覺得名譽受損時的痛苦感受是一種病態。這種感受或許錯、或許對、或許會被指責為虛假，我的吉姆或許也不是大眾化的類型，但我可以向讀者保證，他絕不是出自冷漠變態的思想，也不是北方迷霧中隱約朦朧的身影。某個陽光明媚的早晨，在東方某個錨地的尋常背景裡，我看見他的身影從眼前走過：引人注目、意味深長、背負質疑、沉默不語。正該如此。我的責任是發揮我所有的同情心，用貼切的文字闡明他的意義。他是「我們的一份子」。

約瑟夫・康拉德
一九一七年

我所篤信的，只要有另一個人認同，可信度就無限增強。

——諾瓦利斯[1]

1. Novalis，本名Friedrich von Hardenberg（一七七二～一八〇一），德國浪漫主義作家。這段卷首語摘自他的《隨筆斷片》（*Fragmente*）。

第一章

他身高將近一百八十公分，或許少個幾公分，體格壯碩。他會筆直走向你，雙肩微縮，腦袋向前伸，視線由下往上盯著你，像極了埋頭衝刺的公牛。他的嗓音低沉洪亮，舉手投足之間流露出強硬的主見，卻沒有侵略性。那種態度好像是不得不然，而且顯然不只對別人，對自己也是如此。他的外表乾淨整齊，從鞋子到帽子全然雪白，沒有丁點瑕疵。他是船舶用品商的海上銷售員，在他執行業務的幾個東方港口有一定的知名度。

海上銷售員不需要通過任何形式的考驗，但他必須擁有理論上的能力，並且能實際表現出來。他的工作是在船帆、蒸汽與船槳之間跟其他銷售員競爭，看見船隻進港準備下錨，立刻趕過去、笑盈盈地跟船長打招呼，拿出船舶用品商的名片硬塞過去。他會含蓄卻堅定地引導初次上岸的船長去到一處洞穴般的廣大商鋪，裡面堆滿船舶上的吃食或飲品，也有各式各樣的商品，能讓船舶更經得起風浪，或更美觀大方，例如一整套錨鏈吊鉤，或一整本裝飾船尾雕刻的金箔。船長會在商鋪裡受到熱情接待，不曾謀面的船舶用品商見到他像見到親兄弟。商鋪裡有間涼爽的接待室，裡面有安樂椅、酒、雪茄、書寫用具、港口規章，還有溫馨的招待，足以融解三個月的海上生活在船員內心堆積的鹽分。船隻停泊海港的期間，銷售員會每天拜訪船長，維繫這份情誼。對於船長，銷售員像朋友一樣忠誠，像兒子一般殷勤，有約伯的耐心[2]，有女子的無私奉獻，也有好哥兒們的痛快。最後他會把帳單送過去。這是一份充滿人情味的完美職業，所以出色的海上銷售員並不多見。海上銷售員如果擁有理論上的能力，又從小接觸航海，就值得雇主高薪聘用，遷就迎合。吉姆向來收入不錯，雇主對他的包容也足以博得惡魔的忠心。然而，他卻總是無情無義不知感恩，冷不防辭掉工作甩頭就走，提出的辭職理由很難說服雇主。他一轉身，雇主就罵，「該死的笨蛋！」這是他們對他靈敏的感受力做出的批判。

對於在港口謀生的白種人和來來往往的船長，他只是「吉姆」，如此而已。當然，他還有姓氏，但他害怕被人提起。他隱瞞那個身分是為了掩蓋某件事，而不是為了掩飾他的個性。只是，他隱姓埋名的效果不佳，像個篩子漏洞百出。當那件事突破他的假身分暴露出來，他會立刻離開當時所在的海港，轉移到另一處，通常是一步步往東方推進。他選擇留在海港，是因為他是個被放逐的海員，失去航海的資格，雖然擁有理論上的能力，但這種能力除了做海上銷售員，沒有其他用處。他有條不紊地朝太陽升起的方向撤退，那件事也緊緊跟隨他的腳步，不經意，卻不可避免。就這樣，幾年下來，他先後在孟買、加爾各答、仰光、檳城和巴達維亞[3]闖出名號。而在每一個停靠站，他只是海上銷售員吉姆。最後，當他敏銳的感知再也無法承受，他被迫永遠離開海港和白種人，甚至深入原始森林，選擇將自己可悲的能力隱藏在叢林聚落裡。那裡的馬來人在他的名字前面附加一個稱謂，喊他 Tuan Jim，亦即「吉姆爺」。

他出身牧師家庭，很多優質商船的船長都來自這種虔誠祥和的家庭。吉姆的父親對於

「不可知者」擁有一定的知識，足以引導村莊居民過著正直的生活，卻又不至於擾亂豪宅貴人平靜的心靈。那些貴人能住在華麗府邸裡，是萬無一失的上帝的旨意。山丘上那座小教堂色澤青灰，像掩映在參差綠葉間、布滿青苔的岩石。它已經在那裡矗立幾百年，不過周遭的樹木或許還記得當初砌下第一塊基石的情景。底下的牧師寓所周遭有草地、花圃和杉木，後側是果園，左邊馬廄外的空地鋪了石板，緊靠磚牆搭建的溫室有一片傾斜的玻璃屋頂，這一切烘托出屋子緋紅門面的溫暖色調。牧師這個職位在家族已經傳了幾代，但吉姆還有四個兄弟。他看過一系列假日休閒讀物之後，對航海生涯心生嚮往，家人立刻將他送上「商船高級海員培訓船」。

他在那裡學了三角函數，也學會如何在上桅帆桁行走。他人緣還不錯，領航技能第三名，划船時坐在第一艘小艇的船頭。他有冷靜的頭腦和健壯的體格，在桅頂的表現格外傑出。他的崗位在前中桅，經常在那裡俯瞰大地，懷著注定在險境中大放異彩的傲氣，眺望被棕色溪流切割成兩片的住宅群靜謐的屋頂。工廠的煙囪聳立在周遭的郊野上，筆直插向污濁的天空，一根根彷彿細長的鉛筆，像火山似地噴著煙氣。他看見大船出港，寬廣的渡輪穿梭往來，小船漂浮在水面上，離他的腳底有一大段距離。遠處是隱約朦朧的壯闊大海，他在冒險世界度過精彩人生的希望就在那裡。

2. 典故出自《聖經．約伯記》，約伯善良虔誠，即使遭受諸多苦難，仍然耐心地相信上帝。

3. Batavia，印尼首都雅加達舊稱。

在下層甲板被兩百個人的喧鬧聲包圍時他會走神，預想自己過著休閒小說裡的航海生活。他看見自己在船難事件中救人、頂著颶風砍倒桅杆、繫著繩索游過一道浪頭，或者成為船難後唯一的倖存者，打著赤腳衣不蔽體，在裸露的礁石上尋找貝類充飢。他在熱帶海岸對抗野蠻人，在公海平息叛變，在汪洋大海中的小船上鼓舞頹喪的同伴。他永遠是盡忠職守的典範，跟書裡的主角一樣義無反顧。

「出事了！跟我來。」

他猛地站起來，其他男孩湧向梯子往上爬，上面傳來奔走叫嚷聲。出了艙口後他站定不動，彷彿不知所措。

那是某個冬日的黃昏，當天中午風勢開始增強，河上交通已經停擺。強風陣陣襲來，力道堪比颶風，那隆隆聲像轟過海面的大炮。暴雨似傾斜的布幕般潑灑下來，時強時弱。吉姆偶爾瞥見驚悚景象：浪濤在翻滾，岸邊的小船被吹得推擠碰撞顛簸起伏，湧動的霧氣中偶見靜止的建築物，停泊的寬身渡輪扯著錨鏈笨重地搖晃，廣闊的浮橋忽高忽低劇烈震動，被水霧籠罩。下一陣強風似乎捲走這一切，空中滿是飛濺的水花。暴風來勢兇猛，彷彿衝著他來，尖嘯嘶鳴怒氣騰騰，天地之間狂暴動盪。他嚇得無法呼吸，明明站定不動，卻覺得天旋地轉。

他被人推來擠去。「上小艇！」男孩們從他身旁跑過去。一艘進來避風的近海貿易船撞上停泊的雙桅縱帆船，訓練船有個指導員目睹事件發生。一群男孩爭先恐後爬過欄杆，聚集在吊艇柱旁。「撞船。就在前面。西蒙斯先生看到了。」他被推了一下，踉踉蹌蹌倒向後桅，好不容易抓住繩索。這艘老邁的訓練船繫著停泊鏈，渾身顫抖，緩緩地向強風低頭，為數不多的索具以低沉的歌聲輕輕哼唱她在海上的青春歲月。「下水！」他看見小艇載著槳手迅速降到欄杆下方，急忙追過去。他聽見啪啦聲。「鬆手！解開吊索！」他俯身向前。周邊的河水萬馬奔騰，白浪條條。昏暗暮色中還看得到小艇被浪濤和暴風定住，一時之間停滯不前，跟大船並列，船身猛烈震盪。他依稀聽見船上有人吶喊，「你們這些小子，繼續划！如果想救人，就賣力划！」小艇的船頭突然揚起，在船槳高舉時跳過一波大浪，打破風浪施加在她身上的魔咒。

吉姆意識到自己的肩膀被牢牢抓住。「年輕人，晚了一步。」船長的手按住吉姆，因為吉姆好像打算往外跳。吉姆抬頭看著船長，眼裡有挫敗的痛苦。

船長露出同情的笑容。「祝你下次好運。經過這次，你的反應會更敏捷。」

高亢的喝采聲迎接小艇的歸來。小艇上的水已經半滿，兩個累癱的人躺在底板上，被水沖刷著。到了這時，強風和大海的翻騰與威脅在吉姆眼中顯得不足掛齒，他更加後悔早先被它們虛張的聲勢嚇退。現在他知道該怎麼看待風浪的威脅。他覺得自己根本不在乎暴風，覺得自己能面對更大的危險。他會做到，會做得比任何人都好。他心裡再沒有一絲恐懼。那天晚上吉姆遠離眾人獨自沉思。小艇的頭槳手（一個長得像女孩，有一雙灰色大眼睛的男孩）在下層甲板出盡風頭，眾人圍著他熱切地提問。男孩說，「我看到他的腦袋浮浮沉沉，連忙把船鉤拋進水裡。船鉤勾住他的褲子，我差點落水。我以為我要摔出去了，還好西蒙斯趕緊放開舵柄抓住我的腿，小艇差點沉了。西蒙斯這老小子還不賴，我一點都不在乎他動不動對我們發脾氣。他抓到我的腿的時候臭罵我一頓，不過他只是用這種方式提醒我別把船鉤扔了。你們覺不覺得西蒙斯很愛生氣？不，不是皮膚比較白那個小子，是另一個，留鬍子那個大塊頭。我們把他拉上船的時候他哀哀叫，『噢，我的腿！我的腿！』然後兩眼一翻。那麼大個人竟然跟女孩子似的說暈就暈。你們哪個人被船鉤勾到會暈過去？我可不會。船鉤刺進他的腿，差不多這麼深。」他拿出專程帶下來為大家演示的船鉤，掀起一陣騷動。「不是，傻瓜！拉住他的不是他腿上的肉，是他的褲子。當然也流了不少血。」

吉姆覺得那是虛榮心的可悲展現。強風本身就是虛張聲勢的紙老虎，它激發出的英勇氣概自然也虛偽不實。他氣惱天地的狂暴動盪，攻得他措手不及，極不公平地阻撓他在驚險中施展完美的逃生技能。否則的話，他其實相當慶幸自己沒有擠進小艇，因為他已經得到另一項不那麼輝煌的成就：他獲得的知識比參與救援行動的人更多。那麼，當所有人都退縮，他確定只有他知道該怎麼應付強風與大海的虛假威脅。他知道該怎麼看待那樣的威脅。冷眼去看，那威脅似乎不值一提。他覺得自己心中沒有殘留任何情緒。那起驚人事件的最終結果是，他遠離那群吵鬧的男孩，在沒有人注意到的地方歡欣鼓舞，因為他重新燃起對冒險的熱情，覺得他的勇氣有許多面向。

第二章

經過兩年的訓練，他出海去了，走進那個他的想像力無比熟悉的領域，卻發現那裡的冒險活動出奇匱乏。他航行許多次，體驗到海天之間的生活竟是這麼千篇一律：他必須忍受別人的挑剔、大海的刻薄和單調艱難的日常勞務。這些忍耐只有一個回報，那就是對這份工作的熱愛，可惜他沒有得到。但他不能回頭，因為再沒有什麼比航海生活更誘人、更幻滅、更難以擺脫。再者，他前途一片光明。他彬彬有禮、沉著穩重、個性溫順，充分了解自己的職責。不久之後，年紀輕輕的他已經在一艘條件不錯的船舶當上大副。海上有些事件會顯露人的內在價值，考驗他的性情，測試他的能力，不但向別人、也向自己揭露他有多少抵抗力，虛假外表下又隱藏什麼樣的真面目。這類事件他還沒有經歷過。

大海狂暴的一面不像人們想像中那樣頻繁出現。那段時間裡，他只有一次再度瞥見大海真切的怒氣。驚濤駭浪中的危險有許多不同層次，只有在偶然的情況下，才會在事件的表面顯露出殘暴的意圖。那是一種說不清道不明的東西，侵入人的思想和情感，讓他覺得那複雜的災禍或大自然的憤怒懷著惡意朝他而來，帶著無法抵擋的力道，以放肆的殘暴蓄意剝奪他的希望、他的恐懼、他的勞累痛苦和他對休息的渴望。企圖粉碎、破壞、消滅他所見、所知、所愛、享受過或憎恨過的一切，也就是他生命中珍貴且必要的一切，比如陽光、記憶與未來。換句話說，以奪走他的生命這簡單又駭人的行動，將整個寶貴的世界從他眼前徹底抹除。

某個星期險象環生，事後他的蘇格蘭籍船長總說，「老天！這條船竟能挺過來，實在是奇蹟！」那星期的第一天，吉姆被掉落的帆桁砸傷，無法動彈，臥床很長時間，感到茫然、頹喪、絕望，彷彿跌落深淵，惴惴不安，飽受折磨。他不在乎結果會如何，清醒的時候高估自己的漠然。危險如果不是親眼所見，就會像人類的思想般虛無縹緲，這時恐懼也變得飄忽不實，因為想像力這個人類的大敵、恐懼的源頭沒有被激發，仍然在情感疲乏的呆滯中沉睡。吉姆只能看見他顛簸搖晃的艙房一片凌亂。他躺在那個小型破壞現場裡，牢牢固定在床上，暗自慶幸他不必上甲板去。只是，時時有一股壓抑不住的痛楚抓攫他的身軀，他難受得在毛毯底下喘氣扭動。在這種痛苦的折磨下，強橫無知的生存本能在他心中激起絕望的渴求，想要不計代價逃離。而後天氣轉晴，他也不再多想。

只是，他的腳還沒痊癒，船抵達東方某個港口後，他不得不就醫治療。他的傷勢恢復得慢，於是被留了下來。醫院的白種人病房裡連他總共只有三個病人，其中一個是炮艦的管事，摔下艙梯跌斷了腿，另一個算是鄰近省份的鐵路包商，感染某種未知的熱帶疾病。包商覺得醫生是個笨蛋，偷偷服用一大堆他忠心耿耿的坦米爾[4]僕人私自帶進醫院的成藥。他們會一起聊聊人生經歷、玩玩紙牌，或穿著睡衣、打著呵欠在安樂椅上躺一整天，一句話都不說。醫院坐落在山丘上，微風從始終敞開的窗戶吹送進來，把柔和的天空、慵懶的大地和東方海域的迷人氣息帶進蕭索的病房。那微風裡夾帶著香氣，讓人想要從此沉睡，那是無盡的夢境附帶的贈禮。吉姆每天凝望花園灌木叢的另一邊，視線越過鎮上房舍的屋頂、越過海岸邊的棕櫚葉，看著海上那片錨地。那是前往東方的交通要道，點綴著繁花似錦的小島，被歡暢的陽光照耀著。那裡的船像玩具，它們靈敏活潑的行動像極了節慶的遊行。上方是永遠晴朗的東方天空，放眼望去直到海平線，都是靜靜微笑的東方海域。

他擺脫枴杖後立刻下山到鎮上去，尋找回家的機會，可惜一無所獲。等待的過程中，他自然而然在港口結識一些同行。這些人大致分為兩類，其中一類為數不多，不容易遇見。他們行跡隱密，總是精力充沛，脾氣像西印度海盜[5]、眼神像夢想家。這種人顯然生活在瘋狂迷宮裡，那裡面有各種計畫、希望、危險與事業。他們走在文明前端，潛伏在大海的陰暗區域。在他們夢幻般的生命中，建功立業似乎理所當然，死亡則是唯一的事件。其他大多數都是跟他一樣的人，因為某種意外流落到那裡，從此留在東印度各地的國內船舶擔任高級海員。如今他們害怕回本國服務，因為那裡工作條件比較嚴苛，對職責的要求更嚴格，更常受到海上暴風雨的威脅。他們已經習慣了東方海天的恆久平靜。他們喜歡短程航行、舒適的甲板椅和數量眾多的當地水手，也喜歡白種人這個特殊身分。他們畏懼艱苦的工作，過著輕鬆卻不穩定的生活，總是瀕臨被辭退、總是即將被聘用，在中國人、阿拉伯人和混血族群手底下打工。只要工作不勞累，他們不介意為魔鬼服務。他們滔滔不絕聊著時來運轉的事例：某

4. Tamil，分布在印度南部與斯里蘭卡東北部的民族。
5. buccaneer，指十八世紀盤據西印度群島掠奪西班牙船隻的海盜。

人在中國海岸當船長，是個好差事；某人在日本某個軍隊駐地謀到輕鬆的職位；某人在暹羅[6]海軍一帆風順。他們所有的言談、舉動和神態，他們的全身上下，都流露出軟弱與腐敗，流露出安然虛度一生的決心。

一開始，吉姆覺得那群多嘴多舌的傢伙表面上雖是海員，卻比形形色色的幻影更不真實。到最後，他看著那些人卻覺得挺有意思，因為他們做著不危險不勞累的工作，卻似乎樂在其中。時日一久，他心裡除了最初那份鄙視，又慢慢生出另一種心情。忽然之間，他放棄回家的念頭，變成帕特納號的大副。帕特納號是當地的蒸汽船，跟附近的山丘一樣古老，跟灰狗一樣精瘦，鏽蝕得比廢棄水箱更嚴重。船東是中國人，租給一個阿拉伯人，船長來自澳洲新南威爾斯省，算是變節的德國人，總愛公開咒罵自己的祖國。不過，他顯然仗著俾斯麥[7]政策的成功，狐假虎威地欺凌他不害怕的人，頂著紫紅色鼻子和紅褐色八字鬍，擺出一副「鐵血」神態。帕特納號外殼重新油漆、內部也粉刷一新之後，停靠在木造突碼頭旁噴著蒸汽。大約八百名朝聖者被驅趕上船，他們分別從三道舷梯湧上船，懷著信仰與追尋樂土的希望，赤裸的雙腳踩著挪著、不停歇地湧上船，沒有說話、沒有低語，也不曾回頭。他們走過欄杆後立刻向甲板的四面八方散開，向前後流動，溢入洞開的艙口，填滿大船內部每個角落，像水填滿水槽，像水流進裂隙或孔洞，像水面靜靜升起，跟容器的邊緣齊平。八百個男男女女，懷著信仰和希望、帶著情愛與記憶從南邊和北邊過來，從東方的邊緣地區過來，聚集在這裡。他們徒步穿行叢林小徑，順著溪流而下，搭乘馬來帆船渡過淺灘，划著小獨木舟從這座島去到那座島，經歷過磨難，見過奇特景象，被莫名的恐懼困擾，只有一份渴望支撐著他們。他們來自孤立在荒野上的小屋，來自人口密集的馬來聚落，來自海邊的村莊。在某個理念的召喚下，他們離開他們的森林和林間空地，脫離他們領袖的保護，放棄他們的富裕與貧窮，離開他們生長的環境和他們先祖的墓地。他們來的時候滿身塵土、汗水與污垢，披著破爛衣衫。體格強壯的男人帶領自己的親友；瘦削的老人急切前行、不奢望返鄉；小男孩無畏的眼神好奇地掃視；害羞的小女孩長髮蓬亂；怯懦的婦人裹得密不透風，懷裡緊抱著沉睡的幼兒，那些以髒污頭巾的邊角包裹的幼兒是嚴苛信仰下無意識的朝聖者。

「看看這些牛，」德裔船長對新來的大副說。

最後登船的是個阿拉伯人，他是這趟虔誠航行的領導人。他緩步走上船，穿著白色長袍、纏著碩大頭巾，威武又嚴肅。一隊僕從緊隨在後，扛著他的行李。帕特納號啟航，倒退駛離碼頭。

她朝兩座小島之間駛去，拐彎越過帆船停泊處，在一座山丘的陰影下兜了半圈，去到一片浪花飛濺的礁石附近。那個阿拉伯人站在船尾，高聲誦念海上旅者的禱辭，祈求至高者保佑這趟旅程，請求祂賜福苦難的人、滿足他們內心的願望。帕特納號在暮色中緩緩行駛在海峽平靜的水面上，她後方遠處矗立著不信神的人在險惡淺灘上建造的螺旋樁燈塔。燈塔的火

6. Siamese，泰國舊稱。

7. Otto Von Bismarck，一八一五～九八，德意志帝國首相，在新建立的帝國推行各種新政策，有「鐵血首相」之稱。

炬似乎對她眨了眨眼，像是嘲笑她這趟搭載信仰的使命。

她通過海峽，越過海灣，穿過北緯一度線繼續前行，不偏不倚航向紅海。她走在寧靜的天空下，走在灼熱、晴朗的天空下。燦爛的陽光將她包覆，那陽光讓所有思緒灰飛煙滅，讓內心的情感備受壓抑，擊垮一切動力與幹勁。在那不懷好意的耀眼天空下，湛藍深邃的大海依然平靜，沒有一絲擾動，沒有漣漪、沒有波紋，黏稠、停滯、死寂。帕特納號發出輕微的嘶聲，越過那片單調、明亮與平滑，在空中鋪展一條緞帶般的黑煙，在後方水面留下緞帶般的白沫。那白沫迅即消失，宛如幽靈似的蒸汽船在死寂海面畫出的幽靈軌跡。

每天早晨，在空中運行的太陽彷彿跟朝聖船同步，乍然爆出沉默的光輝，出現在距離船尾分毫不差的位置。到了中午追趕上她，集中火力將它的光芒灌注在朝聖者的虔誠意圖上。西沉時滑到她前方。每天夜晚神祕地沉入海平面，與她穩定前行的船頭保持同樣的距離。船上五個白種人住在船的中段，跟她的人類貨物隔開。白色的遮篷從船頭到船尾覆蓋整個甲板，只有微弱的嗡嗡聲透露這熾烈的遼闊海面上存在著這麼一大群人，那是哀傷的低語。那些日子就是這樣，靜止、炎熱、沉重，一天又一天遁入過去，彷彿跌落大船後方永遠開啟的深淵。而那大船孤獨行駛在一縷黑煙下，漆黑悶熱，循著不變的路線走在無邊無際的燦亮裡，彷彿被無情的上天拋下的火焰燒焦。

夜晚來臨，像從天而降的恩賜。

第三章

一股不可思議的死寂瀰漫整個世界，天上的星辰連同它們寧靜的光輝，似乎為地球灑下恆久安全的保證。一枚後仰的新月在西方低空散發清輝，像從金條刨下的細長薄片被拋向天際。阿拉伯海看起來平滑涼爽，像成片的冰，將它極致的平面延伸到黑暗海平線那極致的圓。螺旋槳順暢運轉，彷彿它的拍擊原本就是這個安全宇宙的一部分。帕特納號兩側水面各有兩道深深的摺痕，在波瀾不興的水面微光中顯得恆定、肅穆。它們分岔的筆直脊柱之間有幾個白色泡沫漩渦，爆出輕微的嘶聲，伴隨幾條細浪、幾圈漣漪、幾波起伏。大船駛過之後，它們留在後方短暫擾動海面，在輕柔的潑濺中消退，最後歸於平靜，融入大海與天空靜止的圓弧裡，而那移動的船身永遠是海天之間的一個黑點。

吉姆在船橋，感到無比安全、無比平靜。當大自然寂靜無聲，就會讓人覺得安全與平靜，就像在母親溫柔親切臉龐必然看見的無微不至的愛。遮篷底下的人們依附白種人的智慧和勇氣，信賴那些不信神的人的力量，信賴這艘火船的鐵殼。這些信仰嚴苛宗教的朝聖者睡在席墊上、毛毯上或木板上，睡在每一層甲板與每一個漆黑角落。他們裹著染色布料、蓋著髒污的破布；腦袋枕著小包袱，臉頰貼著彎曲的前臂。男人、女人和小孩，老人和年輕人，衰老的與健壯的，在睡眠之前一律平等，而睡眠是死亡的兄弟。

船的速度將一陣氣流往後吹送，穩定地拂過兩側高聳舷牆之間那片長長的陰暗，拂過一排排躺臥的身軀。球形燈具以短繩掛在遮篷橫梁下，這裡一盞那裡一盞，發出微弱的火光。模糊的光圈向下投射，在船體持續的震動中微微顫抖。光圈照亮揚起的下巴與閉合的眼瞼，照亮黝黑的手戴著銀戒指，細瘦的腿蓋著破被子；照亮後仰的腦袋和赤裸的腳，以及彷彿引頸就刀、伸長了的脖子。富人用厚重箱子和灰撲撲的席墊為自己的家人築起庇護所；窮人並排躺在一起，他們在人間擁有的一切都包在破布裡充當枕頭；孤單的老人縮著腿睡在禮拜毯上，雙手摀著耳朵，兩邊手肘貼著臉頰；有個父親拱著肩、額頭貼著膝蓋，頹喪地打盹，身邊的小男孩仰躺著，頭髮蓬亂，伸直一隻手氣勢十足；有個婦人從頭到腳裹著白布，像一具遺體，兩邊臂彎各睡著一個光溜溜的幼兒。阿拉伯人沉甸甸的行李橫七豎八堆在船尾，一盞貨艙工作燈在上方擺盪，後面則是一大堆亂糟糟的模糊形體：閃閃發亮的胖大黃銅壺、甲板椅的腳凳、魚叉的刀刃、斜靠在一堆枕頭旁的古老劍鞘、錫製咖啡壺的壺嘴。船尾欄杆上的航程儀定時發出「叮」的一聲，記錄這段神聖使命的每一哩進度。那些沉睡軀體的上方偶爾飄出一聲堅忍的輕嘆，那是惡夢釋出的氣息。船體深處爆出短促的金屬鏗鏘聲，鐵鍬尖銳地刮擦，鍋爐門「砰」地關上。那聲音是如此狂暴，彷彿在底下操作那些神祕物體的人胸中滿溢著暴烈的怒氣。在此同時，帕特納號光禿禿的修長桅杆文風不動，高聳的軀殼平穩地向前航行，在遙不可及的平靜天空下，持續劃破靜止的海面。

吉姆橫向踱步，腳步聲迴盪在無邊的寂靜裡，聽在他耳裡格外響亮，像是從不眠的星斗傳來的回音。他的視線在海平線上遊移，似乎飢渴地凝視那無法觸及之處，看不見即將發生的事件的陰影。此刻海上只有一道陰影，那是濃厚的黑煙從大船煙囪吐出的巨大飾帶，末端不斷消散在空中。兩個馬來人站在舵輪兩側掌著舵，默不作聲，幾乎文風不動。在羅盤箱橢圓形燈光照射下，舵輪的黃銅輪輞片片段段閃耀著。偶爾有一隻手出現在明亮處，黝黑的手指一抓一放操控轉動的舵柄。一節節舵鏈在輪軸的凹槽裡嘎嘎響。吉姆時而瞥一眼羅盤，時而望向遙不可及的海平線。他悠閒地扭扭身體，伸伸懶腰，聽著全身關節咯咯響，舒坦又安適。這份寧靜顯得牢不可破，讓他勇氣百倍，覺得此生不管發生什麼事，他都不會在乎。舵輪後面的三腳矮桌上有一張海圖，用四根圖釘固定，偶爾他會懶散地瞄一眼。那張紙描繪海洋的深度，在柱子上的牛眼燈照耀下，紙張的表面散發光澤，平坦又光滑，像微光閃爍的水面。海圖上放著平行尺和兩腳規，小小的黑色叉號標示前一天中午大船所在的位置，一道鉛筆畫出的直線穩穩延伸到丕林島[8]。那是這條船的航線，是靈魂前往聖地的路徑，在那裡可以得到拯救，可以獲得永生。一枝鉛筆一動不動躺在上面，筆尖碰觸著索馬利[9]海岸，像光禿禿的帆桁漂浮在安穩的港區。「她走得多麼平穩。」吉姆暗自讚嘆，為大海與天空的極致寧靜生起感激之情。在這種時候，他腦海會浮現各種英勇作為。他喜歡這些幻夢，也喜歡幻想世界裡無往不利的成就。那是生命最美好的部分，是它不為人知的真相，隱而不顯的真實。那些幻想有豪邁的氣魄，有虛妄的魅力，像英雄般昂首闊步從他眼前走過，將他的靈魂

8. Perim，位於紅海入口，屬葉門共和國領土。
9. Somali，東非國家，東濱印度洋。

一併帶走，讓它沉醉在神藥裡。那神藥就是無邊無際的自信：他能夠面對一切。這個念頭讓他滿心歡喜，不禁露出笑容，視線隨意盯著前方。偶爾他回過頭，會看見船身在海面畫出的白色尾波是如此筆直，像鉛筆在海圖上畫出的黑線。

灰斗一上一下碰撞鍋爐艙的通風口，嘎嗒亂響，這種錫壺似的噹啷聲提醒他值班時間接近尾聲。他心滿意足地嘆一口氣，同時也有點遺憾，因為馬上就要離開這個助長他想像力任意馳騁的寧靜氛圍。他也有點睏了，一股愉悅的倦怠感流竄過他的四肢，彷彿他體內所有血液都變成溫牛奶。船長已經悄無聲息到來，睡衣的前襟敞開著，一張臉紅通通，睡意朦朧，左眼半睜半閉，右眼呆滯無神。他把大腦袋湊到海圖上方，睡眼惺忪地搔了搔肋間。那裸露的上半身看起來有點猥褻，胸前的油亮皮膚顯得軟膩，彷彿趁睡覺的時間把油脂排了出來。他發表了一點專業見解，嗓音嚴厲沉悶，像銼刀打磨木板邊緣，雙層下巴的肥肉像個袋子掛在顎關節下方。吉姆嚇了一跳，畢恭畢敬地回應。只是，他彷彿第一次看清那令人作嘔的肥胖身影，那抹印象從此停留在他的記憶裡，變成所有邪惡下流事物的化身，潛伏在我們鍾愛的世界裡，在我們深信必定得救的內心，在周遭人們身上，在我們眼睛看見的景象裡，在傳進我們耳朵的聲音裡，也在填滿我們肺臟的空氣裡。

那細薄黃金刨片似的月亮慢慢下沉，已經消失在黑幽幽的海面上。天際之外的永恆好像跟地球拉近了距離，因為星光變得更璀璨，圓盤似的不透明海平面上方那半透明蒼穹的光輝也變得更肅穆。大船的移動是這麼滑順，人類的感官無法察覺她前進的動作，宛如一顆擁擠的行星，尾隨一大群恆星快速穿行在漆黑的太空中，在極度的、冷靜的孤寂裡等待全新的未來。「底下熱得不像話。」有個聲音說。

吉姆笑了笑，沒有回頭。船長背對那個聲音，不動如山：這是他慣用的伎倆，故意無視你的存在，除非他剛好想要轉身用吃人的眼神瞪你，再口沫橫飛辱罵你一頓，那一大串難聽話像是從臭水溝噴出來的。現在他只是陰沉地咕噥一聲。大管輪[10]站在船橋梯子頂端，潮濕的雙手揉捏著一塊髒兮兮的汗巾，鑾不在乎地繼續抱怨。水手在上面過得可真快活，那些人到底有什麼用處，他一點也看不出來。可憐的輪機員總得想辦法讓船往前走，其他的事他們也能做。老天啊，他們……「閉嘴！」德裔船長冷冷地吼一聲。「是啊，閉嘴，一旦出了問題，你又跑來找我們，對吧？」大管輪繼續埋怨：他都快被煮熟了，現在他不在乎他做過多少壞事了，因為這三天他已經體驗過壞傢伙死後去的地方。老天啊，這是真的。還有，底下那轟隆隆的噪音把他耳朵給震聾了。那部修修補補、拼拼湊湊、表面冷卻的破銅爛鐵在底下乒乒乓乓亂響，比老舊的甲板絞車更刺耳。他為什麼要冒著生命危險，把上帝創造的日日夜夜耗在那個像斷桁般每分鐘飛轉五十七圈的廢物旁邊，連**他自己**都想不通。天啊，他一定天生傻大膽。他……「你從哪兒弄到的酒？」德裔船長惡狠狠地問。他在羅盤箱光線裡的身影文風不動，像以整塊脂肪雕刻出來的粗拙人像。吉姆仍然對著不斷後退的海平線微笑。他內心慷慨激昂，心裡想著自己比別人優秀。「酒！」大管輪溫和的語氣帶著不屑，他雙手抓著

10. second engineer，船上的輪機員，職位僅次於輪機長。

欄杆，陰暗身影的雙腿微微打顫。「船長，不是你給的。你太吝嗇！你寧可看著好人死掉，也不願給他一滴酒。那就是你們德國人所謂的節儉，省小錢花大錢。」他變得有點感傷：大約十點鐘，輪機長給他一小杯。「只有一杯，上帝作證！」輪機長是個老好人，不過，如果想把那個老騙子從床上挖起來，五噸的吊車也辦不到。不可能，今晚別想。他睡得像個小娃娃，枕頭底下藏著一瓶上等白蘭地。帕特納號船長肥厚的喉嚨發出低沉的隆隆聲，「豬」這個字乘著那聲音高低振動，像在習習微風裡飄蕩浮沉的羽毛。船長跟輪機長是多年好友，受雇於同一個平易近人手段高明的中國老人。這個中國人戴著一副牛角框眼鏡，花白的髮辮裡編著紅色絲線。在帕特納號的船籍港，人們傳說這兩個人「用你想像得到的所有方法」厚顏無恥地侵吞公款。他們兩人的外表可說天差地別：一個眼神晦暗、心腸歹毒，全身都是軟趴趴的肉堆；另一個骨瘦如柴，處處凹陷，一顆腦袋又長又瘦，像老馬的腦袋，兩頰下陷、鬢角下陷，冷漠呆滯的目光從深陷的眼窩望出來。他的船曾經在東方某個地方擱淺，也許是廣東、上海或橫濱。他多半不想記住船難的確切地點，也不想記住發生的原因。那是二十年前的事，或許更久一點。多虧當時他年紀不大，被從輕發落，悄悄開除了事。他一點都不覺得那是個不幸事件，這對他來說或許更糟糕。後來蒸汽船在東方海域盛行，剛開始的時候很缺他這種人才，他算是「碰上好時機」。他經常用哀戚的語氣悄聲告訴陌生人，他「是個老手」。他走動的時候，衣服裡彷彿有一具骷髏搖來晃去。平時他走路多半只是漫無目的地遊蕩，經常在機艙天窗附近閒逛，咬著四呎長的櫻桃木菸斗，抽著黃銅斗缽裡的加料菸草，並不細細品味，卻像思想家般莊嚴地發呆，想從隱約瞥見的真理中演繹出一套哲學理論。他通常吝於分享他私藏的烈酒，那天晚上卻打破自己的原則，所以他那個來自倫敦沃平區、酒量不好的大管輪因為得到意外款待，加上烈酒的威力，變得特別開心、大膽又嘮叨。德裔船長憤怒到極點，像排氣管般氣得冒煙。吉姆覺得這一幕有點趣味，卻迫不及待想回艙房。值班的最後十分鐘像延遲發射的子彈般惱人。這些人不屬於英勇的冒險世界，但他們都不壞，就連船長本人……看到那堆氣喘吁吁的肥肉咯咯咯地嘀咕著，吐出連串含糊的污言穢語，吉姆覺得反胃。不過他渾身流淌著一股舒暢的倦意，不至於厭惡這種事或任何事。這些人的素質無關緊要，他跟他們共事，他們卻影響不到他。他跟他們呼吸著同樣的空氣，卻跟他們不同……船長會揍大管輪嗎？這種生活太悠閒，他對自己太有把握，以至於……他究竟在沉思，或站著偷偷打盹，兩者之間的分隔線比蜘蛛絲更細。

大管輪很快想起自己的財務狀況和膽量，幡然醒悟。

「誰醉了？我？不，不，船長！沒那回事。你早該知道輪機長小氣得很，他給的酒連麻雀都灌不醉。我這輩子還沒喝醉過，能讓我喝醉的酒還沒釀出來。不信咱們比比，我喝火辣的烈酒，你喝威士忌，喝再多杯我也面不改色。如果我醉了，我會去跳海，不必再活下去。我說到做到！馬上去做！我不離開船橋。時間這麼晚了，你讓我上哪去透透氣？到下面的甲板跟那些蟲子在一起？跟真的一樣！不管你怎麼對付我，我都不怕。」

船長兩手握拳高高舉起，揮了揮，沒有說話。

「我不知道什麼叫害怕。」大管輪信誓旦旦地接著說，「就算把這條破船所有的活計都交給我，我也不怕！世界上還有我這種不要命的人，算你走運，否則你和這條板壁像牛皮紙的老東西會變成什麼模樣。就是牛皮紙，上帝作證！你們當然好過得很，用這種或那種花招從這條船弄一大堆錢。而我呢，我得到什麼？一個月就那麼少得可憐的一百五十塊美金，不夠用自己想辦法。我恭恭敬敬請問你……恭恭敬敬的喲……這麼差勁的工作有誰不辭掉？這工作不安全，上帝作證，不安全！只是我剛好什麼都不怕……」

他鬆開欄杆比手畫腳，像要在空中描繪他的勇氣多麼壯觀宏大。他尖細的嗓音在海面上衝刺，像拖長音的嘎吱聲。他踮著腳尖來回走動，壯大他的聲勢，卻突然埋頭往前撲，彷彿後背挨了一記悶棍。他摔倒時罵了一聲「該死！」他的尖叫聲之後是一陣靜寂。吉姆和船長也同時向前踉蹌了幾步，及時穩住身子，僵直地站著，一臉困惑地凝望風平浪靜的海面，而後抬頭仰望天上的星星。

剛才怎麼回事？引擎上氣不接下氣的砰砰聲依然持續。地球在運轉中受到阻擋嗎？他們想不通。突然之間，一動不動的平靜大海和晴朗天空顯得危機四伏，彷彿聳立在張著大嘴的毀滅深淵邊緣。大管輪跳起來站直，而後再次倒臥在地，變成一堆模糊的陰影。這堆陰影問，「怎麼回事？」含糊的口齒有著深沉的哀傷。有個雷鳴般的細微聲響慢慢出現又消失：像遠在天邊的雷聲，幾乎稱不上聲音，充其量是個震動。大船以顫慄回應，彷彿那咆哮的雷聲來自大海深處。掌舵那兩個馬來人目光閃閃地望向白種人，黝黑的手依然穩穩握住舵柄。持續前進的尖銳船身似乎從船頭到船尾依序抬高幾英寸，彷彿變得柔軟，而後又僵硬地安頓下來，繼續劃開平坦的海面。她不再顫抖，那微弱的雷聲戛然而止，彷彿大船剛才駛過一段狹長地帶，那裡的海水在震動，空氣嗡嗡作響。

第四章

大約一個月後，吉姆接受針對性詰問，想要忠實描述這段經歷的真實面貌。提到那艘船時，他說，「她平順地駛過某種物體，像蛇爬過木棍。」這個比喻十分巧妙，因為那些問題的目的在釐清真相。這場正式庭訊的地點在某個東方港口的治安法庭，挑高的法庭相當涼爽，他高高站在證人席裡，兩頰發燙。印度布扇的巨型支架在上方高處緩緩來回擺動，底下許多眼睛注視著他。那些人坐在一排排整整齊齊的狹窄長椅上，臉孔有的黝黑、有的白皙、有的泛紅，表情專注而入迷，彷彿被他嗓音裡的魅力征服。他的聲音相當洪亮，連自己都被嚇一跳。整個世界只剩下那個聲音，因為那些太過鮮明、索討他的答覆的問題好像在他心裡幻化成痛苦與煩惱，默默朝他襲來，酷烈酸楚，像來自良知的無情拷問。法庭外陽光明豔，法庭內有讓人顫抖的大布扇涼風，有讓人面紅耳赤的恥辱，有鋒利如刀刃的目光。主持庭訊的治安法官鬍子刮得乾乾淨淨，坐在兩名紅臉海事顧問之間，無動於衷的臉龐顯得死白。光線從天花板正下方一扇寬大的窗子照射下來，打在他們三人的頭部和肩膀上。在這陰暗的偌大法庭裡，他們的身影因此格外清晰，旁聽的群眾則像一道道目不轉睛的影子。他們要「事實經過」。事實經過！他們想從他嘴裡聽到事實經過，彷彿事實經過能說明什麼！

「你判定船撞上某種漂流在海上的物體，比如泡水的船隻殘骸。船長派你到船頭查看有沒有任何損害，當時你覺得是撞擊力道造成的破壞嗎？」左邊那個顧問說。那人留著稀疏的馬蹄形鬍鬚，頰骨凸出，兩邊手肘擱在桌上，骨節嶙峋的雙手握在一起，舉在臉龐前方，若有所思的藍色眼眸緊盯吉姆。另一名顧問體型肥胖、神情輕蔑，上半身向後靠著椅背，左臂伸直，指尖輕輕點著一張吸墨紙。他們之間的法官挺直坐在寬大的扶手椅上，腦袋微微歪向肩膀，雙臂抱在胸前。他的墨水瓶架旁邊有個玻璃瓶，插著幾朵花。

「當時我不那麼認為。」吉姆答，「船長要我別喊其他人，也別嚇得大呼小叫，以免造成恐慌。我覺得他的顧慮很合理。我取下一盞掛在遮篷下的燈向船頭走去。我打開船艏艙的艙口，聽見裡面有水聲，就把燈放下去，直放到燈繩的盡頭。我看到船艏艙已經積了超過半艙的水，當下就知道吃水線底下一定破了個大洞。」他停下來。

「嗯。」顧問應了一聲，心不在焉地望著吸墨紙發笑，手指不停歇地敲著，沒有發出一絲聲響。

「當時我不覺得有危險。也許有一點震驚，因為事情來得太突然，沒有一點預兆。我知道船上除了隔開船艏艙和前艙那片毀損的隔離壁，再沒有別的隔離壁了。我回去向船長報告時，在船橋梯子底部遇見大管輪，當時他正從地板上爬起來，整個人迷迷糊糊的。他告訴我他左臂斷了。早先我去船頭的時候，他走下梯子時從最上面滑下來。他大叫，『我的天！那破爛隔離壁撐不了一分鐘，這條該死的大船會像鉛塊一樣往下沉。』他用右手把我推開，搶先爬上梯子，邊爬邊大喊，左臂垂在身側擺盪。我跟了上去，剛好看見船長衝到他面前，一拳打得他仰躺在地。船長沒有再打他，只彎著腰氣憤地對他說話，但壓低了聲音。我猜船長在質問他為什麼沒有下去關掉引擎，反倒在甲板上大聲嚷嚷。我聽見船長說，『起來！跑！動作快！』一面催促一面咒罵。大管輪從右邊的梯子下去，繞過天窗奔向左舷的機艙專用梯。邊跑邊發牢騷……」

他說得很慢，但他腦海裡的記憶轉得飛快，鮮明清晰。他可以像回音般忠實重現大管輪的牢騷，為這些想要事實經過的人提供更完整的資訊。最初的反感消退後他很快想通，唯有一絲不苟的準確描述，才能呈現隱藏在駭人表相下不容置疑的驚悚。這些人急於探求的事實經過是可看見的、可觸知的、能被感官捕捉到的，在時間與空間中占有一席之地。它們的存在需要一艘一千四百噸的蒸汽船和二十七分鐘的時間。它們組成一個整體，有各種特徵，有多變的情狀，有一眼就能記住的複雜面向。此外還有別的，某種看不見的、潛藏在內部、引人墮入地獄的心念，像可憎軀體裡的邪惡靈魂。他渴望表明這一點。這不是一起尋常事件，其中涉及的所有細節都至關緊要，幸好他記得所有細節。他想要繼續說下去，為了釐清真相，或許也為了他自己。他說得不疾不徐，思緒卻繞著一圈圈密密層層的事實經過飛轉。那些事實經過在他周遭湧現，將他跟其他同類隔開。就像動物發現自己被圈禁在高高的木樁圍欄裡，在夜色中焦躁地繞圈打轉，想找到一處弱點，某個裂縫，可以攀爬的地方，某種能讓牠鑽過去、逃出生天的缺口。在這種狂亂的心理活動下，他的敘述時時停頓……

「船長在船橋不停來回走動，看起來好像很冷靜，只是好幾回絆了腳。有一次我站著跟他說話，他直接撞上來，彷彿什麼都看不見。他沒有明確回應我說的話，嘟嘟囔囔自言自語，我只聽見幾個字，好像是『該死的蒸汽！』和『差勁的蒸汽！』跟蒸汽有關的東西，我覺得……」

他離題了。一個切中要點的問題像一陣劇痛般打斷他的話，他感到極度沮喪、疲倦不堪。他就要說到那裡了，馬上就說到了。現在，他被粗暴地制止，只能簡單回答是或不是。他坦誠地簡單答道，「是，沒錯。」他臉龐白皙、體格高大，年輕的眼神帶著憂鬱，抬頭挺胸站在證人席上，靈魂卻在內心深處痛苦扭動。他又被迫回答一個非常切題、卻毫無用處的問題，之後繼續等待。他口乾舌燥，嘴裡沒有一點味道，像吃了沙土，而後覺得又鹹又苦，像喝了海水。他抹了抹汗濕的前額，舔了舔枯乾的嘴唇，只覺遍體生寒。胖顧問閉上眼睛，手指無聲地敲著，漫不經心之中帶點哀傷。另一個顧問古銅色的雙手交握在面前，雙眼好像發出仁慈的光采。法官上身前傾，蒼白的臉龐停留在花朵附近，而後往旁邊退回椅子的扶手上方，用掌心托住鬢角。大布扇的風盤旋而下，吹拂著人們的腦袋。那裡有本地人的黝黑臉孔，他們身上裹著層層布匹；也有忍受悶熱坐在一起的歐洲人，他們的斜紋布衣裳緊貼在身上，像第二層皮膚，手裡的木髓帽[11]放在膝頭。本地法警沿著牆來回走動，動作敏捷迅速，白色的長外套扣得整齊，打著赤腳，披著紅色肩帶、纏著紅色頭巾，像鬼魂般不聲不響，像一條條獵犬般保持警戒。

回答問題的空檔中，吉姆的視線到處遊移，落在一個遠離其他人獨坐的白種人身上，那人的面容疲憊又憂愁，但平靜的雙眼直視前方，眼神清澈，興味盎然。吉姆又回答另一個問題，很想大喊，「問這些有什麼用！有什麼用！」他的腳尖輕敲地板，咬咬下唇，視線從人們的腦袋上方掠過，跟那個白種人四目相對。那道目光直視著他，有著明智的決斷，不是其他人那種出神的凝望。在等待下一個問題時，吉姆一時忘我，竟有閒情逸致胡思亂想。他想著，這個傢伙那樣看著我，一副看見我背後有什麼人或什麼東西。他遇見過那個人，也許是在街上，但肯定沒跟對方說過話。他已經很多天沒跟任何人說話了，只在腦海裡跟自己對話，像單獨監禁的囚犯，或像迷失在荒野的徒步旅人。那些無聲話語沒有條理、無休無止。此刻他在回答問題，那些問題無關緊要，卻有一定的意義。他覺得往後的人生中他恐怕不會再開口說話了。他說出的那些真實話語的聲音證實他深思熟慮得出的這個見解：話語對他再也沒有用處。那邊那個人好像理解他這種無望的困境。吉姆看著那人，而後毅然別開視線，像是做了最後的告別。

後來很多次，在地球各個角落，馬洛顯然樂於想起吉姆，也不厭其詳、鉅細靡遺地訴說他的故事。

也許是晚餐過後坐在遊廊，周邊垂掛著靜止不動的翠綠枝葉，上面覆蓋著繁花，深沉的暮色裡有著星星點點的雪茄火光。每一張寬敞的藤製長椅上坐著一名沉默的聽眾。偶爾會有個小小紅光突然移動，光線擴展，照亮倦怠的手指、照亮一部分悠然放鬆的臉孔。或將一抹紅光投進沉思的眼眸，那眼眸隱藏在冷靜額頭的陰影裡。馬洛舒適地躺在椅子裡，當他開口說出第一個字，他的身體就會保持不動，彷彿他的靈魂已經飛回那段逝去的時光，在那裡透過他的雙唇訴說著。

11. pith hat，以軟木的木髓製作的硬帽，是十九世紀探險家和殖民者常用的遮陽帽。

第五章

「沒錯，我去旁聽那場庭訊。」他會說，「到現在我還想不通當時為什麼會去。我願意相信我們每個人都有個守護天使，前提是你們大家肯承認我們每個人也都有個放肆的魔鬼。我要你們坦白承認，因為我不喜歡在任何方面覺得自己與眾不同。我知道我有，我指的是魔鬼。我當然沒有親眼見到過，但我是根據間接證據做出的判斷。他的確在那裡，因為他愛使壞，才會讓我捲進那種事。你們會問，哪種事？就是庭訊的事，還有那條黃狗的事。你們不至於認為一條渾身疥癬的雜種土狗能跑上法庭遊廊、在那裡害人絆到腳吧？就是那種事，那些拐彎抹角、突如其來、邪惡透頂的手段，讓我遇見軟弱的、強硬的、內心藏污納垢的人，老天！讓他們一見到我就吐露他們最陰暗的祕密。真的，彷彿我沒有祕密需要對自己傾訴，彷彿我心裡不可告人的祕密還不夠多、不足以把自己的靈魂折磨到大限來臨那一刻。我倒想知道我做了什麼，能得到這種偏愛。我必須聲明我的煩惱不比任何人少，我的回憶也跟來到這地方的普通旅人一樣多。所以說，我並不是特別適合聽別人告解。那是為什麼？我不知道，也許是為了消磨晚餐後的時光。查理，我親愛的朋友，你的晚餐太美味了，以至於這些人現在覺得安安靜靜打三局橋牌都太鬧騰。他們賴在你這些舒適的椅子上，心裡想著，『白痴才動腦筋，讓馬洛那傢伙去說。』

「讓我說？那就說吧。吃飽喝足後，坐在海平面以上六十公尺的地方，手邊有一盒上等雪茄，最適合聊聊吉姆爺的故事。在這樣一個滿天星斗的清新夜晚，就連頭腦最清醒的人也會忘記我們只是來這裡受苦受難，必須在每個岔路口擇路而行，時時刻刻步步為營，相信自己到最後能體面地離開人世，卻又不是那麼有把握，也不奢望能從身邊得到多少幫助。當然，有些人的人生就像飯後一根菸那麼愜意，輕鬆、愉快、空虛，或許因為某些虛構的奮鬥故事增添生氣，但故事還沒到結局就已經被拋到腦後，還沒到結局……如果剛好有結局的話。

「那次庭訊我第一次跟他對視。你們應該知道，當天所有跟大海沾上邊的人都在那裡，因為自從那封亞丁[12]來的神祕電報引起大家七嘴八舌談論，那件事就傳得沸沸揚揚。我之所以說『神祕』，是因為某種意義上它的確神祕，雖然它的內容陳述的是赤裸裸的事實。再沒有比它更赤裸、更醜陋的了。整個港口都在談這件事。每天早晨我起床後在臥鋪裡梳洗，就會聽見我的帕西人[13]通譯在隔壁的冷食廚房喝著服務員招待的茶，閒聊帕特納號的事。我上岸後遇見熟人，聽見的第一句話總是，『你聽過比這更荒唐的事嗎？』對方可能會露出嘲諷的笑容，或哀傷的表情，或咒罵一兩句，就看他的秉性而定。陌生人會親切地彼此攀談，只為發抒他們對這件事的看法。城裡那些遊手好閒的人為了討杯酒喝，主動找人傳誦這件事。

12. Aden，現為葉門共和國首都，位於阿拉伯半島西南角，控制紅海南面入口。
13. Parsee，原為波斯人，信仰祆教，因為不願改信伊斯蘭教而遷往印度西岸。

到處都聽得到這個話題，在港務處、在每一家船舶仲介、在你代理人的辦公室。白種人、本地人、混血人、你上岸時看見的那些半裸著身子蹲在石階上的船工，個個都在談。我的天！有些人憤憤不平，很多人拿來說笑，人們沒完沒了地猜測那些人後來怎麼了。這種情況持續至少兩星期，後來大家一致認為，這件事的內情不管多麼神祕，到最後都會變成悲劇。直到某個風和日麗的早晨，我站在港務處台階旁陰涼的地方，看見四個人沿著碼頭朝我走來。我一陣納悶，好奇這群古怪傢伙是從哪兒冒出來的。忽然間，我在心裡對自己大喊，『他們來了！』

「沒錯，他們到了。其中三個人非常醒目，另一個腰圍比任何人都肥大得多，根本不該有人胖成那樣。他們肚子裡裝著豐盛的早餐，剛從戴爾公司的國際線蒸汽船下來，這艘船是日出後一小時進港的。錯不了。我一眼就認出帕特納號那個船長，是我們這親愛的地球整個熱帶地區最胖的人。再者，大約九個月前我在印尼的三寶瓏遇見過他，當時他的蒸汽船在錨地裝貨，他在痛罵德意志帝國的專制。他每天窩在德永的店裡灌啤酒，德永每瓶酒收他一美元，一點都不覺得愧疚。後來德永招招手把我叫到一旁，皺著看起來像皮革的小臉悄悄告訴我，『船長，生意上門是好事，可是我實在受不了這個人。呸！』

「我站在陰影裡看著他。他加快腳步走到最前面，打在他身上的陽光把他的體形烘托得十分驚人。他讓我聯想到受過訓練、用後腿站立的小象。他那模樣也很壯觀，穿著亮綠暗橙相間的直條紋骯髒睡衣，光腳上穿著一雙破爛草鞋，戴著別人扔掉的骯髒木髓帽，比他的頭圍小了兩號，用麻繩綁在他的大腦袋上。那樣的人根本不可能借得到衣服。好吧，他急匆匆地走過來，目不斜視地從我面前大約一公尺的地方經過，坦蕩無辜地走上台階，進港務處去具結，或報告，隨你怎麼說。

「顯然他一進門就找首席航務監督官說話。那時監督官阿奇．魯斯維剛進辦公室，據他說，他正準備訓斥他的辦公室主任一頓，拉開這辛勞的一天的序幕。你們可能有人認識那個主任，他是個熱心助人的混血葡萄牙人，脖子細瘦得可憐，總是想辦法從船長手上弄吃的，比如一塊鹹豬肉、一袋餅乾、幾顆馬鈴薯，或隨便什麼東西。我記得有一次我送他一頭活羊，那是船上沒用完的存糧。我不是為了讓他幫我做什麼事，他沒那個本事。我只是有點感動，因為他天真地相信自己有這種弄外快的神聖特權。那種信念是那麼強烈，幾乎是一種美。是那個種族，應該說兩個種族，還有天氣……不提也罷。我分得清誰是一輩子的好朋友。

「阿奇說當時他正嚴厲地教訓下屬（我猜是關於公務上的道德規範），突然聽到背後傳來輕微的騷動，轉頭看見（套用他的話）某種圓滾滾、巨無霸的東西，像八百公斤的大糖桶，外面裹著直條紋法蘭絨，上下顛倒放在辦公室開闊的地板上。他說他太驚訝，很長一段時間都沒發現那東西是活的，只呆呆坐在椅子上尋思那東西是怎麼搬進他的辦公室、又為了什麼。這時前廳的拱門已經擠滿了人，拉布扇的、掃地的、法警、港口汽艇的舵手和水手，個個伸長了脖子，幾乎爬到別人身上，亂成一團。等到那人又拉又扯好不容易摘了頭上的帽子，邊點頭邊走向阿奇。阿奇告訴我，那一幕實在太震撼，有那麼一段時間他靜靜聽著，弄不清楚那個幻影到底想要什麼。那幻影在說話，聲音粗嘎、哀傷卻強悍，一點一點地，阿奇終於意識到這是帕特納號事件的後續。他說他猜到眼前是什麼人之後，心裡相當不舒服。阿奇很有同情心，也容易煩躁，但他打起精神大喊，『停！我不能聽你說。你得去見港務長。我不能聽你說，你該找的人是艾略特上校。這邊走，這邊走。』他跳起來，跑到長長的櫃台另一邊，又拉又推。那個人由著他去，一開始有點吃驚卻乖乖順從，直到港務長辦公室門口，某種動物本能讓他止步不前，像驚慌的閹牛似地猛噴鼻息。『喂！怎麼回事？放手！喂！』阿奇沒有敲門，直接推開那扇門大喊，『長官，帕特納號船長到了。進去吧，船長。』他看見裡面的老人抬頭的力道太猛，夾鼻眼鏡都掉了。他『砰』地關上門，逃回自己的辦公桌，那裡還有幾份文件等著他簽名。不過，他說裡面爆出的爭吵聲太激烈，他精神沒辦法集中，連自己的名字都不會寫了。阿奇是地球上最敏感的航務監督官，他說他覺得自己像是把一個活人扔給飢餓的獅子。他們確實吵得很凶，我在底下都聽見了，也有理由相信，就算在廣場對面的演奏台那麼遠的地方，也能聽得見。老艾略特總是有很多話要說，嗓門也不小，而且不在乎他吼的是誰，就算對著總督，他也敢大聲叫嚷。他以前常告訴我，『我這輩子不會再升職了，退休金穩穩當當，自己也存了點錢，如果他們不喜歡我做事的方法，我隨時可以辭職回家。我年紀大了，一向有話就說。現在我只有一個願望，就是死前能看見我女兒結婚。』這件事已經成了他的心病，他那三個女兒跟他像一個模子刻出來的，不過都是很好的女孩。有時他一早起來就擔心她們嫁不出去，那天整個辦公室的人都能從他的眼神看出來，忍不住跟著提心吊膽，因為他一定會吃了某個人當早餐。那天早上他沒有吃了那個船長，不過，容許我沿用這個比喻：他把他嚼得稀碎才吐出來。

「於是過不了多久，我看到那極度臃腫的身軀匆匆走下來，站在最外面的台階上。他在離我不遠的地方停下腳步，陷入沉思，紫紅色的大臉顫動著。他在咬大拇指，一時注意到我，橫向投過來一個惱怒的神情。跟他一起上岸的其他三個人聚在一起，在一段距離外等候。其中有個矮個子臉色蠟黃，樣貌猥瑣，一隻胳膊綁著吊帶。另一個高個子穿著藍色法蘭絨外套，整個人乾乾瘦瘦，不比掃帚柄粗，花白八字鬍向下垂，像個傻子般歡快地看著四周。第三個人是個挺拔健壯的年輕人，雙手插在口袋裡，背對另外那兩個聊得起勁的同伴，盯著空曠廣場的另一邊。一輛搖搖欲墜的出租馬車在他們對面停下來，布滿灰塵的車身安裝了百葉窗。車夫抬起右腳擱在左腿上，心無旁騖地研究他的腳趾。年輕人一動不動，甚至沒有轉頭，始終盯著明亮的陽光。那是我第一次見到吉姆。他看起來蠻不在乎，冷漠孤高，那是年輕人才會有的神態。他站在那裡，乾淨的四肢、乾淨的臉龐，不動如山，簡直是太陽底下最有前途的小伙子。我看著他，知道他知道的一切，甚至知道比他多一點，心裡生起怒氣，彷彿他想弄虛作假圖謀我什麼，被我識破。他怎麼可以顯得那麼容光煥發。我心想，如果這種人都會犯下那樣的錯……我會覺得太沒面子，幾乎想把帽子扔下地，跳上去狠狠踐踏。我曾經看到一艘義大利三桅帆船的船長這麼做，因為他那個白痴大副在擠滿船隻的錨地快速拋錨時把錨弄得一團亂。我問我自己，他那麼從容自在地站在那裡，他愚蠢嗎？或麻木不仁？他好像隨時會縮攏雙唇吹個小曲。提醒你們，我一點都不在乎另外那兩個的舉止。他們的模樣算是符合所有人都知道、馬上要開庭審問的那件事。『樓上那個瘋狂的老流氓罵我卑鄙小人。』帕特納號的船長說。我不知道他認不認得我，我覺得他認得。總之，我們的目光對上了，他兩眼噴火，我露出笑容。從敞開的窗子飄出來的辱罵之中，卑鄙小人是最客氣的。不知道為什麼，我竟忍不住應了一聲，『是嗎？』他點點頭，又咬起大拇指，低聲咒罵，接著又抬起頭看我，慍怒又狂傲地說，『哼！朋友，太平洋大得很。你們該死的英國人就盡情使壞吧，我知道很多地方容得下像我這樣的人。我到處都有熟人，阿皮亞[14]、檀香山……』他停下來沉思。我不難想像他在那些地方的『熟人』都是什麼類型。我不需要隱瞞，我自己也認識不少那樣的人。有些時候我們不管跟什麼人往來，都得假裝生命很美好。我經歷過那種階段，然而，如今的我不會假裝苛責當時的身不由己。那些人之所以壞，是因為欠缺道德……唔，該怎麼說？……欠缺道德立場，或因為某種同樣深刻的原因。但他們比那些冠冕堂皇的奸商更有啟發性，也有趣得多。然而，你們會邀請那些商場騙子回家吃飯。你們其實沒必要那麼做，只是因為習慣，或懦弱，或和善，或上百種說不出口、站不住腳的理由。

「『你們英國人都是流氓，』這位來自澳洲的船長罵道。他的故鄉在德國弗倫斯堡或波蘭的斯塞丁：波羅的海沿岸究竟哪個體面的小港口因為生養了這寶貝傢伙蒙上污名，我真不記得了。『你們有什麼資格吼叫？你倒說說？你們沒有比別的種族優秀，那個老流氓跟我小題大作。』他肥大的軀體在柱子般的腿上抖動，從頭到腳抖得厲害。『你們英國人就是這樣，一丁點小事就大驚小怪，只因為我不是出生在你們那個該死的國家。把我的證照拿走吧，拿走，我不要了。我這樣的人不要你們那見鬼的證照，我對它吐口水。』他吐了口水。『我要去當美國人。』他大叫著，煩躁又惱怒，兩腳不停挪移，彷彿想掙脫某種看不見的神祕力量。那力量抓住他腳踝、將他禁錮在原地。他越罵越激動，尖尖的腦袋頂端似乎都冒煙了。

沒有神祕力量阻止我離開，明顯是因為好奇心：我想知道那個年輕人聽完船長的話以後，會有什麼反應。當時他雙手插在口袋裡，背對人行道，隔著廣場草坪望著馬拉巴旅館的黃色門廊，一副正在等朋友一起去散步似的。他就是那副模樣，實在令人作嘔。我等著看他受不了打擊、困惑狼狽、被狠狠戳穿，像被釘住的甲蟲一樣蠕動掙扎。但我也有點害怕看見那樣的情景，如果你們明白我的意思的話。親眼目睹一個男人被人揭發，不是他犯了罪，而是做出比犯罪更可悲的軟弱行為，實在是天底下最糟糕的事。最普通的剛毅就能避免我們變成法律上的罪犯，軟弱卻是我們防不勝防的。那種軟弱沒有被察覺，但或許有所懷疑，就像在世界上某些地方，你會懷疑每叢灌木裡都躲著致命的毒蛇。那種軟弱或許潛伏大半生，你也許提防著，也許不提防；也許向神祈求抵抗的力量，或勇敢地鄙視它；也許壓制它，或忽略它。我們可能受誘惑做出招致罵名或被判處絞刑的事，我們的精神卻不會受損。它能熬過譴責，熬過絞索。但有些事（有時看起來只是小事）卻會讓我們某些人全然、徹底完蛋。我看著那個年輕人。我喜歡他的外表，那是我熟知的外表，出身良好，是我們的一份子。他站在那裡，代表他那種人的所有祖先，代表許多男男女女。那些人不聰明也不有趣，但他們的存在是以真誠的信仰為根本，以本能的勇氣為根本。我指的不是軍人的勇氣，也不是平民的勇氣，更不是任何一種特別的勇氣。我指的只是敢於正視誘惑、與生俱來的勇氣。那是一種奮不顧身的氣魄，雖然不夠明智，卻絕不是裝模作樣。你們應該看得出來，那是一種抗拒的力

14. Apia，位於南太平洋薩摩亞群島，現今薩摩亞首都。

量，也許你們覺得粗魯無禮，卻非常珍貴。這種力量讓人在面對外界的驚嚇和內在的恐懼時、面對大自然的威力和人性的自甘墮落時，能不假思索地堅持到底。在背後支撐它的是一股信念，它不屈服於現狀、不同流合污、也不輕信見解。該死的見解！它們是流浪漢、浪蕩子，總是敲響你心靈的後門，每次拿走你一點東西，從你相信的幾個簡單概念帶走一丁點碎屑。而那些東西你必須牢牢抓住，才能體面地活著、灑脫地死去。

「這跟吉姆沒有直接關係。只是，從外表看上去他是典型的善良傻子，人生路上我們總喜歡跟這種人為伍，他們不至於聰明得異想天開，也不會精神顛倒錯亂。他那樣的人，你會光憑外表就把整個甲板交給他管理（這既是比喻，也是專業判斷）。我就會那麼做，而我是個內行人。我這一生為英國商船隊培養過太多年輕人，讓他們走進航海這個行業。這個行業的所有祕密可以用短短一句話傳達，但這句話你必須每天重複輸入那些年輕腦袋，直到它融入他們清醒時的每個念頭，直到它出現在他們每一場年輕睡夢裡！大海對我很不錯，但只要想到這些親手栽培過的孩子，我就覺得自己也回報了大海。這些孩子有的長大了，也有人葬身海底，卻都是海上的好兒郎。如果我明天就回家，我敢說一兩天內就會有某個曬得黝黑的年輕大副在某個碼頭入口趕上我，接著我會聽到精神抖擻的低沉嗓音從高處傳來，問我，『先生，你不記得我了嗎？我是某某小子，在某條船工作過，那是我第一次出海。』這時我會想起一個傻愣愣的小男孩，跟這個椅背差不多高，有個媽媽站在碼頭上，或許還有個姊姊。她們不發一語，心情太低落，沒辦法對慢慢滑出碼頭前端的大船揮手帕。或者也許是個模樣正派的中年父親，提早來碼頭為兒子送行，整個早上都待在船上，因為他顯然對絞盤很感興趣。結果待得太久，最後匆匆忙忙上岸去，來不及道別。站在船尾觀察水深的領港員拖著長音對我喊，『大副先生，先別解開繫船纜，有位男士要上岸……先生，上去吧。差點被帶到塔爾卡瓦諾[15]去，是吧？可以下去了，慢慢的……好了。到前邊再鬆手。』幾條拖船像地獄的火坑噴著煙，勾住了大船，把古老的河流攪得怒濤洶湧。岸上那位男士正在拍膝蓋的塵土，好心的服務員把他的雨傘扔給他。一切順利。他也對大海獻出一點祭品，現在可以回家，假裝不以為意。至於那個自願獻身的小小祭品，明天早上以前他就會暈得七葷八素，等到日後他學會這個行業的所有小祕密和唯一的大祕密，他就會聽任大海的安排活著或死去。在這場愚人的賭局中，大海是永遠的贏家。而那個插手這場賭局的人會喜歡有個年輕人用力拍他的背，喜歡聽見那些海上雛兒興高采烈地喊道，『先生，你記得我嗎？我是某某小子。』

「這種感覺很不錯，讓你知道你一生中至少在工作上做對了一次。我曾經那樣被拍過背，拍得我直皺眉，因為那力道真不小。可是因為那發自肺腑的一掌，我開心了一整天，夜晚入睡前感覺自己不是那麼孤單。我怎麼會不記得那些小子們！我看人最準了，只要瞄一眼，我就敢把整個甲板交給那個年輕人，睡覺時兩隻眼睛都……老天！那可不安全。這個想法太恐怖了。他看起來貨真價實，像一枚全新金幣，但他的成分卻摻了差勁透頂的雜質。摻了多少？只有一丁點，極小一滴某種稀有又糟糕的東西，最小的一滴！可是，他蠻不在乎地站在那裡，讓人好奇他會不會只是普通的黃銅。

15. Talcahuano，智利中部的海港。

「我沒辦法相信。我想看他為這一行的榮譽痛苦掙扎。另外那兩個不值一提的傢伙看見他們的船長，慢慢走過來，邊走邊說話。我一點都不在乎他們，彷彿他們是隱形人。他們對彼此咧著嘴笑，也許說了笑話，誰知道。我看見其中一個胳膊斷了，另外那個花白八字鬍的高個子是輪機長，在很多方面是個相當知名的人物。這兩個無關緊要的人走了過來，船長一動不動盯著腳下。他好像因為某種疑難雜症，或某種不知名毒藥的神祕作用，身體腫到匪夷所思的地步。他抬起頭，看見那兩個人站在他面前等著，張開了嘴，浮腫的臉孔扭曲成奇形怪狀的鄙夷神色。我猜他打算對他們說話，只是好像又想到了什麼，泛紫的肥厚嘴唇重新閉上，沒有發出聲音。他踩著搖搖擺擺的堅定步伐走向那輛出租馬車，伸手拉門把。他不耐煩地使蠻力猛拉，我幾乎以為馬車連同小馬會被他扯得翻倒。專心研究腳底的車夫被他晃得如夢初醒，雙手緊急抓牢，從他的駕駛座回頭看著那個巨大的身軀強行擠進他的馬車。小小的馬車劇烈搖晃震動，那低頭時露出的淡紅色後頸、那努力使勁的粗腿，以及那費勁往上爬、髒兮兮的橙綠條紋廣闊後背，那一大團死命往車裡鑽、俗豔又污穢的物體讓人不可置信，只覺滑稽又可怕，像發燒的病人會看見的幻象，既詭異又清晰，令人害怕又著迷。他消失了。我幾乎覺得馬車車頂會裂成兩半，覺得車輪上那個小車廂會像熟透的棉莢般爆開。但車廂只是沉了一下，伴隨彈簧被壓扁的喀嗒聲。一扇百葉窗突然被往下拉，他的肩膀又出現了，擠在小小的窗口，腦袋伸在外面，彷彿膨脹了，像被綁住的氣球拋來甩去，汗如雨下、怒氣沖沖、唾沫四濺。他伸出拳頭惡狠狠地對車夫揮舞，那拳頭肥厚殷紅，像一團生肉。他大聲咆哮，要車夫出發。去哪裡？也許衝進太平洋吧。車夫揮動馬鞭，小馬噴著鼻息，前腿揚起，疾馳而去。去哪裡？去阿皮亞？去檀香山？整個地球近萬公里的熱帶任他逍遙，我沒聽見他的目的地。那匹噴著鼻息的小馬一眨眼工夫就帶著他前往『永恆』，我從此沒再見過他，甚至沒聽說過哪個人見過他。他就這樣坐著一輛破舊的小馬車消失在轉角，捲起一陣白色塵土，不知所終。他離開了，不見了，消失了，逃走了。荒謬的是，他彷彿帶著那輛馬車一起，因為我再也沒看到過那匹一隻耳朵有裂口的栗色小馬和牠那個有一隻痛腳的懶散坦米爾車夫。太平洋確實很大，但不管他有沒有找到另一個施展本事的地方，我只知道他像騎著掃把的女巫消失在空中。那個吊著胳膊的小個子拔腿追著馬車跑，一路哀叫，『船長！喂，船長！喂……』不過跑了幾步突然停住，垂著腦袋慢慢往回走。那個年輕人聽見車輪刺耳的咔啦聲，站在原地轉身過來，沒有進一步的動作，沒有任何姿態或手勢，繼續面對馬車消失的方向。

「這些事我說了那麼久，其實發生的時間短得多，因為我是用緩慢的言語為你們解說那些情景當下的視覺效果。下一刻，那個混血辦事員來了，是阿奇派他來關照帕特納號那些可憐的棄兒。他熱切地跑出來，連帽子都沒戴，左看右看，急著想辦好差事。以這項任務的主要對象來說，他注定要失敗。但他還是煞有介事走向其他人，幾乎馬上跟那個綁著吊帶的傢伙大吵一架，因為那傢伙正好很想罵人。誰也別想對他指手畫腳，『老子不吃那一套，哼。』他才不會被洋洋得意的雜種辦事員說的謊話嚇倒。就算那些話是真的，他也不受『那種東西』脅迫！他大聲吼叫，說他希望、想要、決定去睡覺。我聽見他大喊，『如果你不是倒楣的葡萄牙人，就會知道醫院才是我該去的地方。』他沒受傷那隻手掄起拳頭舉到那人鼻子下，人群開始在周圍聚集。混血辦事員有點慌張，卻盡量撐住面子，想解釋他的用意。我轉身走開，沒有留在那裡看結果。

「當時我正好有個手下在醫院，庭訊的前一天我去探望他，在白種人病房看到那個傢伙躺在床上翻來覆去，手臂用夾板固定，好像迷迷糊糊的。令我非常驚訝的是，另外那個留著低垂八字鬍的高個子不知怎的也在那裡。那兩人吵架的時候，我看見他偷偷溜走，腳步忽快忽慢，極力掩飾內心的恐懼。他好像對那個港口很熟悉，在心煩意亂的情況下還能直接走到馬利安尼在市場附近的撞球室兼酒館。馬利安尼那個人神共憤的敗類跟那人認識，曾經在其他一兩個地方幫他幹過壞事，在他面前鞠躬哈腰，把他藏在他那間藏污納垢的小店樓上房間，給他一堆酒。那個人好像有點擔心自己的人身安全，想要找個地方躲起來。不過，很久以後馬利安尼告訴我（當時他到船上向我的服務員催討雪茄錢），他願意為那人做更多事，而且一句話都不會問，因為他感謝那人很多年前幫過他的忙。在我聽來應該是不正當的事。馬利安尼用力捶了自己結實的胸膛兩下，閃著淚光、黑白分明的大眼睛翻了翻，『馬利安尼不忘恩負義……馬利安尼不忘恩負義！』那人到底幫馬利安尼做過什麼不道德的事，我始終不得而知。不管是什麼，他現在得了方便，能把自己鎖在房間裡，有把椅子，有張桌子，有一塊擺在角落的床墊，還有散落在地板上的灰泥，整個人陷入非理性的恐慌，還有馬利安尼提供的黃湯為他解憂。到了第三天晚上，那人驚聲尖叫，被一大群蜈蚣逼得落荒而逃。他『砰』地打開門，為了保住小命跳下那一言難盡的小樓梯，把馬利安尼撲倒在地上，又急忙爬起來，像隻兔子似地跑到街上去。隔天清晨警察把他從垃圾堆裡拔出來。一開始他以為警察要把他送上絞刑架，奮不顧身設法掙脫。等到我在他病床邊坐下時，他已經平靜了兩天。他瘦削的古銅色腦袋和花白的八字鬍在枕頭上顯得十分安詳，像童心未泯的疲累士兵。只是，他那空洞的目光好像潛藏著一抹似有若無的警戒，像默默蜷伏在玻璃窗另一邊、難以形容的驚悚形體。他實在太平靜，我內心生起一股異乎尋常的期待，想聽聽他怎麼解釋那起知名事件。那件事與我無關，唯一的關聯是，我也屬於那個默默勞累、忠於某些行為準則的籠統團體。我為什麼追根究柢，想挖掘那件事的齷齪細節，我自己也說不上來。你可以說那是病態的好奇心，但我很清楚我想追查出一點內情。或許，潛意識裡我想查出某些東西，某種深刻、能帶來救贖的原因，某種讓人鬆一口氣的解釋，某種大致可信的理由。現在我已經明白，我在奢求不可能實現的願望，奢求驅除人類創造出來、最頑固的鬼魂，驅除像迷霧般席捲而來的疑慮。那疑慮令人不安，隱晦不明，像蟲子般齧咬著你，比死亡的必然性更令人顫慄。那是對一套既定行為準則的權威的疑慮，會讓人撞得頭破血流，讓人驚慌失措，或悄悄做出許多小小惡行，是大災難真實的徵兆。當時我相信奇蹟嗎？我為什麼那麼熱烈渴望奇蹟？我想要為那個年輕人找到一絲一縷的理由，是為了我自己嗎？我沒見過他，但光是看到他的外表，我想到他的軟弱表現時，心裡會有一份私人關切，覺得那件事想必神祕又可怕，會讓我們這些有過跟他一樣年輕歲月的人覺得，有個毀滅性的命運等著我們。恐怕這就是我打聽內幕的祕密動機。沒錯，我確實在尋找奇蹟。事隔這麼久，我覺得那整件事最神奇的地方，是當時的我竟那麼愚蠢。我根本是想從那個委靡不振、心術不正的病人身上弄到某種驅邪符咒，用來對抗疑心生出的暗鬼。我想必已經迫不及待，因為我沒有多費唇舌，冷淡說了幾句友好的開場白。他也像個懂禮貌的病人，有氣無力卻沒有遲疑地回應。之後我委婉地在下一個問題中提到帕特納號，彷彿將這個名字包裹在一捆絲線裡。我是有點私心的，我不想嚇到他。我不擔心他，不氣他，不為他感到遺憾：他的經歷並不重要，他的救贖對我沒有意義。他一生做過太多小奸小惡，已經引不起厭惡或同情。他反問一聲『帕特納號？』好像認真回想了一下，『沒錯，我是這行的老手了，我看著她沉沒。』我正打算氣憤地拆穿這愚蠢的謊言，他又泰然自若地接了一句，『船上滿滿的爬蟲。』

「我頓了一下。他這話什麼意思？他呆滯雙眼背後那搖擺不定、幻影般的恐懼好像定住不動，渴盼地望著我的眼睛。『午夜班[16]的時段他們把我從床上挖起來，讓我看她下沉。』他用沉思的口吻說道。他的聲音突然大得嚇人，我為自己的愚蠢感到懊惱。整個病房看不到腳步匆忙、雪白頭巾像羽翼般飛揚的護士，不過一長排空鐵床中間有個意外事故傷患坐了起來。那人是目前停泊在錨地的某艘船的水手，褐色皮膚，面容憔悴，前額草率地纏著白色繃帶。我身邊這位有趣的病人忽然伸出瘦得像觸鬚的手，抓住我的肩膀。『我的眼睛最好，只有我看得到。我的視力出名得好，我猜這是他們把我叫醒的原因。他們都不夠敏銳，看不到她在下沉，不過他們看到她確實沉下去了，一起喊出聲……像這樣。』一陣狼嗥直擊我靈魂深處。『噢！叫他閉嘴。』那個傷患惱怒地控訴。『你不相信我吧。』我身邊這個問，那神情有種難以形容的自負。『在波斯灣的這一邊，誰也沒有我這種眼力。你看看床底下。』

「我當然馬上彎下身子，誰敢說自己不會那麼做。『你看見什麼了？』他問。『什麼都沒有。』我答，心裡卻羞愧得無地自容。他仔細審視我的臉，那眼神有著令人難以招架的狂野鄙視。『不出所料，』他說，『如果換我來看，就會看到……誰也沒有我這種眼力。』他又抓我肩膀，把我向下拉，急於向我吐露心裡的祕密。『幾百萬隻粉紅色蟾蜍。誰也沒有我這種眼力。幾百萬隻粉紅蟾蜍。那比看到大船沉沒更恐怖。我可以一整天抽著菸斗看大船沉沒。他們為什麼不把菸斗還給我？我看蟾蜍的時候要抽抽菸。船上滿滿都是蟾蜍，總得有人看著牠們。』他玩笑地眨眨眼。我腦門的汗水滴在他身上，我的制服外套貼在我汗濕的背部，午後的微風浮躁地掃過那一排病床，窗簾硬挺的布褶垂直晃動，在黃銅掛杆上嗒嗒響。空病床的床罩在光禿禿的地板上方無聲地擺盪，我只覺一股寒顫深入骨髓。熱帶的和風在空蕩的病房裡戲耍，像老家舊穀倉裡的冬季強風一樣陰冷。『先生，別讓他叫嚷。』那個傷患苦惱又氣憤的吶喊聲從遠處傳來，那聲音在牆面之間迴盪，像隧道裡顫抖的呼喚。他用爪子般的手扣住我的肩膀，意味深長地斜眼看著我。『一整船都是。我們必須一聲不響地離開。』他用最快的速度悄聲告訴我。『都是粉紅的，都是粉紅色的。跟獒犬一樣大，頭頂長著一隻眼睛，醜陋的嘴巴四周都是爪子。嗷嗚！嗷嗚！』他像被電擊似地劇烈抽搐，顯露出在平坦被單底下躁動的細瘦雙腿。他放開我的肩膀，伸手在空中亂抓。他的身體劇烈抖動，像被彈撥過的豎琴琴弦。我低頭看著他，那隱晦的恐懼突破他呆滯的目光。他那老兵臉龐高尚又平靜的輪廓在我眼前瓦解，化做鬼祟的狡詐、極端的謹慎和迫切的恐懼。他忍住叫喊的衝動，『噓！牠們在底下做什麼？』他指著地板，嗓音和手勢有著濃濃的戒備。我靈光一閃，明白

16. middle watch，十九世紀船舶班表一天分為六個班，每班四小時，午夜班從午夜十二時到凌晨四時。

他的意思，忽然非常厭惡自己的聰明。『牠們都睡了。』我一面回答，一面仔細觀察他。沒錯，這就是他想聽的，這句話才能安撫他。他吸了一大口氣。『噓！安靜，穩住。我是這行的老手。我了解那些畜生。哪個先動就打爆牠腦袋。牠們數量太多，船撐不到十分鐘。』他又喘氣。『快！』他突然大叫，扯著嗓門大喊，『牠們都醒了，幾百萬隻。牠們都踩在我身上！等等！等等！我要一堆一堆把牠們砸爛，像打蒼蠅一樣。救命！救救我！』持續不休的嚎叫把我的狼狽推向最高點。我看到遠處那個傷患慘兮兮地把雙手舉到包著繃帶的腦袋旁。一名工作圍裙圍到下巴的外傷處理人員出現在病房遠端，像單筒望遠鏡目鏡裡的影像。我承認自己一敗塗地，頭也不回地從落地窗走出去，逃到外面的走廊。那嗥叫聲緊追著我，像仇人似地。我轉進一處無人的平台，剎那之間四周徹底靜止無聲。我走下沒有鋪地毯的光亮階梯，那靜謐的氛圍讓我紛亂的思緒穩定下來。我在底下遇見一個外科住院醫師，他從庭院另一邊走過來攔住我。『船長，你來看你的手下是嗎？他應該明天可以出院，不過這些傻子不懂得照顧自己。對了，那艘朝聖船的輪機長也在我們醫院。古怪的病例，最嚴重的震顫性譫妄[17]。他在那個希臘人或義大利人的酒館狂喝三天。這個結果不意外。聽說那種白蘭地一天喝四瓶，如果是真的就太神奇了，他的腸胃八成鋪了鍋爐鐵板。他的腦子，啊，腦子當然錯亂了。古怪的地方在於，他的胡言亂語好像有某種條理，我正在研究。太不尋常了，這麼嚴重的譫妄竟然保有一絲邏輯。照慣例他應該看見蛇，但他不是，如今可靠的慣例也打了折扣。他的……呃……幻覺是蛙類。哈！哈！不，說正經的，我還沒遇過讓我這麼感興趣的酒精中毒案例。照他那種喝法，他應該已經死了。喔，他身體夠強悍，在熱帶待了二十四年。你真該去看看他，一派莊嚴的老酒鬼，是我見過最特別的人，我指的當然是在醫學上。你不去看看嗎？』

「我一直客客氣氣地專心聽他說，這時裝出遺憾的神情，喃喃表示我趕時間，匆匆跟他握手道別。他在我背後喊，『對了，他沒辦法出庭應訊，你覺得他的證詞重要嗎？』

「『一點也不。』我在門口大聲回答。」

17. Delirium tremens，簡稱D.T.，指戒酒引起的譫妄症狀，患者會出現幻覺。

第六章

「法院顯然也是這種看法。庭訊沒有延期，在指定日期舉行，以便完成必要的法律程序。很多人去旁聽，顯然是因為這個案子與人性密切相關。這個案子的事實經過完全沒有疑義，我指的是那個最重要的事實。至於帕特納號是怎麼受損的，不可能有答案。法庭不奢望查出來，也沒有任何旁聽的人在乎。不過，我說過了，港口的水手都來了，與船舶相關的各行各業也都有人到場。不管那些人知不知道，吸引他們來到法庭的，純粹是心理層面的因素。他們期待這場庭訊能揭露人類情感的強度與力道，以及它恐怖的一面。當然，他們聽不到那方面的東西。只有一個當事人能夠、也願意面對審訊，但法庭對他的審問徒勞地繞著所有人都知道的事實經過兜圈子。用那些翻來覆去的問題追查真相，就像拿著槌子敲鐵盒外殼，想知道裡面裝著什麼東西。然而，正式訊問只能是這樣。它探索的不是這件事的根本原因，而是膚淺的過程。

「那些才是旁聽的人感興趣的東西，年輕人原本可以滿足他們，但那些問題卻讓他偏離在我看來唯一值得獲知的真相。你不能期待負責審問的人探查受審者的心靈狀態……或者只是探查他肝臟的狀態？他們的任務是做出最後裁決，而且坦白說，臨時上陣的治安法官和兩名海事顧問也做不了別的事。我無意暗示他們不聰明。治安法官非常有耐性。兩名海事顧問之一是一艘帆船的船長，留著淡紅色鬍子，信仰十分虔誠。另一個是布萊爾利，大布萊爾利。你們之中一定有人聽說過大布萊爾利，帶領藍星船隊最好的船。就是他。

「他接到這個光榮使命，好像覺得十分厭煩。他一生中沒有犯過任何錯誤，沒出過意外，沒遇過災難。毫無阻礙一路升遷，彷彿是個不知優柔寡斷為何物的幸運兒，更別提自我懷疑。他三十二歲就帶領東方貿易圈的一流商船，不只如此，他很以自己的成就為榮。沒有人比他更自滿。如果你直接問他，他會坦白告訴你，他覺得世上找不到第二個像他這樣的船長，他是最適合帶那條船的人，其他那些沒機會帶領船速十六節的鐵甲蒸汽船歐薩號的人都是可憐蟲。他在海上救過人，援助過落難的船隻。保險商送他精密金錶，某個國家送他一副刻了得體文字的雙筒望遠鏡，感謝他所做的貢獻。他很清楚自己的功績和他獲得的報償。我挺喜歡他，不過，我認識的某些人（溫和友善的人）無論如何都受不了他。我一點都不懷疑他自認比我優秀得多，說實在話，就算你是統治東方和西方的帝王，在他面前也免不了自嘆不如。但我沒辦法真的對他起反感。他鄙視我的，都不是我能力所及的事，不是我本身的問題，你們不明白嗎？他不把我放在眼裡，純粹是因為我不是地球上**那個**幸運兒，不是歐薩號船長蒙塔古．布萊爾利，沒有刻了字的金錶和鑲了純銀的雙筒望遠鏡來證明我優越的航海技術和不屈不撓的勇氣，更沒有念念不忘自己的功績和獲得的報償。最後，我也沒有得到一條黑色獵犬的愛與崇拜。那是世界上最了不起的狗，因為從來沒有這樣一個人被這樣一條狗這樣深深愛著。當然，像這樣被壓得抬不起頭來，實在是夠氣人的。不過，只要想到還有十二億稱得上是人類的人跟我一樣處於這種無可救藥的弱勢，我就能忍受他那種和善又輕蔑的憐憫，去欣賞他身上某些難以言說的人格魅力。我從來沒有弄清楚那是什麼樣的魅力，但偶爾我會羨慕他。生命的傷害對他自滿的靈魂沒有任何作用，就像大頭針沒辦法在岩石的表面留下刮痕。這點很值得羨慕。他就坐在主持庭訊那個態度保守、臉色蒼白的治安法官旁邊，他的自滿在我和世人眼前為他塑造一層硬得像花崗岩的外表。之後沒多久他自殺了。

「難怪他覺得吉姆的案子令他厭煩。我在擔心他會多麼瞧不起這個受審年輕人的同時，或許他也默默在審問自己。他對自己的裁決必然是罪無可逭，於是他帶著那些罪證的祕密跳下海。根據我對男人的了解，他心裡那件事一定具有重大意義，是一件會喚醒某些觀點的瑣事，會引發某些念頭，讓不習慣跟這類念頭相處的人覺得活不下去。我有理由相信他的死不是因為金錢，也不是酒或女人。庭訊結束不到一星期，他就跳海了。當時船出海不到三天，彷彿他突然在海面上那個定點看見另一個世界的大門倏地打開，只為迎接他。

「那不是一時衝動。他那個頭髮花白的大副說起那段經過聲淚俱下。這個大副是個一流水手，也是個老好人，對陌生人很友善，面對他的船長時，卻是脾氣最暴躁的大副。那天早上他去到甲板時，布萊爾利已經在海圖室寫東西。『當時是三點五十分，』他說，『午夜班還沒結束。他聽見我在船橋跟二副說話，把我喊進海圖室。我不願意去。馬洛船長，這是真話。說來慚愧，那時我受不了可憐的布萊爾利船長。我們永遠看不透別人的內心。他升職太快，超越太多人，包括我。而且他有個討人厭的本事，光是說句早安都能讓人自覺卑微。先生，我從來不找他說話，除非談公事。就算談公事，我也只能維持表面上的禮貌。』（關於這點他太抬舉自己了，我經常納悶，布萊爾利怎麼受得了他那種態度，沒有在航程中途鬧翻。）『我有老婆有孩子，進公司十年了，總是希望下一個升船長的就是我，真是個傻子。當時他對我說，「瓊斯先生，進來。」就用他那種神氣活現的口氣。「進來，瓊斯先生。」我走進去。「我們來記錄她的位置。」他彎腰俯視海圖，手拿兩腳規。依照規定，高級船員下值前要做這件事。但我什麼都沒說，看著他用小小的叉號畫記船的位置，寫下日期和時間：八月十七日凌晨四時。現在我還清楚記得那整齊清晰的數字，年份會用紅色字體寫在海圖頂端。一張海圖他不會用超過一年，這是他的習慣。現在那張海圖在我手裡。他做完這件事以後，站著看自己畫的符號，笑了笑，而後抬頭對我說，「再走三十二浬，之後的航程就沒問題了，到那時你再調整航向，向南二十度。」』

「『那次航程我們從海克特暗礁[18]北邊經過。我說，「是，長官。」心裡納悶他為什麼多此一舉，反正改變航向以前我一定得找他。鐘敲了八響[19]，我們走出海圖室踏上船橋，二副離開以前照慣例報告，「航程七十一。」布萊爾利船長看一眼羅盤，再看看四周。天色漆黑晴朗，滿天的星斗，明亮得像高緯度地區的寒夜。他突然輕嘆一聲，說道，「我要去船尾，會親自幫你把航程儀歸零，這樣就出不了差錯。目前這個航向再走三十二浬，你們就安全了。我看看，航程儀的附加校正是百分之六。那麼，照航程儀再走三十浬，就立刻向右轉二十度。沒有必要多走，對吧？」我從來沒有聽過他一口氣說這麼多話，而且好像都是沒有意義

18. Hector Bank，位於婆羅洲西南外海的暗礁。
19. 船員值班時間以鐘聲提示，每半小時敲鐘，第一個半小時一響，依序遞增，四小時結束時總共八響。

的話。我沒有回應。他走下樓梯，那條不管白天晚上都追隨他腳步的狗也鼻子朝下往下滑。我聽見他靴子的鞋跟嗒嗒嗒踩著後甲板，他停下來對那條狗說，「羅佛，回去。回船橋去！去吧，快。」接著他在黑暗中喊我，「瓊斯先生，麻煩你把狗關在海圖室好嗎？」』

「『馬洛船長，那是我最後一次聽到他的聲音。先生，那是他對這世上的人說的最後幾句話。』說到這裡，老瓊斯的聲音已經不太穩定。『他怕那可憐的畜牲會跟著他跳下海，你明白嗎？』他用顫抖的聲音接著說，『沒錯，馬洛船長，他幫我把航程儀歸零，他……你相信嗎？他還添了一滴潤滑油，給油器就留在旁邊。五點半，副水手長拿著水管到船尾沖洗，不一會兒就丟下工作跑上船橋。「瓊斯先生，你能來船尾看看嗎？」他說，「有個奇怪的東西。我不想碰。」那是布萊爾利船長的金錶，用錶鏈穩當地掛在欄杆上。』

「『我一看見那塊錶，頓時恍然大悟，什麼都明白了。我兩腿發軟。那種感覺就好像我親眼看見他跳下去，而且我知道他的位置離船有多遠。船尾航程儀顯示十八點七五浬，主桅周圍少了四枚繫索鐵栓。我猜他把它們裝在口袋裡加速下沉。不過，天啊！像布萊爾利船長那麼強壯的人，四枚鐵栓能有什麼作用。也許他的自信在最後關頭動搖了一點點，那應該是他生命中唯一一次失常。不過我要為他辯解，他越過欄杆以後，絕不會划一下手臂，就像他如果不小心落水，一定會有足夠的意志力撐一整天，只為等待渺茫的機會。沒錯，先生。我曾經親耳聽他說過沒有人比他強悍，他說的一點也沒錯。午夜班的時候他寫了兩封信，一封給公司，另一封給我。他留了很多有關這趟航行的指示，而我入行的時候，他還不知道在哪裡。他還給了我很多提醒，教我到了上海怎麼跟公司的人應對，好順利接掌歐薩號。馬洛船長，他那口氣就像父親寫給最疼愛的兒子，而我比他年長二十五歲，我正式出海的時候，他還在穿開襠褲。他寫給船東的那封信沒有封口，我能看到內容。他在信裡說，他一直都盡忠職守，沒有愧對過公司，即使到這一刻，他也沒有辜負公司對他的信任，因為他把船交給船上最能幹的海員。先生，他指的是我，指的是我！他告訴他們，如果他最後做的這件事沒有抹殺他們對他的信任，那麼在尋找接替人選時，希望能考量我對公司的忠誠和他的熱忱推薦。還有更多這類的話，先生。我不敢相信自己看到了什麼，整個人頭昏眼花。』老瓊斯繼續說著，心情非常亂，用他那寬得像抹刀的拇指按了按眼角。『先生，那封信讓人覺得他跳海只是為了讓一個不走運的人得到最後一個好機會。他用這麼可怕又輕率的方式離開，我深受震撼，又想到自己因為這個機會升職在望，整整一個星期都渾渾噩噩。不過沒事，皮利翁號的船長接任歐薩號，在上海登船。先生，那就是個繡花枕頭，穿著灰色格紋西裝，頭髮中分。「呃……我是……呃……你的新船長，瓊……呃……瓊斯先生。」馬洛船長，他簡直像打翻了香水瓶，熏死人了。我敢說是我看他的眼神讓他舌頭打結。他咕噥著說我會失望是正常的，不過他覺得最好馬上讓我知道他的大副升職當皮利翁號的船長，當然，那跟他一點關係都沒有，上面的人有他們的考量，抱歉……我說，「先生，別在乎老瓊斯，管他去死，他習慣了。」我看得出來他聽不慣這麼唐突的話，有點震驚。我們第一次一起吃午餐時，他開始尖酸地挑剔歐薩號。我只在看《龐奇與茱蒂》[20]時聽過那種聲調。我緊咬牙根，眼睛盯著

20. *Punch and Judy*，英國家喻戶曉的滑稽木偶劇。

自己的盤子，努力保持冷靜。到最後我不得不說出心裡的話，他踮著腳尖跳起來，全身的漂亮羽毛一根根豎直，像隻小鬥雞。他說，「你會發現我跟布萊爾利不是同一種人。」我假裝專心切牛排，用鬱悶的語氣答，「我已經發現了。」他尖著嗓門對我叫嚷：「瓊……呃……瓊斯先生，你是個老流氓，不只如此，整個公司都知道你是個老流氓。」那些該死的洗瓶子工人站著旁聽，笑得咧了嘴。我答，「我或許不是好人，卻沒有壞到可以看著你坐在布萊爾利船長的椅子上。」說到這裡，我放下刀叉。他冷笑道：「你自己想坐，這才是問題所在。」我離開餐廳，收拾了行李，碼頭工人午休還沒結束，我已經站在碼頭上，所有行李堆在腳邊。沒錯。為公司服務十年之後，前途茫茫、困在岸上，九千公里外有一個可憐的女人和四個孩子仰仗我的半薪過活。是的，先生！我寧可辭職，也不願意聽人毀謗布萊爾利船長。他把他的夜視鏡留給我了，就在這裡。他也希望我照顧那條狗，牠在這裡。哈囉，羅佛，可憐的孩子。羅佛，船長去哪裡了？那條狗抬起頭，黃色的眼眸哀傷地看著我們，淒涼地吠了一聲，鑽進桌子底下。』

「我跟瓊斯談話是兩年多後的事，在破舊的火后號上，瓊斯是那艘船的船長。那也是一件古怪的意外，是馬瑟森請他去的。大家通常喊他瘋子馬瑟森，以前都待在越南的海防市，那時越南還不是法國殖民地。老瓊斯帶著鼻音接著說：

「『是啊，先生，就算整個世界都忘了布萊爾利船長，這艘船上還有人記得他。我寫信給他父親，把事實經過都告訴他，卻沒有得到回音，沒有一句「謝謝」，也沒有「去死吧！」也許他們不想知道。』

「老瓊斯噙著淚水，拿著紅色的棉布手帕擦抹他的禿頂。那條狗哀傷地吠叫。這個蒼蠅飛來飛去的骯髒船艙是唯一一個懷念他的地方，這一切讓布萊爾利生前的形象蒙上一層說不出口的卑劣傷感。那是命運在他死後對他進行的報復，因為他相信自己的傑出，幾乎連他自己都騙了，以為他的生命沒有該有的恐懼。幾乎！也許完全。誰曉得他用什麼樣的自以為是看待他的自殺？

「『馬洛船長，你知道他為什麼做出那麼輕率的事嗎？』瓊斯合起雙掌。『為什麼？我實在想不通！到底為什麼？』他拍著布滿皺紋的扁塌額頭。『如果他又老又窮又負債，沒有過一點成就……也許他瘋了。但他不是那種會發瘋的人，他不可能。你信我。當船長的人如果有哪一面是他的大副不知道的，那麼那一面就不值得知道。年輕、健康、有錢、沒有煩惱……有時候我坐在這裡想呀想，想到腦子嗡嗡響。一定有什麼原因。』

「『瓊斯船長，』我說，『那一定不是個能讓我們兩個煩心的原因。』這時他混亂的腦子好像突然一陣清明，可憐的老瓊斯說出一句非常深奧的話。他擤了鼻涕，憂傷地對我點點頭：『沒錯，先生，你跟我都不覺得自己有多麼了不起。』

「我最後一次跟布萊爾利談話後不久，跳海事件就發生了，自然而然影響到我對那段記憶的解讀。那是在庭訊期間，就在第一次休庭之後，我們在街上偶遇，他主動找我攀談。我發現他心情不好，十分驚訝，因為平時他屈尊俯就找人說話時，通常表現得十分冷淡，帶著一絲嘲弄的容忍，彷彿他的談話對象的存在是個笑話。他說，『他們拉我去當顧問，』接下來大肆埋怨每天出庭是多麼麻煩的事。『天曉得會拖多久。我猜要三天。』我默默聽他說。以我當時的看法，這只是他擺高姿態的另一種方式。他越說越氣，『這有什麼用？這是最蠢的辦法。』我告訴他這事只能這麼處理。他打斷我的話，壓抑的怒氣好像徹底爆發。『從頭到尾我都覺得自己個傻瓜。』我抬頭看他。這太離譜了，布萊爾利從來不會這樣說自己。他突然停下來，抓住我外套的翻領，輕輕拉一下，問道，『我們為什麼要折磨那個年輕人？』這個問題完美呼應我腦海中一個漸漸成形的念頭，我想到那個逃走的德裔船長，脫口回答，『我知道才有鬼。唯一的可能是他願意受折磨。』令我震驚的是，他竟然認同我這番意有所指的話。『是啊。他難道沒看到他那個卑鄙的船長已經溜掉了？他希望發生什麼好事？什麼都救不了他。他完了。』我們沉默地走了幾步。他又大聲吶喊，『為什麼要忍受那些屈辱？』那語氣有著東方人說話時的活力，這大概是子午線以東十五度範圍內唯一看得到的活力。當時我非常納悶他為什麼會有這種想法，但現在我強烈覺得那完全符合他的性格：在內心深處，可憐的布萊爾利一定聯想到他自己。我提醒他，大家都知道帕特納號的船長撈了不少油水，不論到哪裡都有辦法跑路。吉姆的情況恰恰相反，目前官方安排他住在海員旅舍，也許他口袋裡一毛錢都沒有。逃走不能沒錢。『是嗎？未必，』他苦笑一聲，接著又回應我後來說的話，『那好吧，就讓他鑽到地下六公尺的地方，留在那裡！天哪！如果是我就會跑掉。』不知道為什麼，他的口氣激怒了我，我說，『像他那樣選擇面對，也是一種勇氣。畢竟他很清楚就算他跑了，也不會有人費心去追他。』布萊爾利咆哮道：『見鬼的勇氣！那種勇氣讓人沒辦法抬頭挺胸做人，我一點也不欣賞。你該說那是膽小，是軟弱。這樣吧，我出兩百盧比，你出一百盧比，你拿給那個窮光蛋，叫他明天一大早就離開。那傢伙如果拒絕受辱，就還算個紳士，他會明白的。他必須明白。這種壞名聲太恐怖，他坐在那裡，那些該死的土著、東印度水手長、東印度水手、舵手提出的證據，能讓人在恥辱中被燒成灰燼。這實在糟糕透了。馬洛，你難道不認為這很恐怖，你感覺不到嗎？做為一個船員，你現在難道……只要他離開，這一切就會停止。』布萊爾利說到最後情緒格外激昂，伸手準備掏錢包。我阻止他，冷冷地告訴他，我覺得那四個人的懦弱表現一點都不值得重視。他火冒三丈：『你自認是個船員吧？』我說我是這麼認為，也希望我是。他聽我說完，大手一揮，好像抹除了我的個別性，將我歸類為大多數。他又說，『最糟糕的是，你們這些人不懂什麼叫尊嚴，也不去想自己應該是什麼樣的人。』

「我們一面聊，一面慢慢往前走，在港務處對面停下來。帕特納號那個肥碩船長就是在這裡消失得無影無蹤，像被颶風捲走的羽毛。我笑了。布萊爾利又說，『這件事太可恥，我們這一行三教九流都有，有些是不折不扣的惡棍。天殺的！我們必須維護職業尊嚴，不然就會變成一群胡作非為的烏合之眾。我們受到信任，你明白嗎？受到信任！坦白說，我一點都不在乎在從亞洲出來的那些朝聖者，不過就算船上載的是成捆成捆的破布，正派的人也做不出那種事。我們這個行業組織鬆散，唯一讓我們凝聚在一起的，正是那種尊嚴和名聲。這樣的事會破壞人們對我們的信任。很多人航海一輩子，從來沒有遇過需要表現剛毅堅忍的情境，可是一旦碰上了……啊哈！……如果我……』

「他突然停頓，換一種語調說，『馬洛，我給你兩百盧比，你去找那小子談。天殺的！我真希望他沒來到這地方。事實上，我家好像有人認識他的家人。他老子是牧師，現在想起來了，去年我在埃塞克斯的表弟家住過一段時間，見過他一次。如果我沒記錯，他老子好像很喜歡這個當海員的兒子。太糟了。我不能親自跟他談，不過你……』

「就這樣，因為吉姆的關係，我得以瞥見真正的布萊爾利，就在他將他的真假面貌託付給大海的前幾天。我當然拒絕插手。他最後那句『不過你』（可憐的布萊爾利就是忍不住）似乎在暗示我就像小蟲子，不會引人注意，所以他的提議讓我很生氣。也許因為被他激怒，或其他理由，我心裡認定這次庭訊對那個吉姆是嚴厲的處罰，而他選擇面對，而且是出於自己的意願，是他在這個可恥案件裡的救贖。關於這點，我早先還不是很確定。布萊爾利憤怒地離開了。對於當時的我，他的心理狀態是個謎。

「隔天我到法院的時間有點晚，自己一個人坐。我當然忘不了跟布萊爾利那段談話，現在他們兩個都在我眼前。其中一個顯得陰沉傲慢，另一個則是輕蔑又厭煩，然而，這兩種表現都未必是真的。我知道其中一個不是。布萊爾利不是厭煩，他是惱火。如果是這樣，那麼吉姆也未必真的傲慢。根據我的推論，他不傲慢。我猜他是絕望。我跟他的視線就是那時候對上的。我們看著對方。如果我原本還有心找他聊聊，看到他的眼神就打消念頭了。不管他是傲慢或絕望，我覺得我都幫不了他什麼。那是庭訊的第二天。我們彼此對視後不久，庭訊再度延期到隔天。旁聽的白種人立刻走出法庭。之前法官就示意吉姆退席，所以他是第一波離開的人，我在門口的光線裡看見他腦袋和寬闊肩膀的輪廓。我慢慢往外走，身邊的陌生人主動找我說話，我們邊走邊聊。我在法庭裡看見吉姆雙手手肘擱在遊廊的欄杆上，背對依序走下短短幾級台階的人們。空中有低聲交談和靴子在地板上挪移的聲音。

「接下來要審的是放債人遭到襲擊毆打的案子，被告是個德高望重的村莊老人，留著純白的鬍子。他就坐在門外的席墊上，陪同出庭的有他的兒女、女婿和媳婦，另外，大概半村的人都來了，或蹲或站圍著他。有個身材修長的黑皮膚婦人突然用高亢、潑辣的音調說起話來，她裸露一部分後背和一側肩膀，戴著細細的黃金鼻環。跟我閒談的男人本能地抬頭看她。當時我們正好走出法庭的門，經過吉姆魁梧的後背。

「我不知道那條黃狗是不是村民帶來的，總之，那裡有一條狗，在人們的腳邊鑽來鑽去，行動跟本地的土狗一樣鬼鬼祟祟，沒有發出一點聲響。跟我聊天的那人絆到那條狗，狗靜悄悄地跳走，那人慢慢笑了一聲，略略拉高嗓門：『看看那條可憐的癩皮狗。』之後有一群人走過來把我們擠開。我靠牆站著，那人走下台階離開了。我看見吉姆轉身過來，往前一步攔住我的去路。當時現場只有我跟他，他瞪著我，眼裡有頑強的決絕。我意識到我被攔截了，就像在林子裡一樣。遊廊已經沒有人，法庭裡的各種聲響也停止了，整棟建築物寂靜無聲，只有建築物深處某個地方傳來東方人哀悽的陳訴。那條狗原本正打算溜進門，又急忙坐下來抓跳蚤。

「『你剛才在跟我說話嗎？』吉姆音量壓得很低，上半身往前傾，與其說是對著我，不如說是衝著我來，如果你們明白我的意思的話。我馬上回答『沒有』。他那低沉的嗓音讓我腦海裡警鈴大作，全神戒備。我密切注意他。這種情況很像林子裡的狹路相逢，只是情況更不明確，因為他要的不會是我的錢或我的命，不是任何我能毫無顧忌放棄或捍衛的東西。他用嚴肅的口氣說，『你說你沒有。但我聽到了。』我答，『那一定是誤會。』我不知如何是好，只能直盯著他。看著他的臉，就好像看著雷暴之前越來越陰暗的天空，看著天色以難以察覺的速度漸漸變暗，在暴風雨前的寧靜中，那不可避免的厄運似乎迫在眉睫。

「『據我所知，我沒有在你聽力範圍內說過任何話。』我實話實說。碰到這種荒謬的事，我也有點生氣。我赫然意識到，我這輩子第一次離挨揍這麼近，我指的是真正意義上的挨揍，動拳頭那種。我好像能夠未卜先知，隱約看到那樣的結果。倒不是說他明晃晃威脅我。相反地，他沒有任何表示，你們明白嗎？他只是彎低身子。他塊頭雖然不是特別大，看起來卻好像能砸毀一面牆。最讓我安心的是，他有一種遲疑的猶豫，我認為那是因為我的態度和語氣有著明顯的誠意。我們面對面。法院裡正在審理襲擊案，我聽到幾個字眼，『嗯……水牛……棍子……我害怕極了……』

「最後吉姆問我，『你整個早上盯著我看是什麼意思？』他抬頭看我一眼，又低下頭。我不客氣地反駁，『你覺得坐在法庭裡旁聽的人都該視線朝下，免得刺激到你？』我才不忍受他的無理取鬧。他又抬起眼皮，這回持續盯著我的臉。『不，那樣沒問題。』他的口氣像在思考自己說的話對不對。『沒關係，那是我要面對的，只是……』他說話的速度加快了些，『我不准任何人在法庭外羞辱我。剛才有個人跟你走在一起，你在跟他聊天，嗯，沒錯，我知道，那沒問題。你是在跟他說話，卻是故意說給我聽。』

「我向他保證他一定是誤會了，我不知道事情為什麼會變這樣。他說，『你以為我只能忍氣吞聲。』他好像並沒有很生氣。當時我夠用心，能聽得出他語氣上的差異，卻一點也不明白為什麼。不知道是因為他這句話裡隱藏的某種東西，或者只是他的語調，我突然開始體諒他，不再為突發的困境感到懊惱。是他誤會了，判斷錯誤。我直覺認為他這個誤會本質上既可鄙又不幸。我為了尊嚴，急於結束這場鬧劇，就像人們會急於打斷別人主動吐露的不堪祕密。最可笑的是，我在顧慮顏面問題的同時，卻也意識到自己內心的不安，擔心這次對峙最後的結果或許……不，應該說很可能……是一場難堪的肢體衝突，而我百口莫辯，淪為笑柄。我一點都不想因為被帕特納號的大副打得眼眶瘀青或什麼的，變成一時的話題人物。而他多半不在乎自己做了什麼，或者會找藉口原諒自己。雖然他表面上十分平靜，甚至有點懶散，但我即使不是魔法師，也看得出來他被某些事激怒了。我不否認我非常願意盡我所能安撫他，只要我知道該怎麼做。可惜我不知道，這點你們大概也猜得到。我一頭霧水，抓不到任何頭緒。我們默默對峙，他隱忍了將近十五秒，又向前一步，我準備擋開他的拳頭，不過我應該沒有動彈。他壓低聲音說，『如果你有正常人兩倍的體格和六倍的力量，我就會讓你知道我對你有什麼看法。你……』我大叫：『停！』他停頓一秒。我連忙說，『在你讓我知道你對我有什麼看法以前，能不能先讓我知道我說或做了什麼？』停頓的過程中他憤怒地觀察我，而我絞盡腦汁在回想，卻被法庭裡傳出的聲音干擾：有個東方腔調正口若懸河地反駁說謊的指控。接著我們幾乎同時開口。他說：『我馬上會讓你知道我不是。』語調給我強烈的危機感。同一時間我在極力反駁：『我真的不明白你在說什麼。』他想用鄙視的眼神擊垮我，說道，『現在你發現我不害怕，就想息事寧人。現在誰才是癩皮狗，嗯？』這時我終於明白了。

「先前他的目光一直在我臉上掃視，像在尋找拳頭的落點，用威脅的口氣喃喃說道，『我不允許任何人……』那實在是個險惡的誤會，他徹底暴露了自己。我沒辦法形容當時我有多震驚。他大概在我臉上看出我的某些感受，因此表情也出現一丁點變化。我結結巴巴地說，『我的天！你不會以為我……』他仍然一口咬定，『但我確定我聽見了。』這是他在這起可悲事件發生後第一次抬高音量，接著又輕蔑地說，『那麼不是你。好吧，我去找另一個。』我生氣地大喊，『別傻了，根本不是那麼回事。』他又說，『我聽見了。』神態堅決又肅穆。

「可能有人會嘲笑他的執拗，我沒有。我沒有笑他！從來沒有人被自己衝動的天性這麼無情地揭穿。幾個字就讓他失卻了謹慎，而那份謹慎是我們內在尊嚴不可或缺的，比衣物對身體的端莊更為重要。我又說一次，『別傻了。』他毫不退縮地盯著我的臉，用堅定語氣說，『但另外那個人說了，這點你不否認吧？』我回望他，說道，『我不否認。』最後他的視線循著我的手指往下看。一開始他好像不明所以，而後是茫然，最後變成驚奇和害怕，彷彿狗是某種怪物，而他從沒見過這種動物似的。我說，『沒有人想侮辱你。』

「他凝視那條有如雕像般一動不動的癩皮狗：牠豎著耳朵坐在那裡，尖尖的口鼻伸進門裡，突然又像機器似地張嘴咬向一隻蒼蠅。

「我看著他。他雙頰汗毛底下被陽光曬紅的白皙皮膚突然變得更紅，紅暈侵襲他的額頭，擴散到他鬈髮的根部。他的耳朵變成深紅色，就連透亮的藍色眼珠也因為沖上腦部的血液加深了幾許。他的嘴唇微微噘起，顫抖著，彷彿快哭了。我看得出來他難堪得說不出話來，可能也有失望。對什麼失望？誰曉得。或許他原本期待打我一頓，為自己洗刷恥辱，或平息自己的怒氣？誰曉得他希望藉著吵一架得到什麼樣的撫慰。他太天真，會有不切實際的期待。不過以這件事來說，他徒然暴露了自己。他奢望用那種方式為自己扳回一城，這點他沒有隱瞞自己，更不怕我知道。可笑的是，天上的星星沒給他機會。他像個被敲中腦袋陷入半昏迷的人，發出含糊的聲響。真可憐。

「我一直到大門外才又趕上他，最後我甚至跑了幾步。當我氣喘吁吁跑到他身邊，問他是不是想逃跑，他說，『絕不會！』立刻停住腳步轉過來。我說我指的不是逃避我。他頑強地說，『我不會逃避地球上任何一個人。』我沒有告訴他，即使最勇敢的人，也避不開某個明顯的例外。我覺得他自己不久後就會發現。我尋思著該如何回應時，他耐心看著我。但我一時之間不知道該說些什麼，他轉頭往前走。我跟上去。我怕他走掉，急忙告訴他我不想讓他對我留下錯誤印象，以為我……以為我……我結巴了。我已經意識到還沒說完的這句話有多愚蠢，但語句的力量跟它們的意義或結構上的邏輯無關。我蠢笨的含糊話語好像很合他心意。他打斷我，說道，『都是我的錯。』態度是那麼謙恭沉穩，如果不是有強大的自制力，就是有快速變臉的本事。他的話令我嘖嘖稱奇，因為他好像在說著微不足道的小事。他不明白這句話的可悲含義嗎？他說，『你不妨原諒我。』之後又悶悶不樂地表示，『那些在法庭盯著我的人看起來都太蠢，未必沒有我懷疑的那種事。』

「聽見這番話，我突然對他有了全新的看法，覺得相當驚奇。我好奇地看著他，迎向他沒有羞臊、無法看透的眼睛。他直率地說，『我沒辦法忍受這種事，也不打算忍受。在法庭上另當別論，我必須承受那種……而且我辦得到。』

「我不會假裝我了解他。他讓我看到的那一面就像濃霧裡飄移的縫隙，洩露些許一閃而逝的細節，卻沒辦法串連成鄉間景物的全貌。那些畫面滿足不了好奇心，對尋找方向沒有幫助。總而言之他讓人看不透。這就是那天深夜我跟他分開以後做出的結論。當時我已經在馬拉巴旅館住了幾天，在我懇切的邀請下，他跟我共進晚餐。」

第七章

「那天下午有一艘開往國外的郵輪進港，旅館的大餐廳半數以上的客人口袋裡都裝著一張『一百鎊環遊世界』的船票。旅客裡有夫妻檔，旅途中也像居家過日子，已經對彼此厭煩。有小團體也有大團體，也有獨行的旅客。有人肅穆地用餐，也有人歡聲笑語吃吃喝喝。不過，所有人都跟平時在家裡一樣，思量著、交談著、說笑或生氣，也跟他們留在樓上的行李箱一樣，聰慧地記錄旅途上的新鮮事。以後他們身上會貼著去過這裡或那裡的標籤，他們的行李箱也會。他們會珍視自己的這點不凡，而留在行李箱上的行李單，既是書面證據，也是他們這趟自我提升壯舉唯一一個永恆的痕跡。黑皮膚僕役輕聲走在寬廣光潔的地板上。偶爾一聲女孩的嬌笑，跟她的心靈一樣天真、空洞。或者，當餐盤的聲響突然停歇，會聽見有人故意拖著長音調插科打諢，為滿桌笑嘻嘻的同伴敘述郵輪上最新的花邊新聞。兩名四處旅遊的老處女打扮得花枝招展，毫不留情地把餐點一掃而空，正在絮絮低語。她們唇膏的顏色已經褪去，面容呆板又怪異，像兩具華麗的稻草人。吉姆喝了一點葡萄酒，敞開了胸懷，話也多了。我發現他的胃口很不錯。我跟他相識的那一幕好像已經被他埋藏起來，變成這個世界上無關緊要的事。用餐過程中我始終面對著一雙孩子氣的藍色眼眸，直視我的雙眼。年輕的臉龐、強壯的肩膀、開闊的古銅色前額上方一簇簇金髮和髮根底下的白皙皮膚，那副樣貌激發我所有的同情心：直率的表情、單純的笑容、年輕人的認真嚴肅。他正派體面，是我們的一份子。他說話時神態冷靜，有種沉著的坦率。那舉手投足之間的平和可能來自男性的自制、或厚顏、或麻木不仁，或嚴重的神志不清，或驚人的欺騙。誰曉得！從語調上來說，我們像在聊某個不相干的人，或一場足球賽，或去年的天氣。我的腦海裡有著各種猜測，好不容易話題轉換，我趁機用不得罪人的口氣說，這場庭訊對他而言想必很煎熬。他的手突然橫越桌面伸過來抓住我放在餐盤旁的手，目光炯炯地盯著我。我嚇了一大跳，結結巴巴地說，『一定很不好受。』他這種說不出話來的激動表現把我搞糊塗了。『根本就是……地獄。』他脫口而出，聲音有點含糊。

「鄰桌兩名衣著光鮮的男性環球觀光客被這些舉動和話語驚動，視線從他們的冰布丁往上移。我站起來，跟他一起走進前廊喝咖啡抽雪茄。

「前廊有不少八角形小桌子，桌上的玻璃球裡點著蠟燭。一叢叢硬葉植物隔開一組一組舒適藤椅。成排淡紅色柱子映著長窗裡透出來的燈光，柱子之間的陰暗夜色微光閃閃，像華麗的帷幕般垂掛著。船隻的停泊燈在遠處眨呀眨，彷彿下沉的星星。錨地另一邊的山丘像一團團定住不動的雷雲。

「『我不能一走了之。』吉姆說，『船長走了，那是他的事。我不能，也不願意。他們都想辦法躲開了，我卻不能那麼做。』

「我坐在那裡全神貫注聽他說，動都不敢動。我想要知道，只是到現在我還是不知道，只能猜。他可以同時間信心滿滿又沮喪氣餒，彷彿他相信自己清白無辜，這份信念卻屢屢受到在他內心絞扭的真相挑戰。他說他現在絕不能回家，那種口氣就像承認自己沒有能力從六公尺高牆往下跳。這句話讓我回想起布萊爾利曾經說，『埃塞克斯那個老牧師好像很疼愛他的海員兒子。』

「我沒辦法告訴你們吉姆知不知道他父親特別『疼愛』他，但他提起『我父親』的語氣像在告訴我，扛著一大家子生計的人不計其數，那位善良的鄉下老牧師卻是開天闢地以來最慈愛的一個。他雖然沒有明言，卻迫切希望我能明白這一點。他這種態度很真誠，值得讚賞，卻也在這個故事裡添加了幾個遠方的辛勞人物。『這時候他已經在老家的報紙看到所有的事了。』吉姆說，『我沒辦法面對那個可憐的老人家。』他說這些的時候，我不敢抬眼看他。接著又聽見他說，『我沒辦法跟他解釋，他不會懂的。』這時我抬頭看他。他邊抽菸邊沉思，片刻後回過神來，又開始說話。他第一時間告訴我，讓我別把他跟他那些……犯了罪（我們這樣說吧）……的同事混為一談。他跟他們不是一夥的，他絕不是那種人。我沒表露出不贊同，也不打算那麼做，不需要為了無謂的真相，剝奪他得來不易的些許自我慰藉。我不知道他自己相信了多少，也不知道他想強調什麼（如果他確實有這種意思的話）。我猜連他自己都不清楚，因為我一直相信，沒有人真正看透自己如何狡詐地躲避『自知』這個冷酷陰影。他一直在琢磨『那愚蠢的庭訊結束後』，他該何去何從，我始終保持沉默。

「他顯然跟布萊爾利一樣，對依法執行的審訊很不以為然。他承認不知道以後能去哪裡，不過顯然是自言自語，而不是對我說。證照沒了，飯碗砸了，想離開沒有路費，下一份工作不知道在哪裡。回家也許能有一點辦法，但那意味著必須向家人求助，他不願意那麼做。他覺得唯一的選擇是上蒸汽船當舵手，當個舵手應該沒問題……我毫不留情地問，『你覺得你願意？』他跳起來，走到石造欄杆旁，望著外面的夜色。不一會他又回來，氣勢逼人地站在我面前，剛壓抑下的痛苦情緒在他年輕臉龐留下一絲陰霾。他很清楚我並不懷疑他操舵的能力，用微微顫抖的嗓音問我為什麼說那種話，畢竟我一直對他『友善極了』。畢竟……他咕噥著說，『……當時我誤會了，把自己弄成糊裡糊塗的呆瓜，』我也沒有取笑他。我打斷他的話，用親切的口氣表明我覺得那種誤會沒什麼好取笑的。他坐下來，不慌不忙地喝著咖啡，把一小杯咖啡喝得一滴不剩。然後他嚴正表明，『那不代表我接受那樣的指控。』我問：『是嗎？』他堅定地答，『沒錯。換做是你，你知道自己會怎麼做嗎？知道嗎？你不會認為自己……』他嚥下一口唾液……『認為自己是……是癩皮狗吧？』

「說完這句話，他用探詢的目光望著我。我絕無虛言！那句話顯然是個疑問句，是真心的提問！然而，他沒有等我回答。我還沒反應過來，他已經接著往下說，兩眼直視正前方，彷彿在朗讀寫在夜色裡的文字。『問題就在於是不是做好準備。我沒有，當時沒有。我不想給自己找藉口，但我想解釋，希望有人能理解，某個人，至少一個人！你！為什麼不能是你？』

「這是很嚴肅的事，同時也很可笑，這種事向來如此。一個人為了挽救自己岌岌可危的道德認知所做的掙扎。那種道德認知是約定俗成的珍貴見解，只是這場遊戲裡的一條規則而已。儘管如此，人性的本能仍然擺脫不了它無遠弗屆的掌控力，一旦失敗，就會遭到嚴厲的懲罰。他平靜地說起他的故事。他們四個人乘著小船飄流在霞光幽微的海面上，被戴爾公司那艘船救起。胖船長做了一番說明，其他人都保持沉默。起初人們接受他的說法，到了隔天，周遭開始投來懷疑的目光。只是，難得在大海上救到船隻失事的可憐人（就算他們最終未必會痛苦死去，至少也讓他們少受點活罪），沒有人會反覆盤問。不過，事後阿文戴爾號的高級船員一番尋思，就會發現整件事『有點可疑』。但他們當然會把疑惑藏在心裡。帕特納號蒸汽船沉沒了，他們救到了船長、大副和兩名輪機員，對他們來說這就夠了。我沒有問吉姆他在船上那十天心裡是什麼感受。根據他描述那段過程的口氣，我可以推測他因為當時的醒悟驚呆了。我指的是對他自己的醒悟，想必正忙著對唯一一個看得出這個醒悟的嚴重性的人辯白。你們要知道，他並沒有貶低它的重要性，這點我很確定。正是因為這樣，才讓他跟其他人有所區別。至於他上岸以後聽說了整個故事出乎意料的結果，而他在裡面扮演如此可悲的角色，又是什麼心情，他什麼都沒有對我說，外人也很難想像。

「我在想，他會不會覺得兩腳懸空踩不到地？會不會呢？不過，他肯定很快又幫自己找到立足點。他上岸以後在海員旅舍等了整整兩星期，當時旅舍裡住了六、七個人，所以我聽說了一點他的事。那些人對他的印象平平淡淡，只覺得他不但有不少缺點，脾氣還很糟。那段時間他整天把自己埋在遊廊的長椅裡，只有用餐時間或深夜才會離開那座墳墓。深夜時分他會獨自在碼頭上遊蕩，彷彿脫離周遭的環境，遊移不定又沉寂無聲，像無處可去的鬼魂。他告訴我，『那段時間我跟活人說的話不超過三個字。』我聽了很替他難過。他馬上又接著說，『那些人之中一定會有個人說出我拒絕忍受的言語，但我又不想跟人吵架。不！當時不想。當時我太……太……我沒那種心情。』我愉快地說，『所以那片艙壁終究撐住了。』他喃喃回應，『是，撐住了。不過我向你發誓，我當時摸到它鼓起來。』我說，『舊鐵板的支撐力有時讓人意想不到。』他靠向椅背，雙腿僵直往前伸，雙臂下垂，腦袋輕輕點了幾下。你們想像不出更哀傷的情景。他突然抬起頭，坐直身子，拍一下大腿：『啊！多好的機會錯過了！我的天！多好的機會錯過了！』他喊得很大聲，但最後那三個字『錯過了』卻像痛苦的哀號。

「他又沉默了，那遙遠的、靜止的面容有著一股強烈的渴望，渴望那錯失的殊榮。他的鼻孔擴張了一下，嗅著那失之交臂的機會醉人的氣息。如果你們以為我會覺得意外或震驚，你們就看錯我了，錯得離譜！啊，他是個愛幻想的傢伙！前一刻暴露弱點，下一刻又神遊物外。我看到他的心神隨著他的目光衝進夜色裡，一頭栽進那幻想國度，做起魯莽輕率的英雄夢。他沒有時間追悔失去的東西，所以他全心全意、自然而然關注他沒能獲得的。我就在一公尺外看著他，他卻離我非常遙遠。每一分每一秒，他都更深入那個充滿傳奇性功績的虛假世界。最後他總算抵達中心點！五官堆滿一種幸福洋溢的古怪表情。我們之間的燭光照亮他眼裡的神采，他笑了！他去到那幻想世界的中心點，去到了核心！親愛的朋友們，那種至喜的笑容永遠不可能出現在你們（或我）臉上。我用一句話把他拉回來，『你是說如果你留在船上的話！』

「他轉過頭來，眼睛突然露出驚愕，充滿痛苦，臉上的表情是迷惘、驚嚇和苦惱，彷彿從天上的星星摔下來。不管是你們或我，永遠都不會在任何人面前露出這樣的神情。他抖得很厲害，彷彿有一隻冰冷的手指碰觸他的心臟。最後他嘆了一口氣。

「當時我沒有心情包容他。他那種前後矛盾的輕率行為太容易激怒人。我懷著滿滿的惡意說，『你沒辦法提前預知，實在很不幸！』但那背叛的利箭卻沒有造成傷害，像力道耗盡的箭矢落在他腳邊。他沒有去撿它，或許根本沒有看見。現在他懶洋洋坐著，說道，『真可惡！我說了，那片艙壁鼓起來了。當時我在下層甲板提著燈沿著角鐵查看，一片跟我手掌一樣大的鐵鏽從那塊鐵板剝落。它自己掉下來。』他的手抹過額頭。『我親眼看見那東西動了起來，像某種活物往下跳。』我隨口說道：『你看到之後感覺很不好。』他說，『你以為我考慮的是我自己？光是我背後的前中甲板就有一百六十個人，都睡熟了。船尾還有更多，都在睡覺，什麼都不知道。就算時間充裕，救生艇也只容納得了三分之一。我站在那裡的時候，就覺得那塊鐵板會在我眼前爆開，海水會沖向那些躺著的人……我能怎麼辦？能做什麼？』

「我輕易就能想像他站在那擠滿了人、洞穴般的陰暗空間，圓燈的光線照亮那片艙壁的一小部分，艙壁另一邊承受著大海的重力，而他耳畔響著沉睡中的乘客一無所知的呼吸聲。我看見他瞪著那片鐵板，被掉落的鐵鏽嚇到，扛著『死亡逼近』這個難以承受的重擔。我猜這是他那個船長第二次派他到船頭查看，多半不想讓他留在船橋。他說他當時第一個念頭是想大喊大叫，讓所有人立刻跳出睡夢、跌入恐懼中。但他被一股壓倒性的無助感鎮住，發不出聲音。我在想，這大概就是所謂的『舌頭貼住上顎』[21]。他描述這種狀態時簡單扼要地

21. 語出《聖經．詩篇》第一三七篇第六節，形容無法發出聲音。

說，『太乾了』。之後他默默從一號艙門爬上甲板。綁在那裡的通風筒偶然拂向他，他記得那輕輕碰觸他臉龐的帆布幾乎將他打落艙梯。

「他坦白告訴我，當他站上前甲板，看見另一群熟睡的人，只覺雙腿無力。到那時引擎已經停火，蒸汽還在往外噴。在那低頻的隆隆聲中，整個夜空像低音弦般振動，船也跟著顫抖。

「他看見幾顆腦袋從席墊抬起來，模糊的身影坐了起來，半睡半醒地聽了一陣子，又重新躺回高低起伏的箱子、蒸汽絞車和通風機之間。他知道這些人還不知情，不會留意那奇怪的聲音。鐵殼船身、白種臉孔、各種景象、各種聲音，對於那些虔誠無知的人，船上的一切都透著怪異，永遠無法理解，卻同樣值得信賴。當時他忽然想到，這點很值得慶幸。這樣的念頭實在糟糕。

「你們別忘了，他深信那條船隨時會沉沒，任何人站在他的立場也都會這麼推斷。那片鼓起的鏽蝕板壁暫時擋住海水，卻注定會崩潰，像掏空的堤壩被突如其來、勢不可擋的洪水沖垮。他定定站著，凝視那些倒臥的身軀，像個清楚自己在劫難逃的人，靜靜觀察身邊沉寂的亡者。他們**死定了**！什麼也救不了他們！救生艇或許能容納得了半數的人，但沒有時間。沒有時間！沒有時間！不值得他費心叫喊，或做些什麼。他還沒喊出三個字或走出三步，下一刻就會在海裡浮沉。垂死掙扎的人將海水撲打得白浪飛濺，空中充塞他們驚慌求救的聲音。沒救了。他完全能夠想像接下來的情景，他提著燈動也不動站在艙門旁經歷那一切，連最折磨人的細節都沒有錯過。我猜他跟我訴說這些沒辦法在法庭上提起的經過時，再度經歷了一次。

「『當時我很清楚我什麼也做不了，清楚得就像我現在看見你一樣。那種感覺好像抽走我四肢的生命力，我覺得我不如就站在那個地方等著，覺得最多只剩幾秒……』突然間蒸汽不噴了。他說，原本的隆隆聲叫人心煩，但那時的靜寂卻馬上變成難以忍受的壓迫感。

「『我覺得我溺水以前會先悶死。』他說。

「他聲明他沒想過要救自己。當時只有一個清晰的念頭在他腦海裡浮現又消失：八百個人，七艘救生艇；八百個人，七艘救生艇。

「『有人在我腦子裡大聲說話。』他說這話時神情有點瘋狂，『八百個人，七艘救生艇……沒有時間！你試想一下。』他上身橫過小桌子向我靠過來，我躲避他的逼視。『你以為我怕死嗎？』他的聲音狠戾又低沉。他一掌拍在桌面上，咖啡杯都跳了起來。『我敢發誓我不怕死……我不怕死……天啊，絕不！』他猛地挺直上身，雙臂抱胸，下巴垂向胸膛。

「杯盤的輕響穿過長窗飄出來，接著是一陣說話聲，幾個人心情愉快地走出來。他們說說笑笑，聊著在開羅看見的驢子。有個年輕人臉色蒼白焦慮，邁著一雙長腿無聲地走著，幾個昂首闊步、臉色紅潤的環球觀光客正在取笑他在市集買的東西。『不會吧，真的嗎？你們覺得我被騙得那麼慘嗎？』他問得懇切又慎重。那群人走遠了，各自找到椅子坐下來。火柴光閃現，短暫照亮沒有一絲表情的臉龐和白襯衫平坦光滑的前襟。宴飲的熱鬧氣氛為嗡嗡嗡的交談聲注入活力，聽在我耳裡卻顯得荒謬、遙遠。

「『有些水手睡在一號艙門旁，就在我身邊。』吉姆又說。

「你們要知道，那條船夜間採用東印度水手值班制，所有人都在睡覺，只有接班的舵手和瞭望員會被叫醒。他很想抓住離他最近的印度水手的肩膀，把對方搖醒，但他沒有。他的雙臂垂在身體兩側，像被某種東西箝制住。他不害怕……不！他只是動不了……如此而已。也許他不怕死，不過我可以告訴你們，他害怕那個突發事件。他混亂的想像力為他召喚出恐慌導致的各種驚悚場景：人們推擠踩踏，淒厲的尖叫聲，救生艇淹沒，他聽說過的所有海上災難衍生的可怕事故。他或許已經接受必死的命運，但我猜他想要陷入昏睡平靜地死去，不想面對額外的恐懼。坦然接受死亡的人不算少，卻很少有人會披上『決心』這堅不可摧的盔甲，在大勢已去的戰鬥中堅持到最後一刻。當希望一點點消逝，對平靜的渴求逐漸增加，到最後會壓垮求生意志。我們哪個人沒有見過這樣的事？甚至親身體驗過類似的感受，覺得情緒極度疲乏，再多的努力也沒有用，只渴望休息？跟不可理喻的威力抗衡過的人最清楚這點，比如船難後坐在救生艇上的倖存者，沙漠裡的旅人，以及跟大自然的混沌力量或群眾的無知殘暴對抗過的人。」

第八章

「他定定站在艙門旁，每一分每一秒預期腳底下的船向下沉，預期自己被海水捲走，像木片般被猛力拋擲。這段時間有多久，我不清楚。不會太久，也許兩分鐘。有兩個人睡意朦朧地對話，他看不清他們。另外，他也聽見赤腳走路的奇怪聲音，不知道從哪裡傳來。在這些微弱聲響之外，是大災難前的恐怖靜寂，那種毀滅前折磨人的寧靜。這時他忽然想到，也許他還有時間跑到前面砍斷所有救生艇的固定索，好讓救生艇在大船沉沒後浮在水上。

「帕特納號的船橋很長，所有救生艇都在那裡，一邊四艘，一邊三艘，最小那一艘在左舷，幾乎跟船舵並排。他向我保證（迫切希望我相信），他一直用心維護救生艇，以便隨時派上用場。他說他知道自己職責所在。我敢說在這方面他是個夠格的大副。他急切地盯著我的臉，說道，『我始終相信要做最壞的打算。』我點頭認同這個可靠的原則，卻別開視線，沒去看他隱晦的、不可靠的那一面。

「他踉踉蹌蹌地往前跑，跨過人們的腿、避免踢到別人的腦袋。突然之間有人從底下抓住他的外套，而後有個苦惱的說話聲在他手肘邊響起。他右手的燈光照亮一張仰起的黝黑臉龐，那雙眼睛跟那人的話語一起懇求他。吉姆學了些本地語言，聽懂『水』這個字。那人重複了幾次，那聲音裡有堅持、有祈求，近乎絕望。吉姆猛力一拉想抽身離開，發現有一隻手臂抱住他的腿。

「『那個傢伙像溺水的人緊抓著我不放。』他聲情並茂地說，『水，水！他指的是什麼水？他知道什麼？我努力保持鎮定，命令他放手。他擋了我的路，時間不多了，已經有人被吵醒。我需要時間，需要時間砍斷救生艇的繩索。這時他拉住我的手，我覺得他馬上會大聲叫嚷。我忽然意識到再這樣下去會造成恐慌，於是把拿在另一隻手的燈砸向他的臉。玻璃燈罩叮噹響，燈光熄滅了，不過他總算鬆手了，我拔腿就跑。我要趕到救生艇旁，要趕到救生艇旁。他跳起來追我。我轉身面對他。他不肯靜下來，想要大喊。我掐得他幾乎斷氣時，才總算弄清楚他想要什麼。他想要水，喝的水。他們的飲用水嚴格限量，他帶著一個小男孩，我看過那孩子很多次。那孩子病了，口渴。他看到我經過，求我給他一點水，就這麼簡單。當時我們在船橋底下，光線昏暗。他一直緊抓我手腕，我根本甩不開他。我衝回我的鋪位，拿出我的水壺塞進他手裡。他消失了。到那時我才意識到自己也很需要喝水。』他手肘擱在桌上撐著腦袋，手擋住眼睛。

「我覺得背脊發涼，這整件事透著詭異。他那隻遮住眉眼的手微微顫抖。他很快打破短暫的沉默。

「『這種事一生只會碰上一次，而且……唉！算了！我終於跑到船橋的時候，那些傢伙正要把一艘救生艇從墊木上搬下來。一艘！我爬上梯子，肩膀突然遭到重擊，腦袋驚險避過。那一擊沒能阻擋我，輪機長（那時他們已經把他從床上拉起來）再次舉起手裡的救生艇蹬腳板。不知為何，那時已經沒有任何事能讓我感到驚訝。這一切好像很自然，而且糟糕，很糟糕。我避開那個可悲的瘋子，把他整個人舉起來，彷彿他是個小孩子，他在我手臂裡悄聲說，「別！別！我以為你是黑皮膚的。」我把他甩開。他沿著船橋往前滑，撞倒那個小個子，也就是大管輪。在救生艇那邊忙著的船長轉頭看見，低著頭朝我走來，像野獸般咆哮。我一動也不動，像塊石頭，穩穩站在那裡。就像這個……』他用指節輕敲他背後的牆壁。『我覺得這一切我好像已經聽見過、看到過、經歷過二十次。我不怕他們。我收回拳頭。他停住腳步，喃喃地說，「啊！是你。快來幫忙。」』

「『他就是那麼說的。**快**！一副快就來得及似的。我問他，「你不打算做點什麼嗎？」他回頭吼了一聲，「當然要，我要離開。」』

「『當時我好像沒聽懂他的意思。另外那兩個人已經站起來，一起跑到救生艇旁。他們踩著重步、氣喘如牛、又推又拉。他們咒罵救生艇、咒罵大船、咒罵彼此、咒罵我，全都壓低聲音嘀咕著。我沒有動，沒有說話。我看見傾斜的大船。她文風不動，彷彿停放在乾船塢的滑道上。但她的角度是這樣……』他舉起手，掌心朝下，指尖向下傾斜。『像這樣。』他重複說，『我能看見前方的海平線，非常清楚，就在船頭上方。我看見遠處的海水是黑色的，銀光閃爍，無風無浪，平靜得像池塘，一片死寂，是大海前所未有的平靜，是我無法忍受的平靜。你看過頭朝下浮在海上的船嗎？只有一塊舊鐵板阻止她下沉，而那塊鐵板鏽蝕太嚴重，沒辦法加固。你見過嗎？喔，對了，加固！我當時想到過，能用的辦法我都想過。可是你能在五分鐘內為艙壁加固嗎？就算有五十分鐘，你能辦到嗎？我上哪兒去找願意下去的人？還有木料……木料！如果你見過那塊鐵板，會有勇氣敲下第一槌嗎？別說你能，你畢竟沒看到。沒有人能。見鬼的！要做那樣的事，你必須相信還有機會，至少千分之一的機會，一絲一毫的機會。但你不會相信，沒有人會相信。你覺得我是癩皮狗，因為我站在那裡什麼都不做。但你又會怎麼做？怎麼做！你不知道，沒有人知道。做任何事都要有足夠的時間。你覺得我該怎麼做？我一個人救不了那麼多人，沒有人辦得到。把那些人叫醒、讓他們嚇得精神失常，是仁慈的做法嗎？你看過來！我說的是真話，就跟我坐在你眼前這把椅子上一樣真實……』

「他每說幾個字就迅速吸一口氣，又匆匆瞥我一眼，彷彿他苦惱之餘不忘留意我的反應。他不是在對我說話，他只是在我面前說話，在跟某個肉眼看不到的人爭辯：一個與他的存在敵對卻無法分割的夥伴，他的靈魂的另一個占有者。這些都是庭訊處理不了的議題，那是關於生命真正本質不可捉摸又至關緊要的爭執，並不需要法官來裁決。他要的是盟友、援手、共犯。我覺得自己處境危險，可能會被包圍、被蒙蔽、被誘騙、被脅迫，捲入一場紛爭。在這場紛爭裡，如果必須對所有占有他靈魂的幻影公平，就不可能會有定論。那些幻影包括有好名聲、有合理說辭的一方，以及名聲不好、卻受情勢所迫的一方。你們沒見過他，只從我嘴裡聽說他的事，我沒辦法讓你們明白我當時的感受。我好像被迫去理解那無法理解的，我想不出有什麼比這種感覺更叫人鬱悶。我被迫了解到，不管是事實真相，或謊言裡必不可少的真誠，背後都隱藏著世俗的觀點。他向人性的不同面向發出懇求，包括永遠朝向昭昭白日的那一面，以及我們內心的另一面。這一面就像月球的另一半，永遠偷偷摸摸存在亙古的黑暗裡，偶爾只有極為微弱的光線會落在邊緣。我動搖了。這點我承認，我坦白招認。

那件事晦澀難懂，或無足輕重，隨你們怎麼形容。一個失足的年輕人，無數人之中的一個。但他跟我們一樣。這件事就跟洪水沖垮蟻穴一樣，不值得一提。然而，他的態度觸動了我，彷彿他獨自站在他那種人的最前面，彷彿那晦澀難懂的真相足夠重要，會影響到人類對自己的看法……」

馬洛停下來抽了幾口雪茄，讓即將熄滅的火光重新燃起。他好像完全忘記那個故事，卻又突然開口。

「當然是我的錯。本來就不該太好奇，這是我的弱點。他的弱點則是另一種。我的弱點在於我沒有眼力，沒辦法辨別附加的事物，也就是表相。我看不見拾荒者的畚斗，也看不出旁人的錦衣。旁人，沒錯。我見過很多人。」他流露哀傷的神情，接著說，「見過之後受到某種……某種……就說影響吧，就像這個吉姆。而我遇見他們的時候，都只看見那個人本身。這種人人平等的差勁眼力或許比全盲好一點，對我卻沒有一點用處。人們期待別人重視他們身上的華服，但我對這些東西從來就不熱衷。唉！這是缺點，是缺點。後來有個舒暢的夜晚，有一群人懶得玩紙牌，想聽故事……」

他又停下來，也許等人鼓吹他繼續說，但沒有人出聲。東道主像是勉強執行任務，咕噥說道：

「馬洛，你太深奧。」

「誰？我嗎？」馬洛低聲問。「才不！不過他確實深奧。不管我多麼努力想把這個故事說完整，都會遺漏數不清的色調。那些東西太細膩、太難用沒有色彩的文字呈現。再者，也因為他太單純，讓事情變得複雜。最單純的可憐蟲！天啊！他真是令人驚奇。他就坐在那裡，告訴我他不害怕面對任何事，宣稱他這句話真實得就像我看見他在我面前。而且他自己也這麼認為。那實在是極其天真，而且超乎常理。超乎常理！我偷偷觀察他，彷彿我懷疑他故意要我，想拿我當笑料。他自信滿滿，覺得只要公正合理，世上沒有什麼能嚇退他。注意，『公正合理』！他從『個子這麼高』……『還是個小孩子』的時候，就訓練自己去應對在陸地或海上可能遭遇的難題。他自豪地宣示自己有這樣的遠見。他費心設想各種危險與防衛、預期最壞的結果、演練他最擅長的一切。他想必過著最得意的人生。你們能想像嗎？一連串的探險，那麼多的榮耀，所向披靡銳不可當！在內心深處，他一天比一天相信自己的睿智。他忘我了，兩眼放出光芒。他的荒誕探照著我的心，他說的每一個字都讓我更沉重。我不想笑，為了避免露出笑容，我擺出冷淡的表情。他好像有點不高興。

「『事情總是出乎意料。』我用安撫的口吻說。我的遲鈍引來他不屑的一聲『呸！』我猜他的意思是，出乎意料的事威脅不到他，除了那無法想像的事，沒有什麼能破壞他完善的準備。當時事發突然他措手不及，輕聲詛咒大海和天空、詛咒大船、詛咒人。所有的一切都背叛他！他被騙了，生出那種崇高的認命想法，以至於連一根小指頭都沒有動彈。其他那些人看清實際的需要，亂成一團，卯足了勁揮汗搬小艇。最後一刻他們的小艇出了問題。顯然他們慌亂之際不知哪裡出錯，最前面那艘小艇的墊木滑栓緊緊卡住。這樁致命的意外耗盡他們所剩無幾的理智。那一幕想必精彩得很。那條大船靜靜漂浮在沉寂的睡眠國度，一動不動；那群傢伙費盡力氣吃苦受累，分秒必爭地想把小艇弄下水，匍匐在地上，絕望地站起來，或拉或推，惡狠狠地對彼此咆哮，幾乎想殺人、幾乎掉眼淚。他們之所以沒有動手掐彼此的脖子，只是因為害怕那個有如頑固冷漠的工頭般默默站在他們背後的死神。是啊！那一定是很精彩的一幕，他全看見了，可以用輕蔑怨毒的口氣談論。我覺得他是透過某種直覺獲知那幕情景的詳細經過，因為他信誓旦旦地說他一直跟他們保持距離，一眼都沒有瞄向他們，也沒有看那艘小艇。我相信他的話。我相信他專心看著角度斜得嚇人的大船，感受著在極致的安全中步步進逼的威脅，被那柄以一根髮絲懸掛在他想像力豐富的腦袋上方的劍震懾住。

「他眼前的一切都靜止不動。他可以毫無阻礙地在心裡描繪漆黑的海平線如何猛然往上旋轉，廣大的海面如何陡然向上傾斜，迅疾的上揚，猛暴的拋擲，深淵的抓攫，無望的掙扎；頭頂上的星光永遠消失，像墓穴的拱頂；他年輕生命的反叛，黑暗的終點。他可以！天啊！誰不能？你們別忘了，在那方面他是個成熟的藝術家，是個天賦異稟的可憐蟲，能快速看見別人還沒看見的。他看見的那些情景將他變成冰冷的石頭，從腳底直到頸背，但他腦袋裡的思緒卻異常活躍。那是跛腳、盲目、喑啞的思緒，像一群重度傷殘者驚悚地轉圈。我不是告訴過你們，他向我坦白供認，一副我有權力捆綁或釋放似的[22]。他往牛角尖越鑽越深，希望得到我的赦免。但我的赦免對他沒有用處。像這種情況，再多的欺騙都掩飾不了，沒有人能幫得上忙，造物主也坐視不管，讓罪人自生自滅。

22. 語出《聖經・馬太福音》第十八章十八節，「凡你們在地上所捆綁的，在天上也要捆綁；凡你們在地上所釋放的，在天上也要釋放」。

「他站在船橋右邊，盡量遠離那些跟小艇奮戰的人。那些人的行動像發瘋般狂亂，像密謀般鬼祟。在此同時，那兩個馬來人依然操著舵。你們不妨想像海上那段獨特情節裡的演員，其中四個激烈又隱密地瘋狂使勁，另外三個一動不動地旁觀。底下的遮篷裡幾百個一無所知的人，他們的困乏、他們的夢境、他們的希望，都被一隻無形的手拉住，停在毀滅的邊緣。我確信這就是他們當時的處境。以大船的狀態，這是那起事故所能發生的、最致命的結果。小艇旁那些傢伙絕對有理由嚇得心亂如麻。說實在話，如果當時我在那裡，我連一枚假銅板都不會拿出來賭大船下一秒還能留在海面上。但她仍然浮著！睡夢中的朝聖者注定會完成這趟朝聖之旅，日後去面對另一種痛苦的結局。彷彿他們乞憐的那個全能的神還要留他們一段時間，讓他們在地球上做個卑微見證，所以投下一道目光，對大海示意『你不該！』他們逃過一劫原本會令我百思不解，覺得那是無法解釋的事件，但我知道舊鐵板是多麼堅固，有時就跟我們偶然遇見的某些人一樣強悍，即使憔悴不成人形，依然承擔生命的重量。在那二十分鐘裡，那兩個舵手的行為同樣令人驚奇。他們跟其他不同種族的人一起從亞丁被帶過來作證。其中一個年紀很輕，黃色的光滑臉孔笑嘻嘻的，看起來比實際年齡更年輕，出庭時顯得極度靦腆。我清楚記得布萊爾利透過通譯問他當時心裡在想什麼，通譯跟他聊了幾句之後，轉頭煞有介事地回答：

「『他說他什麼也沒想。』

「另一個瞇著眼睛顯得耐心十足，滿頭的花白頭髮綁著一條洗得褪色的藍色棉質手帕，打了個巧妙的結。他的臉皮皺縮，形成許多凹陷，密布的皺紋讓他的褐色皮膚色澤加深。他說他約略知道大船出了不好的事，但沒有收到任何指令，印象中沒有，所以他為什麼要離開船舵？對於其他進一步的問題，他瘦削的肩膀往後一收，說他當時完全沒有想到那些白種人因為害怕死亡打算離開大船，到現在他都不相信，可能有什麼不為人知的理由。他心領神會地搖晃老邁的下巴。啊哈！不為人知的理由。他經驗老到，他希望那位白種老爺知道（這時他轉向布萊爾利，布萊爾利沒有抬頭），他在海上為白種人工作很多年了，學到了很多知識。突然間，他緊張又激動地對我們這些凝神靜聽的人吐出一大串發音古怪的姓名，有已經不在人世的船長，有被遺忘的本地船隻的名稱，都是口音濃厚的熟悉姓名，彷彿無聲的時光多年來持續打磨它們。最後他們打斷他，法庭陷入沉寂，至少持續一分鐘，而後和緩地化為喃喃低語。這是第二天的庭訊最震撼的一幕，影響到所有旁聽者，影響到所有人。唯一的例外是吉姆，他悶悶不樂地坐在第一排長椅末端，始終沒有抬頭看看這個似乎熟知某種神祕辯護原理又深具毀滅性的獨特證人。

「於是這兩個東印度舵手留在船舵旁，守著這艘沒有航速、不需要操舵的大船。如果他們注定死亡，死神就會在那裡找到他們。白種船員看都沒有看他們一眼，也許根本忘了他們的存在。吉姆肯定不記得他們。他只記得自己孤立無援，什麼也做不了。除了跟大船一起沉沒，什麼都做不了。沒有必要引起騷動，對吧？他站在那裡等著，靜默無聲，想著英雄該怎麼表現，堅定了心志。輪機長小心翼翼地越過船橋跑過來，拉扯他的衣袖。

「『過來幫忙！看在上帝份上，過來幫忙！』

「他踮著腳尖跑回小艇旁，馬上又過來扯他的衣袖，又哀求又咒罵。

「『我以為他會吻我的手。』吉姆粗暴地說，『沒想到下一刻他噴著口沫低聲對我說，「如果我有時間，就會敲碎你的腦殼。」我推開他，他忽然掐住我的脖子。該死的傢伙！我揍了他，看也不看直接出手揍他。他嗚咽地說，「你不想救自己的命嗎？你這差勁的懦夫？」懦夫？他罵我是差勁的懦夫！哈！哈！哈！哈！他罵我是……哈！哈！哈！……』

「他整個人往後仰，笑得渾身抖動。我這輩子從沒聽過那麼怨苦的聲音，幾乎像某種災厄，吞噬了周遭談論驢子、金字塔和市集的歡樂氣氛。整條昏暗遊廊裡的談話聲都停下來，一張張泛白臉龐同時轉向我們這邊。那份寂靜極其深沉，一根茶匙掉落遊廊的棋盤格地板，那清晰的『叮』聲宛如細微又清脆的尖叫。

「『這裡這麼多人，你不該笑成那樣。』我告誡他，『這樣對他們不禮貌。』

「一開始他好像沒聽見，不一會兒他眼神發直，像深入探查某種恐怖景象，完全沒有看見我，而後蠻不在乎地嘀咕：『沒事，他們會以為我喝醉了。』

「說完這句話以後，他的表情會讓你覺得他再也不會開口了。不過別擔心！他現在停不下來了，就像他沒辦法單憑意志力阻止自己活下去。」

第九章

「『當時我自言自語著，「沉下去，該死的東西！沉下去！」』這是他再度開口時說的話。他希望事情結束。他徹底被孤立，在腦海裡用詛咒的口氣對大船說著這些話，在此同時又享受著目擊者的特權，目睹那場在我看來是低俗喜劇的景象。那些人還在對付那根滑栓，船長下令，『鑽到小艇底下，想辦法把小艇抬高。』其他人自然而然退避三舍。你們也知道，萬一大船突然下沉，躺平擠在小艇龍骨下可不是什麼好事。小個子大管輪哀怨地說，『你怎麼不去？……你最強壯。』船長絕望地噴罵，『去你的！我太胖了。』這一幕太可笑，天使看見都會流淚。他們無所適從呆站了一會兒，輪機長突然又衝到吉姆面前。

「『過來幫忙！你想放棄唯一的機會，是不是瘋了？過來幫忙！看那邊……你看！』

「輪機長發狂般堅定地指向船尾，吉姆終於轉過頭去，看見一片無聲的黑色暴風已經吞掉三分之一的天空。你們都知道那個時節在那個區域會出現那種暴風。一開始是海平線慢慢變暗，就這樣。之後不透光的烏雲像一堵牆般升起。雲氣筆直的邊緣鑲著淺白的光芒，從西南方飛上來，將滿天星斗一群群吞沒。它的陰影飛過海面，海天的邊界模糊了，合併成一個晦暗的深淵。一切都靜止了。沒有雷，沒有風，沒有聲響，沒有一絲閃電。緊接著，在那廣大的黑暗中出現一道青灰色的圓弧，一兩道浪濤飛掠過去，像黑暗本身的波動。突然間，強風豪雨同時襲來，氣勢特別狂躁，彷彿剛從某種堅實物體爆發出來。這樣的雲趁他們不注意的時候出現了。他們才剛發現，有充分的理由推測，在絕對的靜止狀態下，大船或許還有機會在海面停留幾分鐘，但大海只要有一分一毫的動盪，她會立刻下沉。暴風開始肆虐之前，大船會第一次對湧來的前浪低頭，卻也是最後一次，因為這次低頭會變成俯衝。過程會拉長，變成漫長的下沉，往下，往下，直達海底。所以那些人才會這麼驚慌失措，才會因為極端排斥死亡，做出更多蠢事。

「『那烏雲黑漆漆的，很黑。』吉姆用穩定的鬱悶口吻說，『從背後悄悄偷襲。可惡的東西！也許我心裡原本還抱有一線希望，我不知道，反正這下子都完了。看著自己陷入這樣的困境，我簡直要發瘋。我很生氣，彷彿中了陷阱。我的確中了陷阱！我記得那天晚上天氣也熱，沒有一絲風。』

「他記得太清楚，坐在椅子上喘氣，在我面前冒著汗，呼吸困難。那暴風當然逼得他發狂，可以說再次將他擊倒。不過，颶風也讓他想起一件被遺忘得一乾二淨的事，也就是他跑來船橋的重要目的。他要砍斷小艇的固定索。他抽出刀子開始猛力揮砍，彷彿他什麼也看不到，什麼也聽不見，彷彿不知道大船上還有其他人。他們覺得他執迷不悟，瘋得無可救藥，卻不敢大聲責罵他做無用功浪費時間。他砍完繩索後重新回到砍固定索的起點。輪機長也在那裡，一把抓住他，湊到他耳邊咬牙切齒地低聲說話，彷彿想咬掉他的耳朵：

「『你這個沒腦子的笨蛋！等那些畜牲都落海，你以為你會有生存機會？哼，他們會敲你腦袋，把你打下小艇。』

「吉姆沒理他，他站在吉姆身旁絞扭雙手。船長緊張不安，拖著腳步原地打轉，喃喃有辭說道，『槌子！槌子！我的天！弄把槌子來！』

「大管輪像個孩子似地抽噎，不過，雖然胳膊斷了，他似乎是那群人之中最有膽量的，竟然真的鼓足勇氣跑進機艙去執行任務。這可不簡單，必須替他說句公道話。吉姆告訴我，大管輪像個走投無路的人，一臉絕望地跑出去，一面低聲哀號。他很快爬了上來，手拿槌子，直接去敲滑栓，動作沒有任何停頓。其他人馬上放棄吉姆，跑過去幫忙。他聽見槌子輕輕地嗒嗒敲著，聽見鬆脫的墊木掉落下來。小艇可以動了。直到這時吉姆才轉頭去看，直到這時。但他依然保持距離。他要我知道他跟那些人保持距離，要我知道他跟那些拿到槌子的人沒有任何共同點。一點都沒有。他想必覺得自己跟那些人之間隔著無法跨越的空間，隔著某種無法克服的障礙，或一道無底深淵。他跟他們保持最遠的距離，船身寬度容許的距離。

「他站得遠遠的，雙腳黏在地板上，眼睛看見那群模糊的人影弓著身子聚在一起，在恐懼的折磨下詭異地擺動。帕特納號船橋有一張小桌子（船的中段沒有海圖室），一盞提燈高掛在小桌旁的柱子上，燈光照亮他們賣力的肩膀和他們向上拱起、時高時低的背脊。他們推著小艇的船頭，推向漆黑的夜色裡。他們推著，不再回頭看他。他們放棄了他，彷彿他離他們確實太遙遠，不可能接觸得到，不值得向他求助，不值得看他一眼或給個手勢。他們沒有閒工夫回頭觀看他消極的英雄作為，也不想受他拒絕同流合污的刺激。小艇頗有重量，他們努力推著船頭，連一句彼此打氣的話都說不出來。只是，他們的沉著在驚恐的亂象中潰散，像風中的穀殼，導致他們急迫的勞動變得有點滑稽，像在鬧劇裡耍寶的丑角。他們用雙手推、用腦袋去頂，為了挽救自己寶貴的生命，用全身的重量去推，用他們的洪荒之力去推。他們剛把船頭推離吊艇架，馬上動作一致地鬆開手，手忙腳亂地爬進去。想當然耳，小艇猛地往迴盪，將他們都送回來，無可奈何地擠成一團。他們困窘地呆站了一會兒，氣急敗壞地壓低聲音把所知的髒話都罵過一遍，重新來過。同樣的情況發生三次。他用憤怒的語氣向我描述那段經過，沒有遺漏那齣鬧劇的任何環節。『我厭惡他們。我痛恨他們，我不得不目睹那一切。』他沒有加重語氣，轉頭用陰沉的目光緊盯著我，『世上有哪個人受過這種可恥的折磨？』

「他雙手抱住腦袋，停頓了片刻，像被某種無法形容的怒氣逼得發狂。這些事他沒辦法在法庭上說明，也沒辦法向我說明。有時我能夠理解他話語之間的停頓，否則我也不適合聽他吐露這些心聲。他的堅忍受到這樣的攻擊，其中少不了復仇之神惡意又卑鄙的嘲弄。他的苦難摻雜了諷刺劇的元素，在死亡或恥辱逼近的時刻，穿插了讓人蒙羞的滑稽怪相。

「我記得他敘述的事實經過，可是時間相隔太久，我想不起他當時的措辭。我只記得他巧妙地在平鋪直敘中傳達滿腹的憤怒。他告訴我，他兩度閉上眼睛，深信那就是最後一刻，卻兩度不得不重新睜開。每一次他都發現死寂的周遭更昏暗了。無聲的烏雲將它的陰影從天頂投下，落在大船上，似乎消除了擠滿生命的大船上的所有聲響。他已經聽不到遮篷下的人聲。他告訴我，每一次他閉上眼睛，腦海就閃過那眾多身軀，躺在那裡等待死亡，那影像清楚得有如白日所見。等他睜開眼睛，看見的卻是四個人在陰暗處奮力搏鬥，像瘋子似地對付一艘頑固的小艇。他垂著眼簾說道：『他們一次一次退回來，站在小艇前方相互咒罵，突然又一湧而上……那情景真能讓人笑到斷氣。』而後又抬起視線看著我，露出淒涼的笑容，說道，『天啊，那原本能帶給我快樂的人生，因為那趣味的畫面可以讓我回味一輩子。』他的視線又向下。『看見也聽見……看見也聽見。』他重複兩次，間隔不短的時間，期間只有空洞的眼神。

「他回過神來。

「『我決定閉上眼睛。』他說，『但我辦不到。我辦不到，也不在乎被誰發現。誰想批評我，就先去經歷那種事。讓他們去經歷，讓他們做得比我更好，就這樣。我第二次睜開眼睛時，嘴巴也張開了。我感覺大船動了：船頭點了一下，又輕柔地抬起。動作很慢，慢得彷彿沒有終點，幾乎難以察覺。她已經幾天沒有動過了。烏雲已經跑到前面去了，這第一道浪彷彿湧過沉重似鉛塊的海水。那波浪沒有生命力，卻擊倒我腦海裡的某種東西。換做是你會怎麼做？你對自己很有把握，對吧？如果現在，此時此刻，你感覺這棟屋子動了，你椅子底下的地板輕輕晃一下。跳啊！我敢說你會從座位上彈起來，落在那邊那叢灌木裡。』

「他伸出手臂，揮向石欄杆外的夜色。我保持冷靜。他牢牢盯著我，眼神嚴厲。錯不了，他在威逼我。而我不能做出任何表示，以免一個手勢或一個字眼就表露出涉及這個事件的致命觀點。我不想冒那樣的風險。別忘了他就在我眼前，而且他太像我們的一份子，不可能不危險。不過如果你們想知道，我不介意告訴你們，我確實匆匆瞄了一眼，估量遊廊前的草坪中央那叢幽暗的灌木跟我距離有多遠。他誇大了。我跳不了那麼遠，落點會差個一兩公尺，而當時只有這件事我可以確定。

「他覺得最後一刻到了，所以動也不動站著。儘管他腦海裡思緒紛飛，雙腳卻依然黏在甲板上。同樣在這個時刻，他看見小艇旁那些人之中有一個突然往後退，舉起雙臂抓向空中，踉蹌幾步後倒下。那動作稱不上摔倒，而是身子慢慢下滑，變成坐姿，整個人蜷縮起來，肩膀抵著機艙的天窗。他說，『那人負責操控輔機，臉色蒼白憔悴，留著雜亂的鬍子，職位是二管輪。』

「『死了。』我說。我們在法庭上約略聽過這件事。

「『據說是這樣。』他語氣肅穆又淡漠。『那時我當然不知道。聽說心臟不好。他抱怨身體不舒服已經一段時間了。情緒激動，用力過度，鬼才知道。哈！哈！哈！不難看出他也不想死。好笑吧？我敢打賭他被騙得丟了小命！被騙了，千真萬確。我的天，被騙了！跟我一樣……唉！他什麼都不做就好了。當初他們把他床上拉起來，告訴他船要沉了，他就該叫他們滾蛋！他就該袖手旁觀，臭罵那些人一頓！』

「他站起來，揮了揮拳頭，凶狠地瞪著我，又坐下。

「『錯失了機會，是吧？』我咕噥說。

「『你為什麼不笑？』他問，『那是在地獄編造出來的笑話。心臟不好！有時候我希望當時我的心臟也不好。』

「這話令我惱火，於是帶著深深的嘲弄問道，『是嗎？』他大聲答，『是！**你**不明白嗎？』我生氣地說，『我不知道你還奢求什麼？』他投給我一個茫然不解的眼神。這支箭同樣偏離靶心太遠，而他從不理會落空的箭。相信我，他沒有一點戒心，嘲諷他沒有意思。我很慶幸我的箭沒有命中目標，慶幸他連弓弦的砰聲都沒聽見。

「那時候他當然不可能知道那人死了。下一分鐘（也是他在船上的最後一分鐘）有太多亂哄哄的事情和感受衝擊著他，像海水拍打著岩石。我使用這個比喻是經過深思熟慮的，因為根據他的敘述，我不得不相信在那一分鐘裡他一直有個古怪的幻覺，認為自己消極被動，彷彿他沒有任何動作，而是被某些邪惡力量牽制住，那些力量選中他做為他們惡作劇的對象。他意識到的第一件事是沉重的吊艇柱終於嘎吱嘎吱地盪了出去，那刺耳的聲響似乎從甲板鑽進他腳底，進入他的身體，沿著脊椎傳向頭頂。當時暴風已經非常接近，另一波比較大的海浪以驚人的力道將靜止的大船往上舉，嚇得他屏住呼吸。在此同時，慌亂的尖叫聲像匕首般刺穿他的大腦和心臟。『放手！放手！放手！她動了。』緊接著小艇吊索被扯離墊木，遮篷底下傳來人們驚恐的說話聲。他說，『那幾個傢伙扯開嗓門大叫，死人都會被吵醒。』等小艇『啪』地一聲落水後，踩踏和翻滾的空洞聲響隨之傳來，夾雜著混亂的喊叫聲：『解開鉤子！解開鉤子！推！想活命就推！暴風來了……』他聽見頭頂上空有微弱的風聲，聽見腳底下有疼痛的吶喊，另外有個模糊的聲音在咒罵旋轉鉤。大船從船頭到船尾開始發出嗡嗡聲，像被驚擾的蜂窩。他說這些事情的時候，神態、面容和聲音都非常平靜。緊接著沒有絲毫預警，用同樣平靜的口吻說，『我絆到他的腿。』

「這是我第一次聽到他動了。我震驚得忍不住咕噥一聲。他終於還是動了，但究竟是在哪一刻，什麼原因將他拉出靜止狀態，他一點都不知道，正如被連根拔起的樹木也不知道是哪陣風將它吹倒。當時那一切同時向他進擊：聲音、景象、死人的腿，天啊！那邪惡的玩笑被強行塞進他喉嚨。然而，你們聽好，他不會承認當時他的咽喉做出任何吞嚥動作。他竟能將他的幻覺投射在別人身上，實在神奇。我覺得自己聽到的是在屍體上施行巫術的故事。

「『他倒向一側，動作很慢，那是我在船上看到的最後一幕。』他接著說，『當時我不在乎他在做什麼，看起來他好像打算站起來。我當然以為他想站起來，以為他會從我身邊衝出去，跳過欄杆，落在小艇上跟其他人會合。我聽得見他們在底下碰碰撞撞，有個吶喊聲像一支箭射了上來：「喬治！」然後三個聲音同時大叫。那些聲音分別傳進我耳朵，一個哀叫，一個尖嘯，一個咆哮。噢！』

「他微微發抖，我看見他慢慢站起來，彷彿上方有一隻穩定的手拉著他的頭髮，將他從椅子上提起來。慢慢地，他整個人站了起來，等到他膝蓋打直，那隻手就放開他，他身體輕輕擺盪幾下。他說到『他們大聲喊』的時候，他的臉、他的動作和他的聲音本身傳達出一份可怕的死寂。我不禁豎起耳朵，等著聽那細微的叫喊聲直接穿透虛幻的寧靜傳過來。『大船上有八百個人，』說著，他用可怕的空洞眼神把我釘在我的椅背上。『八百個活人，而他們在叫喚那唯一的死人，要他跳下去逃生。「跳呀，喬治！跳呀！快跳啊！」我站在那裡，手扶著吊艇柱，文風不動。天色已經墨黑，看不見天空，也看不見大海。我聽見大船側邊的小艇砰砰響，有一段時間底下沒有一點聲音，而我腳下的大船卻有各種交談聲。船長突然大吼，「天啊！暴風！暴風！把小艇推走！」第一陣雨嘶嘶地落下，第一陣強風襲來，他們尖叫，「跳呀，喬治！我們會接住你！跳呀！」大船開始緩緩前傾，暴雨橫掃在她身上，像破碎的海浪。我的帽子飛走了，我呼出的空氣被逼回喉嚨。我彷彿站在高塔頂端聽著另一個瘋狂的尖叫聲，「喬……治！跳呀！」大船在下沉，下沉，船頭往下，就在我腳底下……』

「他緩緩把手舉向臉龐，手指做出挑撿的動作，彷彿臉上沾到蜘蛛絲。之後他看著自己攤開的手掌大約半秒，才衝口而出：

「『我跳了……』他停下來，避開視線。又補了一句，『好像是這樣。』

「他轉過來，清澈的藍色眼珠可憐兮兮地望著我。看著他站在我面前，驚愕又受傷的模樣，我心情沉重，有種無奈的傷感，夾雜著老人家面對孩子惹上災禍時的心情，愛莫能助之餘，啞然失笑又深深憐憫。

「『看起來是。』我喃喃附和。

「『我一點也不知道，直到我抬頭一看。』他匆匆解釋。這也不無可能。聽他說這些事，要把他當成惹出麻煩的小男孩。他自己也不知道，事情不知怎的就發生了，以後不會再犯。他跳下去的時候壓到某個人，而後落在一塊座板上。他覺得左邊的肋骨好像都斷了，之後他翻了個身，隱約看見被他遺棄的大船高聳在眼前，紅色的舷燈在雨中放大了光芒，像穿過霧氣看見山頂峭壁邊緣的火光。『她好像比牆壁更高，像懸崖似地聳立在小艇上方……我真希望我能死掉。』他大叫。『回不去了。我好像跳進了一口井，一個深不見底的洞……』」

第十章

「他十指扣在一起，又扯開。他確實跳進一個深不見底的洞，再真實不過。他從一個再也爬不上去的高度墜落：到那時小艇已經越過大船船頭。天色太暗，他們看不清彼此，何況大雨遮蔽了他們的視線，幾乎將他們淹沒。他告訴我，那種感覺就像被洪水沖過洞穴。他們轉身背對暴風。好像是船長拿著槳在船尾控制方向，讓小艇保持在大船前方。接下來那兩三分鐘，世界末日在漆黑與暴雨中降臨。大海『像兩萬把水壺齊聲嘶鳴』。那是他的比喻，不是我的。我猜第一陣風之後風勢減弱許多，他自己也在法庭上承認，那天晚上大海始終沒有掀起多少波濤。他蹲伏在小艇船頭，偷偷回頭望了一眼。他看見高空裡只有一抹桅頂燈的黃色光芒，光線模糊，像即將隱沒的最後一顆星辰。他說，『看見那燈光還在，我嚇壞了。』這是他的原話。真正嚇到他的，是船上的人還沒完全溺斃。毫無疑問，他希望那個驚悚過程盡快結束。小艇上沒有人發出聲音。黑暗中，小艇彷彿在飛，但她當然沒走多遠。之後那陣暴雨往前移動，洪亮的、令人心思紛亂的嘶鳴隨著驟雨飄向遠方，消失了。當時唯一的聲音，是海水沖刷小艇兩側的輕響。有個人牙齒劇烈打顫，有一隻手碰觸他的後背，有個人輕聲問，『你在嗎？』另一個人用顫抖的聲音大喊，『她沉了！』他們同時站起來望向船尾。他們看不到燈光，只剩一片漆黑。綿細的沁涼雨絲拂在他們臉上，小艇微微搖晃。那人的牙齒顫得更快了，停了一下，又重新開始，反覆兩次之後才勉強能開口，『剛好……來得……及……』接著他認出輪機長煩躁的聲音，『我看見她沉下去，當時我碰巧回頭。』風幾乎完全止息了。

「他們在黑暗中張望，面對吹過來的風，彷彿預期聽到驚叫聲。一開始他慶幸夜色遮蔽他的視線，看不到那幕場景。只是，知道有那件事，卻看不見也聽不見，似乎變成恐怖災難的最高點。『很奇怪，對吧？』他輕聲說，打斷自己支離破碎的敘述。

「我倒不覺得奇怪。他想必在不知不覺中相信，真實的情況並沒有他想像力製造的恐怖情景那麼糟，沒那麼痛苦，沒那麼凶狠。我相信最初那一刻他的心為那些苦難備受煎熬，他的靈魂嘗到了八百個人在黑夜中突然慘死時的所有恐懼、震驚和絕望，否則他為什麼會說，『我覺得我必須從那艘該死的小艇跳下海，游回去看看，八百公尺，或更遠，不管多少距離，回到那個定點……』為什麼有這種念頭？你們看出這件事的重要性嗎？為什麼要回到那個定點？如果他想要跳海，為什麼不選在小艇旁？為什麼要回到那個地方看看？彷彿在死亡帶來解脫以前，他的想像力需要確認一切都結束了，才能從中得到慰藉。我倒要看看你們哪個能說出不一樣的理由。那就好像是穿過濃霧看見古怪又刺激的景象。那是難得的表露。他的口氣好像說了什麼最稀鬆平常的事。他壓下那股衝動，這才注意到周遭的靜寂。他跟我提到這點。大海的寂靜和天空的寂靜融合在一起，變成遼闊無邊、死亡般的靜止，包圍著這群獲救的、活生生的人。『就連別針掉在小艇上的聲音都能聽見。』說著，他的嘴唇怪異地皺縮起來，像是一面講述極度動人的事，一面設法掌控自己的情感。靜寂！他如何看待這份靜寂，只有蓄意將他打造成這副模樣的神知道。他又說，『當時我覺得世界上沒有任何地方能安靜到這個地步。分不出大海與天空，看不見也聽不見任何東西。沒有一絲微光、沒有任何形狀、沒有半點聲響。你幾乎以為每一吋陸地都已經沉沒海底，以為除了小艇上的我和那些傢伙，地球上所有的人都沉到水裡了。』他俯在桌子上方，手指關節抵在咖啡杯、酒杯和雪茄菸蒂之間。他深深嘆一口氣，說道，『我好像真那麼認為，真相信所有東西都不在了，都……跟我一起結束了……』」

馬洛猛地坐直身子，用力把手上的雪茄扔出去。雪茄像玩具火箭般穿過垂掛著的藤蔓，劃出一條紅色軌跡。沒有人動彈。

「各位，你們怎麼看？」他突然激動地大聲問，「他是不是對自己很誠實，是不是？他獲救的生命已經結束了，因為他失去立足之地，什麼也看不到，什麼也聽不見。滅絕了呀！事實上只是烏雲蔽天，風也平了，浪也靜了。只是一個夜晚，只是一份靜謐。

「那份靜寂持續一段時間，而後他們突然一起出聲，談論他們的逃生。『我一開始就知道她會沉。』『再晚一分鐘就完了。』『天哪，太驚險了！』他什麼都沒說。原本停息的微風穩定吹送，柔和的氣流持續拂來，大海用她的喃喃低語加入目瞪口呆後的七嘴八舌。大船沉了！大船沉了！一點都不必懷疑。誰也沒辦法。他們反覆說著同樣的話，彷彿停不下來。一直都認為她會沉沒。船燈都消失了。錯不了，燈都消失了。不可能會有別的結果，肯定沉了……他發現到，他們說話的口氣彷彿他們拋棄的只是一艘空船。他們判定大船一旦開始下沉，就會很快結束，這好像帶給他們某種滿足。他們向彼此保證，她下沉的過程不會太久：『像熨斗一樣向下衝。』輪機長說，下沉的時候桅頂燈往下掉，『就像你把點燃的火柴往下拋。』大管輪聽了笑得歇斯底里。『我很高……高……興，很高……高……興。』他的牙齒仍然咯咯打顫。『像電動梆子。』吉姆說，『之後他忽然哭了起來，像個孩子似地抽抽搭搭哽咽啜泣，直說，「噢，天哪！噢，天哪！噢，天哪！」他會安靜一會兒，又開始「噢，我可憐的手臂！噢，我可憐的手臂！噢，我可憐的手……手……臂！」我很想把他打昏。他們有人坐在船尾的座板上，我只能勉強看見他們的輪廓。說話聲傳來，咕噥著，嘟囔著。這一切幾乎讓人無法忍受。我覺得冷，但我什麼也做不了。我覺得如果我動了，一定是跳下海……』

「他的手悄悄地摸索，碰到了酒杯，猛地縮回去，彷彿摸到燒紅的煤炭。我輕輕推了酒瓶，問他，『要不要再喝一點？』他生氣地看著我，問道，『我不提振一下精神，你以為我能對你說出這些事？』那群環球觀光客已經回房就寢了，遊廊裡除了我們，只剩下一個站在暗處、模糊的白色身影。那人發現我們在看他，縮著身子上前一步，遲疑了一下，又默默退回去。時間有點晚了，但我沒有催促吉姆。

「在淒涼絕望的狀態下，他聽見其他人在責罵某個人。有個人用斥責的口氣說，『你這瘋子，為什麼拖那麼久才跳？』輪機長離開船尾座板，聽得出來他在往前爬，似乎對那個『史上最蠢的白痴』不懷好意。船長坐在槳手的位置，用粗嘎的嗓音罵出難聽話。吉姆意識到周遭的擾攘，抬起頭來，聽見『喬治』這個名字，在此同時黑暗中有人一拳打中他胸膛。有人義正詞嚴地質問他，『你這笨蛋，你有什麼話說？』吉姆說，『他們找的是我，在辱罵我，喊的卻是喬治這個名字。』

「他停下來，瞪大眼睛看著我，想擠出笑容，又移開視線繼續說：『小個子大管輪的腦袋直伸到我鼻子下，「哎呀，是那個該死的大副！」船長在船的另一頭大吼，「什麼！」輪機長嘶喊，「不！」也彎下腰來看我的臉。』

「風突然停了，雨開始落下，周遭的夜色裡響起陣雨擊打海面的聲音，細細柔柔、接連不斷、帶點神祕。吉姆又開始敘述，『起初他們太震驚，什麼話都說不出來。而我又有什麼話可對他們說？』他猶豫了片刻，又努力說下去，『他們用污言穢語咒罵我。』他的音量低得像在耳語，只是偶爾會突然升高，強硬的語氣滿是鄙夷，彷彿他訴說的是令人嫌惡的祕事。他陰沉地說，『他們罵我什麼不重要，我從他們的語調聽到了憎恨。這也是好事。他們沒辦法原諒我搭上小艇，他們痛恨這個事實，氣得發狂……』他笑了一聲……『因為這樣，我才沒有……當時我雙臂抱胸坐在船舷上……』他雙手抱胸，靈巧地坐在桌子邊緣……『像這樣，看見沒？只要輕輕向後一倒，就落海了，追隨其他人的腳步。輕輕往後倒，只要一丁點，就那麼一丁點。』他皺起眉頭，伸出中指敲敲額頭。他用生動的表情說，『它一直都在這裡，一直都在，那個念頭。還有雨水，冰冷又密集，冰冷得像融化的雪，比那更冷，淋在我薄薄的棉布衣服上。我知道我這輩子不可能再覺得更冷了。天空也黑漆漆的，全然的黑。沒有星星，到處看不到一點亮光。什麼都沒有，只有那艘討厭的小艇和那兩個在我面前叫個不停的傢伙，像兩條暴躁的狗對著爬上樹的小偷狂吠。汪！汪！「你在這裡做什麼？你身分高尚，太他媽的紳士，不屑動個手指。你不發呆了，是嗎？偷偷上小艇？是吧？」汪！

汪！「你不配活著！」汪！汪！他們兩個人在比誰吠得更大聲，另一個就在船尾隔著雨幕咆哮。我看不見他，聽不清楚他那些髒話。汪！汪！吼……吼……！汪！汪！聽見他們的聲音真好，讓我活下來。真的，那吠叫聲救了我的命。他們不停叫著，彷彿想要用聲音逼我跳海……「你怎麼會有勇氣跳下來，我們不歡迎你。如果我知道是你，早就把你推出去，你這個卑鄙小人！你把喬治怎麼了？你這懦夫，你哪來的勇氣跳下來？你有什麼辦法阻止我們三個把你扔出小艇？」他們上氣不接下氣。那陣雨已經過去了，接下來什麼都沒有。小艇四周什麼都沒有，連聲音都沒有。他們想看我跳海？我敢發誓，如果他們閉嘴，可能會如願。想把我扔出去！是嗎？我說，「試試，給兩便士我就跳。」他們一起尖聲大喊，「你不值那麼多。」天色太暗，除非有人挪動身子，否則我誰都看不見。上帝作證，我真希望他們試一試。』

「我忍不住驚嘆道，『多奇怪的一件事！』

「『還不賴，是吧？』他好像處於某種震撼中。『他們假裝知道我基於某種原因弄死二管輪。我為什麼要那麼做？我又怎麼會知道？我不是跳進小艇了嗎？跳進小艇了，我……』他嘴唇四周的肌肉皺縮，變成無意識的痛苦表情，穿透他平時的面具，猛烈又短促，像一道曲折的閃電，讓肉眼在一瞬間看見隱藏在雲朵裡的卷繞。『我跳了。我顯然跟他們一起在小艇上，不是嗎？一個人被迫做出那樣的事，還得扛起責任，是不是很糟糕？我怎麼會知道他們呼喚的那個喬治怎麼了？我記得看見他蜷縮在甲板上。輪機長不停罵我，「殺人的懦夫！」他好像想不到別的字眼了。我不在乎，但他的聲音漸漸讓我心煩。我說，「住口！」於是他一鼓作氣大聲叫嚷，「你殺了他！你殺了他。」我大喊，「沒有。不過我會馬上殺了你。」我跳起來，他向後倒，摔在橫座板上，發出砰的一聲巨響。我不知道他為什麼摔倒，天色太黑，大概想後退吧。我面向船尾一動不動站著。可憐的小個子大管輪開始哀叫，「你不會打一個斷了手臂的人，你說自己是紳士。」我聽見沉重的腳步聲，一聲、兩聲，還有咻咻喘的咕噥聲。另一頭野獸過來了，手上的槳在船尾敲得嗒啦響。我看見他在動，越來越大，越來越大，就像你在霧裡或夢裡看見的人。我喊道，「來吧。」我會把他扔出小艇，像扔一袋舊纜繩。他停住腳步，喃喃自語，又走回去。也許他聽見風聲了。我沒聽見。那是我們碰上的最後一陣強風。他回去繼續控制他的槳。我很遺憾，我原本會……會……』

「他彎曲的手指攤開又握起，雙手急切又冷酷地顫動。『穩住，穩住。』我低聲說。

「『咦？什麼？我很冷靜。』他抗議，彷彿很受傷，手肘驟然抽搐，打翻了白蘭地酒瓶。我嚇得往前挪，椅子刮擦地面。他從桌邊跳開，彷彿背後有個礦坑爆炸了。他落地以前身子半轉過來，整個人蹲下。我看見他眼裡滿是驚駭，鼻孔周圍的皮膚發白。接下來是強烈的心煩，他惱怒極了，喃喃說道，『實在太抱歉了，我真是笨手笨腳！』酒液的辛辣氣味將我們包圍，涼爽幽黑的夜晚多了些飲酒作樂的低俗氛圍。餐廳裡的燈光都熄滅了，長長的遊廊只剩我們的蠟燭還閃爍著微光，柱子從底部到頂端徹底陷入黑暗。廣場對面港務處的屋頂一角在明亮的星光下清楚可見，彷彿那棟肅穆的建築物也湊過來觀看與聆聽。

「他擺出漠不關心的神情。

「『我敢說當時的我比現在還平靜，那時我做好準備迎接一切，這些都是小事……』

「『你在小艇上那段時間可真精彩。』我說。

「『我做好準備了。』他重複一次，『大船的燈光消失以後，小艇上什麼事都可能發生，任何事，而且整個世界都不會知道。我意識到這點，心裡很高興。當時的天色剛好夠暗，我們彷彿瞬間被埋進寬廣的墳墓，跟地球上的一切沒有任何關係，不會有人來表達意見，什麼都無所謂。』他放聲大笑，這是我們談話過程中的第三次，不過這回不會有旁人以為他只是喝醉了。『沒有恐懼，沒有法律，沒有聲音，沒有人在看，連我們自己都看不見，直到……至少直到太陽升起來以前。』

「他的話隱含的真實性震撼了我。在茫茫大海裡的小船上，確實非比尋常。這些從死亡的陰影底下逃出來的生命，似乎被瘋狂的陰影籠罩著。當你的船辜負了你，你的整個世界好像都辜負了你，那個創造你、約束你、照顧你的世界。彷彿人們的靈魂飄浮在深淵上方，原本與廣大的整體還有一線牽連，卻因為太英勇、太荒唐或太可憎，突然斷了聯繫。當然，就像每個人的信仰、思想、情愛、憎恨、信念，甚至眼前所見的物質表相都不一樣，世上有多少人，對船難的解讀就有多少種。而這起船難隱含著某種卑鄙元素，他們的孤立因此更全面。事件中的凶惡本質將這些人與其他人類分割得更透澈，因為其他人類理想中的行為表現還沒有經歷殘酷又驚悚的試煉。他們氣他逃生時三心二意，他則是把對整件事的恨意都加諸在他們身上。他想狠狠報復他們，因為他們把這可憎的機會推到他面前。汪洋大海中的小艇，必然激發出深藏在每個念頭、心情、感受或情緒之中的非理性。正因為那件海上災難充滿滑稽可鄙的特質，他們終究沒有演出全武行。都是口頭恫嚇，都是虛張聲勢的佯攻，從頭到尾都是做戲，是魔鬼懷著高度鄙視策劃出來的。魔鬼真正可怕的手段總是穩操勝算，卻永遠被人類的堅定不移阻撓。我等了一陣子，問他，『後來呢？』這個問題沒有意義，我已經知道得太多，不至於期待聽到一絲振奮人心的細節，不會奢望隱晦的顛狂或暗藏的驚駭。『沒事。』他答，『我真想動拳腳，他們只想動嘴皮。什麼事都沒有。』

「直到晨曦灑在他身上，他依然維持跳下小艇時的姿勢。多麼堅定地做足準備！另外，他也一直握著舵柄，握了一整夜。他們安裝船舵時不小心把舵掉進海裡，後來在小艇上來回奔走，手忙腳亂地想把小艇推離大船，大概把舵柄往前踢。那是一根又重又長的硬木，他顯然已經握了大約六小時。誰敢說那不是做足準備！你們能想像他靜靜站了大半夜，迎向一陣陣急雨，盯著模糊的人影，留意任何細微動靜，豎著耳朵捕捉船尾偶爾傳來的輕聲嘀咕！是勇氣讓他堅毅剛強，或恐懼讓他咬牙苦撐？你們覺得呢？那份耐力也無可否認。將近六小時的防禦，六小時一動不動保持警戒。過程中小艇緩緩前行，或原地漂浮，就看多變的風向而定。終於平靜下來的大海入睡了，雲朵從他上空掠過，遼闊的天空原本漆黑無光，慢慢淡化為略帶光澤的清冷穹頂，而後更為明亮。東方比較暗淡，天頂偏於灰白。船尾那些遮蔽低空星辰的黑影的輪廓浮現了，呈現出肩膀、頭部、臉龐和五官。陰鬱的目光直視他，頭髮蓬亂，衣衫破損，發紅的眼皮在泛白的晨曦中眨呀眨。『他們看起來像喝醉酒在水溝裡漂流了一星期。』他生動地描述。接著又喃喃表示那天的日出預告這一天會風平浪靜。你們也知道海員的習慣，什麼都能扯上天氣。以我來說，他念叨的幾個字就能讓我看到太陽的下緣脫離海平線的情景，看到視線所及的海面上廣大的波紋在顫動，彷彿海水在發抖。光球就這麼誕生，最後一陣微風擾動空氣，像如釋重負的輕嘆。

「『他們肩抵著肩坐在船尾，船長居中，像三隻齷齪的貓頭鷹，盯著我看。』他這番話帶著一股恨意，為尋常話語添加了腐蝕性，像在白開水裡注入一滴劇毒。但我腦海裡想著那日出的景象。我可以想像，在淨透空曠的天空下，這四個人受困在大海的寂寥中。孤單的太陽無視底下的微小生命，升上清亮的弧形天際，彷彿想從更高的地方凝視它自己映照在靜止海面上的燁燁光輝。『他們在船尾喊我。』吉姆說，『一副我是他們的好夥伴似的。我聽見了。他們求我保持理性，放下「那根差勁的木頭」。我**為什麼**還要僵持？他們沒有對我造成任何危害，不是嗎？他們沒有危害到我……沒有危害！』

「他臉色漲紅，彷彿堵著一口氣吐不出來。

「『沒有危害！』他突然大喊，『你來評評理。你能理解，對吧？你明白的，是不是？沒有危害！我的天！他們還能怎麼傷害我？喔，對了，我很清楚……我跳了。當然，我跳了。我跟你說我跳了，但沒有人受得了那群人。我是被他們逼的，簡直就像被他們用船鉤拉下去。你不明白嗎？你一定懂。來吧，坦白說出來。』

「他不安的眼神直視著我，那眼神有質問與祈求，有挑戰也有懇請。我為求保命，只得低聲說，『那是很大的考驗。』『不公平的考驗，』他立刻接腔，『面對那樣的一群人，我半點機會都沒有。這會兒他們一派友好，噢，那麼該死地友好！兄弟，夥伴。大家同船共渡，盡力扭轉劣勢。他們一直都沒有惡意，一點都不在乎喬治。喬治一定是在最後那一刻回艙房拿東西，被困住了。那傢伙是個沒腦子的蠢貨。當然，他們很悲痛……他們在船的另一頭看著我，動著嘴唇，對彼此搖頭晃腦，三個都是。他們向我招手。為什麼不過去？我不是跳了嗎？我沒有說話。我想說的話沒有言語可以表達，當時我如果張開嘴，只會像動物般嗥叫。那時我問自己，我什麼時候才會醒來。他們大聲催我去船尾聽船長說話。我們就在運河最忙碌的航線上，傍晚以前一定會遇到其他船，現在西北方向就看得到煙。』

「『我看見那極淡、極淡的氤氳，內心無比震驚。那低空裡的棕色煙霧痕跡，薄得你能隔著它看見海與天的分界。我大聲對他們說，我在這裡聽得很清楚。船長開始咒罵，聲音像烏鴉一樣粗嘎。他才不要為了我的方便扯著嗓門說話。「你擔心岸上的人聽見嗎？」我問。他氣沖沖瞪著我，像是想把我撕碎。輪機長建議他配合我，說我腦子不正常。船長在船尾站起來，像肥碩的肉柱，說呀說……說呀說……』

「吉姆沉默不語。我問，『然後呢？』他魯莽地大喊，『我才不在乎他們編什麼故事？他們愛怎麼說隨他們高興，那是他們的事。我知道真相，他們那些騙別人的話改變不了我知道的事實。我任由他說明，辯解，說明，辯解。他不停地說。忽然之間，我感覺雙腿發軟。我覺得不舒服，累了，快要累死了。我放下舵柄，轉身背對他們，坐在第一排座板上。我受夠了。他們喊我，想確認我是不是聽明白了。他們說的每一個字是不是都是真的？是真的，以他們的立場而言。我沒有轉頭。我聽見他們你一言我一語：「那蠢貨什麼都不會說。」「哎呀，他都聽懂了。」「隨他去，他不會惹事的。」「他又能做什麼？」我能做什麼？我們大家不是在同一條小艇上嗎？我假裝什麼都沒聽見。那陣煙消散在北方，四周一片死寂。他們喝儲水桶裡的水，我也喝了。之後他們大張旗鼓把船帆蓋過兩邊船舷。我能不能負責守望？他們鑽到帆布底下。謝天謝地，總算看不見他們了！我覺得累，累極了，精疲力竭，感覺好像從出生那天起不曾睡足一小時覺。陽光太耀眼，我看不見海水。每隔一段時間他們會有個人爬出來，站起來四下張望，又爬回去。我聽見帆布底下的鼾聲。有人能睡得著，至少有一個。我睡不著！到處都是光線，光線，小艇好像掉進光線裡。偶爾我意識到自己坐在橫座板上，會一陣驚詫……』

「他在我面前來回踱步，步履慎重，一隻手插在長褲口袋裡，垂著腦袋像在沉思，每隔一段不短的時間右臂會揮個手勢，像要趕走肉眼看不見的干擾者。

「『你一定以為當時我精神錯亂了。』他用不同的語調說，『如果你還記得我的帽子飛走了，確實會那樣想。太陽從東邊爬到西邊，越過我沒有遮蔽的腦袋，不過那天大概沒有什麼能傷害我。太陽沒辦法讓我發瘋……』他的右手揮走發瘋這個概念……『也要不了我的命……』他的手又揮走一個幻影……『**這件事**由我決定。』

「『是嗎？』我問。這個全新的轉折讓我驚訝得難以形容，我看著他，彷彿看見他轉身過來換了一張新臉孔。

「『我腦子沒有發熱，也沒有當場暴斃。』他接著說，『我一點都不在乎頭頂上的太陽。我只是冷靜地思考，就跟任何坐在陰涼的地方思考的人一樣冷靜。那個油膩的野獸船長從帆布底下伸出他理平頭的大腦袋，虛偽的眼睛向上盯著我。「該死！你會沒命。」他大吼一聲，又像海龜似地縮回去。我看見他了，我聽見他了，他沒有打擾我。當時我正在想我不會。』

「他經過我面前時仔細看了我一眼，探查我的想法。我盡可能用最高深莫測的口吻問，『你是指你一直在考慮死亡？』他點點頭，沒有停下腳步。『嗯。我一個人坐在那裡的時候，剛好想到這個。』他繼續往前，朝他的巡邏路線的假想盡頭邁了幾步。他轉身走回來的時候，雙手都插進了口袋。他在我面前停下來，低頭看著我，用非常納罕的語氣問，『你不信？』我不得不嚴正聲明，我絕對相信他告訴我的一切。」

第十一章

「他歪著腦袋聽我說完，我再次透過縫隙看見在濃霧裡活動的他。玻璃球裡的蠟燭爆了燭花，我只能藉著那微弱光線看見他。他背後是漆黑的夜幕和明亮的星辰，遠處閃爍的星斗在各自的高度漸漸後退，將凝視的目光引入更黑暗的夜空深處。但是，有一抹神祕的光線讓我看見他稚氣的腦袋，彷彿在那個時刻，他內心那個少年在短時間裡發光又熄滅。『你肯這樣聽我說，實在是大好人。』他說，『這對我有好處。你不知道這對我多麼重要。你不……』他好像不知道該怎麼表達。那一眼非常清晰，你會樂於遇見他那樣的年輕人，樂於想像那就是從前的你。他的外表讓你想到過去的幻夢，原本你以為它們已經消失了、熄滅了、冷卻了，卻因為另一朵火焰接近，振動了你內心某個極深、極深的地方，帶來一陣激奮的光……還有熱！是的，那時我瞥見了他，而且不是最後一次……『你不會明白我這種處境的人能被人相信、能對一個年長的人坦白招認，是多麼重要的事。那非常困難，太不公平，也太難理解。』

「濃霧又閉合了。我不知道在他眼裡我年紀多大、有多少智慧。但我知道我的心態比他想像中老一倍，我的智慧也比他想像中更無用。在航海生涯裡浮沉的人，比其他任何行業的人更同情還沒正式入行的年輕人。那些年輕人看著遼闊海面的粼粼波光眼神發亮，那波光卻只是他自己火熱目光的反射。我們都懷著期待去航海，那份期待卻是極致的朦朧，絕頂的不確定，對冒險的無限貪求。而冒險是他們獨有的、唯一的報酬。我們得到什麼……嗯，那個不提也罷。但我們有哪個人能壓抑住笑容？沒有哪一種生活的幻想與現實離得這麼遠，沒有哪一種生活一開始**全是**幻想，沒有哪一種生活幻滅得更快、屈服得更徹底。我們不都是懷著同樣的欲望出發，以同樣的醒悟終結，帶著同樣珍貴的美好回憶、在詛咒中過著悲慘的日子？也難怪當沉重的致命一擊來到，我們會發現彼此間的關係十分緊密。除了同行的情誼，還能察覺到一種更廣泛的情感，一種讓男人去關愛孩子的情感。此刻在我面前的他相信年齡和智慧可以找到解藥，可以幫他對抗真相帶來的痛苦。而我在匆匆一瞥之間看見陷入困境的他。那是最慘烈的困境，是鬚髮蒼蒼的老人會藏起笑容板著臉搖頭的困境。而他思考過死亡，可惡的傢伙！他覺得可以考慮死亡，因為他以為他救了自己的命。事實上他生命中所有的光采都在那天晚上隨大船消逝了。還有什麼比這種反應更自然！憑心而論，大聲要求別人憐憫已經夠可悲、夠可笑了，我又何德何能、憑什麼拒絕同情他？就在我盯著他看的時候，那濃霧又填滿縫隙，他的聲音說道：

「『當時我不知如何是好。沒有人能預見自己會碰上那種事，那跟打鬥不一樣。』

「『確實不一樣。』我認同。他好像變了，彷彿突然成長了。

「『誰也不敢肯定。』他喃喃說道。

「『喔，當時你不確定。』我聽見一聲輕嘆像暗夜的鳥兒飛過我們之間，心情平和了。

「『嗯，我不確定。』他勇敢承認。『那有點像他們編出來的無恥故事。那不是謊話，卻也不是真相。那像是……昭然若揭的謊話騙不了人。這件事對與錯之間的距離比一張紙更薄。』

「『你還想怎樣？』我問。我大概說得太慢，他沒聽清楚。他為自己申辯的樣子彷彿生命是個道路網，路與路之間隔著深淵。他的聲音還算理性。

「『假設我沒有……我想說的是，假設我留在大船上？再留多久？假設一分鐘，或半分鐘。根據當時的情況研判，三十秒內我就會落海。你不認為我會抓住漂過來的東西嗎？比如船槳、救生圈、格柵……任何東西。你不認為嗎？』

「『然後獲救。』我打岔。

「『我會這麼期待。』他反駁。『但是當我……』他渾身顫抖，好像即將吞服某種噁心的藥物。『往下跳，卻沒有這種期待。』說到『往下跳』的時候，他好像格外費力，彷彿那力道被氣流拉長，順帶擾動了坐在椅子上的我。他用低垂的目光盯著我。『你不相信我？』他大叫。『我發誓……可惡！你把我拉來這裡說話……你必須相信……你說你會相信。』『我當然相信。』我出聲辯白，平淡的語調安撫了他。他說，『原諒我，因為你是個正人君子，我才會把這些事告訴你。我能看得出來……我……我也是正人君子……』我連忙回答，『是，是。』他定定看著我的臉，而後慢慢移開視線。『現在你知道我為什麼終究沒有……沒有走上那條路。我不願意害怕自己做過的事。再者，即使我留在大船上，也會想盡辦法活下來。據說曾經有人在海上漂流幾小時，在茫茫大海裡，被救起來的時候並沒有嚴重損傷。我也許能比其他很多人撐得更久。我的心臟一點問題都沒有。』他把右手從口袋裡抽出來，敲了敲胸膛，那砰砰聲在黑夜裡像沉悶的爆炸聲。

「『嗯。』我回應一聲。他陷入沉思，雙腿略略分開，下巴垂著，低聲說，『像一根髮絲那麼細。這跟那之間差距比髮絲還細。而且在那個時候……』

「『深夜看不到髮絲。』我打斷他，恐怕有點不懷好意。你們不明白我所謂同業間休戚相關是什麼意思嗎？他惹惱了我，就好像他偷走我……我！……我的大好機會，害我不能保有當初入行時那些幻夢，就好像他把我們共有的燦爛人生的最後一點火花搶走了。『所以你溜走了……當機立斷。』

「『我跳了。』他尖銳地糾正我，『是跳，別搞錯！』他再次強調。他那明顯又隱晦的意圖令我驚奇。『好吧！也許當時我看不到。不過我在小艇上多的是時間，也不缺光線。我也能思考。當然，不會有人知道，但這沒有讓我心裡好受一點。這點你也得相信。我不想談這些……不……我要說……我不說謊……我要說，這正是我想做的事。你覺得如果我不想說，你或任何人能讓我開口嗎……我……我不怕說出來。我也不怕思考。我敢正視它，我不會逃跑。一開始……趁著夜色，如果不是那些傢伙，我或許會……不！我才不讓他們稱心如意。他們做得夠多了，編了故事，說不定還相信了。但我知道真相，我會帶著真相活下去，就我一個人。我才不對這麼不公平的爛事屈服。說到底，那件事究竟證明了什麼？我被開了個大玩笑。坦白告訴你，我厭倦了生命，可是用……用那種方式逃避又有什麼好處。那不是好辦法。我相信……我相信那樣做……毫無意義。』

「他一直來回踱步，但說完最後一個字又出其不意轉向我。

「『那麼你相信什麼？』他凶悍地質問我。接下來是一段靜默，我忽然感到一股深沉又絕望的倦怠，彷彿睡夢中被他的聲音驚醒，夢中的我在虛空飄蕩，而那虛空廣大無垠，擾亂我的靈魂，耗盡我的體力。

「『……毫無意義。』半晌之後，他又固執地咕噥道，『不！正確的做法是去面對，孤身一人……為我自己……等待另一個機會……等著看……』」

第十二章

「四周靜悄悄，聽不到任何動靜。他情緒的迷霧在我們之間飄移，彷彿被他的掙扎攪動。在那無形面紗的裂縫中，我專注的目光會看見他，有鮮明的形體，飽含著模糊的懇求，像畫像裡的象徵人物。夜晚的冷空氣像沉甸甸的大理石壓在我的四肢上。

「『原來是這樣。』我輕聲說，主要是為了向自己證明我能衝破那種麻木狀態。

「『阿文戴爾號在日落前一刻救了我們。』他陰鬱地說，『噴著蒸汽朝我們而來，我們只需要坐在原地等待。』

「停頓很久之後，他說，『他們說了他們的故事。』接下來又是沉重的靜默。『之後只有我自己知道我做了什麼決定。』他補了一句。

「『你什麼都沒說，』我悄聲表示。

「『我能說什麼？』他問，同樣壓低聲音。『輕微震盪，關掉引擎，確認損害，在不驚動乘客的情況下想辦法鬆開救生艇。第一艘小艇下水時，大船在暴風中沉沒。像鉛塊般下沉……有什麼比這更清楚的？』他垂下腦袋……『有什麼比這更糟糕？』他直視我的眼睛，嘴唇抖動。『我跳了，不是嗎？』他沮喪地問，『那是我認定的事實，他們說的故事不重要。』他雙手交握了一下，眼睛望向左右的黑夜，結結巴巴地說，『那好像在欺騙死去的人。』

「『沒有人死去。』我說。

「聽見這句話，他轉身走開。我只能這麼描述他的反應。不一會兒我看見他的後背停在欄杆附近。他在那裡站了一陣子，像在欣賞夜晚的純淨與安詳。底下庭園裡開花植物的香氣隨著潮濕的空氣飄送過來。他腳步匆忙地走回來。

「『那無所謂。』他倔強地說。

「『也許是吧。』我認同。我開始覺得我招架不了他。說到底，我又知道些什麼？

「『不管有沒有人死，我都不能逃走。』他說。『我得活下去，不是嗎？』

「『嗯，如果你這麼認為。』我含糊回應。

「『當然，我很慶幸。』他隨口一說，心裡想著別的事。『事情曝光以後，』他說得很慢，也抬起頭。『你知道我聽到消息後第一個念頭是什麼嗎？我鬆了一口氣，如釋重負。因為那些叫聲……我跟你說過我聽見叫聲嗎？沒有？嗯，我聽見了。求救的聲音……隨著毛毛雨飄過來。大概是想像的吧。但我不……真蠢……其他人沒聽見。當時我問了他們，他們都說沒有。沒有？就在我問他們的當下都還聽得見！我該知道的……但那時我沒有思考……只是聽著。非常微細的尖叫聲，日復一日。直到港務處那個混血矮個子過來跟我說話。「帕特納號……法國炮艇……成功拖到亞丁港……調查……海事處……海員旅舍……幫你安排食宿！」我跟著他走，享受耳畔的寧靜。所以原本就沒有叫聲，只是想像。我必須相信他。我聽不到那叫聲了。我不知道自己還能忍多久，而且情況在惡化……我是說……越來越大聲。』

「他陷入沉思。

「『原來我什麼都沒聽見！那就這樣吧。可是那些燈光！燈光確實消失了！我們看不到，它們不在那裡。如果燈光還在，我會游回去……我會回去，在大船旁呼喊……會求他們拉我上去……我就有機會……你懷疑我？……你怎麼知道我當時在想什麼？……你憑什麼懷疑我？……我差點就那麼做了……你明白嗎？』他的聲音變小。『當時一點微光都沒有，一點都沒有。』他哀傷地聲明，『如果燈光還在，我現在不會坐在這裡，你不明白嗎？現在我坐在這裡……所以你不相信我。』

「我搖頭否認。小艇離大船不到四百公尺，就看不見船上的燈光，這個問題也引起熱烈討論。吉姆一口咬定第一陣急雨停歇之後就什麼都看不到了，其他人也向阿文戴爾號的高級船員確認這點。人們聽了當然面帶微笑搖搖頭。在法庭的時候，坐在我旁邊的老船長湊過來跟我說：『他們當然會說謊。』他的花白鬍子撓得我耳朵發癢。其實沒有人說謊，就連輪機長說桅頂燈像被扔掉的火柴般墜落也不是謊話，至少不是故意撒謊。像他那樣飲酒過度的人如果匆匆轉頭往後看，視野邊緣的確可能出現飄浮的光點。他們在視力所及的範圍內，卻看不見任何燈光，那麼只有一個解釋：大船已經沉了。這個事實既明顯，又令他們寬慰。他們預見的結果來得這麼快，證明他們倉促的行動情有可原。難怪他們沒有再尋求其他的解釋。但真正的理由很簡單，布萊爾利提出來以後，法庭就不再糾結這個問題。如果你們還記得，當時大船已經停了，正漂在海面上，朝著當天夜裡前進的方向，船尾高高翹起，船頭因為前艙進了水，壓得比較低。正因為船身吃水不均衡，暴風略微衝擊到船尾，導致她猛地扭頭迎向強風，就像下錨停泊時一樣。她位置改變以後，燈光也在短時間內移到下風處，不再面對小艇。情況可能就是這樣。如果當時有人看見那些燈光，應該會覺得它們發出無聲的訴求，它們被黯淡雲層遮蔽的微光會有人類目光的神祕力量，能喚醒懊悔與憐憫。那燈光會說：『我在這裡……還在這裡。』即使是被遺棄的、最可憐的人，他們的目光大概也說不出更哀怨的話語。但她轉身背對他們，彷彿蔑視他們的命運。她載著滿船的乘客調過頭去，頑強地凝視汪洋大海的新危機，卻奇妙地存活下來，最後在拆船廠壽終正寢，彷彿她命中注定要在許多鐵槌的敲打下默默無聞地死去。朝聖者各自的命運會帶他們走向何方，我不清楚，但在不久之後，大約隔天上午九點，命運為他們帶來一艘從印度洋留尼旺島返國的法國炮艇。炮艇指揮官的報告已經不是機密。他看見那艘蒸汽船船頭朝下、驚險萬分地漂在平靜又朦朧的海面上，於是偏離航道去查看她出了什麼問題。蒸汽船主斜桁倒掛著旗幟（東印度水手長還算有腦子，天亮以後掛出求救信號），不過廚子照常在前面的廚房準備早餐。甲板上擠得像羊圈，欄杆旁站滿了人，船橋更是水洩不通。炮艇靠過去的時候，幾百雙眼睛觀望著，沒有發出一點聲音，彷彿有個咒語將那麼多張嘴都封住了。

「法國人大聲呼喊，卻聽不懂對方的回答。指揮官透過望遠鏡確認船上的乘客沒有感染瘟疫的跡象，決定派小艇過去。兩名軍官登上大船，聽水手長的說明，又找那個阿拉伯人打聽，卻問不出個所以然。不過大船的緊急狀態明顯可見。他們還震驚地發現有個白種人死了，遺體平靜地蜷縮在船橋。『被那具遺體搞迷糊了。』這話是多年後某個下午我在雪梨巧遇的法國少尉對我說的。對方已經有點年紀，我們偶然在一家咖啡館相遇，他對那件事印象深刻。順帶一提，這個事件確實有種非凡力量，能抵抗有限的記憶力和長遠的時間。它好像有著不尋常的生命力，能活在人們的腦海裡，活在他們的唇舌上。我有那份奇特的榮幸，能經常遇見它，在許多年後，在千里之外，從最不相關的話題裡冒出來，從最風馬牛不相及的暗示浮現。今晚我們不就提到了？這裡只有我是海員，只有我腦海裡有這段記憶，它還是出現了！但如果兩個互不相識、都知道這件事的人偶然在地球上任何角落相遇，在分開以前一定會提起它，就跟命運一樣必然。我沒見過那個法國人，一小時後我們會各奔東西，後會無期。那人看起來並不多話，是個沉默的大塊頭，穿著皺巴巴的軍服，懶散地坐著，面前擺著半杯深色烈酒。他的肩章也失了光澤，刮得乾淨的大臉膚色蠟黃，像是那種習慣吸鼻菸的人，你們明白嗎？他未必真的吸鼻菸，只是看起來像有這種習慣。事情的開始，是他越過大理石桌面遞來一份我不感興趣的祖國新聞。我用法語說，『謝謝。』我們說了些無關痛癢的話，突然間，我還不知道事情是怎麼發生的，我們已經聊起那件事，他告訴我他們『被那具遺體搞迷糊了。』原來他是登船的軍官之一。

「我們所在的那家咖啡館為往來的海軍軍官提供各國酒飲，他啜了一口藥水似的酒（可能只是黑醋栗酒加水），瞄了一眼他酒杯裡的液體，輕輕搖頭。『沒辦法理解……你應該想像得到。』他說話的神情有點奇特，似乎事不關己，卻又認真思索。他們覺得一頭霧水，這點我不難想像。炮艇上的人不會說英語，聽不懂水手長敘述的經過。當時那兩個軍官周遭也太嘈雜。『他們把我們團團圍住。那具遺體四周也圍了一群人。』他說，『我們必須優先處理最緊迫的事。那些人情緒開始激動，老天！那樣的一群人，你明白吧？』他的口氣有種泰然自若的寬容。至於那片艙壁，看起來實在太嚇人，他告訴指揮官最安全的做法是保持現狀。

他們迅速拉了兩條繩索上船，讓炮艇拖著帕特納號，船尾在前。在那種情況下，這個選擇不算太笨，因為大船的船舵已經浮出海面，再也發揮不了作用。這個辦法也減輕那片艙壁的壓力。他用淡漠的語氣順口解釋，那艙壁的狀況需要特別小心。我忍不住猜想，當時的各種安排想必大部分都是我這位新朋友的意見，他看起來是個可靠的軍官，只是不再活躍。另外，某種方面來說，他也有海員氣質。不過，他坐在那裡，肥胖的手指輕輕交握，擱在肚皮上，讓人聯想到那些愛吸鼻菸、性情溫和的村莊牧師，世世代代的農民向他傾訴他們的罪行、苦難和痛悔，而他臉上那沉著、單純的表情像一層面紗，覆蓋了那些無以名狀的痛苦與煩憂。他該穿的是磨損的黑色長袍，釦子平整地扣到他豐滿的下巴，而不是配有肩章和銅釦的長外套。他告訴我，那真是一樁大麻煩，我這樣內行的海員必定想像得到。他說話的同時，寬闊的胸膛規律地起伏。說到最後，他身體微微靠過來，噘起嘴唇，讓空氣隨著他的氣音緩緩釋出。『幸好，』他又說，『當時海面平靜得像這張桌子，也跟這地方一樣沒有一點風。』我忽然意識到咖啡館裡確實有點悶，而且非常熱。我的臉在發燙，彷彿我還是個會尷尬臉紅的年輕人。他接著說，他們『理所當然』把炮艇開到距離最近的英國港口。到了那裡，他們的責任就了了。『感謝神。』……他平坦的臉頰略略鼓起……『因為，你要知道，拖著大船那段時間，我們派兩個舵工拿著斧頭守候在繩索旁，隨時準備砍斷拖繩，以防她……』他厚重的眼皮向下垂，充分傳達了他的未盡之言……『如果是你會怎麼做！我們只能盡力而為。』一時之間，他那一動不動的龐大身軀流露出一份無奈。『兩個舵工，三十小時，一步都沒離開。兩個。』他重複強調，右手略微抬高，伸出兩根指頭。這絕對是我看見他做出的第一個手勢。我也藉這個機會『注意到』他手背有個星形疤痕，顯然是槍傷。發現這個疤痕之後，我的視力似乎變銳利了，又看見另一處已經癒合的舊傷，一端在鬢角下方，另一端消失在他腦袋側面的花白短髮裡。可能是被長矛劃過，或被軍刀砍中。他重新把雙手扣在肚皮上。『我記得我登上那艘……我記憶退化了。啊！帕特納號，沒錯，帕特納號，謝謝。人的忘性真有意思。我在那艘船上待了三十小時……』

「『當真！』我驚呼一聲。他仍然望著自己的雙手，略略噘起嘴唇，這回沒再發出氣音。『我們當時研判，』說著，他蠻不在意地挑起眉毛。『最好有個軍官留在大船上警戒。』他懶散地嘆一口氣。『方便隨時以信號跟炮艇聯繫，諸如此類的，你懂吧？另外，我也認為該這麼做。我們把炮艇上的救生艇準備好，我也在大船上隨機應變，盡我所能。那種情況很棘手。三十小時！他們幫我準備吃的，至於葡萄酒，想都別想，一滴都沒有。』他不知用什麼神奇的方法，懶怠的姿態和平靜的表情沒有明顯變化，卻傳達出深深的厭惡。『吃飯的時候沒有葡萄酒，我會渾身不自在。』

「我擔心他會繼續抱怨，因為他雖然沒有動一下手和腳，沒有抽動臉上的五官，也能讓人看出這個回憶令他惱火。但他好像忘得一乾二淨。他說他們把大船交給『港務官員』（套用他的措辭），對方的冷靜令他驚訝。『你會以為他們每天都能碰上這樣的荒唐事。你們真是怪人，你們其他人。』他說。他的後背靠著牆，像極了一袋沒有能力表露情感的穀粉。當時正好港口有一艘軍艦和一艘往返印度的蒸汽船，對於那兩艘船的小艇運送帕特納號乘客的效率，他沒有掩飾他的讚賞。事實上，他懶散的舉止不曾掩飾任何東西，反而有著某種神祕、近乎奇蹟的力量，以幾乎難以察覺的方式製造出顯著的效果，那是藝術的最高展現。『二十五分，我手裡拿著錶，二十五分，一分也不多。』他的手指鬆開又交握，雙手始終貼在肚皮上，傳達出的驚訝卻比高舉雙手多出無數倍。『那一大群人都送上岸，連同他們那一丁點行李。大船上只剩留守的水兵和那具遺體。二十五分。』他視線向下，腦袋略略歪向一側，彷彿咂著舌頭、會心地品嘗傑出的工作表現。他不需要多說多做，就能讓人相信他的讚賞千金難買。他再次恢復那幾乎不曾中斷的靜止狀態，繼續告訴我，他們奉命盡快趕回土倫[23]，不到兩小時就出發了。『所以對於我生命中的這個事件，我還有很多不明白的地方。』」

23. Toulon，法國東南部的港口兼海軍基地。

第十三章

「說完這些話，他的神態沒有一絲變化，可以說是消極地陷入沉默狀態。我在一旁作陪。忽然之間（但並不突兀），彷彿時間到了，他穩健粗啞的嗓音從他的靜止狀態跳了出來，說道，『我的天！時間過得真快！』這是最普通的一句話，卻碰巧帶給我一絲明悟。說來奇妙，我們走在人生路上總是半閉著眼睛，半摀著耳朵，連腦子都懶得動。或許這樣也好，也許正因為這份遲鈍，絕大多數人才會覺得生命還能忍受，還算愉快。然而，我們之中只有極少數人沒有過那種難得的醒覺時刻，那時我們會在剎那間看見、聽見、領悟許多事……所有事，而後心滿意足地繼續昏睡。他說話時我抬起視線，看見截然不同的他。我看到他的下巴垂到胸膛，看到他外套不得體的皺痕，他交握的雙手，靜止不動的姿勢，是那麼古怪地暗示他被遺留在那裡。時間確實過去了，它趕上了他，超越他往前去了。它拋下瞠乎其後的他，留下幾樣劣質禮物：鐵灰色的頭髮、倦怠不堪的古銅臉龐、兩道傷疤、一對失去光澤的肩章。他是那種沉穩可靠的人，是塑造赫赫威名的墊腳石，是默默埋葬在偉大功勳背後的無數生命之一。『我現在是「勝利號」（當時法國太平洋分遣艦隊的旗艦）的少尉。』他向我介紹他自己，說話時挺直肩膀，離牆壁幾公分。我坐在桌子另一邊輕輕欠身致意，告訴他我帶領一艘目前停泊在魯西卡特斯灣[24]的船。他『點評』那艘船，說是漂亮的小船。他雖然神情冷淡，卻非常彬彬有禮。當他喘著粗氣重複，『啊，沒錯。漆成黑色的小船，非常漂亮，非常漂亮。』我甚至想像他恭維我的時候不惜費勁地歪一下腦袋。片刻後，他慢慢轉身面對我們右邊的玻璃門，盯著外面的街道說，『乏味的小鎮。』那是個陽光明媚的日子，正颳著強勁南風，我們看得到人行道上的男男女女遭到強風連連撲擊。對街屋舍的正面被陽光照亮，又在空中翻飛的沙塵中變得模糊。『我上岸來活動活動腿腳，可是……』他沒有說完，重新回到深度靜默。而後沉重地說，『請告訴我，那件事的真相到底是什麼？那情況太奇怪，比如那具遺體，諸如此類的。』

「『也有活人。』我說，『那更是奇怪。』

「『沒錯，沒錯。』他小聲認同，然後彷彿經過一番考量，咕噥道，『顯然是。』我毫不猶豫對他說出這個事件裡最讓我感興趣的環節。他好像有權知道：他不是在帕特納號戒備三十小時嗎？他不是接下了那個燙手山芋？不是『盡他所能』了？他聆聽著，那神情更像牧師了。而且……可能是因為他低垂的視線，顯得更虔誠專注。有那麼一兩次他挑起眉毛（卻沒有抬起眼皮），像是在說，『怎麼會！』另一次他輕聲嘀咕，『啊，呸！』等我說完，他若有所思地噘起嘴唇，發出憂傷的口哨聲。

「換做是別人，那口哨聲透露的可能是內心的厭倦，或漠不關心的態度。但他卻以某種奧妙的方式讓他那文風不動的姿態顯得反應靈敏，顯得內心充滿有價值的思想，就像雞蛋裡

24. Rushcutter's Bay，位於澳洲雪梨東邊的海灣。

塞滿了蛋白和蛋黃。到最後他只是謙和有禮地說了一句『很有意思』，音量不比說悄悄話高多少。我失望的情緒還沒消散，他又說話了，這回比較像在自言自語：『是這樣，就是這樣。』他的下巴好像更貼近胸膛，坐在椅子上的身體顯得更沉重了。我正打算問他什麼意思，卻發現他全身竄過一股預發性震顫，像是還沒察覺到風，靜止的水面已經泛起細微的漣漪。他用嚴肅又平靜的口吻說，『那麼那個可憐的年輕人跟其他人逃走了。』

「我不知道自己為什麼會笑。在吉姆這整件事裡，那是我記憶中唯一一個發自內心的笑容。不知為何，這句簡單的話語用法文說出來，竟有點好笑。那一瞬間，我開始欣賞這個人的洞察力。他開門見山指出重點，掌握到我最在意的事。我覺得我好像在聽取關於這個案子的專業意見，而他的冷靜與沉著則像個掌握所有事實的專家。別人覺得困惑的事，對他而言只是小菜一碟。『哎！年輕人，年輕人。』他寬容地說，『再者，那畢竟死不了人。』我連忙追問，『什麼死不了人？』『恐懼。』說著，他啜了一口酒。

「我發現他受傷那隻手從中指到小指都是僵硬的，沒辦法獨立活動，所以他握酒杯的姿勢不太自然。『人經常會害怕，嘴上怎麼說都行，但……』他笨拙地放下酒杯。『那恐懼，那恐懼……一直都在。』他摸著胸口靠近黃銅鈕釦的位置，正是吉姆聲稱他的心臟沒問題時敲擊的部位。我大概是表現出不以為然，因為他又說，『是！是！怎麼說都行，怎麼說都行，那沒問題，但到頭來誰也不比誰聰明，誰也不比誰勇敢。這種事很常見。我走過很多地方，』他冷靜又嚴肅地用了法國俚語，『走遍世界各地。我見過勇敢的人，大名鼎鼎的勇士！』他漫不經心地喝一口酒。『你認為從軍的人一定很勇敢，做這行的基本條件，是不是？』他理性地問我。『嗯，我見過的那些人，每一個，如果夠誠實的話，都會承認總有那樣的時刻，即使是最優秀的人，總會碰上什麼都顧不上的時刻，之後就得帶著那個真相活下去，你明白嗎？一旦某些情況湊在一起，恐懼就不可避免。無法克服的恐懼。即使是那些不相信這個事實的人，一樣有害怕的事：害怕自己。不會錯的，相信我。是啊，是啊……我這種年紀的人知道自己在說什麼。』他說這番話的過程是那麼沉穩，不動如山，彷彿他是高深智慧的代言人，但這時他開始慢慢轉動雙手拇指，進一步強化他的超然。『這很明顯，因為，不管你下了多大決心，即使只是單純的頭痛或消化不良，都足以……比如我，我自己就經歷過。我，正在跟你說話的這個人，就曾經……』

「他喝光杯裡的酒，手指又開始繞圈。最後他說，『不，不會。那種事死不了人。』我發現他不打算繼續說他自己的故事，失望極了，偏偏那又是外人不便追問的事。我默默坐著，他也是，彷彿他最喜歡這麼坐著，連大拇指都不轉了。忽然之間，他的嘴唇動了。『就是這樣，』他平靜地說，『人生而懦弱。這是個難題，唉！否則就太容易了。可是因為習慣……習慣……因為必須……你明白嗎？……必須做給別人看……可不是！我們只能忍受。還有，很多人不比你優秀，卻能做得可圈可點……』

「他的聲音停下來。

「『你會發現，那個年輕人沒有這方面的動機，至少……至少當時沒有。』我說。

「他挑起眉毛，寬容地說，『我沒那個意思，沒那個意思。那個年輕人或許有最好的性格，有最好的性格。』他重複說著，有點喘氣。

「『我很高興你用寬厚的角度看待他。』我說，『在這方面他也……嗯……還抱著希望，而且……』

「他的腳在桌子底下挪動，打斷我的話。他抬起厚重的眼皮，終於對我睜開他的雙眼。我說『抬起』，因為沒有別的語詞可以形容那穩定徐緩的動作。我看見兩個窄細的灰色小圓圈，像兩個小小的鋼環，圈圍住深黑色的瞳孔。那來自龐大身軀的銳利目光顯得明快果斷，像戰斧的鋒利刀刃。『抱歉，』他一絲不苟地說。他舉起右手，身體向前傾。『容我打個岔……我認為，一個人就算知道勇氣不是說有就有，也能活得很好。那沒什麼好心煩的。不該因為多認清一個真相就活不下去……可是名譽……名譽……先生！……名譽……也的確重要，真的！如果……』他笨重的身體猛然站起來，就像受驚嚇的牛倉促地從草地上站起來。『打個比喻，如果失去名譽，生命還有什麼價值。我不予置評，不予置評。因為，先生，這種事我一點都不懂。』

「這時我也站起來了。我們兩個盡力表現出最完善的禮節，默默面對彼此，像擺放在壁爐架上的兩隻瓷器狗。該死的傢伙！他把泡泡戳破了。人與人之間的談話有時不免淪為空談，變成空洞的聲音，我們的對話正是如此。『那好吧。』我困窘地笑了笑。『可是難道就不能大事化小、不被人發現？』他好像立刻要反駁我，開口時又改變主意。『先生，這種事對我來說太難懂，所以我不費這種腦筋。』他用受傷那隻手的拇指和食指夾著帽子頂端，拿在胸前，深深欠身鞠躬。我也鞠躬回禮。我們互相鄭重行禮，卻有個最差勁的侍者站在一旁品評似地觀看，一副他付了錢看表演似的。『結帳！』法國人說。『再會。』……『再會。』……

玻璃門把他魁梧的背影關在門外。我看見強勁南風將他裹住，推向下風處。他則是手按著頭上的帽子，肩膀往前頂，外套下襬被風吹得緊貼雙腿。

「我一個人重新坐下，灰心喪氣，為吉姆的案子灰心喪氣。也許你們覺得納悶，為什麼事隔三年多，那件事在我心裡還有那麼重的分量。你們該知道，在那之前不久我才見過他。我直接從三寶瓏過來，在那裡載一批貨，一樁無趣的差事。我們的朋友查理會說那是我的正經營生。我在三寶瓏見到吉姆。當時他在德永的店鋪當海上銷售員，是我推薦的。德永稱呼他『我的海上代表』。除了拉保險，你們想像不出比那更得不到慰藉、更激不起一點火花的生活。小鮑勃．史丹頓（查理跟他很熟）就有這種經驗。鮑勃就是在西弗拉號船難時為了救一位女士的女僕喪命那個。你們可能還記得，那是在西班牙海岸外，一個霧茫茫的早晨發生的撞船事故。所有乘客井然有序擠在救生艇裡，推到一段距離外，鮑勃又調頭回去，爬上甲板救那女僕。我不清楚她為什麼沒搭上救生艇，總之，她徹底瘋了，不肯下船，死命拉著船舷欄杆。救生艇上的人清楚看見他們在拉扯。可憐的鮑勃是商船界個子最矮的大副，那女人穿上鞋將近一百八十公分，據說壯得跟馬兒似的。他們就這樣你拉我扯難分高下，那瘋女孩尖叫個不停，鮑勃則是不時大喊一聲，提醒小艇上的人別靠近大船。有個當時在場的水手回想起那件事，忍著笑意告訴我，『先生，那簡直就像調皮的小男孩在跟媽媽扭打。』那老傢伙還說，『最後我們看得出來鮑勃已經放棄，不再拉那女孩，只是站在一旁盯著她，像在警戒。事後我們覺得，他可能在等海水把她沖離欄杆，他要趁那個時機救她。我們為了保命不敢靠太近，不久後那艘老船突然倒向右舷，噗通地下沉了。海水的吸力太強大，不管死屍或活人，一個都沒有浮上來。』鮑勃好像是為了情人決定上岸，開心地期待從此脫離航海生活，也深信他得到地球上全部的幸福，結果卻當上保險業務員。有個利物浦的堂親帶他入行。以前他常跟我們分享他拉保險的經驗，聽得我們笑到噴淚。他五短身材，像個土地神般留了把及腰鬍子，對我們的反應沒有一點不滿意，會踮著腳尖在我們之間走來走去，說道，『你們這班傢伙覺得好笑，可是那種工作只要做一個星期，我不朽的靈魂就會縮得跟乾扁的豌豆一樣大。』我不知道吉姆的靈魂能不能適應他的新生活，因為我忙著幫他找份能餬口的工作。但我相當確定他的冒險幻想一定餓得發慌，那份新工作肯定提供不了那方面的糧食。看著那樣的他很讓人傷心，不過他咬著牙平靜地面對，這點我必須誇讚他。我看著他辛苦地做著那麼卑微的工作，覺得那是對他那些英雄幻想的懲罰，是一種贖罪，因為他奢求自己承擔不起的榮耀。他太喜歡想像自己是一匹戰績輝煌的賽馬，現在卻像叫賣小販的驢子，被迫做著沒有掌聲的勞役。他封閉自己，低下了頭，一句話也不說。很好，真的好極了，只除了偶爾會古怪又狂暴地發作一回，都是在永遠無法沉寂的帕特納號事件又被提起的悲慘時刻。很不幸，那起發生在東方海域的醜聞始終不肯消亡。也是因為這點，我總覺得永遠擺脫不了吉姆。

「法國少尉離開後，我坐在咖啡館想著吉姆的事。不過，我想的不是不久前在德永那涼爽陰暗的店鋪後面跟我匆匆握手道別的他，而是幾年前我們一起單獨坐在馬拉巴旅館長長的遊廊上，即將熄滅的燭光照耀著他，他的背後是清冷漆黑的夜晚。當時他腦袋上懸著英國法律那尊貴的利劍。隔天……或者當天？（我們分開時午夜已經過了很久）……那板著臉的治安法官宣布了那起襲擊毆打案的罰款和刑期之後，會拿起那驚悚的武器重擊他彎低的頸子。我們那天晚上的談話像極了陪死刑犯徹夜禱告。他也犯了罪。他犯了罪，我不斷告訴自己，犯了罪，沒救了。不過，我想幫他免除正式行刑的過程。我不想解釋我這麼做的理由，我覺得我說不清楚。但如果你們到現在還想不到這點，那一定是我敘述得不夠透澈，或你們昏昏欲睡，沒有掌握到我話中的意思。我不會為自己的道德觀做辯護。我向他轉述布萊爾利那粗糙簡單的脫逃計畫（姑且這麼稱呼它），本身不涉及道德問題。那筆錢就在我口袋等他取用。啊，那是借款，當然是借款。如果他有需要，我也可以寫一封推薦函給仰光的朋友，對方可以幫他安排工作。我樂意之至，我在旅館二樓的房間有筆墨和紙張，而且說話的當時已經迫不及待想去寫那封信：某年某月某日，凌晨二時三十分……請看在我們的友誼的份上，為詹姆斯．某某先生安排工作，他……我甚至願意為他美言幾句。他沒有得到我的同情，卻為自己爭取到更好的機會。他觸及了我的同情心的本源，碰觸到隱藏在我的利己主義裡的感受性。我對你們沒有一點隱瞞，因為如果我不對你們坦誠，我的行為就會顯得難以理解。再者，明天你們就會把我的真誠連同過去的其他經驗一起拋到腦後。說句直白卻精確的話，我處理這件事的過程無可指責。只是，我不道德的意圖被罪犯單純的道德感打敗了。他無疑也是自私的，但他的自私有個更高尚的根源，有更遠大的目標。我發現到，不管我怎麼說，他都急於親自聆聽法院宣判。我沒有說太多話，因為我覺得爭論起來我會徹底輸給他的年少：他依然相信的，我已經不再疑惑。他那沒有說出口、甚至還沒成形的希望雖然狂野，卻有一份純淨。他搖搖頭說道，『逃跑！我想都沒想過。』我告訴他，『我幫你這個忙，不要求、也不期待你知恩圖報。錢可以等你方便再還，而且……』他垂著目光說，『你太好心了。』我瞇起眼睛看著他。他一定覺得未來充滿不確定感，但他沒有退縮，彷彿他的心臟確實沒有問題。我覺得生氣，這不是那天晚上的第一次。『你這樣的人碰上這樣的倒楣事，一定煎熬得很……』『沒錯，沒錯。』他輕聲說了兩次，目光盯著地面，看著讓人揪心。他高高聳立在燈光上方，我看得見他臉頰的寒毛，看得見他臉部平滑皮膚底下的紅暈。信不信由你們，我真是揪心到了極點，脾氣也上來了。『是，容我說句實話，我完全無法想像你執意飲盡這杯苦酒有什麼好處？』我氣呼呼質問他。『好處！』他打破沉默，喃喃複述。我火冒三丈地說，『我到死都沒辦法想像。』『我盡我所能把一切告訴你。』他說得很慢，像在思索某個無可反駁的論點。『不管怎麼說，這是**我的**麻煩。』我張嘴想反駁，卻發現我突然對自己毫無信心，彷彿他也放棄了我，因為他喃喃念叨著，像在自言自語。『跑掉……進醫院……他們沒有一個肯面對……他們！……』他輕輕揮了手，顯示他內心的鄙夷。『但我必須度過這個難關，絕不能躲開，否則……我絕不會逃避。』他安靜下來，那眼神像被鬼魂附身，失神的臉龐映現出各種一閃而逝的表情，有輕蔑、有失望、有決心，依序流露出來，像一個接一個超自然形體在魔鏡中浮現。他周遭圍著虛假的鬼魂，陰暗的幽靈。『親愛的朋友，別胡說。』我說。他煩躁地動了一下，尖銳地說，『你好像沒弄懂。』而後定定注視著我，又說，『我是跳下了小艇，但我不逃跑。』我說，『我無意冒犯。』又愚蠢地補了一句，『有時就連比你優秀的人也會覺得逃跑是個不錯的權宜之計。』他滿臉通紅，而我操之過急，差點被自己的舌頭噎到。『也許吧。』他終於回應，『我不夠優秀，承擔不了。我必須奮戰到底，我正在努力。』我從椅子上站起來，覺得全身僵硬。沉默的氛圍太憋悶，我想不出有什麼好辦法打破僵局，只好故作輕鬆地說，『我不知道時間這麼晚了。』他連忙說，『你大概已經聽煩了，不瞞你說……』他轉頭四處找帽子，『……我也是。』

「他拒絕了這個獨特的提議，把我伸出去的援手拍開。現在他要走了，欄杆外的夜幕好像靜靜等著他，彷彿已經將他鎖定為獵物。我聽見他說，『啊，在這裡。』他找到帽子了。接下來幾秒我們在風中逗留。我低聲問，『你以後有什麼打算。』『大概向下沉淪吧。』他粗聲粗氣地回應。這時我腦子已經鎮定了些，覺得最好淡然處之。我告訴他，『請記住，你離開以前，我很希望再見你一面。』他嗔怨地說，『應該沒什麼能阻擋你，這該死的麻煩不會讓我變成隱形人，沒那麼走運。』告別那一刻，他讓我看見他內心的混亂糾結，說話囁囁嚅嚅，行動猶豫不決，顯得優柔寡斷。上帝原諒他，也原諒我！他那愛幻想的腦袋以為我不願意跟他握手道別。這實在太驚人，根本無法用言語形容。我好像對他喊了一聲，就像你們看見有人要摔下懸崖時會大吼一樣。我記得我們都扯開嗓門說話。他臉上露出悲慘的笑容，猛力握住我的手，緊張地笑出聲。蠟燭『噗』地一聲熄滅了，我們的告別終於結束，黑暗中我聽見一聲悶哼。他走掉了，夜色將他的身影吞沒。他實在太懵懂無知，太懵懂無知。我聽見礫石在他腳下嘎吱嘎吱響。他在跑，絕對在跑，卻無處可去。而他還不到二十四歲。」

第十四章

「我小睡片刻，匆匆吃過早餐，短暫猶豫後決定那天早上不上船巡視。這實在很不應該，因為我的大副整體來說雖然很能幹，但他被自己的胡思亂想嚇壞，如果沒有在預期的時間收到妻子的來信，就會被憤怒和猜疑攪得心煩，工作丟三落四，跟所有人口角，不是躲在艙房裡偷哭，就是亂發脾氣，把水手逼得幾乎想造反。我始終覺得莫名其妙，他們已經結婚十三年，我曾經見過他妻子一次，坦白說，我沒辦法想像有男人會荒唐到為那種沒有姿色的女人墜入罪惡深淵。這些話我沒有對可憐的塞爾文說過，我也不知道這麼做對不對。他在地球上為自己造了一座小小地獄，我也間接受害。不過，顯然是基於某種錯誤的體諒，我沒對他說出真話。海員的婚姻是個有趣的話題，我可以舉出不少例子……不過，此時此地不適合談。我們現在聊的是吉姆，他還單身。如果他假想的良知或他的自大……如果那放肆的鬼魂和陰暗的幽靈（這些是年輕的他熟悉的禍患）不願意讓他逃離斷頭台，我（當然沒有那一類的禍患）就抗拒不了親眼看他人頭落地的衝動。我出發往法庭去。我並不期待深受震撼或得到啟迪，或覺得有趣、甚至害怕。不過，人生在世，偶爾受一場驚嚇，會是有益的教訓。但我也沒料到自己這麼沮喪。他受到的懲罰最錐心的地方在於它冰冷卑劣的特質。罪行真正的含義在於它破壞了人類社會的信任，從這個角度來看，他是個重大叛徒。然而，對他的處刑卻是遮遮掩掩：沒有高大的斷頭台，沒有鮮紅色的布匹（塔丘[25]有紅布嗎？他們應該要準備的），沒有震驚的群眾為他的罪愆惶恐不安，或為他的命運傷心垂淚，也沒有天理昭彰的氛圍。我走在路上時，看到的是燦爛的陽光，那光線太熱情，無法給人安慰。街道上色彩紛雜，像損壞的萬花筒：黃、綠、藍、眩目的白；棕色的裸肩、紅色頂篷的牛車；一隊本地步兵，黃褐色制服和烏黑腦袋，灰撲撲的綁帶靴子整齊劃一往前走；一個本地警察穿著尺寸太小的深色制服，繫著漆皮腰帶，用東方人的憐憫目光看著我，彷彿他遊移的靈魂承受極大的痛苦，因為那不可預見的……你們是怎麼說的？……降凡，或化身？法庭院子有一棵樹，樹蔭下鮮活生動地坐著涉及那起襲擊案的村民，像東方旅遊書裡描繪野營景象的彩色石板印刷畫，只是少了前景必備的炊煙，也沒有低頭吃草的牛羊。樹木後方聳立著一堵光禿禿的黃色牆壁，反射出明亮的陽光。陰森肅穆的法庭似乎更寬敞了，高掛在上方幽暗處的布扇快速擺動，一前一後，一前一後。披裹布巾的人影稀稀落落坐在一排排空蕩的長椅上，彷彿沉浸在虔誠的冥思裡，在空無一物的牆壁對比下顯得矮小。挨打的原告是個巧克力色的胖男人，剃著大光頭，肥胖的胸膛半裸著，鼻梁上方有個鮮黃色種姓標記，碩大的身軀巍然不動端坐著，只有雙眼閃著微光，在昏暗光線裡轉動，呼吸時鼻孔劇烈擴張又收縮。布萊爾利一臉疲憊地坐下來，彷彿徹夜在煤渣跑道上衝刺。那個信仰虔誠的帆船船長顯得精神亢奮，不自在地挪來動去，似乎很想站起來懇切地規勸我們禱告懺悔，只是百般艱難地壓抑這個衝

25. Tower Hill，位於英國倫敦，早期是處決犯人的地方。

動。治安法官頭髮梳得一絲不苟，將他的臉色襯托得纖弱蒼白，像極了全身癱瘓的病人洗了澡梳了頭、撐著枕頭坐在病床上。他桌上的花瓶插著一束紫色鮮花，搭配幾朵長梗粉紅色花朵。他把花瓶推到一旁，雙手拿起一張長長的淡藍色紙張，瀏覽一遍後，將前臂擱在桌子邊緣，用平靜、清晰又蠻不在乎的語調誦讀。

「我的天！雖然我傻氣地幻想各種斷頭台和滾落的腦袋，我向你們保證，那情景遠比砍頭糟得多。這整件事籠罩著終結前的沉重感，卻盼不到斧頭落下後的休憩與安適。這些程序有死刑的冷漠報復，也有流放的殘酷。這是當天上午我對那件事的看法。即使到現在，我好像仍然能在那種對平凡事件的誇大渲染中看見一絲真理，你們可以想像當時我的感受有多麼強烈。也許是因為這樣，我一直沒辦法承認事情已經結束。這件事一直盤據我心頭，我因此急於探詢別人的意見，彷彿這件事還沒有真正定案：個人見解，國際見解，我的天！比如那個法國人的看法。法國的見解是用冷靜、明確的措詞傳達出來，像機器的語言，如果機器也能說話。法官的臉被紙張遮住一半，額頭白得像石膏像。

「法庭探討了幾個問題。第一，帕特納號各方面的條件是不是適合這趟航行，能不能經得起風浪？法庭的答案是否定的。下一個問題是，在發生事故之前，船上的人員是不是妥善駕駛帕特納號，善盡海員的責任？法庭的答案是肯定的，天曉得為什麼。接著他們表示，沒有證據能夠說明事故的真正原因，也許禍首是海上的漂流物。我就記得有一艘運送脂松的挪威籍遠洋三桅帆船大約在那段時間失蹤，被判定失事。正是那種船會在暴風中翻覆，船底朝上在大海中漂流幾個月，算是潛行在海上的惡鬼，在黑暗中毀損航行的船隻。北大西洋不乏這種遊蕩的船屍。各種海上的驚魂事物都聚集在那裡，比如濃霧、冰山、愛招惹事端的船屍和不停歇的邪惡強風。那種強風會像吸血鬼一樣緊迫盯人，耗盡你全部的力量、精神、甚至希望，讓你覺得自己只剩一具空殼。可是在那裡，在東方海域，這種事故相當少見，幾乎可以說是上天的惡意安排。除非它的目的是殺死一名二管輪，讓吉姆生不如死，否則就會是毫無目的的惡行。當時我腦海浮現這個念頭，就分散了心神，有那麼一段時間，法官的誦讀聽在我耳裡只是一串聲音，不過片刻後那聲音又變成明確的字眼……『嚴重疏忽他們明顯的職責。』那聲音說。下一個句子我錯過了，接下來……『在危險時刻拋棄託付給他們的生命與財產』……那聲音平靜地說，之後停頓下來。一道陰沉的目光從蒼白額頭下的眼睛射出來。我連忙看向吉姆，彷彿預期他會消失。他一動也不動，就在那裡，白皙皮膚泛紅，全神貫注坐在那裡。『因此……』那聲音斷然念道。吉姆嘴唇微微開啟，眼神專注，被桌子後面那人誦念的話語吸引。那些話語被布扇的風吹拂，送進寂靜裡。我觀察它們對他的影響，只聽見那些官方說辭的片段。『法庭……船長古斯塔夫．某某……原籍德國……大副詹姆斯．某某……撤銷證照。』全場鴉雀無聲。法官放下判決書，歪向一邊倚著扶手，跟布萊爾利輕鬆聊天。人們開始往外走，另一批人要擠進來。我也朝門口走去。到了外面我定定站著，吉姆從我身邊經過，走向大門，我拉著他手臂留住他。他的眼神讓我心煩意亂，彷彿我該為他目前的處境負責，彷彿我是罪惡的化身。我結結巴巴地說，『結束了。』『是，現在誰也不……』他沙啞地回應。他使勁掙脫我的手。我看著他離去的背影。那條街道很長，一段時間後我還能看見他。他走得很慢，雙腿有點叉開，好像沒辦法走直線。就在他從我視線消失以前，我彷彿看見他腳步有點踉蹌。

「『人員落海，』背後傳來低沉嗓音。我轉身過去，看見一個點頭之交。這人來自西澳大利亞，名叫切斯特，他也看著吉姆的背影。切斯特胸膛非常寬闊，紅木色臉龐線條粗獷，臉頰刮得挺乾淨，上唇留著兩叢濃密粗硬的鐵灰色短髭，他採過珍珠、打撈過遇難船、做過生意，應該也捕過鯨魚。用他自己的話說，除了當海盜，海上能有的、該有的營生他都做過。太平洋從南到北都是他大顯身手的獵場，這回他大老遠跑過來想買艘廉價蒸汽船。據他說，前不久他在某個地方發現一座滿是海鳥糞的小島，只是不太容易靠近，停泊條件有限，最起碼談不上安全。『根本就是一座金礦。』他興奮地叫嚷，『就在沃爾波爾珊瑚礁[26]正中央。就算那地方最淺的錨地都超過七十二公尺深，那又怎樣？那裡也有颶風。不過那是最好的東西，不輸金礦，比金礦更好！可惜，那些蠢貨都沒有眼光。沒有哪個船長或船東願意靠近那地方，因此我決定自己把那些寶物運出來。』所以他才要買蒸汽船。我知道當時他跟一家帕西人開的公司積極洽談，想買一艘九十匹馬力的舊式雙桅橫帆船。我跟他聊過幾次，他若有所思地看著遠處的吉姆，輕蔑地問，『他很在意？』我答，『非常。』他說，『那他就沒多大用處。有什麼值得大驚小怪的，不過是一塊驢皮，不能讓男人建 功立業。做人就得看清事物的本質，如果看不清，不如趁早認輸，反正什麼事也做不成。你看看我，我的原則就是凡事不必太在意。』『是。』我說，『你看得見事物的本質。』『我現在只想看見我的合夥人走過來。』他說，『你聽說過我的合夥人嗎？老羅賓森。沒錯，就是**那個**羅賓森。**你**沒聽過？聲名狼藉的羅賓森。早年他走私過的鴉片和獵過的海豹比誰都多，現在還活著的放蕩傢伙沒有一個比得上他。聽說他以前搭著海豹船往阿拉斯加去，那時海上的霧太濃，只有上帝認得出誰是誰。惡棍羅賓森，就是他。他跟我一起做這次的海鳥糞生意，是他這輩子最好的機會。』他湊到我耳邊悄聲說，『食人族？嗯，很久很久以前他有這個綽號。你記得那件事嗎？有一艘船在斯圖爾特島[27]西邊遇難，沒錯。有七個人上岸，不過他們好像處不來。有些人脾氣太糟，什麼事都做不成，不懂該怎麼在逆境中求生存，看不清事物的本質。**本質**，小子！結果怎樣？當然是麻煩，麻煩。肯定一事無成，活該。那種人死了最省事。聽說有一艘叫狼獾號的英國軍艦發現他跪在海藻上，跟他出生那天一樣赤條條，嘴裡哼唱聖歌或什麼的，當時天空飄著細雪。他等到軍艦跟陸地只有一根船槳的距離時，就跳起來跑掉。他們在卵石堆跑上跑下追了他一小時，最後有個水兵扔出一顆石頭，幸運命中他耳朵後側，把他打暈了。一個人嗎？當然是。不過那也跟海豹船的故事一樣，只有上帝知道是真是假。那艘巡邏艇沒有深入追查，幫他披上海軍披風，用最快的速度帶他離開，因為天色漸漸黑了，天氣在變壞，軍艦的召回信號每隔五分鐘響一次。三星期後他又活蹦亂跳了。不管岸上的人怎麼小題大作，他都不理不睬，只管閉緊嘴巴，由著別人喳喳呼呼。他碰上船難，家當全都沒了，已經夠糟了，哪有精神在乎別人怎麼罵他。那才是我要找的人。』他舉手向街道另一頭的人揮了揮。『他存了點錢，所以我不得不找他合夥。不得不！放棄那樣的好東西是一種罪，而我口袋裡

26. Walpole Reefs，位於太平洋西南方的無人島。
27. Stewart Island，紐西蘭第三大島，位於紐西蘭南島南端的太平洋西南海域。

沒有錢。那簡直是割我的肉，不過我能看清事物的本質。我心想……如果我**必須**跟某個人共享，那就選羅賓森吧。我跟他在旅館吃過早餐，就丟下他一個人趕去法庭，因為我有個想法……喲！早安，羅賓森船長……這是我朋友，羅賓森船長。』

「那是個穿著白色斜紋粗棉布西服的衰朽老人，一顆腦袋因為年邁不住抖動，戴著一頂滾著綠邊的木髓帽。他加快無力的步伐橫越街道過來跟我們會合，雙手撐著雨傘站定，夾雜琥珀色條紋的雪白鬍子波浪似地垂落腰間。他眨著滿是皺摺的眼皮迷糊地望著我。『你好，你好。』他親切地問候我，身體一陣搖晃。切斯特悄悄告訴我，『有點耳背。』我問，『你拖著他來到一萬公里外買一艘廉價蒸汽船？』切斯特中氣十足地說，『我一見到他，就願意帶著他繞地球兩圈。小子，那艘蒸汽船能帶我們幹出一番大事。整個大洋洲的船長和船東都是沒用的笨蛋，這難道是我的錯？有一次我在奧克蘭跟一個人談了三小時。我說，「派艘船吧，派艘船，運回來的第一批鳥糞送你一半，免費贈送，算是討個好彩頭。」他說，「我的船就算沒地方去，也不會去那裡。」當然是個蠢驢。岩石、海流、沒有下錨點，只能停泊在峭壁旁，沒有保險公司願意承保，不相信他三年內能賺到大錢。蠢驢！我只差沒跪下來求他。我說，「你必須看事物的本質，去他的岩石和海流，只看這件事的本質。那裡有昆士蘭的蔗農搶著要的鳥糞，一上碼頭就搶破頭。」你能拿呆子怎麼辦？他告訴我，「切斯特，你還是那麼愛說笑。」說笑！我眼淚都要掉下來了。你問問羅賓森船長……還有另一個船東，在威靈頓，是個穿著白色背心的胖子。他好像以為我在搞詐騙或什麼的。他說，「我不知道你想找什麼樣的笨蛋，不過我現在有事要忙，再見。」我真想用雙手抓住他，把他從他辦公室的窗子扔出去。但我沒有，我溫和得像個助理牧師。我告訴他，「你考慮考慮，一定要考慮一下。我明天早上再過來。」他含糊念叨著「整天都不在」。我下樓梯時氣得想拿腦袋去撞牆。羅賓森船長也知道。想到那些值錢的東西就那麼躺在陽光下，白白浪費掉，真是不好受。那些東西可以讓甘蔗長到天上去，會幫昆士蘭賺大錢！幫昆士蘭賺大錢！還有布里斯本，我去那裡碰最後一次運氣，他們說我是瘋子。一群白痴！我只碰到一個腦子正常的人，就是拉著我到處去的馬車夫。我猜他是個落魄公子。嘿！羅賓森船長，你還記得我跟你說過的那個布里斯本馬車夫吧？那小子眼光精準的很，一眨眼就什麼都明白了，跟他說話真是痛快。有一天我跟船東們周旋得累極了，到晚上心情很不好，跟他說，「我得把自己灌醉，一起走吧。我得喝醉，不然我會發瘋。」他說，「容我為你效勞，上車吧。」如果沒有他，我真不知道該怎麼辦。嘿！羅賓森船長。』

「他戳了戳合夥人的肋骨。『嘿！嘿！嘿！』那老頭子笑了幾聲，渙散的目光望向街道，而後用哀傷混濁的眼睛狐疑地看著我，『嘿！嘿！嘿！』他把身體的更多重量壓在雨傘上，視線向下盯著地面。我不說你們也猜得到，我好幾次想脫身都沒成功，因為切斯特一直拉著我的外套。他說，『再一分鐘，我有個點子。』我終於爆發，『你有什麼爛點子？如果你以為我想跟你一起……』『不，不，小子。不管你多想加入，都來不及了。我們已經有蒸汽船了。』我說，『你有蒸汽船的鬼影子。』『至少是好的開始。我們兩個誰也不需要聽命於誰，羅賓森船長，你說是不是？』『是！是！』老頭子沙啞地回答，他還是望著地面，衰老的腦袋晃得毅然決然。『我知道你認識那個年輕人，』說著，切斯特的頭朝吉姆很久以前消失的方向點了一下。『我聽說他昨天晚上跟你在馬拉巴旅館吃飯。』

「我承認有那麼回事。切斯特說他也想要享受生活，想出手闊綽，只是目前他必須省下每一分錢，『做生意本錢不嫌多。羅賓森船長，你說對吧？』他挺起胸膛，摸了摸他粗短的八字鬍。凶名在外的羅賓森在他身邊咳嗽，把傘柄抓得更牢，好像隨時會垮成一堆老骨頭。切斯特輕聲對我說，『那老小子有的是錢，而我為了籌備這該死的事花光了所有積蓄。不過等一等，等一等，好時機來了。』看見我不耐煩的表情，他好像有點吃驚。『哎！我把最重要的事告訴你，而你……』『我跟人有約。』我適度抗議。他真的很驚訝，『那又怎樣？遲一點無所謂。』我說，『我已經遲了。不如你告訴我你想要做什麼？』他自顧自地大吼，『想買二十家那樣的旅館，連同住在裡面的每個笨蛋一起，再多二十倍的人。』而後迅速抬起頭。『我要那個年輕人。』我說，『我不懂。』他明快地說，『他沒多大用處，不是嗎？』我說，『這我可不知道。』他說，『你不是說他很在意那件事。在我看來，一個年輕人……總之，他沒什麼用，不過我正好缺個人手。我有份差事正適合他，可以讓他到我的島上工作。』他自以為是地點點頭。『我打算弄四十個苦力去那裡工作，偷我也會偷來，總得有人去挖那些東西。喔，我不會虧待他們，會有木屋、鐵皮屋頂。我知道澳洲的荷伯特[28]有個人願意提供我材料，半年後還錢。真的，以個人名譽擔保。還有供水問題，我會想辦法找個人借六個二手鐵水槽。接雨水用，還不賴吧？我讓他負責管理，當那些苦力的老大。這點子不錯吧？你覺得呢？』『沃爾波爾經常一整年不下一滴雨。』我太驚奇，笑都忘了笑。他咬咬嘴唇，好像有點困擾。『那好吧，我會想別的辦法，或者運過去。見鬼的！那不是問題。』

「我沒說話。我腦海閃過一幕景象，是吉姆坐在沒有影子的岩石上，膝蓋以下埋在鳥糞裡，耳朵聽的是海鳥的刺耳叫聲。太陽像顆灼熱的火球掛在他頭頂上，視線所及之處，萬里晴空和遼闊大海都在抖動，在高溫下沸騰。我說，『就算是最深惡痛絕的敵人，我也不會建議他去……』切斯特嚷嚷道，『你怎麼回事？我打算給他高薪，當然是等事情順利運轉以後。那工作一點都不費力，根本沒事做。腰上佩著兩把六發子彈的手槍……有兩把手槍，島上只有他佩槍，他不必擔心四十個苦力不老實。沒想像中那麼糟。我要你幫我勸他。』我大吼，『不可能！』老羅賓森一度鬱悶地抬起他模糊的視線。切斯特非常不屑地看著我，慢慢說道，『那麼你不肯勸他？』『當然不肯。』我義憤填膺，彷彿他要求我幫他殺人。『更何況，我確定他不會答應。據我所知，他是丟了面子，但他還沒瘋。』切斯特大聲說，『他什麼事也幹不成，最適合來幫我。如果你能看清事物的本質，就會明白這個差事最適合他。再者……這是最難得、最穩當的機會……』他突然發怒，『我一定得找個人……』他狠狠踱了一腳，露出猙獰的笑容。『總之，我可以保證那座島不會在他腳底下沉沒，我相信他特別在乎這一點。』我斷然說道，『再見！』他望著我，彷彿我是個無法理解的笨蛋……他突然對著老頭子的耳朵喊，『羅賓森船長，該走了。那些帕西笨蛋在等我們敲定買賣。』他牢牢抓住合夥人的胳膊，扯著他向後轉，而後出乎意料地回頭睨我一眼，說道，『我是好心幫他。』那神態和語調讓我心頭火起，我回嘴，『我替他謝謝你多此一舉。』他冷笑道，『哼！你跟魔

28. Hobart，澳洲塔斯馬尼亞州首府。

鬼一樣聰明，可惜你跟其他人一樣，什麼都看不清。我就看你能幫他什麼。』『我可沒打算幫他什麼。』『沒有嗎？』他氣得唾沫飛濺，花白鬍子根根豎直。惡名昭彰的羅賓森站在他身邊，撐著雨傘背對著我，耐心十足，文風不動，像筋疲力竭的拉車馬。我說，『我可沒發現鳥糞島。』他立刻反諷，『就算有人帶著你走到島上，你也認不出來。在這個世界上你得先看見好東西，才有辦法利用。你得看得清楚通透，不能多也不能少。』『還得讓別人也看見。』我含沙射影地說，視線投向他身邊那個彎曲的背脊。切斯特哼了一聲，『你不需要擔心，他視力夠好。他不是小狗。』『天啊！當然不是。』我說。『羅賓森船長，走吧。』他在老人的帽沿下大喊，恭敬中不失霸道，凶名在外的老頭子順從地跳了一下。蒸汽船的鬼影子在等他們，幸運之神在那美麗的小島上。兩個古怪的阿爾戈英雄[29]：切斯特從容不迫地邁著大步，派頭十足，塊頭不小，氣勢如虹；老頭子個子挺高，消瘦衰頹，有氣無力，手臂被勾住，拖著乾枯的小腿拚了命趕上去。」

29. Argonauts，希臘神話中跟隨傑森王子（Jason, 或譯伊阿宋）搭乘阿爾戈號出海尋找金羊毛的人，引申為淘金客。

第十五章

「我沒有馬上去找吉姆，只因我確實有約，不能不去。只是人生不如意事十常八九，我在代理人的辦公室被一個剛從馬達加斯加過來的人纏住，非得跟我談一樁有利可圖的小生意。那筆生意牽涉到牛、子彈和某位雷凡納羅親王。最後能不能成事就看某位將軍夠不夠蠢，我記得是皮耶將軍，是整件事的關鍵。那人對這筆生意信心滿滿，簡直找不到貼切的語詞來形容。他兩眼圓凸，閃爍的目光顯得不太可靠，前額有幾個肉瘤，沒有分線的長髮往後梳。他屢次得意非凡地重複他最愛的口頭禪，『我的座右銘是以最低的風險換取最高的利潤。怎麼樣？』他吵得我頭痛，害我午飯吃得如同嚼蠟，還得掏腰包幫他埋單。我擺脫他之後直接往海邊走去，看見吉姆靠在碼頭的矮牆邊，他旁邊有三個本地船夫為五安那[30]吵得臉紅脖子粗。他沒聽見我的腳步聲，我伸出手指輕碰他一下，他倏地轉身，彷彿我的碰觸拉開某種插梢。『我在看……』他結結巴巴地說。我不記得我跟他說了什麼，總之沒什麼特別的，但他毫無異議地跟我回旅館。

「他乖巧地跟著我，像個聽話的孩子，沒有做任何表示，倒像是一直在那裡等我去帶他

30. Anna，殖民時期的印度輔幣，幣值是十六分之一盧比。

走。對於他的順從，那時的我實在不需要那麼驚訝。有人覺得地球很大，也有人假想她比芥子更小。然而，他在整個地球上找不到地方可以……該怎麼說？……退隱。沒錯，就是退隱！獨自守著他的孤寂。他無比平靜地走在我身旁，瞄瞄這邊看看那邊，一度轉頭去看一名穿著燕尾服和淡黃色長褲的非裔消防員。那人的黝黑臉龐有著絲綢般的光澤，像一團無煙煤。只不過，我不認為他看見任何東西，甚至未必一直意識到我的存在，因為如果我沒有輕輕推著他在這裡左轉，或拉著他在那裡右轉，我相信他會朝面前的方向走去，直到被牆壁或其他障礙物攔阻。我引導他回到我的旅館房間後，立刻坐下來寫信。全世界只有這個地方（或許還有沃爾波爾，只是那地方不太方便）能讓他排除外界的干擾，好好沉澱沉澱。正如他所說，那該死的事件沒能讓他隱形，但我表現得彷彿他是隱形人。我坐下以後就伏案書寫，像中世紀的抄寫員。除了握筆的手，全身上下在提心吊膽中靜止不動。倒不是說我在害怕，但我確實不敢動彈，彷彿房間裡有某種危險的東西，只要我弄出一絲動靜，那東西就會被激怒，朝我撲過來。房間裡沒什麼家具，你們都知道那種房間的模樣。有一張罩著蚊帳的四柱床，有兩三張椅子，我寫字的桌子，地板沒有鋪地毯。有一扇玻璃門通往陽台，他面對玻璃門站著，很難適應這份清靜。暮色四合，我輕手輕腳點了一根蠟燭，謹慎得彷彿做的是違法勾當。他很不自在，這點毫無疑問，我也是。我必須承認，我不自在到希望他下地獄去，或者至少去沃爾波爾珊瑚礁。有那麼一兩次，我赫然醒悟到切斯特終究比我有辦法處理這樣的災難。那個古怪的空想家當下就知道該如何務實地利用這件事，精準無誤。這就足以讓人猜想，或許他確實能看到事物的真正本質，看穿欠缺想像力的人覺得神祕難解或毫無希望的表相。我筆不停輟地寫，把該回的信都回了，又寫些東拉西扯、毫無內容的信，收件人只怕一頭霧水，想不通我為什麼給他們寫這種信。偶爾我用眼尾餘光偷瞄他一眼。他腳下彷彿生了根，但背部一陣陣抽動，肩膀會突然聳高。他在搏鬥，在搏鬥，主要好像是呼吸不順暢。蠟燭筆直的火焰將巨大的陰影全都投往固定方向，那陰影彷彿具有陰鬱的意識。在我偷偷摸摸的視線裡，寂然不動的家具像是專注留意著。振筆直書之餘，我的腦子也在胡思亂想。當我刮擦紙張的筆尖停頓片刻，房間裡是全然的沉寂與靜止，我卻為混亂紛擾的思緒所苦，彷彿被狂暴、驚險的動亂突襲，比如在大海中遭遇強烈暴風。你們有些人也許明白我的意思，焦慮、憂傷和惱怒混雜一氣，又有一絲膽怯悄悄蔓延。那種感覺不好受，卻讓我們的堅忍顯得特別有價值。我承受著吉姆的情緒帶來的壓力，我不敢說自己多麼了不起。我可以靠寫信逃避，必要的話我甚至可以寫信給陌生人。我拿起一張空白信紙的時候，突然聽見某種不太響亮的聲音。那是我關上門以後，在這個幽暗靜寂的房間裡聽見的第一個聲音。我仍然低著頭，握著筆。徹夜陪伴病患的人會在深夜的靜謐中聽見這樣的微弱聲響，那是從破敗的身軀、疲累的靈魂絞擰出來的聲音。他推開玻璃門，力道太大，所有玻璃都叮鈴作響。他走出去，我屏息靜聽，不知道自己還期待聽見什麼。他確實太在乎毫無意義的形式，那東西被切斯特唾棄、認為看得清事物本質的人不該理會。毫無意義的形式，一張羊皮紙。至於那個到不了的鳥糞寶庫，那又是另一回事了。那樣的聲音真的讓人心碎。說話聲和銀器與玻璃器皿的叮噹聲從樓下的餐廳飄上來，我的蠟燭外圍的光線穿過敞開的門、照在他的後背，更遠處則是一片漆黑。他站在廣闊黑暗的邊緣，像個佇立在岸邊的寂寥身影，面對陰沉絕望的大海。沃爾波爾珊瑚礁肯定就在那片大海裡，是陰暗虛無中的小斑點，是給落水的人的一根稻草。我對他的同情凝聚成一個念頭：我不希望他的家人看見此時此刻的他。我自己看著都於心不忍。他的後背不再因為呼吸困難而顫抖，他直挺挺站著，像一支箭，隱約模糊，不動如山。那份靜止背後的含義沉入我的靈魂深處，像鉛塊沉入水中。我的靈魂因此變得太沉重，有那麼一秒鐘，我衷心期盼我唯一能做的是掏錢幫他辦後事。就連法律都不管他了，將他埋葬會是最容易的善行！那會完全符合生命的智慧。而所謂生命的智慧，就是將能讓我們想起自己的愚蠢、軟弱或必死性的一切，以及有損我們的本領的一切，全都隱藏起來，比如過去的失敗、無法消除的恐懼與親友的遺體。也許他確實太在意，如果真是這樣，那麼切斯特的提議……我拿起另一張空白信紙，堅定地寫了起來。在他和陰暗的大海之間，除了我什麼都沒有，所以我有一份責任感。如果我開口說話，那個動也不動、承受著痛苦的年輕人會不會抓著那根稻草跳進那片黑暗。我意識到發出聲音竟也這麼難。話語有一種奇異的力量，為什麼不？我埋頭苦寫的過程中不斷問自己。忽然之間，在空白的紙張上，就在我的筆尖下，切斯特和他那個高齡合夥人的身影清晰又完整地浮現，昂首闊步，姿態十足，像重現在某種光學玩具裡的影像。我注視他們一段時間。不！他們太虛幻，太狂放，不該投入任何人的命運。言語影響深遠，非常深遠，能穿越時間造成破壞，就像子彈飛越空間。我沒有說話。他背對光線站在外面，彷彿被人類的隱形仇敵捆綁了身體，堵住了嘴巴，沒有動彈，也沒有出聲。」

第十六章

「時機快到了，我會看到有人愛他、信任他、敬佩他，他的名字變成傳說，代表力量與氣魄，彷彿他是個真正的英雄。那是真的，我向你們保證，千真萬確，就像我坐在這裡白費唇舌談論他一樣真實。至於他，他只需要一丁點暗示，就能看見他的渴望成形，看見他的夢想實現。少了這種能力，地球就不會有人去愛，也不會有人去冒險。他在叢林裡獲得許多榮耀，享受了無憂無慮的幸福（我可沒說無辜）。那對他有好處，就像城市裡的榮耀和無憂無慮的幸福也對別人有好處。幸福，幸福，我該怎麼說呢？無論在世界的哪個角落，幸福都是裝在純金酒杯裡任君暢飲，那滋味由你決定，只有你能決定。你想讓它多醉人，它就多醉人。根據他過去的經歷，你們不難猜到他是那種會大口牛飲的人。我看到他就算沒喝醉，至少也因為唇邊的瓊漿紅光滿面。他沒有立刻得到那靈液。你們也知道，那些差勁的船舶用品店都有一段見習期。那段期間他吃了苦頭，我也憂心忡忡，擔心……擔心我信錯他（你們不妨這麼說）。就算我看到他光芒四射，也不敢說我已經徹底放心。那是我最後一次看到他，他神采飛揚，占據優勢，跟周遭的環境完全和諧，跟森林裡的生活和人們的生命水乳交融。我承認他讓我刮目相看，但我自己知道那個好印象未必持久。他的孤立給了他保護，身為唯一一個優越人種，又跟大自然密切接觸，而大自然索求不多，會支持愛她的人。但我沒辦法將他安穩的身影留在我腦海，我記住的永遠是旅館房間敞開的玻璃門外的他，那個太在意失敗帶來的後果的他。我當然很高興，因為我的努力總算得到不錯的成果，甚至相當輝煌。只是，有時候我似乎覺得，如果我沒有阻撓他接受切斯特大方得離譜的提議，我的內心會更平靜。我好奇吉姆豐沛的想像力會怎麼看待沃爾波爾島，那是海平面上最淒涼、最絕望的一小片乾燥陸地。我不太可能知道答案，因為我必須告訴你們，切斯特在某個澳洲港口修補了他那艘老式雙桅橫帆船之後，就帶著二十二個人航向太平洋。只有一個消息或許跟他神祕的命運有關，那就是有個颶風可能在他出航大約一個月後侵襲沃爾波爾淺灘。沒有人知道那些阿爾戈英雄的下落，那座荒島也沒有傳出任何聲響。結束了！在所有生氣勃勃、脾氣暴躁的海洋之中，太平洋最守口如瓶。冰冷的大西洋也擅長保密，只是她緘默的方式比較類似墳墓。

「再者，這樣的守口如瓶有著可喜的終結感。我們或多或少都真心願意接受這樣的終結，正因如此，我們才有辦法忍受死亡這個概念，不是嗎？劇終！完結！這強有力的字眼能將命運糾纏不休的陰影逐出生命的屋宇。如今回想起來，雖然我親眼目睹吉姆的成功，也聽見他最懇切的保證，我卻不覺得那是他的結局。只要活著就有希望，話是沒錯，但恐懼也在。我不是說我後悔自己做過的事，也不假裝我因此輾轉難眠。但我不禁覺得，他為了丟面子耿耿於懷，卻不知道重點只在他的罪。我不得不說，我看不懂他。他太難懂，我懷疑連他也不懂他自己。他有那些細膩的感知、細膩的情感、細膩的渴望，一種昇華的、理想化的任性。我必須說，他非常細膩，非常細膩……也非常不幸。性格粗糙點的人不會活得那麼累，他們會跟自己妥協，頂多嘆一口氣，嘀咕一聲，甚至哈哈大笑。更粗線條的人因為一無所知而刀槍不入，也就毫無趣味可言。

「但他太有趣，或者太不幸，不能讓他向下沉淪，甚至不能把他丟給切斯特。我俯首寫信時，心裡有這種感覺。他則是偷偷摸摸地在抗拒、喘氣，在跟他的呼吸搏鬥，就在我的房間裡。他衝上陽台、一副想往下跳卻沒跳時，我也有這種感覺。他留在外面，在夜幕的背景中被蠟燭的微光照耀著，彷彿站在一片陰沉絕望的大海的岸邊，我的感覺更強烈了。

「突如其來的低沉轟隆聲驚得我抬起頭，那聲音好像翻滾著消逝，忽然又有一道探照的強光落在夜晚盲目的臉龐上。那持續的、耀眼的閃光停留的時間好像久得超乎常理。暴雷的怒吼聲穩定增強，我看見他漆黑卻清晰的身影穩穩扎根在漫天亮光的邊緣。在光線最閃亮的時刻，黑暗急速後退，彷彿從最高點墜落。我雙眼發眩，他的身影消失了，消失得太徹底，彷彿被轟成了細微的原子。一陣喧囂的嘆息聲通過，彷彿有憤怒的手在撕扯灌木叢，撼搖底下的樹木的末梢，沿著整棟建築的正面猛力摔門，震破玻璃窗。他走進來，關上玻璃門，發現我還在伏案書寫。我忽然非常擔心，不知道他會說些什麼，擔心到近乎害怕。他問，『能給我一根菸嗎？』我頭也不抬地推了推菸盒。他喃喃說道，『我想……想抽菸。』我心情快極了，開心地咕噥一聲，『我馬上好。』他在房間裡走來走去。我聽見他說，『事情結束了。』遠方海上傳來『啪』一聲雷鳴，像求救的信號彈。『今年雨季來得早。』聲音來自我背後某處，像在閒談。這話給了我勇氣，處理好最後一個信封後，我終於敢轉頭看他。他在房間正中央盡情吞雲吐霧，雖然聽見我的動靜，卻依然背對我一段時間。

「『我應付得挺不錯，』說著，他突然轉過身來。『付了一點代價，不多。不知道接下來會怎樣。』他臉上沒有流露任何情緒，只是陰鬱了些，也鼓脹了點，像是憋著氣。他勉強笑了笑，我靜靜凝視他。他又說，『不過謝謝你。這個房間……對於一個心情低落的人，是很大的方便。』花園傳來啪嗒啪嗒、唰啦唰啦的雨聲，有一根水管（八成破了個洞）就在窗外上演滑稽劇，有悲痛的嗚咽、搞笑的啜泣和咕嚕嚕的哀嘆，被猛然抽搐般的靜默打斷。『算是避風港。』他喃喃說完就停下來。

「一道衰弱的閃電從窗子的黑框穿透進來，又無聲地退散。我思考著該怎麼跟他談（我不想再碰釘子），卻聽見他輕輕笑了一聲。『現在變成無業遊民了。』香菸的末端在他的指間默默燃著……『沒有一個……一個……』他說得很慢，『不過……』他停下來，雨聲增強了一倍。『總有一天會遇上某種機會，把什麼都找回來。必須如此！』他音量不高卻清晰可聞，說話時瞪著我的靴子。

「我甚至不知道他那麼渴望想找回什麼，不知道他深深懷念著什麼。或許太重要，所以說不清楚。套句切斯特的話，一張驢皮……他抬起頭看著我，像等著我回答。『也許吧，如果壽命夠長。』我懷著不理性的敵意咬牙切齒地說，『別指望太多。』

「『天啊！我覺得什麼都危害不了我。』他說得認真，彷彿深信不疑。『如果這件事都打不倒我，就不需要擔心沒有足夠的時間讓我……爬起來，再……』他抬頭往上看。

「我登時想到，那支流浪漢與迷途者的大軍，招攬的都是吉姆這樣的人。這支軍隊一路往下，往下，走進地球每一條陰溝。他只要走出我的房間，走出這『避風港』，就會加入那群人，開始朝那無底深淵走去。我不至於懷抱幻想，但片刻之前的我還那麼相信話語的力量，現在卻不敢說話，就像擔心失去滑溜的支點，動也不敢動。我們只有在拚命應付別人的私人需求的時候，才會明白那些跟我們一起欣賞夜空繁星，一起感受陽光暖意的生命有多麼難以理解、搖擺不定、撲朔迷離。彷彿孤單是生命艱難又絕對的條件，我們注視著的那些血肉之軀，只要伸手一碰就融化，獨留看不到也抓不到、變幻無常、悽悽惶惶、難以捉摸的靈魂。我怕他會離開，所以保持沉默。因為我忽然強烈領悟到，如果我放手讓他墜入黑暗裡，我永遠不會原諒自己。

「『再一次感謝你。你一直……呃……很難得……我實在不知道該怎麼說，太難得！我真的不明白為什麼。如果不是那件事那麼殘酷地打擊我，我大概不會這麼感謝你。因為追根究柢……你，你自己……』他支支吾吾。

「『可能吧。』我打斷他。他皺起眉頭。

「『不管怎樣，該負的責任要負。』他看我的目光像鷹隼。

「『那也是事實。』我說。

「『我堅持到最後，如果還有人想指責我，我會……我會生氣。』他握起拳頭。

「『你自己也會指責。』我露出陰沉的笑容。他看我的目光帶著威脅。

「『那是我的事，』他說。一股百折不撓的決心在他臉上閃現又消逝，像虛無又短暫的陰影。下一刻他又變回早先那個落難的乖男孩。他扔掉菸蒂。『再見！』他突然匆匆道別，彷彿明知還有緊急的事情等著他，卻在這裡逗留太久。接下來那一秒他卻沒有任何動作。滂沱大雨狂瀉而下，像湍急的洪水奔騰不歇。那憤怒的聲音勢不可擋，讓人聯想到橋梁崩塌、樹木連根拔起、山體被掏空。我們岌岌可危地棲身在幽暗靜寂中，像在一座島上，當那奔湧而來的巨流勢如破竹地席捲而來，沒有人能夠抵擋。那根破掉的水管汩汩作響，時而哽住，時而噴濺、時而撲擊，令人作嘔地模仿在水中掙扎求生的泳客。『外面下著雨，』我反對。『而且我……』『風雨阻擋不了我。』他粗聲粗氣地回應，又忍住怒氣，走向窗子。一段時間後嘀咕道，『好一場大雨。』他把額頭貼在窗玻璃上。『天也黑了。』

「『是，天色太暗。』我說。

「他以鞋跟為支點向後轉，橫越房間，打開通往走廊的門。我急忙從椅子上跳起來，喊道，『等等，我打算……』『今晚我不能再跟你吃晚餐。』他慍怒地說，一隻腳已經跨到門外。我大叫，『我一點都不打算邀請你。』他收回跨出去的腳，卻還是不信任地停留在門口。我毫不遲疑地請他別胡鬧，趕緊回房間，把門關上。」

第十七章

「他終於回來，不過我認為主要是因為雨。當時外面的雨勢正猛烈，我們聊著聊著才慢慢趨緩。他表現得冷靜又堅定，像沉默寡言的人沉緬於思緒之中。我跟他談的主要是他目前處境的現實面，目的在於讓他遠離墮落、毀滅和絕望，因為這些東西會迅速吞沒許多孤立無援、無家可歸的人。我請他接受我的幫助，細細跟他講道理。每一次我抬起視線看著那張如此嚴肅、如此年輕的專注臉龐，就心神不寧，總覺得我不但幫不上忙，反而阻擋了他受傷的心靈某種神祕、難以言說又不為人知的搏鬥。

「『我猜你會希望過著正常人的生活，有吃有喝有地方住。』我記得當時氣惱地問他，『你說你不會接受那筆本該屬於你的錢……』他流露出他那樣的人所能表現、最接近驚恐的神情。（他擔任帕特納號大副期間的薪水還有三個星期又五天未結清。）『那種小事現在一點也不重要了，不過你明天怎麼辦？你要去哪裡？你總得有……』『那不重要。』他說得很小聲。我充耳不聞繼續勸說，我覺得他那些顧忌都是因為太過敏感。最後我說，『不管基於哪方面考量，你都得讓我幫你。』『你幫不上。』他溫和的口氣簡單乾脆。我看得出來他牢牢抓住內心深處某個念頭不肯放，那念頭像一池水在黑暗中微光閃閃，我始終沒辦法靠近，看不清深淺。我看著他比例勻稱的體格，說道，『總之，我幫得上的地方就幫，多的我也做不了。』他沒有看我，只懷疑地搖搖頭。我脾氣上來了，堅定地說，『我能幫，甚至能做更多。而且已經做了，我信任你……』他說，『那筆錢……』『我真該叫你下地獄去。』我大聲嚷嚷，硬擠出生氣的口吻。他目瞪口呆，露出笑容。我乘勝追擊，說道，『這不是錢的問題。你太膚淺。』在此同時我心想，嗯，沒錯，也許他終究是個膚淺的人。『看看我幫你寫的這封信。收件人是我朋友，我從來沒請他幫過忙，我在信裡提到你，那些話只會用來形容親近的朋友，我毫無保留為你擔保。這就是我做的事。說真的，如果你稍微想一想其中的含義……』

「他抬起頭。雨已經停了，只剩水管還在落淚，在窗外發出可笑的滴答聲。房間裡寂靜無聲，所有的黑影都擠在角落，遠離有如匕首般向上燃燒、一動不動的火焰。片刻後，他的臉好像反射出柔和的光線，彷彿晨曦已經到來。

「『我的天！』他倒抽一口氣。『你太偉大了！』

「就算他突然伸出舌頭嘲笑我，我也不會覺得更無地自容。我心想，活該，誰叫我偷偷摸摸哄人。他閃閃發亮的眼神直視我的臉，我看得出其中沒有嘲弄。他突然激動得全身抽搐，像那種用繩線操控的木偶。他雙臂高高舉起，放下時拍一下掌。他完全變成另一個人。『而我一直沒看出來，』他大聲說，又突然咬著嘴唇皺起眉頭。『我真是個大傻瓜，』他說得非常緩慢，語氣充滿敬畏。『你是個好心人！』他壓低聲音感嘆。他抓住我的手，彷彿他到這時才第一次看見我的手，之後立刻放開。『哎呀！這正是我……你……我……』他口吃了。他很快恢復原有的冷淡（或者該說頑固），鬱悶地說，『我不能不識好歹……』說到這裡，他停頓下來。『沒事，』我說。他激動的情緒讓我有點擔心，其中似乎摻雜了某種怪異的亢奮。看來我不經意扯動了那根繩線，而我不知道該怎麼操作木偶。『我該走了。』他說，『我的天！你幫了我一個大忙。我坐不住了。這正是……』他看我的眼神帶點不明所以的欽佩。『這正是……』

「當然那正是他需要的。我大有可能讓他免於飢餓，特別是跟酗酒密切相關的那種，如此而已，對這件事我沒有任何遐想。可是我看著他，不免好奇剛才那三分鐘裡，他心裡明顯生起的是什麼樣的幻夢。我強迫他接受我的安排，幫他維持體面的生活，解決基本的食宿需求，而他受傷的靈魂會像折翼的鳥兒，鼓著斷翅跳進某個洞裡，在那裡虛度光陰，默默死去。這就是我硬塞給他的東西，實在微不足道。但是，唉！根據他接受時的態度，那東西在幽微的燭光中隱約浮現，變成某種巨大、模糊、或許有點危險的陰影。他突然說，『我沒有好好表達心裡的感謝，你不介意吧。這種時候說什麼都不夠。昨天晚上你已經對我太好了，聽我說那麼多。我不妨告訴你，我不只一次以為自己會掉腦袋。』他衝來衝去（真的是『衝』），雙手插在口袋裡，又猛地抽出來，把帽子拋在頭上。我沒想到他會有這麼輕盈敏捷的一面。我想到隨風盤旋的枯葉，有一股莫名的擔憂，一種不明確的疑慮，讓我沉重地坐在原處。他一動不動站著，彷彿醒悟到什麼，動彈不得。他鄭重地說，『你給了我信心。』『噢，親愛的朋友，別！』我語帶哀求，彷彿他傷害了我。『好吧，從現在起我不說了，但誰也不能阻止我把這事放在心裡……算了！……我會證明……』他快步走向門口，停住腳步，低著頭，又一步一步慎重地走回來。『我一直覺得，如果可以重新來過，像一張白紙……而你……某種程度上……沒錯……一張白紙。』我揮揮手，他頭也不回地走出去。房門關上後，他的腳步聲漸漸遠去，那步伐毫不遲疑，像走在光天化日之下。

「我孤零零留在房間裡，只有一根蠟燭相伴，內心一片迷惘。我不再年輕，在生命的轉彎處，我已經看不出我們無足輕重的腳步在幸或不幸的機運中隱藏著什麼樣的輝煌。我笑著告訴自己，我跟他之中，還懷抱希望的終究是他。我也覺得悲傷。一張白紙，他是這麼說的嗎？彷彿我們原本的命運並沒有以不朽的字句銘刻在岩石表面。」

第十八章

「半年後我收到朋友的來信。這位朋友是個憤世嫉俗的中年單身漢，經營一家碾米廠，出了名地我行我素。由於我那封推薦函寫得情真意切，他在信裡稍微誇大了吉姆的優點（主要是溫和的個性和優秀的能力），覺得我聽到應該會很開心。『到目前為止，我跟同類相處時只能勉強容忍，所以一直獨自生活。這地方儘管氣候炎熱，我的房子一個人住還是嫌太大。我讓他搬進來已經一段時間，看來我沒有做錯。』讀信的時候，我覺得我朋友跟吉姆相處好像非但不需要勉強容忍，甚至萌生了一點好感。當然，他用他特有的方式表明自己的立場。首先，吉姆在那樣的氣候裡還能生氣勃勃。我朋友寫道，如果他是個女孩子，就可以形容他像盛開的花朵，開得端莊沉穩，不像這裡某些張揚的熱帶花朵。吉姆搬進去六星期了，從來沒有拍我朋友的背，也沒有喊他一聲『老哥』，更沒有讓他覺得自己是個過時的老古董。吉姆不像其他年輕人那樣喋喋不休惹人惱火。他脾氣溫和，不太聊自己的事，幸好也不算聰明（我朋友這麼說）。不過，吉姆顯然夠聰明，能默默地欣賞他的風趣，另一方面，他的天真也給我朋友製造不少樂趣。『他身上還留有清新的朝露，而我明智地給他一個房間，跟他一起用餐，也覺得沒那麼枯萎。有一天他心血來潮，專程從房間另一頭走過來幫我開門。這麼多年來，那是我覺得跟人最親近的一刻。好笑吧？我當然知道他有過去，某種的惱人小麻煩（你肯定知道）。不過，就算那是令人髮指的事，應該也能得到寬恕。以我來說，我覺得他犯的錯頂多是偷摘別人的水果。他的過錯比這嚴重很多嗎？也許你當初應該告訴我。不過，或許我們當聖人已經太久，你已經忘記我們當年都犯過錯？也許有一天我必須問你，也希望你據實以告。除非我知道那是什麼事，否則不會去質問他。再者，現在說這個還太早，再讓他幫我多開幾次門……』我非常高興，因為吉姆表現得這麼好，也因為我朋友在信裡的語調，更因為我的英明。顯然我做對了，我看人的眼光獨到，諸如此類的。接下來會不會發生某種意想不到的好事？那天晚上我的船停在香港，我躺在船尾遮篷下的甲板椅上休息，砌下為吉姆起造的空中樓閣的第一塊基石。

「我去北邊跑了一趟，回來時發現我朋友的另一封信在等著我。那是當天我拆的第一封信。『我家的湯匙應該都還在。』信的第一行說，『我沒有興趣清點。他走了，在早餐桌留了一封正式的道歉函。這種行為不是愚蠢就是無情，也許兩者都是，在我看來沒有差別。也許你還有幾個神祕的年輕人需要安置，我必須說，我已經金盆洗手，確定無誤，直到永遠。這會是我最後一次做怪事。千萬別以為我有絲毫的介意，不過網球俱樂部的球友倒是很想念他，我為了給自己省麻煩，跟球友們編了個可信的理由……』我把信扔在一旁，開始在桌上的信件堆裡翻找，直到看見吉姆熟悉的字跡。你們相信嗎？微乎其微的機率！但事情往往就是這麼湊巧！帕特納號那個小個子大管輪出現了，幾乎是窮困潦倒，在碾米廠找到一份維修機器的臨時工作。『我受不了那可惡的矮子的自來熟。』吉姆的信來自某個海港，他原本應該在那海港以北一千公里的地方過著安逸的生活。『目前我在埃格斯托姆和布雷克船舶用品店工作，擔任他們的……唔……正確說法是推銷員。我提了你的名字當我的推薦人，如果你能寫封信幫我說說好話，他們就會正式錄用我。』我的空中樓閣垮了，我深受打擊。我依他的要求寫了信。那年年底以前我的船換了新租約，我往那個地方去，有機會見他一面。

「他還在埃格斯托姆和布雷克的店上班，我們在店鋪外那個他們稱為『我們的客廳』的空間見面。當時他剛從某一艘船拉生意回來，見到我時低著頭，準備迎接一場爭辯。我跟他握手之後馬上問他，『你有什麼話說？』『就信裡那些，沒別的了。』他固執地說。『那傢伙口無遮攔、或做了什麼嗎？』我問。他抬頭看我，露出苦笑。『沒有！他沒說。他把那件事當成我跟他之間的祕密，每次我去工廠，他就恭敬地對我眨眼睛，像是在說「你知我知」，那故作神祕的模樣可惡極了。各種惹人嫌的討好和親近……』他頹然落坐，盯著自己的腿。『有一天剛好只有我們兩個，那傢伙竟然有臉跟我說，「喲，詹姆斯先生」……他喊我詹姆斯先生，一副我是……「我們又相聚了，這裡比那條老船好，對吧？」是不是很恐怖？我看著他，他一副心照不宣的神情。「先生，你別擔心。我看得出誰是正人君子，也知道正人君子心裡有什麼感覺。不過，我希望你能讓我留在這裡工作。因為帕特納號那樁破事，我日子也不好過。」老天！那實在糟糕透了。如果不是剛好聽見丹佛先生在走廊喊我，我真不知道自己會說什麼，或做出什麼事。當時是午餐時間，我跟丹佛先生一起穿過庭院和花園，走回屋子。他用慈祥的語氣跟我說笑……我覺得他喜歡我……』

「吉姆沉默了一段時間。

「『我知道他喜歡我，所以我才更為難。真是個大好人！……那天早上他伸手拉我胳膊……他對我也很親近。』他爆出幾聲笑，下巴垂到胸膛。『呸！每次想到那個卑鄙的小矮子跟我說話的神情。』他的聲音突然顫抖，『我就想到我自己……你應該知道……』我點點頭……『像父親一樣，』他激動地說，而後聲音變小。『我必須告訴他。我不能繼續這樣下去，對吧？』我等了一陣子，才喃喃問道，『然後呢？』『我寧可離開。』他慢慢回答，『這件事必須埋葬。』

「我們聽得到布雷克在店鋪裡扯著嗓門辱罵埃格斯托姆。他們兩個合夥很多年了，每天從店鋪開門到打烊前那一分鐘，布雷克都挾著苛刻又淒厲的怒氣痛斥合夥人，一刻也不停歇。布雷克個子不高，有一頭烏黑油亮的頭髮和小珠子似的鬱悶眼眸，他持續不斷的斥罵聲已經跟其他固定配件一樣，變成店鋪的一部分，就連陌生人走進來，也會很快徹底忽視，也許會嘀咕一聲『真吵』，或突然起身去把『客廳』門關上。埃格斯托姆本人是個身材瘦削行動徐緩的北歐人，留著一大把金黃色鬍子，整天忙東忙西，指揮手下、檢查包裹、開帳單，或在店裡那張立式桌子旁寫信，在那一片嘈雜聲裡表現得安然自適，像個聾子。偶爾覺得厭煩，會草率地『噓』一聲。那當然沒有任何作用，只是他自己也不期待改變什麼。『他們對我很客氣。』吉姆說，『布雷克有點粗魯，不過埃格斯托姆還不錯。』他迅速站起來，踩著穩健的步伐走向架在窗子旁、對著錨地的三腳望遠鏡，湊上去觀看。『那艘船因為沒有風，在外面停了一早上，現在起了風，準備進港了。』他耐心地說，『我得上船去。』我們默默握手道別，他轉身準備離開。『吉姆！』我喊他。他回過頭來，手搭在門把上。『你扔掉的是跟寶藏一樣珍貴的東西。』他從門那邊走回來，說道，『他實在是個非常慈祥的老人家。我怎麼能？我怎麼能？』他嘴唇扭曲。『在這裡就無所謂。』『噢，你……你……』我找不到適當的字眼，但我還沒意識到根本沒有合適的詞語來罵他，他已經走了。我聽見埃格斯托姆低沉溫和的嗓音在外面說，『吉姆，那是莎拉葛蘭傑號，你必須搶先上船。』布雷克馬上插嘴，像憤怒的鳳頭鸚鵡般嘶吼，『告訴船長我們這裡有他的郵件，這樣他才會來，你聽見了嗎？那個……你姓什麼？』而吉姆用他孩子氣的語氣回答埃格斯托姆，『好，我用最快的速度過去。』看來在這份可悲的工作裡駕船成了他的慰藉。

「那趟我沒再看見他，不過下一趟（船的租約是六個月）我上了岸。在店鋪外十公尺就能聽見布雷克的叫罵聲，我走進去之後，他用哀戚至極的眼神瞄了我一眼。埃格斯托姆笑容可掬地走過來，伸出瘦骨嶙峋的大手。『船長，很高興見到你。……噓……正想著你差不多該回來了。先生，你說什麼？……噓……喔！他呀！他辭職了。我們進客廳。』門砰地關上後，布雷克的叫嚷聲變得微弱，像在曠野裡竭力咒罵……『造成我們很大的不便。我不得不說，真把我們害慘了……』『他去哪裡了？你知道嗎？』我問。『不知道，問也沒用。』埃格斯托姆答。他頂著一臉大鬍子謙恭地站在我面前，雙臂笨拙地垂在兩側，一圈細細的銀色錶鏈低低垂掛在發皺的藍色嗶嘰背心外。『那樣的人不會特地往某個地方去。』我滿腦子都是那個消息，忘了問他這話什麼意思。他接著說，『我想想，他離開那天有一艘蒸汽船載著朝聖客從紅海回來，因為推進器掉了兩個葉片，進港維修。已經三星期了。』『是不是有人提到帕特納號事件？』我問，擔心發生了最壞的狀況。他嚇了一跳，看著我的眼神彷彿我是魔法師。『啊，沒錯！你怎麼知道？有幾個人在這裡聊那件事，包括一兩個船長、港口那邊的汎羅機械公司的經理、另外兩三個人，還有我。吉姆也在這裡，正在吃三明治喝啤酒。我們忙起來根本沒時間好好吃午餐。他站在這張桌子旁吃三明治，我們其他們圍在望遠鏡旁看那艘蒸汽船進港。不一會兒汎羅的經理聊起帕特納號的輪機長，說他曾經幫他修過東西。接著他告訴我們帕特納號有多麼破舊，船東又靠她賺了多少錢。他提起她最後一趟航行，我們大家就聊開了，你一句我一句。沒說什麼特別的，都是你或任何人會說的話，也有人笑了幾聲。莎拉葛蘭傑號的歐布萊恩船長塊頭不小，嗓門也大，拿著一根手杖。他坐在這張扶手椅上聽我們說，突然拿起手杖猛敲地板，大聲吼道，「可恥！」把我們大家嚇一大跳。汎羅的經理對我們眨眨眼，說，「歐布萊恩船長，怎麼回事？」「怎麼回事！怎麼回事！」老頭子開始叫嚷，「你們這些蠻子在笑什麼？這事一點都不好笑。這是人性的恥辱，是人性的恥辱。我不屑跟那些人待在同一間屋子裡。沒錯！」他好像盯著我看，基於禮貌我得說說話。「可恥！沒錯，歐布萊恩船長，我也不願意讓他們來這裡，所以你在這間屋子裡很安全。歐布萊恩船長，喝點冷飲。」「埃格斯托姆，去你的冷飲！」他目光一閃，「我想喝的時候會大聲喊。我要走了，這地方太臭了。」其他人聽見這話哄堂大笑，都跟著那老頭離開了。接著，先生，那個該死的吉姆放下手裡的三明治，繞過桌子走到我身邊，他的啤酒還在桌上，滿滿一大杯。「我要走了。」他說，就這樣。我說，「現在還不到一點半，你還可以抽根菸。」我以為他指的是上班時間到了。後來我弄明白他的意思，兩隻手臂無力下垂。先生，那樣的員工不常有，駕起船來不要命似的。不管什麼樣的天氣，他都肯駕著小艇到幾公里外去接船。不只一次有船長進來說起他，開口的第一句話總是，「埃格斯托姆，你們那個海上業務員真是個不管不顧的瘋子。我大白天收著船帆慢慢駛進來，結果一艘半泡在水裡的小船衝破濃霧來到我龍骨前端，浪花高過她的桅頂，兩個驚魂不定的黑人坐在小船底板上，一個惡魔操著舵鬼吼鬼叫。喂！喂！大船，喲嗬！船長！喂！喂！埃格斯托姆和布雷克的人最先跟你打招呼！喂！喂！埃格斯托姆和布雷克！哈囉！喂！他踢了黑人，展開船帆，當時颳著暴風。他的船往前飛馳，對著我大呼小叫，要我揚起帆，他會帶我進港。根本不像人，倒像是魔鬼。這輩子沒見過有人那樣駕船。總不可能喝醉了吧？而且是那麼平靜、口氣溫和的年輕人，上船時像個女孩子羞紅了臉。』馬洛船長，陌生的船進港的時候，只要吉姆出去，就沒人能跟我們競爭。其他船舶用品商只能做老客戶的生意……』

「埃格斯托姆好像激動得不能自已。

「『先生，他好像不介意駕著舊船到一兩百公里外幫公司搶個客戶。如果這是他自己的事業，一切還剛起步，大概也不會更拚命。現在……突然之間……就這樣！我在想：「喔！想加薪，是為了這個吧？」我告訴他，「好，吉姆，廢話不必多說，直接給個數字，只要合理都沒問題。」他看著我，一副喉嚨裡卡著什麼吞不下去似的。「我不能留下來。」「你在開什麼玩笑？」我問。他搖搖頭。先生，從他的眼神我看得出來他打定主意了。所以我轉身面對他，狠狠臭罵他一頓。「你想逃避什麼？」我問，「有誰找你麻煩？你在害怕什麼？你沒有老鼠聰明，老鼠還知道不可以離開好船。你上哪兒去找更好的工作？」我數落他這個數落他那個，罵得他臉色難看極了。我說，「這間店不會沉掉。」他猛地跳起來，說了聲「再見」，像個爵爺似地跟我點點頭，說道，「埃格斯托姆，你人還不壞。我向你保證，如果你知道我離開的原因，就不會想留住我。」「你在胡說八道，我很了解我自己。」我被他氣壞了，不得不大笑。「你這個奇怪的傢伙，就那麼急著走，連喝這杯啤酒的時間都沒有嗎？」我不知道他是怎麼回事，好像忘了門在哪裡。船長，那一幕真好笑。我把啤酒喝了，說道，「既然你趕時間，我就用你自己的酒祝你好運。只是，你記住我的話，如果你繼續玩這種把戲，很快就會發現地球太小，容納不了你。」他陰鬱地看我一眼，轉頭衝出去，那張臉簡直可以把小孩嚇哭。』

「埃格斯托姆恨恨地噴氣，用骨節凸出的手指梳理他的褐色鬍子。『之後再也找不到那麼好的人手，店裡整天都是沒完沒了煩惱。船長，我能不能問一句，你在哪裡認識他的？』

「『他是帕特納號那次航行的大副。』我覺得欠他一個解釋。埃格斯托姆定住不動，手指埋在臉頰側面的鬍子裡，而後爆怒：『誰他媽的在乎那種事？』我說，『我敢說沒人在乎……』『他這樣繼續下去是為了什麼？』他突然把左臉的鬍子塞進嘴裡，困惑地站著。『我的天！』他驚叫道，『我告訴他地球太小，容不下他這樣蹦蹦跳跳。』」

第十九章

「我詳細敘述這兩件事，好讓你們知道他面對全新際遇時如何自處。類似的情況還有很多，我兩隻手數不過來，同樣都有一份立意高尚的荒謬感，那份徒勞因此更顯得深刻動人。扔掉拿在手上的麵包，只為空出雙手跟鬼魂搏鬥，並不是罕見的英勇作為，過去有人這麼做過（雖然我們這些飽經世故的人都知道，靈魂受苦不會讓人變成流浪漢，三餐不繼才會），而那些有飯吃、並且希望永遠不挨餓的人也讚揚這種令人敬佩的愚痴。他確實不幸，因為雖然他那麼不顧一切，卻始終衝不破那陰影：永遠有人懷疑他夠不夠勇敢。真相是，發生過的事好像永遠無法抹滅，你只能面對或逃避。我還遇見過那麼一兩個人，他們能夠無視自己熟悉的陰暗面。吉姆顯然不是這種人，但我從來都看不清，他那些行為究竟是在逃避他的鬼魂，或是面對它。

「我用盡心力去觀察，卻只發現到，我們的行為有各種面向，其間的差異太微妙，根本無法區辨。他的情況也是如此。那可能是逃避，也可能是某種形式的對抗。在一般人眼中，他變成不生苔的滾石。因為最可笑的是，一段時間後他在他遊走的範圍內（直徑大約五千公里）變成知名人物，甚至聲名狼藉，有點像某個特立獨行的人在整個鄉間家喻戶曉。舉例來說，他在曼谷的尤克公司（兼營船舶出租和柚木買賣）上班，看他守著祕密在陽光下奔走，實在可憐，因為那個祕密幾乎連內陸河流上的木材都知道。他投宿的那家旅舍的老闆修姆柏格是亞爾薩斯人，毛髮茂密，行事頗有男子氣概，也是當地流長蜚短最活躍的轉播站。他會把兩邊手肘擱在桌子上，對任何願意多花錢買杯好酒聽點閒話的客人加油添醋地轉述那件事。他會大方地總結道，『你沒見過比他更有教養的人，高人一等。』這番話聽在修姆柏格（吉姆在他的旅舍住了半年）的常客耳裡意味十足。吉姆人緣很好，像小孩子一樣，即使陌生人見到也會喜歡。他沉默寡言，但無論他走到哪裡，他的外表、頭髮、眼睛和笑容好像會幫他交朋友。當然，他也不笨。席格蒙・尤克原籍瑞士，個性溫和，被嚴重的消化不良折磨得不成人形，而且跛得厲害，每走一步路，腦袋就轉四分之一圈。他用讚賞的語氣說，吉姆年紀這麼輕，算是『很有本事』，那口氣卻顯得不以為意。『為什麼不送他到內陸去？』我焦急地提議。尤克公司在內陸有特許權和柚木林。『如果他像你說的那麼有本事，一定很快能上軌道，他體能也很合適，健康狀況一直很不錯。』『嗳，在這種地方不鬧腸胃病是很不容易。』可憐的尤克羨慕地嘆一口氣，偷偷瞄了一眼自己已經搞壞的胃部。他若有所思地敲著桌子，說道，『這點子不錯，這點子不錯。』很可惜，那天晚上旅舍發生一件不愉快的事。

「我可沒說我責怪吉姆，不過發生那種事確實叫人惋惜。那是酒館衝突之中令人嘆息的那一類。對方是個鬥雞眼丹麥人，名片上印著他不光彩的名字，底下的頭銜是暹羅皇家海軍中尉。那傢伙的球技術慘不忍睹，但他大概不喜歡輸球。打了六局以後，他已經喝得太多，脾氣變得暴躁，開始用言語羞辱吉姆。現場大多數人都沒聽見他說了什麼，聽見的人也被緊接著發生的恐怖後果嚇得什麼都記不清。撞球室外面有個遊廊，底下流淌著廣闊漆黑的湄南河，那個丹麥人非常幸運，因為他會游泳。一艘滿載中國人的船（也許正要去做某種見不得光的勾當）把這位暹羅王的軍官從水裡打撈起來。大約午夜時吉姆來到我的船上，連帽子都沒戴。『撞球室裡的人好像都知道。』他喘著氣說，可能打架之後心情還沒平靜。原則上他為打架的事覺得懊悔，但對於這件事，他說，『別無選擇』。令他沮喪的是，他內心的負擔竟然人盡皆知，彷彿他一直把它扛在肩膀上到處去似的。經過這件事，他當然不能留在那個地方。所有人都譴責他的暴力行為，畢竟他的處境有點尷尬，不該這麼衝動。有人說他當時喝得醉醺醺，其他人則說他處事不夠老練。就連修姆柏格也氣壞了。他跟我理論，『他是個很和善的年輕人，可是中尉也是一流的好人，每天晚上都在我旅舍吃飯。我的球杆斷了一根。我不允許這種事。我今天一早就去跟中尉道歉。我覺得我已經盡力做了補救，可是船長你想想，如果所有人都這麼鬧事會怎樣！中尉差點就溺死！這地方可不是走到街上就能買到球杆，得寫信到歐洲去買。不，不行！那樣的脾氣不行！』他對這件事非常反感。

「這是他……撤退期間最糟糕的事件，沒有人比我更感慨。雖然有些人聽人提起他的時候會說，「啊，沒錯！我知道，他在這一帶到處漂泊。」但那段期間他其實沒有受到嚴重的打擊或損傷。然而，最後這次事件讓我非常不安，因為如果他的神經敏感到讓他捲入酒館爭執，那麼人們不會再覺得他是個雖然氣人卻大致無害的傻子，而會認定他只是個不入流的浪子。我對他雖然信心滿滿，卻也不由自主地覺得，以他這種情況，從傳言到事實只是一步之遙。你們大概也明白，到這時我已經沒辦法丟下他不管。我讓他搭我的船離開曼谷，那趟航行不短，他那樣自我封閉，看著實在可憐。身為海員，即使只是乘客，也會對船上的一切興趣盎然，會用評判的眼光看待周遭的航海生活，就像畫家賞析別人的畫作一樣。我的吉姆確確實實『在船上』，但大多數時間都像個偷渡客般躲在底下。我深受觸動，在他面前不敢提起任何海員航海時自然而然會閒聊的專業話題。我們經常一整天沒有任何交流，我很不願意當著他的面指揮下屬。在甲板或艙房跟他獨處的時候，我們往往連眼睛都不知道該看哪裡。

「你們也知道，我安排他去德永的店。我很樂意用任何方法擺脫他，卻也覺得他的處境越來越艱辛。他已經失去靈活度，沒辦法在每一次跌倒後回復到過去那種絕不妥協的堅定態度。有一天我上岸去，看見他站在碼頭上，錨地和遠處的海面連成緩緩向上的平面，停泊在最外面的船彷彿一動不動漂浮在天空中。他的小艇正在我們腳下裝載小包裝的船用品，準備送上某艘即將出海的大船，他在等著。我們打過招呼，就不發一語並肩站著。他突然說，『天哪！這工作實在叫人難以忍受。』

「他對我笑了笑。我必須承認，他通常都能面帶笑容。我沒有回應。我很清楚他指的不是職務上的事。他在德永的店工作相當輕鬆。只是，他一說出來，我就完全相信那份工作確實難以忍受。我甚至沒有看他。我問，『你想不想離開這個地方，到加州或西岸試試？我可以想辦法……』他用帶點輕蔑的口氣打斷我，『那有什麼差別？』我立刻覺得他說得沒錯，的確沒有差別，他想要的不是緩解。我好像隱約猜到他要什麼。他在等待的東西說不清道不明，算是某種機會。我給過他很多機會，但那些都是讓他謀生的機會。只是，還有什麼能做的？我發現他已經陷入絕望的處境，不禁回想起布萊爾利生前說過的話，『讓他鑽到地下六公尺的地方，留在那裡！』我心想，總好過留在地面上等待那不可能的。只是，即使這樣也不穩當。於是，他的船駛出碼頭不到三根船槳遠，我已經決定當天晚上去找史泰因。

「史泰因是個家財萬貫又受人尊敬的商人。他的商號經營規模龐大的內陸生意，在最偏遠的地方設置了很多營業處，用來收集各種產品。他的公司就叫史泰因商號，他有個合夥人，照他的說法，那人負責管理摩鹿加群島[31]。我急於向他討教，並不是因為他的錢財或地位。我之所以想向他透露我的難題，是因為他是我所知最值得信任的人。他沒有蓄鬍，一張長臉散發著柔和光彩，那是坦率善良、精神抖擻、明智敦厚的好脾性。那張臉有深陷、下垂的皺紋，臉色蒼白，彷彿經常久坐不動，事實卻並非如此。他稀疏的頭髮往後梳，露出既寬且高的額頭。他的面貌讓人覺得，他二十歲時的相貌想必跟如今六十歲的他差別不大。那是一張學生的臉孔，只是眉毛幾乎全白，又濃又密，搭配果敢、洞察的目光，跟他那博學的樣貌並不相稱。他個子頗高，關節靈活，背部微駝，笑容單純無邪，顯得和藹可親，隨時願意傾聽你的心聲。他長長的手臂和白皙的大手經常比劃著罕見的慎重手勢，像在指點、在演示。我把他介紹得鉅細靡遺，因為他有這樣的外表，又有正直、寬容的性格，卻有著大無畏的精神和實質的勇氣。幸好這份英勇就像身體的天然機能（比如消化）一樣完全沒有自覺，否則就會流於魯莽。我們有時會說某人拿生命冒險，但這樣的詞語卻不足以形容他。他來到東方的早期，根本是在玩命。這些都過去了，但我知道他的人生故事，也知道他是怎麼發財的。他也是個頗有知名度的博物學家，或者我該說是個博學的收藏家。他鑽研的是昆蟲學，

31. Molucas，位於印尼東部，為印尼群島的一部分。

搜集吉丁蟲[32]和天牛（都是甲蟲），都是叫人毛骨悚然的小怪物，靜止不動的屍體顯得張牙舞爪。還有他櫃子裡美麗的蝴蝶，在玻璃盒蓋底下伸展沒有生命的翅膀翱翔著。這些標本將他的名聲傳播到遠方。他身兼商人、探險家，偶爾客串馬來蘇丹的顧問（他總是稱呼對方『我可憐的穆罕默德．邦索』），卻因為無數昆蟲屍體，揚名於歐洲的學術圈。但那些歐洲人對他的人生或個性一無所知，想必也沒有興趣知道。我對他知之甚詳，覺得他最適合聽我傾訴吉姆和我自己的難題。」

32. Buprestidae，鞘翅目甲蟲，有美麗的虹彩光澤，受到昆蟲收藏家喜愛。

第二十章

「那天晚上我在陰暗的光線下走過宏偉空蕩的飯廳，踏進他的書房。整棟房子靜悄悄的。一名神情陰沉的爪哇老僕為我帶路，他穿著某種白色僕役服的外套，圍著黃色紗籠。他把門打開以後，輕輕喚了一聲『主人！』就退到一旁神祕地消失了，彷彿他是個鬼魂，暫時現形來執行這個特殊任務。史泰因坐在椅子上轉過來，在此同時一氣呵成地把眼鏡推到額頭上。他用平靜、幽默的語氣歡迎我。偌大的房間只有一個角落點著一盞附有燈罩、光線明亮的閱讀燈，他的寫字桌就在那裡。剩餘的寬闊空間都融入看不清形狀的陰影裡，像個洞穴。狹窄的層架環繞牆壁，上面堆滿同樣形狀與顏色的深色盒子。層架並沒有從地板直達天花板，而是一條一點二公尺寬的肅穆腰帶，是甲蟲的墓穴，上面以不規則間距掛著木牌。燈光照亮其中一片，『鞘翅目』這個名稱以金色顏料書寫，在廣大的陰暗中閃著神祕的光芒。裝著蝴蝶標本的玻璃盒放在細腿小桌子上，排成長長的三排。其中一個盒子從原來的位置移走，放在書桌上。書桌上堆放著長條形紙片，上面寫著黑色小字。

「『你看到啦，我在忙這個。』說著，他的手在那個玻璃盒上方揮動，盒子裡面有一隻蝴蝶，壯麗地展開深古銅色翅膀，至少十八公分寬，上面有細緻的白色脈紋，邊緣有華麗的黃色斑點。『這樣的標本你們倫敦只有一個，再多沒有了。將來我會把這個遺留給我出生的小鎮，留一點我的東西，最好的一份。』

「他坐在椅子上俯身向前，聚精會神端詳，下巴懸在盒子前方。我站在他背後。『不可思議。』他輕聲說，彷彿忘了我的存在。他的過去頗有傳奇色彩。他出生在巴伐利亞，二十二歲熱情投入一八四八年的革命運動[33]。後來身陷險境，設法逃到國外。起初得到義大利迪里亞斯特一名共和主義鐘錶匠庇護，而後轉往利比亞的迪黎波特，帶著一批廉價錶沿途兜售。不是什麼轟動的開局，沒想到他運氣很好，遇上一個荷蘭旅行家。那個人應該名氣不小，只是我不記得他的名字。那個博物學者聘他當助理，帶他去了東方。他們在馬來群島遊歷四年多，有時同行有時分開，收集昆蟲和鳥類標本。之後博物學家回家去了，史泰因無家可歸，於是留在一個老商人身邊。那老商人是他在蘇拉威西島內陸（如果蘇拉威西島也算有內陸的話）遇見的，是個上了年紀的蘇格蘭人，也是當時唯一獲准定居在那個國家的白種人，跟瓦久王國[34]的最高統治者（一名女性）私交甚篤。老先生輕微半身不遂，我經常聽史泰因提起當年老先生把他介紹給王國宮廷，不久後就再次中風喪命。老人身材肥胖，一臉雪白鬍子頗有族長風範，體格十分魁梧。他走進議事廳，那裡聚集了不少邦主、王爵和酋長，滿臉皺紋的胖女王（史泰因說她說話肆無忌憚）高高斜倚在華蓋下的寶座裡。他拖著一條腿往前走，手杖敲得咚咚響，緊抓史泰因的手臂，領著他走到寶座前。『女王和各位邦主請看，這是我兒子。』他用洪亮的聲音宣布。『我跟你們的父輩做生意，我死了以後，他會跟你們和你們的子孫輩做生意。』

「經由這個簡單的儀式，史泰因繼承了蘇格蘭人的特許地位和他的全部庫存，連同一棟加強防禦的住宅，就坐落在國內唯一一條能行船的河流岸邊。不久後那位說話肆無忌憚的年老女王過世了，王國政局動盪，多方人馬爭奪王位。史泰因投入一個小兒子的陣營，三十年後他只要提起那個小兒子，必定稱他『我可憐的穆罕默德．邦索』。他們合力創下了無數功績，一起去探險，也曾經共同在蘇格蘭人的房子裡抵禦敵人的圍攻，帶領二十個隨從對抗一整支軍隊，撐了一整個月。我相信當地人到現在還在談論那起戰事。在此同時，只要是史泰因接觸得到的蝴蝶或甲蟲標本，他都能弄到手。經過大約八年的戰爭、談判、假停火、再開火、和談與背信等等，和平的曙光終於來到，他『可憐的穆罕默德．邦索』卻在他的皇家宅邸前遭到暗殺，當時他剛結束成功的獵鹿活動，神采飛揚地在大門前下馬。這次事件將史泰因推入危險境地，原本他會繼續留在那裡，只是，不久後他又失去穆罕默德的妹妹（他總是莊嚴地稱她『我心愛的公主妻子』）。他們育有一個女兒，但母女倆都感染某種傳染性熱病，在三天內相繼死亡。妻女的死讓他哀痛逾恆，沒辦法繼續留在那裡。他生命中這個驚險階段就這麼結束了。接下來的經歷截然不同，如果他心裡沒有那股真實的哀傷，那段古怪的過去想必就像一場夢。他有一點錢，從此展開新生活，多年下來累積一筆可觀的財富。一開始他經常在島嶼之間奔走，但年歲漸漸增長，近年來他很少離開他在城外五公里處的豪宅。那房

33. 一八四八年起歐洲各地陸續發生革命，反抗貴族統治，同年二月底慕尼黑學生、工人與百姓起義，要求巴伐利亞國王下台，是為三月革命。這一波革命大多以失敗告終，但也促成德國與義大利的統一運動。

34. Wajo States，十五世紀建立在印尼蘇拉威西島的王國，原本的自治政權在二十世紀中融入如今的印尼。

子有廣大的花園，周圍有不少馬廄、辦公室和供僕人與大批隨從居住的竹屋。他每天早上會駕著雙輪馬車進城，那裡有他的辦公室，雇用不少白種人和中國人辦公。他有一支規模不大的船隊，由縱帆船和本地船隻組成，大量交易各島的農產品。除此之外他一個人獨居，生活圍繞著書籍和標本，但並不排斥與人往來。他分類並編排標本，跟歐洲的昆蟲學家通信，為他珍藏的寶物編寫詳盡目錄。這就是他的過去，我找他討論吉姆的問題，卻沒有抱著具體的希望。只要聽聽他的意見，就會是一種寬慰。我心急如焚，卻也尊重他看著蝴蝶標本時那份強烈、近乎激昂的專注。他似乎在那纖弱翅膀的古銅光輝、白色紋路和華麗斑點看到了其他東西，某種會消亡卻永不毀滅的象徵，正如那些纖弱、無生命的組織展現出的輝煌不會因死亡而毀損。

『不可思議！』他重複說道，同時抬頭看我。『你看！多美。不過那不算什麼，看看那份精確、那份和諧。這麼脆弱！卻又這麼強韌！這麼精準無誤！這就是大自然，是巨大力量的均衡。每顆星辰都是如此，每片草葉也是，而偉大的宇宙在極致的均衡中創造出這個。這是奇蹟，大自然這個偉大藝術家的傑作。』

『從沒聽過哪個昆蟲學家說出這樣的話。』我爽朗地表示，『這是傑作！那麼人類呢？』

『人類確實神奇，卻不是傑作。』他的目光依然鎖定玻璃盒。『也許那位藝術家有點瘋狂，對吧？你覺得呢？有時我在想，人類好像來到一個不歡迎他的地方。這裡沒有任何土地屬於他，否則他為什麼想要搶占所有土地？為什麼東奔西跑製造騷亂，高聲談論星星、擾亂草葉？』

「『還抓蝴蝶。』我打趣道。

「他露出笑容，整個人靠向椅背，伸長雙腿。『坐吧。』他說，『我在一個晴朗的早晨親手抓到這隻稀有的蝴蝶，當時我情緒非常激動。你不會知道一個收藏家捕到這樣的稀有物種是什麼心情。你不會懂。』

「我坐在搖椅上輕鬆地笑了笑。他的視線盯著牆壁，卻好像看著更遠的地方，操著德國口音開始敘述。他說有一天晚上他收到『可憐的穆罕默德』的口信，要他去一趟他的府邸。那地方大約在十五公里外，騎馬過去會穿越一片耕地，馬路兩邊有一叢叢的樹林。他大清早從堡壘般的住宅出發，出門前抱了他的小艾瑪，把家裡的事交給『公主』，也就是他的妻子。他說她把手搭在馬脖子上，陪他走到大門口。她穿著白色外套，頭髮上戴著金色髮夾，左肩掛著棕色皮帶，裝著一把左輪手槍。他說，『她說了些女人會說的話，要我小心，盡量在天黑前趕回家，說我一個人出去實在太危險。當時我們還在打仗，那個國家不安全。我的人在幫房子加裝防彈遮板，給步槍上子彈。她讓我別擔心她，她能守住房子等我回來。我開心地笑了笑。我喜歡看到她這麼年輕、勇敢又強大。當時我也還年輕。到了大門口她拉住我的手，捏了一下就往後退。我騎著馬停在門外，直到聽見大門上了閂。那時我有個重大仇敵，是個地位很高的貴族，也是個大壞蛋，帶著一群人在附近出沒。我騎著馬慢慢跑了七、八公里。前一天晚上下過雨，不過濕氣已經蒸發，地面乾淨清爽，正對著我微笑，那麼清新又純潔，像個幼兒。突然間有人連續射擊，我覺得至少有二十發。我聽見子彈從我耳邊咻咻飛過，我的帽子跳到我腦袋後面。事情有點蹊蹺。他們讓我可憐的穆罕默德派人找我過去，途中安排伏擊。我立刻看穿這個陰謀。我在想，這時我得小心應對。我的小馬噴著鼻息，跳了一下，原地站定。我慢慢往前倒，腦袋埋在馬兒的鬃毛裡。小馬開始往前走，我用一隻眼睛隔著馬脖子看到左邊一叢竹子前面有一團淡淡的煙霧。我心想，啊哈！各位，為什麼不多等一會兒再開槍？你們的計謀還沒成功。差得遠！我用右手拿起手槍，悄悄地，悄悄地。這群壞蛋才七個人，他們從草地上跳起來，開始往前跑，身上的紗籠束攏起來，長矛高舉在空中揮舞，大聲提醒彼此小心，要把馬抓住，因為我已經死了。我等他們來到像這扇門這麼近的距離，然後砰，砰，砰，每一次都瞄準目標。最後一槍我對準其中一個人的背，卻沒打中，已經跑得太遠。之後我一個人坐在馬背上，乾淨的大地對我微笑，地上躺著三個人。其中一個像狗似地蜷縮起來，另一個仰躺著，一隻手臂蒙著眼睛，彷彿要遮擋陽光。第三個人慢慢縮起一條腿，踢了一下又伸直。我坐在馬背上緊盯著他，但沒有了，他不再動彈。我觀察他的臉，尋找生命跡象，卻發現一抹淡淡的陰影掠過他的額頭。那是這隻蝴蝶的影子。你看看這翅膀的形狀，這種蝴蝶飛得很高，飛行能力很強。我抬起頭，看見牠鼓著翅膀飛走了。我心想，可能嗎？然後牠不見了。我跳下馬，躡手躡腳往前走，一手拉著馬，一手握著槍，眼睛上下左右到處尋找。最後我看見牠停在三公尺外的小土堆上。我的心臟開始狂跳。我鬆開韁繩，一手拿槍，另一隻手摘下頭上的氈毛軟帽。一步。穩住。再一步。噗！我抓到牠了！我站起來的時候太興奮，全身抖得像一片葉子。等我打開這對翅膀，確認我捕到多麼稀有、多麼特別的完美標本，頓時激動得頭暈目眩、雙腿發軟，不得不坐在地上。早年跟教授一起收集標本的時候，我就非常渴望擁有一隻這種蝴蝶。我走過很多路，吃了很多苦，連睡覺都會夢見牠，現在我突然拿在手上，屬於我自己！套用詩人的話：『「我終於將它拿在手上，某種程度上，可以宣稱它是我的。」[35]』他說到最後兩個字突然壓低聲音加強語氣，而後視線緩緩從我臉上移開。他開始默默點他的長柄菸斗，忙了一陣子才停下來，拇指按著斗缽，又意味深長地看著我。

「『沒錯，我的好朋友，那天我覺得此生無憾。我讓最大的敵人氣急敗壞，我年輕、強大，有朋友，有女人的愛情，有個孩子，覺得心滿意足，就連我夢見的，也握在我手裡！』

「他劃了一根火柴，火光乍亮，他沉思中的平靜面容抽搐了一下。

「『朋友、妻子、孩子。』他慢慢說著，眼睛盯著小小的火焰。『噗！』火柴被吹熄了。他嘆一口氣，又轉頭去看玻璃盒。那脆弱又美麗的翅膀微微顫動，彷彿他吐出的氣暫時將他夢中那絢麗的事物召喚出來。

「『我的目錄，』他突然指著散亂的紙條，用慣有的溫和愉快語調說，『進展迅速。我正在描述這個稀有標本……算了！你有什麼好消息？』

「『史泰因，坦白告訴你，』我竟然有點難以啟齒，連自己都覺得驚訝。『我來這裡跟你描述一個標本……』

「『蝴蝶嗎？』他的口氣急切中帶點不可置信與幽默。

35. 摘自德國詩人歌德（Johann Wolfgang von Goethe，一七四九～一八三二）的作品《托爾夸托・塔索》（*Torquato Tasso*）。

「『不是那麼完美的東西，』我忽然感到氣餒，因為心裡充滿各種疑惑。『是一個男人！』

「『確實！』他咕噥道，笑盈盈的臉龐轉為嚴肅。他端詳我片刻，才慢慢說道，『嗯，我也是男人。』

「他就是這樣的人，知道該怎麼寬容地鼓勵人，讓謹慎的人在傾吐祕密之前心生遲疑。但就算我遲疑了，也沒有太久。

「他雙腿交叉坐在那裡聽我細說從頭，有時他的腦袋會徹底消失在他吐出的一大團菸霧裡，那菸霧裡會傳出同情的低吼。等我說完後，他鬆開雙腿，放下菸斗，誠摯地俯身靠向我，兩邊手肘放在椅子的扶手上，手指的指尖併攏著。

「『我完全明白，他活在幻想裡。』

「他幫我做出診斷。一開始我很震驚，竟然這麼簡單。我們的對談確實像極了求醫問診。史泰因，一副博學多聞的模樣，坐在他書桌前的扶手椅上；我憂心忡忡，坐在另一張椅子上面對著他，只是椅子略略偏向一側。這時我自然而然地問：

「『有什麼好辦法？』

「他豎起修長的食指。

「『只有一個辦法！只有一件事能讓我們治好自己。』那根食指果斷地『咚』一聲落在桌面上。原本因為他一句話變得簡單的情況，現在好像更簡單了（如果有此可能的話），而且徹底絕望。我們沉默一段時間。我說，『是。但嚴格來說，問題不在治好，而在如何活下去。』

「他點頭表示認同，顯得有點哀傷。『是！是！一般來說，套用你們的大詩人的話，「問題就在這裡……」[36]』他繼續同情地點頭……『怎麼活！是啊！怎麼活。』

「他站起來，指尖抵著桌面。

「『我們想用各種不同方式活著。』他又說，『這隻美麗的蝴蝶看到一個小土堆，就靜靜停棲在上面。然而人絕不會靜靜坐在土堆上，他想要這樣，又想這樣……』他把手舉高，而後放低……『他想當人，也想當魔鬼。每次他閉上眼睛，就覺得自己是個非常好的人……好得他永遠做不到……在夢裡……』

「他放下玻璃蓋，盒子的自動鎖喀嗒扣上。他用雙手捧起盒子，虔誠地送回原來的位置，走出明亮的燈光範圍，進入光線比較微弱的圈子，終於去到那看不清形狀的昏暗裡。這個過程有種奇特的效果，彷彿那幾步路將他帶離這個實體的、複雜的世界。他高大的身形彷彿被剝除了實體，無聲地盤旋在隱形的事物上方，彎著腰做著不明確的動作。我隱約瞥見他神祕地忙著那些無形的事務，從那裡傳來的說話聲不再明快，似乎變得鬆散、低沉，距離讓它變得圓潤。

「『另外，因為我們不能總是閉著眼睛，所以才有真正的麻煩，那就是來自內心的痛，來自外在世界的痛。我必須說，發現自己不夠強大或不夠聰明，沒辦法實現夢想，一點也不好

36. 摘自英國劇作家莎士比亞的劇作《哈姆雷特》（*Hamlet*）：「To be, or not to be, that is the question.」

受……是啊！何況我們一直覺得自己是這麼優秀的人！怎麼回事？什麼？老天！怎麼會這樣？哈！哈！哈！』

「潛行在蝴蝶墓塚之間那個影子笑得聲勢喧天。

「『是，這差勁的事可笑極了。人出生後就掉進夢想，就像掉進了大海。如果他像個新手一樣奮力拚搏，掙扎著想浮出水面，他會溺死。你說是不是？……不行！這樣不對！正確的辦法是向毀滅的力量臣服，雙手雙腳在水裡使勁，讓那極深的、極深的海洋把你托在水面上。所以如果你問我怎麼活……』

「他的聲音變得格外有力，彷彿在那昏暗中聽見智慧的低語，得到啟發。『我會告訴你！因為那也只有一個方法。』

「伴隨著拖鞋匆匆的嚓嚓聲，他隱約出現在那圈微光之中，又突然踏進明亮的燈光裡。他伸出一隻手像手槍般指著我胸膛，那深邃的眼神彷彿穿透我，扭曲的嘴唇卻不發一語，在昏暗中展現的那份成竹在胸的得意也從他臉上消失，那隻指著我胸膛的手垂落下來。他又走近一步，輕輕把手搭在我肩上，哀傷地說，有些事也許永遠不能說出來，只是他已經獨居太久，偶爾會忘記，會忘記。燈光摧毀了他在遙遠的陰暗處領悟的確知。他坐下來，兩邊手肘放在桌上，揉揉額頭。『然而那是真的，是真的。在毀滅的力量裡沒頂。』他輕聲說著，沒有看我，雙手放在臉頰兩側。『那就是辦法。追逐夢想，再追逐夢想，直到永遠……』他信誓旦旦的低語似乎在我眼前打開一個廣大又不確定的地域，像拂曉時分平野上被雲隙光照亮的地平線，或者，會不會是夜幕將臨之時？我沒有勇氣斷定。但那光線迷人又有欺騙性，將它那充滿隱晦詩意的幽暗投擲在陷阱上、在墳墓上。他的生命以犧牲揭開序幕，懷著滿腔狂熱追求無私的理念。他足跡遍天下，走過各式各樣的陌生道路。不管他追尋的是什麼，都不曾遲疑，因此也就沒有恥辱，沒有悔恨。到目前為止他沒有出錯，那無疑是正確的辦法。儘管如此，人們遊走於墳墓與陷阱之間時，那片廣大地域在雲隙光的隱晦詩意照耀下，仍然無比荒蕪：中央地帶晦暗陰沉，外圍是一圈亮光，彷彿被滿是火焰的深淵圍繞。最後我打破沉默告訴他，沒有人比他更愛幻想。

「他緩緩搖頭，之後用耐心、探詢的目光瞄了我一眼。他說，這實在丟臉，我們像兩個小男孩似地坐在這裡說半天，卻沒有一起動腦筋想個務實的……務實的方法來對付那禍患。那大禍患，他帶著幽默又寬容的笑容重複說道。然而，我們說的話並沒有更實質的內容。我們避免提到吉姆的名字，彷彿不想談論有血有肉的人，或他只是個犯錯的靈魂，一個受苦的無名鬼魂。『算了！今晚你在這裡過夜，明天早上我們一起做點務實的，務實的……』他點燃一個雙口燭台在前面帶路。我們在他手中燭光的伴隨下，穿過一間間陰暗的空房。燭光滑過上蠟的地板，掃過這裡掠過那裡，照亮發光的桌面，跳上某件家具的部分曲線，或筆直閃進又閃出遠處的鏡面。鏡裡可以看到兩個男人的身影和兩道閃爍的火焰悄悄地、無聲地橫越透明虛空的深處。他慢慢走著，領先我一步距離，禮貌地弓著背。他臉上有一份深沉的寧靜，像在傾聽，摻雜白絲的亞麻色頭髮薄薄披在他微彎的後頸。

「『他活在幻想裡，活在幻想裡。』他重複一次。『這樣很不好，很不好……卻也很好。』

『他真是這樣嗎？』我問。

「『當然。』說著，他舉著燭台站定，並沒有看我。『顯然是！是什麼讓他因為內心的痛苦看見自己？是什麼促使你和我讓他……存在？』

「在那個時刻，我們很難相信吉姆的存在：出身鄉村牧師家庭，在人群中模糊了身影，就像被濃密的沙塵遮蔽，物質世界生與死相互牴觸的訴求讓他沉默。但他不朽的真實挾著令人信服的、無法抗拒的力量來到我面前！我看得清楚明白，彷彿我們走過那些宏偉靜寂的房間時，因為有飛掠的火光相隨，有舉著閃爍火焰悄悄映現在深不可測透明世界裡的人影陪伴，更接近絕對的『真相』，而這真相漂浮在神祕的、靜止的水面，若隱若現、模糊不清、載浮載沉，就像『美』本身。『也許他是。』我輕聲一笑表示認同，笑聲的餘響出乎意料地洪亮，我連忙壓低聲音：『但我確定你是。』他的頭垂落胸膛，手裡的燭台依然高舉。他又邁開步伐，同時說道，『嗯，我也存在。』

「他走在前面。我的視線追隨他的動作，但我看見的不是公司的負責人、不是午後茶敘的貴賓、不是跟學術界通信的人，不是接待迷途博物學家的東道主。我看見的只是他命運的真實，而他已經學會踩著堅定的腳步走在命運的道路上。他來自市井，因為無私的熱情、友誼、愛情、戰爭變得豐富，因為幻想中的所有崇高元素變得豐富。到我房間門口時，他轉身面對我。『是。』我說，彷彿延續先前的討論。『而你痴傻地幻想著許多東西，包括某種蝴蝶。直到某個晴朗的早晨，你的夢想找上門，你沒有讓那絕佳的機會溜走，不是嗎？而他……』史泰因舉起手。『那你知道我錯過多少機會，失去多少找上門的夢想？』他遺憾地搖搖頭。『我總覺得如果我能實現其中某些機會，會有非常好的結果。你知道有多少嗎？也許連我自己都不知道。』『不管那夢想好不好，』我說，『他只知道一個他沒把握住的。』『每個人都有一兩個那樣的夢想。』史泰因說，『那正是麻煩所在，大麻煩……』

「他在門口跟我握手，視線從他高舉的手臂底下瞥進房間。『晚安。明天我們必須做點務實的，務實的……』

「他的房間還要往前走，但我看見他調頭走向來時路。他要回到他的蝴蝶身邊。」

第二十一章

「你們應該沒聽說過帕吐桑吧?」馬洛沉默片刻,細心點了雪茄,再次打開話匣子。「這沒關係,我們頭頂上方那片夜空裡,也有無數我們聽都沒聽過的天體。那些天體超出人類的活動範圍,對地球上的人毫不重要。只有天文學家例外,他們拿錢辦事,旁徵博引談論天體的組成、重量、路徑,它的不規則運行、它光度的偏差,有點像科學領域的醜聞傳播。帕吐桑也是如此。巴達維亞官方核心人員都熟悉這個地方,特別是它的不規則與偏差。另外,商業界也有少數人(非常少)知道這個地名。然而,沒有人去過那裡。而且我猜沒有人想親自去,正如天文學家會強烈反對被送上遙遠的天體。因為一旦去了那裡,少了地球上的酬勞,陌生的天空會讓他困惑。只是,不管是天體或天文學家,都跟帕吐桑沒有任何關係,去那裡的是吉姆。我想表達的是,即使史泰因把吉姆送上了第五星等[37]的某顆恆星,也不比去帕吐桑變化更大。他拋下了他在塵世的缺點和他不管好壞的名聲。那地方有全新的條件,方便他發揮他的想像力。全然的新穎,全然的非凡。而他以非凡的方式充分掌握。

「史泰因正是那個比任何人都了解帕吐桑的人,我懷疑他甚至比政府的核心人物知道更多。我相信他一定去過那裡,也許是捕蝶時期,或者後來他不可救藥地想在他的事業廚房裡那些油脂越來越豐富的菜肴裡添加一點幻想調味料的時期。他見過馬來群島絕大多數地方初始的昏暗狀態，那時燈光（甚至電燈）還沒有引進。而燈光的引進既是為了提升道德秩序，也為了……為了……更豐厚的獲利。那天晚上我們討論過吉姆的事之後，隔天早餐時我引述布萊爾利的話：『讓他鑽到地下六公尺的地方，留在那裡。』他才提起帕吐桑。當時他抬起頭，興味盎然地望著我，彷彿我是某種稀有昆蟲。『這件事能辦得到。』說著，他啜了一口咖啡。我解釋道，『用某種方式將地埋葬。當然，沒有人想這麼做，可是看著他目前的狀況，這會是最好的辦法。』『是，他還年輕。』史泰因尋思道。我說，『現存最年輕的人。』『很好。可以去帕吐桑。』他用同樣的語調說道，又意味不明地補了一句，『而且那個女人死了。』

「我當然不知道他在說什麼，我只能猜測帕吐桑曾經被用來埋葬某種罪行、過錯或不幸。不可能懷疑史泰因。他只有過一個女人，就是那個他稱為『我的公主妻子』的馬來女人，或者偶爾換個更曲折的稱呼：『我家艾瑪的媽媽』。我不知道跟帕吐桑有關的那個女人是誰，但根據他的說法，那是一個有學識有美貌的荷蘭馬來混血女子，有一段悲慘（或只是堪憐）的過去。她最大的不幸是嫁給麻六甲一個葡萄牙人，那人是荷蘭殖民地一家公司的辦事員。我從史泰因口中得知，這個男人在很多方面都不合格，性格或多或少有點不穩定，有攻擊性。史泰因會雇用他擔任公司在帕吐桑營業處的代理人，都是看在那女人的面子上。可是這個安排對公司的業務沒有幫助，如今那女人死了，史泰因打算另外派個代理人過去。那

37. fifth magnitude。星等是天文學術語，根據地球所見的亮度劃分星體的明暗等級，太陽屬於第五星等。

個葡萄牙人名叫柯尼利斯，經常埋怨自己的付出沒有得到回報，認為以他的能力早該升上更高的職位。吉姆要負責將這個人辭退。『我想他應該不會離開那地方。』史泰因說，『但那跟我沒關係。我只是看在那女人的面子上才會……不過他們有一個女兒，所以如果他想住在原來的老房子，我不會趕他走。』

「帕吐桑位於偏遠地帶，隸屬由當地人統治的王國，那裡的主要聚落也是這個名稱。從那條河出海口往上游航行大約五、六十公里，會開始看到屋舍，森林的樹梢上方有兩座極為陡峭的山巒峰頂相依相偎，山峰之間的缺口猶如極深的裂縫，彷彿被某種驚天重擊劈開。事實上，那個只是一條狹窄的深谷。從聚落遠眺，兩座山很像一座不規則圓錐形山巒一分為二，兩半各自微微向外傾斜。在滿月的第三天，從吉姆屋子（我去看他的時候，他住的是一棟非常雅致的當地房舍）前面的空地看過去，月亮正好從那兩座山後面升起。一開始，散射的月光將山體烘托成黛黑的浮雕，而後那幾近完整的圓盤發出紅光，從深谷之間緩緩上升，最後脫離峰頂飄浮在空中，彷彿帶著含蓄的欣喜逃出張著大嘴的墳墓。『多麼美的景象！』我身旁的吉姆說，『很值得一看，對吧？』

「他的口氣帶著自豪，彷彿他也為那個獨特景觀付出了一分心力，我不禁微笑。他在帕吐桑做了很多事，那些事原本顯然超出他的掌控，就像月球和星辰的運行。

「實在不可思議。而不可思議正是我和史泰因不經意將他拋去的地方的鮮明特質。我們將他送去那裡，唯一的想法就是不讓他造成阻礙，請注意，是避免他阻礙他自己。那是我們的主要目的，只是，我承認還有另一個因素對我不無影響。當時我準備回家一段時間，也許我想擺脫他，在我出發之前擺脫他，這點可能連我自己都沒有發現。我要回家了，而他從他的家鄉來到我身邊，帶著他悲慘的麻煩和虛幻的主張，像在迷霧中被重擔壓得喘不過氣的人。我不能說我曾經看懂過他，即使到了如今、即使跟他見過最後一次面，我還是不懂他。但我好像覺得，正因為疑惑是人類知識不可分割的一部分，所以我越不了解他，就越無法擺脫他。我對自己的了解也不相上下。不過，我再次強調，我要回家了，回那個在遠方的家，遠得那裡所有的家都合而為一，就連我們之中最卑微的人都有資格走進去。我們數以千計的人在地球各地漫遊，有人名聲顯赫，有人寂寂無名，各自在大海的另一邊獲取名聲、錢財或只是一小片麵包。然而，對於我們每個人，回家想必就像是去報帳。我們回去面對長輩、親人、朋友，去見我們尊敬的人和鍾愛的人。但即使沒有所敬或所愛的人，即使最自由、最孤單、最不負責任、沒有任何牽絆的人，即使家中沒有心繫的臉龐、沒有熟悉的聲音的人，也得面對那裡的精神。那精神長存在那片土地上，在它的天空下，在它的空氣裡，在它的山谷、高地、田野、水域和樹林。那是無聲的朋友，或評判者、鼓舞者，怎麼說都行。但如果想從它那裡得到喜悅，想感受它的安詳，想看見它的真實面，就必須帶著一顆無愧的心回去。在你們看來，這些可能只是多愁善感，確實，我們很少人有那份意願或能力清醒地看見熟悉的情緒底下暗藏的玄機。那裡有我們心愛的女孩，有我們崇敬的人，有柔情、友誼、機會和喜樂！但事實無法改變，你必須有乾淨的雙手去接受你的獎賞，免得那獎賞在你手中變成枯葉或荊棘。我在想，正是那些孑然一身的人，那些沒有屬於自己的爐火或情愛的人，他們回歸的不是住家，而是那片土地本身，去見它那沒有形體、永恆不變的精神。正是這些人最了解她的嚴峻與她救贖的力量，了解她有權索求我們在俗世的忠誠和服從。是！我們很少人能了解，但所有人都能感覺得到，我說的是**所有人**，沒有例外，因為感覺不到的人不算在內。每一片草葉在地球上都有個地方供它汲取生命和力量，人類也是，會生根在那片供他獲取信念與生命的土地上。我不知道吉姆了解多少，但我知道他困惑地、深刻地感覺到這樣的真實，或者虛幻，我不在乎你們想怎麼稱呼它，因為幾乎沒有差別，即使有也沒有多大意義。重點在於，因為他感覺到了，所以他值得在乎。他不會回家了。他不能，永遠不能。如果他能夠生動地表現出他的心情，回家這個念頭會讓他顫慄，也能讓你跟著顫慄。雖然他也有自己的表達方式，但他不是那種人。聽見回家這個念頭，他會渾身僵硬無法動彈，會垂頭喪氣、噘起嘴唇，那坦率的湛藍眼眸會在糾結的眉頭底下射出陰鬱的怒氣，彷彿看見某種無法忍受或令人作嘔的東西。他濃密的頭髮像一頂合適的帽子，覆蓋在他堅硬的腦殼上，那腦殼裡有著想像力。至於我，我沒有想像力，如果有，此刻的我就會更了解他。我並沒有說我想像那片土地的精神飛升到多佛的白色懸崖[38]上方，詢問完好無損返鄉的我，對我那個非常年輕的兄弟做了什麼。我不會犯這樣的錯，我知道沒有人會問起他。我見過比他更優秀的人走出去就不見了，徹底消失，沒有激起任何人的好奇或哀傷！那片土地的精神就像大國的統治者，對數不清的生命並不在乎。這是脫隊者的不幸！我們只有團結在一起，才算存在。某種程度上他脫離了群體，沒有跟別人抱團。而他強烈意識到這點，強烈到令人動容，正如一個人如果活得比較熱情，他的死亡就比樹木的死亡更打動人心。我剛好幫得上忙，剛好也受感動了，事情就是這麼簡單。我在意的是他用什麼方式游離出去。比方說，如果他染上酒癮，我會很難過。地球太小，我擔心有一天被某個流浪漢攔住，那人眼神迷離，臉龐浮腫，骯髒不堪，腳下的布鞋已經沒了鞋底，手肘部位的衣袖破破爛爛，憑著過去的交情要我借他五塊錢。你們都知道那些衣衫襤褸的傢伙，帶著舊日的體面得意洋洋來到你面前，那粗嘎輕率的嗓音，那略微閃避的無禮眼神。那樣的相遇對一個相信共存共榮的人而言是一大折磨，就像牧師看著不知悔改的臨終者一樣。坦白告訴你們，關於我和他，那是我唯一看得見的危險。但我也不信任我匱乏的想像力。也許會更糟糕，會有某種我的想像力無法預知的狀況。我總是忘不掉他想像力多麼豐富。這些想像力豐富的人無論往哪個方向都會盪得更遠，彷彿在生命這處動盪不安的錨地，他們擁有更長的纜繩。確實如此，他們也有酗酒傾向。也許我因為擔心害怕，所以看輕了他。我怎麼會知道？就連史泰因也只說得出他活在幻想裡。我只知道他是我們的一份子。他為什麼要幻想？我跟你們說了這麼多自己的直覺感受和迷惘思緒，因為關於他實在沒什麼好說的。他因為我而存在，透過我，你們才會知道他的存在。我拉著他的手走出來，在你們面前展示。我這些庸人自擾的擔憂不合理嗎？我不知道，到現在都不知道。你們也許能看得比我清楚，畢竟俗話說旁觀者清。總之，我的擔憂是多餘的。他沒有流落街頭，一點也沒有。相反地，他表現得很好，誠實又正直，而且神采飛揚，顯示他能攻也能守。我應該感到高興，因為這場勝利有我一份功勞，但我卻沒有自己預期中那麼開

38. 位於英格蘭南端，是一片壯觀的白堊石懸崖。這裡也是英國與歐洲大陸最接近的點，對於早期乘船返國的英國人，看到這片懸崖等於看到家鄉。

心。我問自己，他這一回的衝刺是不是真的衝出了迷霧。（他在那迷霧裡的身影雖然不大，卻饒富興味，有飄浮的輪廓，像一個散兵遊勇迫切渴望在英雄榜上占個不顯眼的位子。）何況還沒有定論，也許永遠不會有。生命太短暫，不夠結結巴巴的我們完整說出我們矢志不渝想說出的那唯一的定論，不是嗎？我已經不再期待那定論。如果有人能說出來，它的回響會撼動天與地。我們永遠沒有時間說出那最後一句，說出我們的愛情、渴望、信念、痛悔、屈從與反感的定論。天與地想必不能被撼動，至少不能被我們這些知道它們太多真相的人撼動。我不會對吉姆下多少定論。我確認他有偉大的成就，但這些成就一旦說出來，或者該說一旦被聽見，就會縮小。坦白說，我不信任的不是自己的語辭，而是你們的心靈。要不是擔心你們為了餵養肉體餓壞了想像力，我也能口若懸河。我無意冒犯你們。沒有幻覺就能活得體面又平安、獲益卻乏味。不過，你們總有一天也會明白生命的強度，那是在瑣事的碰撞中創造出的誘人光芒，就像冰冷的石頭擦出的火花那麼迷人，唉，也一樣短暫！」

第二十二章

「博取愛情、名聲和他人的信任，那份驕傲，那份力量，都是英雄故事的貼切素材。然而，我們只看得到這種成功外在的風光，但吉姆的成功沒有這樣的風光。五十公里的森林隔絕了冷淡的世界的目光，白色浪濤拍岸的聲響也阻擋了名聲的傳播。文明的河流彷彿在帕吐桑北邊一百六十公里處的岬角一分為二，分別向東方和東南方流去。這裡的平原與谷地、古老樹木和古老民族因此被忽略，被隔絕，像擠在兩條洶湧大河之間、無足輕重的破碎小島。你們在古老的航海故事裡經常會聽到那個國家的名字。十七世紀的商人為了胡椒去到那裡，因為大約在英格蘭國王詹姆斯一世[39]的年代，對胡椒的熱情有如愛的火焰，在荷蘭與英國探險家的胸腔裡熊熊燃燒。為了找胡椒，他們任何地方都願意去！為了一袋胡椒，他們會毫不遲疑割斷彼此的喉嚨，會背棄他們平時細心呵護的靈魂。他們對那份渴望出奇地執著，甚至敢於蔑視千奇百怪的死亡威脅，比如未知的大海、可憎又怪異的疾病、受傷、被俘、飢餓、鼠疫與絕望。他們因此而偉大！天哪！他們因此變成英雄，卻也變得可憐，因為當死亡不管

39. James I（一五六六～一六二五），現代英國第一任元首，同時兼任蘇格蘭與英格蘭國王，在蘇格蘭為詹姆斯六世。

老少、毫不動搖地收割生命，他們依然渴求貿易。很難相信光是貪婪就足以驅使人們如此堅定地邁向目標，如此盲目地堅持奮進與犧牲。再者，那些人不顧性命以身犯險，傾其所有換取的、其實只是不算豐厚的報酬。他們將自己白瑩瑩的骸骨留在遙遠的海岸，好讓財富流向家鄉的活人。比起我們這些少吃許多苦頭的後繼者，他們的身影被放大了。他們不再是貿易的代理人，而是實踐既定命運的工具，聽從內在的聲音、血液裡的衝動和未來的夢想，朝著未知前進。他們太奇妙，我們不得不承認，他們也準備迎接奇妙的斬獲。他們自滿地將這些斬獲記錄在他們經歷過的苦難裡、在大海的樣貌上、在陌生國度的奇風異俗和傑出統治者的榮耀裡。

「他們在帕吐桑找到大量胡椒，也讚嘆蘇丹的莊嚴與智慧。只是，經過一個世紀斷斷續續的往來，帕吐桑好像慢慢退出貿易市場。也許胡椒已經沒了。就算是，現在也沒人在乎了。輝煌的歲月消逝了，現任蘇丹是個蠢笨的少年，左手有兩根拇指，每年向窮苦百姓強徵的稅收既不穩定又微薄，都被他的眾多叔伯偷走。

「這些當然都是史泰因告訴我的。他跟我說了那些人的姓名，簡單描述他們每個人的生活狀況與性格。他掌握了許多那些土邦的訊息，內容之詳盡不亞於官方報告，卻有趣得多。他必須知道。他跟太多土邦做生意，在某些地區（比如帕吐桑），只有他的公司取得荷蘭官方特許，可以派駐代理人。他的謹慎取得殖民政府的信任，而且所有風險都由他承擔。他雇用的人也明白這點，但他提供的條件顯然讓他們覺得值得去冒險。那天吃早餐時他對我毫無隱瞞。據他所知（他準確地表明，上一次收到消息是在十三個月前），生命和財產岌岌可危是常態。帕吐桑有幾股敵對勢力，其中一支是阿琅邦主，是蘇丹的叔伯之中最凶惡的一個，負責管理河流，經常勒索竊占，把土生土長的馬來人壓榨得幾乎滅絕。那些馬來人沒有能力自保，甚至沒有財力遷移。像史泰因所說，『說實在話，他們能去哪裡，又怎麼逃得出去？』他們甚至不想離開。那個四周都是無法翻越的高山的世界，屬於貴族掌控，而這個邦主他們知道，是他們自己皇室的人。後來我有幸見到那位先生本人，一個污穢、矮小、身體報廢的老人，眼神惡毒、嘴唇虛弱，每兩個小時吞一顆鴉片丸，罔顧禮節不戴帽子，披散的頭髮像繩子般一條條垂掛在骯髒的乾枯臉龐周圍。接見賓客的時候，他會爬上一個類似狹窄舞台的臺子，那臺子設在一間活像破敗穀倉的廳堂裡。廳堂的竹片地板腐朽不堪，穿過地板的破洞可以看見屋子底下三、四公尺的地方有一堆堆雜亂的垃圾和渣滓。當時我由吉姆陪同，正式拜見他，他就是在那個地方用那種方式接待我們。廳堂裡有將近四十個人，底下大院子的人數大約有三倍之多。我們背後一直有人在走動，來來去去，推擠嘀咕。幾個穿著鮮豔絲綢的年輕人站在遠處瞪著眼。其他人大多數是僕役和隨從，他們半裸著身體，身上的破舊紗籠污漬斑斑，不是灰就是泥。我從沒見過吉姆這麼嚴肅、這麼沉著的模樣，顯得莫測高深、令人欽佩，穿著白色服飾，體格結實，站在那些面容黝黑的人們之間。在這間草席為牆、茅草遮頂的陰暗廳堂裡，他的一縷縷金髮閃閃發亮，似乎捕捉到所有從緊閉的百葉窗縫隙照射進來的稀疏陽光。他看上去不只跟所有人不同種族，甚至不像來自凡間。要不是他們親眼看見他乘船而來，一定會以為他從雲端降落到他們身邊。然而，他確實乘著瘋狂的獨木舟來到這地方，為免小舟翻覆，全程雙膝併攏靜靜端坐。他就坐在我借給他的錫製行李箱上面，臨別時我送給他的海軍左輪手槍小心翼翼放在腿上。也許是上天的干預，或基於某種固執的想法（正是他的風格），不然就是睿智的直覺，他決定不填裝子彈。他就這樣沿著帕吐桑那條河逆流而上，再沒有什麼比那更尋常、更危險、更隨意、更孤單的航行。真是奇怪，這種致命危險竟會讓他的一切行為顯得像在逃跑，像衝動之餘不及反思拋棄一切，跳進了未知。

「最令我震撼的，正是那份隨意。打個比喻，我跟史泰因合力將他抬起、隨手拋到牆的另一邊的時候，我們都不清楚那邊是什麼狀態。那時我只想讓他消失，史泰因則是一如他的性格，懷著情感上的動機。他想要回報（我猜是以行動回報）他不曾忘記的恩情。他一生中確實對來自不列顛群島的人特別友善。沒錯，他過世的恩人是蘇格蘭人（他甚至名叫亞歷山大·麥克尼爾，是蘇格蘭大姓），而吉姆的家在特威德河[40]以南很遠的地方。但在八、九千公里外的地方，大不列顛雖然沒有變小，卻彷彿會依透視法縮減，足以讓她自己的子孫抹除這類重要細節。史泰因的做法情有可原，而他有意提供的條件實在大方，我懇切地請他暫時別說出來。我覺得不該讓這些個人利益影響吉姆的決定，甚至不能冒著引發這種影響的風險。我們還得應付另一種真相：他想要避風港，而我們提供的避風港有危險。

「其他的一切我都坦誠相告，甚至誇大這件事的危險性。當時我覺得我誇大了，事實上我說得太含蓄。他到帕吐桑的第一天就差點送命。如果他不那麼輕率，不對自己太嚴格，並且強迫自己為手槍裝上子彈，他就會送命。我記得當初跟他說明我們為他安排的寶貴撤退計畫時，他那頑固中帶點厭倦的認命慢慢被驚訝、關注與好奇取代，還有一份少年的急切。這是他一直夢想著的機會。他實在不知道他哪裡值得我……他到死也沒辦法想像他欠了……是史泰因，史泰因，那個商人，他……不過，當然我才是他……我打斷他的話。他口才不好，他的感謝帶給我難以言喻的痛苦。我告訴他，如果他真要為這個機會感謝誰，就感謝一個他沒聽說過的蘇格蘭老人。那人過世很多年了，如今已經沒有人記得他是什麼樣的人，只知道他嗓門很大，有一種不通人情的誠實。真的沒有人能接受他的感謝。史泰因只是將他年輕時接受過的好意傳遞給另一個年輕人，而我只是向史泰因提起他。他聽了這話臉色漲紅，輕輕揉搓手上的紙張，羞澀地說我一直都信任他。

「我認同他的話，停頓片刻後又告訴他，我希望他也信任他自己。『你覺得我不信任自己？』他不安地問，而後咕噥著說人總得先有點表現。接著他臉色發亮，大聲說他不會讓我後悔信任他……

「『別想錯了，』我打岔，『你沒辦法讓我後悔任何事。』我不會後悔，就算有，那完全是我個人的事。另外，我希望他了解，這個安排，這個……這個實驗，都是他自己的選擇，一切由他自己承擔，跟其他任何人無關。『為什麼？為什麼？』他反覆說道，『這正是我……』我拜託他別死腦筋，他顯得更迷惘了。他會把自己的人生弄得越來越難以忍受……『你這麼覺得？』他問，顯得心神不寧。不一會兒又自信地說，『不過我在進步，不是嗎？』根本沒辦法跟他生氣。我忍不住露出笑容，告訴他在過去的時代，像他這樣繼續下去，最後都會隱遁在荒野裡。『見鬼的隱遁！』他的語調有種動人的率性。當然，他不介意去荒野……『我

40. Tweed，位於蘇格蘭東南部、英格蘭東北部，是兩地的界河。

很高興。』我說。那正是他要去的地方。我大膽向他保證，他會發現那地方充滿生命力。『是，是。』他迫切地說。我不為所動地告訴他，我覺得他好像很希望離開，再順手關上背後那道門……『是嗎？』他忽然陰沉地打斷我。那怪異的陰沉像雲朵的陰影，將他從頭到腳覆蓋住。他的表情終究還是相當豐富的，相當豐富！『是嗎？』他哀怨地再問一次。『即使有，我也沒有大聲說出來。何況我也很努力……只是，該死！你給我指了一扇門。』『很好，跨過去。』我說。我可以鄭重地向他保證，他走過去之後，那扇門會猛力關上。不管他未來的命運是什麼，都不會有人在乎，因為那個國家雖然腐敗至極，外界卻覺得干涉的時機還沒到。一旦他進去了，對於外面的世界而言，他等於沒有存在過。他只能靠自己的雙腳站起來，還得先找到立足的地方。『沒有存在過……就是這樣，我的天！』他喃喃自語。他緊盯我嘴唇的雙眼亮晶晶的。最後我說，如果所有的情況他都已經了解了，最好跳上他見到的第一輛馬車去找史泰因，聽他做最後的指示。我話還沒說完，他已經飛奔出去。」

第二十三章

「他到第二天早上才回來。史泰因留他吃晚餐，住了一夜。世上再沒有比史泰因更好的人。他口袋裡有一封給柯尼利斯的信，『就是那個要捲鋪蓋走路的傢伙。』他說，振奮的心情暫時減退了些。他開心地展示一枚銀戒指，是當地人的款式，磨得非常薄，有淺淡的雕刻紋路。

「那是他去見一個名叫多勒敏的老人的憑據。那人在地方上很有聲望，是個大人物，是史泰因在那個國家歷險時的朋友，他稱他『戰友』。戰友很不錯，是不是？史泰因先生的英語是不是說得好極了？他說他在蘇拉威西學的，竟是蘇拉威西！實在太有趣了，不是嗎？他的英語有一點腔調，帶點鼻音，我有沒有注意到？戒指是多勒敏送他的，是他們最後一次告別時的禮物，代表友誼長存。他覺得這個安排還不錯，我不覺得嗎？當年他們為了保命匆匆離開那個國家，因為那個穆默罕德……穆默罕德……被暗殺那個，他姓什麼？（我當然知道那件事。）實在太遺憾了，是不是……

「他就這樣喋喋不休，刀叉拿在手上，忘了盤子裡的食物（他來的時候我在吃午餐），臉有點紅，眼珠子顏色深了許多，這代表他處於興奮狀態。那枚戒指算是信物（『就像書裡會讀到的情節，』他讚賞地說），多勒敏會盡他所能幫他。史泰因先生救過他的命，他說純屬偶然，不過他（指吉姆）覺得沒那麼簡單。史泰因先生正是那種會碰上這種偶然發事件的人。無所謂，不管是偶然或刻意，對他都有很大的好處。但願那個老人家還記得這個恩情。史泰因也不知道，他已經超過一年沒有收到消息。那地方內鬥太厲害，打個不停，河流已經斷航。這實在有點麻煩，不過別擔心，他會想辦法鑽進去。

「他亢奮地滔滔不絕，我十分詫異，幾乎嚇到了。他說個不停，像即將放長假的孩子開心地期待各種調皮玩鬧。一個成年人在這種情況下表現出這種情緒，實在有點驚人，也有點瘋狂、危險、不安全。我正想拜託他嚴肅看待這些事，卻見他扔下刀叉（他又開始吃東西，或者該說無意識地吞嚥），在餐盤周遭尋找。戒指！戒指！到底在哪裡……啊！找到了……他將戒指握在他的大手裡，想把戒指收起來，試過一個又一個口袋。哎呀！這東西可不能丟。他嚴肅地對著拳頭思索。想到了？把這要命的東西掛在脖子上！他馬上動手執行，拿出了一條繩子（像是棉質鞋帶）。好了！這就行了！如果還……算我倒楣。這時他好像第一次看見我的臉，這才平靜了點。他用帶點天真的嚴肅語氣說，我可能不知道那個信物在他心目中有多重要，那東西代表朋友，而擁有朋友是件好事，這方面他略有所知。他意味深長地對我點點頭，但我還沒揮手否認，他已經用手支著腦袋，默默坐了半晌，若有所思地玩著桌巾上的麵包屑。『用力關上門……這比喻非常恰當。』說著，他跳了起來，在房間裡來回踱步。看著他的肩膀、他轉頭的神態和魯莽又不平穩的步伐，我想起那天晚上他也曾經這樣一面踱步，一面供認（或解釋，隨你們怎麼說）。然而，最後那一刻他變成鮮活的生命，在我面前活著，懷著他所有無意識的敏感心思，在他自己的小小烏雲下活著。他那些敏感心思則是從憂傷的源頭汲取安慰。那是同一種情緒，相同卻也不同，就像善變的同伴，今天帶你走上正確的道路，明天卻以同樣的眼神、同樣的腳步、同樣的念頭，領著你徹底迷途。他的腳步堅定，色澤變深的遊移眼眸像在尋找房間裡的什麼東西。他有一隻腳的腳步聲比另一隻大，可能是靴子的誤差，給人一種古怪印象，彷彿他的步態藏著肉眼看不見的蹣跚。他一隻手深深插在長褲口袋裡，另一隻手突然在頭頂上方揮舞，大喊，『用力關上門！我一直在等這個。我會證明……我會……我準備好應付任何見鬼的事……我一直夢想著……天啊！夢想遠離這一切。天啊！終於碰上好運……你等著，我會……』

「他無所畏懼地甩甩頭。我必須承認，認識他以來第一次也是最後一次，我意外發現自己對他厭煩至極。吹噓這些做什麼？他在房間裡來回走動，重重踏步，荒謬地揮著手臂，不時摸摸胸前衣服底下的戒指。一個被指派為貿易辦事員的人為什麼情緒這麼亢奮，何況要去的是個沒有貿易的地方？為什麼要蔑視宇宙？我告訴他，不管從事任何工作，這樣的心態都不恰當，不只他，任何人都一樣。他定定站在我面前，問道，我這麼認為嗎？他的態度絲毫沒有軟化，臉上帶著笑容，我好像在那抹笑容裡看見一絲傲慢。不過我年長他二十歲，年輕就是傲慢，那是它的權利，它的必須，它必須聲明自己的權利。在這個充滿疑惑的世界裡，聲明權利就是一種蔑視，一種傲慢。他走到遠一點的角落，又轉回來，可以說是回來跟我攤牌。他說我會這麼說，是因為我……就連我這個對他始終友善的人……就連我也記得……記得……對他不利的事……過去的事。那麼其他人……整個世界呢？那麼他想離開……打算離開……不再回來，又有什麼好奇怪的？而我竟然跟他談恰當的心態！

「『記得那些事的不是我或整個世界。』我大吼，『而是你……你，記得的人是你。』

「他沒有退縮，繼續痴狂地說，『忘記所有事和所有人，所有人。』他的音量減弱……而後又說，『除了你。』

「『如果有幫助的話，連我也忘了吧。』我也壓低聲音。之後我們默默呆滯了一段時間，彷彿疲憊極了。接著他又平靜地告訴我，史泰因要他抵達之後等一個月左右，看看他能不能留在那裡，確定之後再幫自己蓋棟新房子，避免『徒然的花費』。史泰因的措詞確實有點怪。『徒然的花費』很貼切。留下？當然能！他會堅持住，只要他進得去，就沒問題。他會證明他能留下，永遠不離開。留下一點都不難。

「『別逞強，』我說。他那些狠話聽得我惶惶不安。『如果你活得夠久，就會想回來。』

「『回到哪裡？』他心不在焉地問，視線盯著牆上的時鐘。

「我沉默一段時刻，問道，『那麼你永遠不回來？』『永遠不。』他心神恍惚地回答，沒有看我。接著突然動了起來。『我的天！兩點了，我的船四點啟航！』

「確實是這樣。史泰因有一艘雙桅帆船那天下午要往西邊去，他安排吉姆搭那條船，卻沒有通知船延後出發，我猜史泰因忘了。他急忙收拾東西，我回到自己船上。他承諾出發往錨地去的時候會順道來看我。他行色匆匆地依約來到，手裡拿著一個小小的皮革旅行袋。這不行，我把一個錫製舊行李箱拿給他，這個箱子應該有防水功能，至少能防潮。他轉移行李的方式乾脆利落，直接把手提袋的東西倒進行李箱，就像你倒出一整袋小麥一樣。我在那堆雜物裡看到三本書，兩本比較小，深色封面，另一本厚得多，金綠互搭的封面，是售價半克朗的《莎士比亞全集》[41]。『你讀這個？』我問。『是，最鼓舞人心的書。』他倉促回應。他的讚賞讓我感到震驚，不過沒有時間暢談莎士比亞。艙房的桌上放著一把沉甸甸的左輪手槍和兩小盒子彈。『請帶著這個，』我說，『也許能幫你留在那裡。』話一出口，我就想到其中可能帶著什麼樣的恐怖含義。『也許能幫你到達目的地。』我懊喪地改口。只是，他卻不為言語的弦外之音傷神，感恩戴德地向我道謝，連忙衝了出去，邊跑邊回頭喊了聲再見。我隔著船舷聽見他催促槳手趕緊划，走到船尾艙口望出去，看見小艇從艉舷板底下繞過去。他上身前傾坐在上面，用言語和手勢激勵槳手。因為他把手槍拿在手上，像是指著那些人的腦袋，我永遠忘不了那四個爪哇人滿臉驚懼，瘋狂地划著槳，將那幕景象帶出我的視線。我轉身之後，映入眼簾的第一樣東西是桌上的兩盒子彈。他忘了拿走。

「我立刻命令槳手上我的小艇，可是吉姆的槳手覺得只要那個瘋子在小艇上，他們就命懸一線，因此用最快的時間完成任務，以至於我追趕不到一半路程，就看見吉姆爬過欄杆，他的行李箱也遞了上去。我踏上甲板時，雙桅帆船的帆都已經解開，主帆已經張起，絞盤也開始嘎嘎響。船長笑嘻嘻走過來。他年約四十，是個短小精幹的混血兒，穿著藍色西裝，雙眼明亮有神，圓圓的臉龐顏色像檸檬皮，兩撇稀疏的黑色八字鬍垂在深色厚唇兩側。他表面上顯得志得意滿興高采烈，事實上卻是憂愁不安的個性。當時吉姆暫時離開到下層去，我跟他打招呼，他回應道，『沒錯，帕吐桑。』他會送那位先生到河口，卻絕不會『上升』。

41. crown，十六世紀到二十世紀在英國流通的銀幣，價值為五先令。

他流暢的英語好像從瘋子編纂的字典學習來的。如果史泰因先生要他『上升』，他會『虔誠地』……我猜他想說的是恭敬地，不過鬼才知道。『虔誠地為財物安全反對。』如果意見不被接受，他會遞『辭呈辭職』。十二個月前他最後一次航行進去，雖然柯尼利斯先生『撫慰了許多奉獻金』給阿琅邦主和『主要人口』，協議的條件卻讓貿易『變成陷阱，食之無味』。另外，他的船在河流上全程被藏在樹林裡那些『不負責任的團體』射擊，導致他的船員『怕被發現，躲起來不敢出聲』，這艘雙桅帆船差點擱淺在沙洲。如果真擱淺，『就沒人救得了她』。他回想起那些事氣得七竅生煙，在此同時又為他流暢的英語感到驕傲（他一直專心聽自己說的英語），兩種情緒在他樸實的大臉上爭奪主權。他沉著臉對我微笑，滿意地觀察他的遣詞用字產生的優秀效果。陰暗的怒容掠過平靜的海面，雙桅帆船桅杆上揚著前桅中帆，船的中段立著主帆桁，在微風中顯得迷惘。他又咬牙切齒地告訴我，那個邦主是個『可笑的土狼』（想不通他怎麼會想到土狼），也有人比『鱷魚的武器』虛假很多倍。他分心留意著前面的船員的行動，開始暢所欲言，把那地方比做獸籠，『裡面的野獸長期不知悔改，變得凶殘貪婪。』我猜他指的是長期逍遙法外。他嚷嚷著說他不打算『展示自己，以致被故意牽連進搶劫行動。』示意水手起錨的喊叫聲終於結束，他壓低聲音氣憤地總結說，『受夠帕吐桑太多太多。』

「事後我聽說當時他太不小心，被人用藤索套住脖子，綁在邦主家前面一個土坑中央的柱子上。他困在這種不利的處境將近一天一夜，可以肯定的是，對方只是在開他玩笑。他沉思了半晌，大概是在回想那段恐怖經歷，而後用惱怒的口氣對來到船尾舵柄旁的那人吼了幾聲。等他再轉頭跟我說話，口氣變成冷靜的決斷。他說他會送那位先生到巴圖克林的河口，『沿著河往上五十公里的地方』就是帕吐桑。接著他用無聊又厭倦的口氣取代先前的健談，說道，在他看來，那位先生已經『類似一具屍體。』『什麼？你說什麼？』我問。他裝出驚悚凶殘的神態，完美演示背後捅刀的動作。『已經像死掉的屍體。』臉上有著他那種人自以為聰明時那種叫人難以忍受的自負。我看見吉姆面帶笑容默默站在他背後，伸手阻止我喊他。

「接著混血船長趾高氣揚地吼出各種命令，帆桁咿呀地轉動，沉重的吊杆從上方盪過去。我和吉姆單獨站在主帆的背風處握著彼此的手匆匆說著臨別話語。我的心一片輕鬆，不再怨他，也不再憂心他的命運。比起史泰因審慎的陳述，混血船長那些莫名其妙的念叨更清楚呈現吉姆的前路多麼危機四伏。道別的時候，我們過去談話時始終存在的拘謹消失於無形，我好像喊了他一聲『親愛的孩子』，而他支支吾吾表達謝意時，也穿插了一聲『老哥』，彷彿他冒的風險抵消了我的年歲，我們兩個因此在年齡和看法上都更平等。有那麼一刻，我跟他之間有了真正的、深刻的親近，意外又短暫，像瞥見某種永存的東西，某種不變的真相。他盡力安慰我，彷彿他比我更成熟。『好了，好了。』他說得很快，也很有感情。『我會照顧好自己。好，我不會去犯險，一個危險都不會。我還想好好活著。你別擔心。天啊！我覺得什麼都危害不了我。這是「去」這個字帶來的好運。我不會糟蹋這麼難得的機會！』難得的機會！嗯，確實難得，可是機會是人創造的，我又知道些什麼？正如他說過的，就連我……就連我也記得……記得對他不利的事。這是事實，所以讓他離開是最好的決定。

「我的小艇落在雙桅帆船後面，我在落日餘暉中看見他站在船尾，恍如遺世獨立，帽子高高舉在頭頂上。我聽見模糊的叫喊聲，『你會……聽到……我的……消息。』聽到，或收到。我不知道是哪個。我覺得一定是聽到。他腳底下閃閃發光的大海迷惑了我的視線，我沒辦法清楚看見他。我注定永遠看不清他，但我可以向你們保證，再沒有人比他更不像那個烏鴉嘴混血船長所說『類似一具屍體』。我看見那個可恥矮個子的臉從吉姆手肘底下某個地方探出來，形狀和顏色都像熟透的南瓜。他也高舉手臂，像要向下俯衝似的。厄運退散！」

第二十四章

「帕吐桑海岸（將近兩年後我看見了）平直又陰沉，面對朦朧的大海。放眼望去有幾條紅土小路，像鏽色激流般奔湧在覆蓋低矮懸崖的深綠色灌木叢和爬藤植物底下。河口附近是開闊的沼澤平原，廣大的森林後方是崎嶇的藍色山峰。遠處海面有一串島嶼，陰暗不明，狀似零碎，在被陽光照亮、恆久不散的薄霧中特別顯眼，像被大海衝破的斷壁殘垣。

「巴圖克林支流的河口有個漁村。斷航許久的河流當時開通了，我搭著史泰因的小型縱帆船乘著三道潮汐逆流而上，沒有遭到『不負責任的團體』彈火攻擊。漁村的老村長上船來為我們帶路，如果他的話可信，那種事已經成為古老的歷史。我是他見到的第二個白種人，他跟我說話時信心滿滿，大部分的話題都繞著他見到的第一個白種人打轉，他稱呼他吉姆爺。他提起吉姆時有熟稔有敬畏，這種怪異的組合讓他的語調更顯特殊。村裡的人受到吉姆爺的特殊保護，證明吉姆爺不記恨他們。如果當初吉姆喊的是我會『聽到他的消息』，那麼他說得一點也沒錯，我果然聽到別人提起他。這裡流傳著他的故事，說潮汐提早了兩個小時，幫助他逆流而上。愛說話的老人就是當時那艘獨木舟的舵手，為潮汐的改變驚嘆不已。他兒子和女婿負責划槳，不過他們都是沒有經驗的年輕人，在他說出這個神奇現象之前，根本沒有注意到獨木舟的速度。

「吉姆去到漁村是他們的福氣。不過，他們跟我們很多人一樣，福氣到來之前先遭受一番驚嚇。上一次有白種人航行那條河流是很多世代以前的事，人們已經不復記憶。那個長相怪異的人從天而降，強硬要求他們送他去帕吐桑，那場景令他們心驚膽戰。那人的強勢令人憂心，他的慷慨更是可疑。那是未曾聽聞的要求，沒有前例可循。邦主會怎麼說？會怎麼對他們？他們花了大半個晚上討論。不過，惹惱那個怪人會招致立即性的危險，最後他們準備了一艘破獨木舟。獨木舟推出去的時候，女人悲痛地尖叫，有個大膽的老太婆詛咒那個陌生人。

「就像我先前說過的，他登上獨木舟，坐在錫製行李箱上，沒有子彈的手槍放在腿上。他全神戒備地坐著（這是最累人的事），就這樣走進那片土地。那片土地注定為他歌功頌德，從內陸的藍色山峰到海岸的白色浪花，無一例外。河流第一次轉彎後，他就看不到大海了（大海辛勤的浪濤永遠升起又落下，消失再升起，正是勞苦人們的寫照），眼前是深深扎根在土壤裡無法動彈、迎著陽光賣力生長的森林。森林代代相傳的昏暗力量生生不息，就像生命本身。他的機會披著面紗坐在他身邊，像個東方新娘，等待主人的手掀起蓋頭。他也是古老昏暗力量的子嗣！不過，那趟獨木舟航程是他一生中最沮喪疲累的時刻，他唯一敢讓自己做的動作，是悄悄伸手去拿浮在他鞋子之間的剖半椰子殼，用最慢的速度小心翼翼把水舀出去。他發現行李箱的錫蓋太硬，坐得很辛苦。他身體非常健康，卻在那趟旅程裡幾度覺得暈眩，不時隱約猜測太陽在他後背曬出多大的水泡。為了打發時間，他把視線投向前方，想辨別躺在河邊的泥濘物體究竟是木頭或短吻鱷。但他很快就放棄這個遊戲，一點樂趣也沒有，始終都是短吻鱷。其中一隻撲通潛入河裡，差點弄翻獨木舟。不過這場驚險很快結束，接下來是漫長的枯燥路程，他很感謝那群來到河邊對他這個過客無禮叫囂的猴子。他就是通過這樣的旅途走向偉大功績，那功績跟任何人所創下的一樣真實。大致上來說，他希望太陽快下山。在此同時，他的三名槳手正打算執行他們的計畫，將他送到邦主面前。

「『我一定是累得頭腦遲鈍，或者我真的睡著了。』他說。他清醒後赫然意識到獨木舟在靠岸，又發現他們已經穿過森林，最外圍的屋舍出現在前方高處，左邊有一道防禦圍欄，他的槳手一起跳上一片低窪土地，拔腿就跑。他本能地跳下小舟追上去。起初他以為自己基於某種無法想像的理由被拋下了，但他聽見激動的喊叫聲，一扇大門打開來，很多人蜂湧而出，朝他走過來。這時河流上出現一艘載滿武裝男子的小船，停在他的空獨木舟旁，堵住他的退路。

「『我太震驚，沒辦法保持冷靜，你明白嗎？如果那把左輪裝了子彈，我一定會打死某個人，也許兩、三個，那我就完蛋了。但手槍沒有子彈……』『為什麼不能保持冷靜？』我問。『我沒辦法打贏所有人，而且我不想讓他們以為我怕死。』說著，他瞥了我一眼，眼神裡藏著一點頑固的惱怒。我沒有告訴他那些人並不知道他的手槍沒有裝子彈，他願意怎麼自我安慰是他的事。『總之手槍沒有子彈，』他愉快地重複一次，『所以我只是一動不動站著，問他們這是怎麼回事。他們好像驚呆了。我看到有些小偷提走我的行李箱，那個有一雙長腿的老流氓卡希姆（明天你會見到他）跑出來，盛氣凌人地告訴我邦主要見我。我說，「好。」我也想見邦主，我直接走進大門，然後，我就在這裡啦。』他笑了，接著出乎意料地加重語氣說，『你知道最妙的是什麼嗎？』他問，『我來告訴你。最妙的是我知道如果我死了，輸的是這個地方。』

「他是在我提到的那個晚上在他屋子前跟我說這些，那時我們剛觀賞過月亮從兩座山之間的裂縫往上升，像從墳墓裡飄上來的靈魂。她清冷黯淡的光輝灑下來，像死去的陽光的鬼魂。月亮的光輝會攪擾人心，它像沒有軀體的靈魂一樣淡漠，同樣有著不可思議的神祕感。它跟我們賴以生存的陽光（不管你認不認同）的關係，就像回音之於聲音。不管聲音本身是嘲弄或哀傷，回音都令人迷亂困惑。它奪走了所有物質的本質（我們終究屬於物質世界），只有陰影得到一份不祥的真實。那些陰影在我們周遭何其真實，但我身邊的吉姆看起來非常堅定，彷彿沒有任何東西能奪走他在我眼中的真實感，就連月光玄奧的力量也不能。自從他挺過黑暗力量的襲擊，也許真的什麼都危害不了他。周遭一片寂靜，就連河流上的月光也睡了，像躺在池塘上。當時處於高水位時期，那一刻的靜止強化了地球上這個遺失的角落的全然孤立。寬闊明亮的河面沒有漣漪，也沒有粼粼波光。屋舍挨挨擠擠立在河岸旁，像一排擁擠又模糊、灰暗摻雜銀白的形體，穿插著一團團黑影，探入河水中，宛如一群沒有形狀的幽靈生物，向前推擠，要在幽靈也似的、沒有生命的河流飲水。這裡或那裡有一抹紅光在竹牆裡眨眼，散發著暖意，像鮮活的火花。那裡有著人類的情感、庇護和休憩。

「他坦白告訴我他經常看著這些微弱的溫暖燈光一盞一盞熄滅，還說他喜歡看著別人像這樣入睡，對明日的安全充滿信心。『這裡很祥和，是不是？』他問。他不擅言辭，接下來的話語卻饒富深意。『看看這些屋子，住在裡面的人都信任我。我就說我能留下來。你去問任何男人、女人或小孩……』他頓了一下，『總之我很好。』

「我趕緊表示他終於明白這點了，又補充說，我原本就毫不懷疑。他搖搖頭，『是嗎？』他輕輕按一下我手肘上方。『嗯，那麼你的判斷沒錯。』

「他的低聲感嘆有著興奮與驕傲，幾乎有敬畏。『天啊！』他叫道，『想想這對我有多麼大的意義。』他又按一下我的手臂。『而你問我想不想離開。老天！我！離開！尤其現在聽到你說史泰因先生……離開！那正是我害怕的。那會……那會比死還困難。不，我說真的。別笑。每一天，每次我睜開眼睛，我必須覺得我受到信任，覺得沒有人有權利……你不明白嗎？離開！去哪裡？為什麼？能得到什麼？』

「早先我告訴他史泰因打算立刻把房子和庫存商品都交給他，條件很寬鬆，能保持交易的穩定可靠，這正是我此行的主要目的。起初他哼了一聲，情緒變得浮躁。『你這該死的敏感個性！』我大喊，『這跟史泰因沒關係，這只是把你自己努力的成果交給你。不管你有什麼話，等將來去到另一個世界，再說給麥克尼爾聽。我希望不會太快……』他不得不承認我說得對，因為他在那裡贏得的信任、名聲、友誼和愛情，既讓他成為主人，也讓他淪為俘虜。他以主人的目光看著夜晚的寧靜，看著河流、屋舍、森林永恆的生命、古老人類的生命、這片土地的祕密和他自己心裡的驕傲。然而，是那些東西擁有他，將他變成它們的，連同他內心最深處的思想、他血液裡最微小的搏動和他的最後一口氣。

「那是值得驕傲的事。我雖然不太清楚這項協議的珍貴價值，也替他感到驕傲。這實在太好了。我心裡想的倒不是他的勇敢。真奇怪，我並沒有太在乎這點，彷彿這太司空見慣，不會是事情的重點所在。不。更令我震驚的是他展現的其他天賦。他顯然擅長掌握不熟悉的情境，能夠發揮智力隨機應變。還有他的敏捷！了不起。而他自然而然擁有這一切，就像品種優良的獵犬擁有靈敏的嗅覺。他沒有口才，但他與生俱來的沉默寡言帶有一份莊重，他的期期艾艾顯得高度認真。他還是跟過去一樣容易羞赧臉紅。不過，偶爾會迸出某些字句，顯示他對那項幫助他恢復名譽的行動感受多麼深刻、多麼真摯。因為這樣，他才會懷著某種強烈的自負和輕蔑的溫柔愛護那片土地和那裡的人民。」

第二十五章

「『我就是在這裡被囚禁三天。』我們去拜會邦主時，他悄聲告訴我。當時我們緩步走過阿琅爺的院子，穿過一大群目瞪口呆的隨從。『這地方很髒亂，是吧？當時我連吃的都沒有，必須大聲吵鬧，才會有人送一小盤米飯和一條比刺背魚大不了多少的煎魚。該死的傢伙！我餓著肚子在這個臭烘烘的圍欄裡兜圈子，有幾個流氓把他們的臉湊到我鼻子下。他們一開口討要，我就把你那把有名的左輪交出去。很高興擺脫那差勁的東西。拿著一把沒有子彈的槍到處逛，活像個傻瓜。』這時我們走到邦主面前，他面對曾經囚禁他的邦主毫不退縮，嚴肅中不失恭維。太精彩了！回想起那一幕我就想笑。但我也對他刮目相看。那個惡名遠播的老邦主不自主地露怯（他雖然總愛自誇年輕時如何熱血澎湃，但他不是勇士），在此同時，他對吉姆的態度有著一份帶點渴望的信任。聽仔細了！連最恨他的人也信任他。根據我從當時的談話理解到的，吉姆打算發表一番演說，希望改善某些現況。當時有幾名窮苦的村民帶著少量樹脂或蜂蠟去多勒敏家換米糧，卻在途中遭到攔截搶奪。『打劫的是多勒敏。』邦主不假思索嚷嚷道，彷彿有一股憤怒的震顫注入他脆弱的身軀，他在席墊上怪異地扭動，手舞足蹈比劃著，糾結散亂的頭髮被拋甩起來，像怒火的無能化身。我們周遭的人瞪大眼睛張口結舌。吉姆開始說話，果決又冷靜，引經據典擴大解釋，強調任何人誠實地為自己和孩子賺取食物，都不該受到阻撓。邦主像個裁縫般坐在木板上，雙手放在兩邊膝蓋上，低著頭，視線穿過垂落眼前的花白頭髮望著吉姆。吉姆說完後現場寂靜無聲，甚至好像沒有人呼吸，沒有人發出一點聲音。最後邦主輕聲一嘆，甩一下腦袋抬起頭，迅速說道，『我的子民，你們聽見了！別再耍這些小把戲。』周遭的人默不作聲地聽取這項指示。有個身材相當胖的人顯然是邦主的親信，有著精明的目光，瘦削的大臉膚色極深，歡欣又殷勤地捧著黃銅托盤為我們送上兩杯咖啡。（後來我得知那人是劊子手。）托盤是另一個職位比較低的隨從端過來的。吉姆匆匆低聲說，『你可以不喝。』一開始我沒聽懂他的意思，只是看著他。他喝了一大口，從容地坐下來，杯托拿在左手。片刻後我惱怒極了。『見鬼的，』我笑容可掬地輕聲問他，『為什麼拉著我來冒這愚蠢的風險？』我當然也喝了，沒有別的選擇。他不動聲色，之後我們馬上告辭離開。那個精明又歡欣的劊子手陪我們穿過庭院走向小船時，吉姆告訴我他很抱歉。當然，機率很低，他個人一點都不擔心對方下毒，可能性不高。他向我保證，對方雖然覺得他危險，卻更看重他的能力，所以……『可是邦主非常忌憚你。任何人都看得出來。』我用發牢騷的口氣反駁他，在此同時憂心如焚地留意任何腹部絞痛的徵兆。『如果我想在這裡做點有用的事，想保住我的地位，』說著，他踏上小船在我身旁坐下。『就得承擔這個風險，每個月至少一次。很多人相信我有這個勇氣，相信我願意為他們去冒險。忌憚我！一點也沒錯。他之所以忌憚我，主要是因為我不怕他的咖啡。』接著他指向北面的圍欄，那裡有幾根木樁的尖端折斷了。『我到帕吐桑的第三天就從那裡跳出去。他們還沒換上新木樁。跳得不錯吧？』片刻後我們經過一條渾濁小溪的河口。『接下來我跳過那裡。我助跑一小段距離，騰空飛起來，可惜差了一點。我以為我會死在這裡，掙扎的時候鞋掉了。那時我滿腦子只想著卡在爛泥裡被長矛刺穿會是多麼不愉快的事。我記得在軟泥裡扭動的時候覺得多麼噁心，真的噁心極了，就像咬了某種腐臭的東西。』

「事情就是那樣。當時機會也跟著他跑，跟他一起跳過那個河口，一起在爛泥裡掙扎……依然蒙著面紗。你們該明白，他之所以沒有當場被馬來短劍刺死扔進河裡，只是因為他出現得太突然。他們抓住他，卻像抓住某個幽靈、或鬼魂、或惡兆。這是什麼情況？該怎麼處理？現在安撫他會不會太遲？是不是該馬上殺了他，別再拖延？可是殺了他會有什麼後果？無計可施的阿琅老頭猶豫不決，愁得幾乎要發狂。議事會幾度中斷，出席的顧問慌亂地跑到外面的遊廊。據說有一個人甚至往下跳到地面上（大概距離四、五公尺），摔斷了一條腿。原來帕吐桑的皇家統治者有些古怪癖好，其中一個是喜歡在討論棘手議題時高談闊論，越說越興奮，最後會拿著短劍從座位上跳下來。撇開這些小插曲，他們日以繼夜商議該如何處置吉姆。

「另一方面，吉姆在庭院走來走去，有些人避開他，其他人瞪視他，所有人都在看守他，任何手拿斧頭、穿得一身破爛的傢伙隨時都可以就地取他性命。他睡在一間破爛的棚屋裡，屋裡骯髒腐敗的臭味薰得他受不了，但好像還不至於影響他的食欲，因為他告訴我，那段時間他一直覺得餓。不時有個『喳喳呼呼的蠢貨』奉議事會指派，跑過來用奉承的口氣問些驚人的問題：『荷蘭人會不會來占領這個國家？白種人想不想順流而下離開？來到這個悲慘國家有什麼目的？邦主想知道白種人會不會修錶？』他們果真拿出一個新英格蘭製的鍍鎳時鐘。他實在太無聊，竟然修起那個鬧鐘。他是在棚屋裡忙著這件事的時候，才真正察覺到自己的處境多麼危險。他扔掉手裡的鐘（他說那鐘『像燙手的馬鈴薯』），加快腳步走出棚屋，卻一點都不知道自己要做什麼，或能做什麼。他只知道那種狀況叫人難以忍受。他茫茫然走著，經過一間建在木柱上、搖搖欲墜的小穀倉，看著那幾根折斷的木樁。接著，他說他不假思索，沒有一點情緒波動，當下開始逃命，像在執行已經醞釀一個月的計畫。他漫不經心走向反方向，給自己預留助跑的距離。他轉身的時候，某個貴人由兩個拿著長矛的隨從陪同，來到他身旁，準備訊問他。他『在對方眼皮底下』拔腿就跑，『像鳥兒般飛過圍欄』，落地時全身骨頭震得軋嗒響，腦袋好像裂開了。他馬上爬起來。當時他腦子一片空白，只記得聽到有人大叫一聲，又看到帕吐桑最外圍的房屋就在他前方四百公尺。他看見那條溪，不自覺地加快速度，腳下的泥土好像不停往後飛。他跑到最後一塊乾燥的地面奮力一躍，覺得自己飛在空中，覺得自己直直落入又軟又黏的泥地裡，沒有感受到任何撞擊。直到他發現雙腿動不了，他才『清醒過來』。他開始想到『討厭的長矛』。事實上，圍欄裡的人必須先跑出大門，衝到停船的地方，跳上船，再繞過一塊陸地。他跟對方的距離比他想像中遠得多。再者，當時是枯水期，溪裡沒有多少水。不能說完全乾涸，但實際上他暫時安全無虞，只需要擔心長距離射擊。他前面將近兩公尺的高處就是堅實的地面。『我覺得我終究會死在那裡，』他說。他伸出雙手拚了命往前耙抓，結果只是在自己胸前累積出一堆閃亮黏稠的泥，直抵他的下巴，彷彿他要把自己活埋。接著他瘋狂想跳出泥地，用拳頭把爛泥打得四處飛濺。爛泥落在他頭上和臉上，蓋住他眼睛，噴進他嘴裡。他說他突然想到那個庭院，就像回想起多年前曾經度過幸福生活的地方。他說他渴望再回到那裡，去修那個時鐘。修那個時鐘，這是他當時的念頭。他用盡所有力量，又哭又喘，沒命地使勁，眼珠子幾乎從眼窩裡爆出來，什麼也看不到，最後在黑暗中奮力一搏，要把泥土擊碎，把它從他的四肢甩開。他感覺自己虛弱地爬上岸，整個人躺在硬實的地面，看到了光線和天空。接下來他開心地想著，他可以睡一覺。他認為他真的睡著了，可能睡了一分鐘，或二十秒，或只有一秒，但他清楚記得自己全身一震猛然驚醒。他繼續躺了一陣子，之後站起來，從頭到腳都是泥。想到方圓幾百公里內只有他一個白種人，孤立無援，得不到同情，沒有人會憐憫他，像被圍獵的野獸。最外圍的屋子離他不到二十公尺，有個女人一面抱孩子逃離，一面驚聲尖叫，他又嚇了一跳。他穿著襪子再度往前衝，滿身污泥，一點也不像人。他跑過大半個聚落，行動比較敏捷的婦人向兩側奔逃，動作比較遲緩的男人像化石般站在原地，手裡的東西掉在地上，嘴巴張開著。他是飛奔的恐怖事物。他說他看到小孩子四下竄逃，摔倒趴在地上，兩腿猛踢。他轉個彎從兩棟房子之間跑上斜坡，慌不擇路爬過用砍倒的樹幹設置的路障（當時帕吐桑每星期都有戰鬥），衝過籬笆進入一片玉米田，那裡有個受驚嚇的男孩朝他扔了一根棍子。他跌跌撞撞跑上一條小路，突然撞上幾個震驚的武裝男子。他用僅剩的一口氣大聲喊，『多勒敏！多勒敏！』他記得被人半抬半推去到斜坡頂端，走進一大塊圈圍起來、有棕櫚樹和果樹的區域，去到一個坐在椅子上的大塊頭面前，周遭的人陷入極度的騷動與亢奮。他在污泥與衣服裡摸索，拿出那枚戒指，卻發現自己突然仰躺在地上，納悶是誰打倒他。其實那些人只是鬆開他，但他站不住。斜坡底下傳來零星槍聲，聚落的屋頂響起詫異的喧嘩。但他安全了。多勒敏的人關上大門，往他嘴裡灌水。多勒敏的老妻忙進忙出充滿憐惜，扯著嗓門喊她女兒來幫忙。『那老太太，』吉姆柔聲說道，『在我身邊一通忙亂，一副我是她兒子似的。他們把我放上一張大床，她華麗的大床。她抹著眼淚裡外張羅，不停輕拍我的背。我當時的模樣肯定悽慘極了。我躺了不知道多久，就像一塊木頭。』

「他好像很喜歡多勒敏的老妻，她也對他充滿母愛。她有一張溫柔的深棕色圓臉，布滿了細紋，大大的嘴唇色澤鮮紅（她時時刻刻嚼檳榔），一雙瞇瞇眼眨呀眨，透出慈愛的光輝。她忙忙碌碌沒個停歇，不是罵人，就是指揮一群有著淨透棕色臉龐和嚴肅大眼睛的年輕女子，包括她的女兒、女僕和女奴。你們也知道這種家庭的狀況，外人通常很難區分她們的身分。她非常瘦，就連她身上別著寶石胸針的寬大外袍也只是小小一件。她黝黑的光腳穿著中國式的黃色草編拖鞋。我常看到她忙進忙出，一頭茂密的花白長髮披在肩頭。她不時說些樸實的睿智話語，出身高貴，獨樹一格，隨心所欲。每天下午她會坐在她丈夫對面一把非常寬大的扶手椅上，視線從牆壁的偌大開口望出去，將整個聚落和河流盡收眼底。

「她必定縮起雙腳，老多勒敏卻坐得端正，氣勢無比雄偉，像坐落在平原上的山巒。多勒敏的出身只是商人階級，但他受到的尊敬和他本人的高貴氣度卻十分引人注目。他是帕吐桑第二大勢力的領袖。很多年前從蘇拉威西遷居過來的族群推選他擔任他們的領導人。那群人大約有六十個家庭，加上隨從等人員，總共有將近兩百個『佩短劍』的男子。那個種族的人聰明、有魄力、睚眥必報，有一股比其他馬來人更直率的勇氣，遭受壓迫絕不隱忍。他們團結起來反抗邦主，雙方爭執的重點當然是貿易。這是派系爭鬥的主因，衍生不少突發性戰鬥，致使聚落這裡或那裡不時冒出黑煙、火焰、槍聲與尖叫。不少村莊付之一炬，男人被拖進邦主的圍欄裡殺害或拷打，罪名是跟邦主以外的人交易。就在吉姆到達的前一兩天，日後將獲得吉姆特殊保護的那個漁村有幾個扛家計的男人被邦主的人拿著長矛逼下懸崖，因為他們疑似為某個蘇拉威西商人採集燕窩。阿琅邦主聲稱，在他的國家只有他能做買賣，侵害這項獨占權的人會被處死，但他所謂的買賣跟一般的搶劫沒有兩樣。唯一能約束他的殘酷冷血與貪得無厭的，是他的懦弱。他害怕蘇拉威西人的武裝組織，只不過，在吉姆出現以前，他還不至於怕到不敢為非作歹。他利用他的百姓去打擊對方，還病態地認為自己做得對。另外，有個四處流竄的外地人讓局面更趨複雜。那人有一半阿拉伯血統，以宗教訴求煽動內陸的部族（吉姆稱他們為叢林部落），在雙子山的一座峰頂建造防禦營地。他對底下的帕吐桑鎮虎視眈眈，就像老鷹俯視院子裡的家禽。但他蹂躪的是開闊的郊野，導致許多村莊徹底廢棄，清澈溪流旁的屋舍在焦黑的柱子上腐朽，牆壁的茅草和屋頂的樹葉一片片掉落水中。那景象顯得詭異，彷彿那些屋子是某種植物，因為根部的病害自然枯萎。帕吐桑兩大勢力不太確定這隊人馬最想掠奪哪一邊。邦主跟那人略有勾結。布吉聚落裡有些人厭倦了這種憂懼不安的日子，有點想邀請那人加入他們。其中幾個年輕人嚷嚷著『讓阿里首領跟他那些狂漢把阿琅邦主趕到國外去。』多勒敏煞費苦心壓制他們。他年紀越來越大，雖然影響力沒有減弱，情勢卻慢慢脫離他的掌控。正是在這種情況下，吉姆逃出邦主的圍欄，來到布吉人的領袖面前，拿出戒指取得認同，被納入這個族群的核心。」

第二十六章

「多勒敏是他那個種族之中我所見過最了不起的人。以馬來人的標準，他的體格非常壯碩，但他不是虛胖，他看起來氣勢恢宏、雄偉壯觀。那靜止不動的身體穿戴華麗的服飾，彩色絲綢搭配金黃繡線；碩大的腦袋裹著紅金相間的頭巾；又圓又扁的大臉密布深淺紋路，兩道極深的半圓形褶子從凶猛的大鼻孔兩側向下延伸，圍住兩片厚唇；脖子粗大如牛；寬廣的額頭突伸在專注自豪的雙眼上方，上面有一條條橫紋。整體的效果讓人一眼難忘。他漠然端坐時（只要坐下來，他就幾乎不再動彈），就是一派尊貴。他從不抬高嗓門說話，那沙啞的低語渾厚有力，聽在耳裡略顯模糊，彷彿隔著一大段距離。他走動的時候會有兩名個子不高、體格結實的年輕人扶著他的手肘。那兩個人上半身赤裸，圍著白色紗籠，黑色的無邊便帽戴在腦後。他們會扶著他慢慢坐下，而後站在他椅子後面。他想站起來的時候，會慢慢轉頭，彷彿十分艱難地轉向右邊再轉向左邊，這時那兩人會抓著他的腋窩扶他起身。儘管如此，他絕非不良於行。相反地，這些遲緩的動作倒像在展示強大從容的力量。人們普遍相信他會跟妻子討論公共事務，但據我所知，沒有人聽見過他們彼此交談。他們一起莊嚴地坐在那個寬敞開口旁的時候，總是不發一語。他們在逐漸變暗的天色中眺望著，底下遼闊的森林宛如陷入沉睡的綠色海洋，陰暗肅穆，波浪起伏直達遠方色澤呈藍紫與紫紅的山脈。閃亮的蜿蜒河道像純銀打造的巨無霸字母S。河流兩岸的棕色房屋有如緞帶般隨著河道彎曲，雙子山則是巍峨聳立在近處樹梢上方。他們兩人是巧妙的反差：她輕盈纖弱、瘦削敏捷，有點像女巫，安詳中帶點為人母的過度操心。他在她面前顯得碩大笨重，像以石材鑿出的人像，靜止不動時散發出崇高又堅決的氣質。這兩位老人的兒子是最出色的年輕人。

「他們很晚才生下這個兒子。這孩子的真實年齡也許不像他外表那麼年輕：一個十八歲就當父親的男人，二十四、五歲不算年輕。他走進那個牆面地板掛或鋪著精緻草席、挑高天花板掛著白色布匹的大房間，看見兩位老人家氣派地端坐著，周圍是最恭敬的隨扈，他會直接走向父親，拉起他的手親吻（多勒敏威嚴地接受）。之後他會走到旁邊，站在他母親的椅子旁。我猜我可以說他們崇拜兒子，但我沒見過他們正眼瞧過他。沒錯，那是在公開場合，那房間通常人來人往，打招呼和告退都拘謹端莊，那表現在舉止、面容和低語中的高度崇敬，都無法以言語形容。『那很值得一看。』吉姆說。當時我們在回去的路上，正在渡河。『他們很像書本裡的人物，對吧？』他得意地說，『他們的兒子達因少主是我最好的朋友（除了你之外），用史泰因先生的話形容，就是「好戰友」。我很幸運。老天！我撐著最後一口氣闖進他們那裡，實在幸運。』他低頭思索，而後又振奮起來，說道，『當時我當然經過仔細思考，可是……』他停下來，又輕聲說，『事情好像主動發生在我身上，突然就明白該怎麼做……』

「當然是主動發生在他身上，而且是透過戰爭而來，理所當然。因為發生在他身上的這種力量，是創造和平的力量。只有從這個角度看，力量通常才會是對的。你們可能不認為他當下就看見自己的道路。他抵達的時間點，正是布吉部落的關鍵時刻。『他們都在害怕，』他告訴我，『每個人都在為自己擔心，而我看得清楚明白，如果他們不想一個個死去，就必須立刻處理那個邦主和那個流匪首領的事。』但光是看見沒有用。他有了想法之後，還得突破恐懼與自私的壁壘，將它注入頑強的腦袋。他終於灌輸成功了，但那也沒有用，他還得出謀畫策。他也真的這麼做，提出一個大膽的計畫，這時他的任務才完成一半。他必須自信滿滿地激勵許多基於某些不為人知的荒謬理由畏縮不前的人。他必須安撫愚蠢的嫉妒心，以言語打消各種毫無意義的懷疑。如果沒有多勒敏的權威和他兒子激昂的熱情，他就會失敗。傑出青年達因少主是最早相信他的人，他們建立了白種人與棕色人種之間那種深厚又罕見的友誼，在這份情誼裡，基於某種不可知的共鳴，兩人的種族差異似乎讓彼此的交情更為親密。關於達因少主，他的族人自豪地說他懂得該怎樣像白種人一樣戰鬥。這是真的，他有膽量，不妨說是敢豁出去的膽量，但他也有歐洲人的思維。偶爾你會看見那樣的人，又出乎意料地發現一種熟悉的思維轉折、透澈的洞察力、堅定不移的決心，摻雜著些許利他主義。達因少主個子不高，身材比例十分均衡，舉手投足之間有一份傲氣，風度翩翩優雅從容，性格像明亮的火焰。他有著黑黝黝的臉龐和一雙漆黑的大眼睛，動態中表情豐富，安靜時若有所思。他沉默寡言，眼神堅定，帶著嘲諷的笑容，謙恭有禮的儀態似乎暗示他擁有深厚的智慧與力量。這樣的人讓通常只注重表面的西方人眼睛一亮，看見這些不知傳承多久的種族與土地的可能性。我深深相信他不但信任吉姆，也了解他。我之所以提到他，是因為他打動了我。他那深入人心的沉著，以及他明智地贊同吉姆的意願，吸引了我。我好像看到了友情的真諦。

如果說吉姆是領導人，那麼達因少主擄獲了吉姆這位領導人。事實上，擔任領導的吉姆在各種意義上都是俘虜。那裡的土地、人民、友誼和愛情都像過度小心的監護人，守護著他這個人。每一天，捆綁著那份詭異自由的鏈條就會多出一節。這點我毫不懷疑，因為我每天都多知道一點那件事的經過。

「那件事！我當然聽說了那件事。我走路時也聽，野營時也聽（他拉著我東奔西竄，追逐看不到的獵物）。登上雙子山之一的峰頂前那三十公尺我是手腳並用爬上去的，而後在上面聽到了一大段情節。那時我們的護衛（每個村莊都有志願者追隨我們）在半山腰一處平地紮營，在那個靜寂無風的夜晚，木頭的煙味從底下飄上來，鑽進我們的鼻孔，像某些上等香氣般沁人心脾。說話聲也飄上來，字句清晰，有種非實質的淨透感，令人驚奇。吉姆坐在砍倒的樹幹上，拿出菸斗開始抽菸。一些新長出的野草和灌木正在抽高，一叢帶刺枝椏底下有土壘的殘跡。『一切都從這裡開始。』他沉思半晌後說道。大約兩百公尺外，隔著一處陰鬱斷崖，我看見一排高高的焦黑木樁，周遭一片殘破景象，那裡曾經是阿里易守難攻的營地。

「但還是被攻下來了。那是他的主意。他把多勒敏的舊大炮架設在峰頂，總共有兩門生鏽的七磅大炮，很多小型黃銅火炮，都是旋轉炮。那些黃銅炮不只是財富的象徵，一旦不顧一切填上炮彈，還是能轟到一段距離外。問題在於怎麼把東西弄上去。他用菸斗的斗缽指向土壘，告訴我他把纜繩繫在什麼位置，又如何把一截空心木頭插在削尖的木棍上，充做臨時絞盤。最後那三十公尺路程最困難。為了辦成這件事，他扛起所有責任。他說服戰士們忙碌一整夜。每隔一段距離就有一堆火焰，把整片山坡照亮。『不過在這上面，』他說，『負責拉繩索的人只能摸黑工作。』他在峰頂看見人們像螞蟻似地在山坡上移動。那天晚上他自己像松鼠似地不停跑下山又爬上山，又指揮又鼓舞，監督整條路線的情況。老多勒敏坐在他的扶手椅上讓人抬上山。他們把他放在山坡上那塊平地，讓他坐在明亮的火光裡。『不簡單的老頭子，真正的老族長。』吉姆說，『一雙銳利的小眼睛，腿上放著兩把巨大的燧發槍。那槍美極了，烏木柄、鑲銀，有漂亮的槍鎖，口徑像舊式喇叭槍。是史泰因送他的禮物，交換那枚戒指。原本是老麥克尼爾的東西，天曉得從哪弄來的。他就坐在那裡，雙手雙腳一動不動，背後是乾柴燒的火堆，很多人在四周奔來走去，一面叫嚷一面拉繩子。你想像不到比他更莊嚴、更有氣勢的老人。如果阿里命令他那群凶殘的手下打過來，嚇得我的人奔走逃竄，他必死無疑，對吧？總之，他冒險上山跟大家同生共死。錯不了！看到他穩如磐石坐在那裡，我就心情激動。阿里一定以為我們瘋了，根本沒有花時間過來看看我們進行的如何。沒有人覺得計畫會成功。真的！連那些揮汗推著拉著的人自己都不相信這事能辦成！我真的覺得他們不……』

「他直挺挺站著，手拿悶燒著的石南根菸斗，唇角微揚，稚氣的雙眼閃著光芒。我坐在他腳邊的殘幹上，底下是遼闊的大地。一望無際的森林在陽光下顯得黯淡，像大海般波浪起伏。彎曲的河道微光閃閃，灰撲撲的村莊屋舍，偶爾看得見一片空地，像明亮的小島，散布在連綿起伏的幽暗樹梢中。一股揮之不去的陰沉覆蓋著這片廣大、單調的景物，照在上面的光線彷彿落進了深淵。這片土地吞噬了陽光。只有在遠方，在海岸旁，那空蕩的海洋在輕淡的薄霧中顯得平滑有光澤，像一片直達天際的鋼板牆。

「我跟他一起在那裡，在明亮陽光下的高處，在他那座歷史性山丘的峰頂。他主宰這片森林，主宰那俗世的陰暗處，主宰那古老的人類。他宛如立在基座上的人像，用他不老的青春代表特定族群的力量，或許也代表美德。那個族群從暗處浮現，永不衰老。我不明白他在我眼中為什麼總是充滿象徵意義。也許這是我對他的命運感興趣的真正原因。我不知道在那種時候想起那個扭轉他生命的事件對他公不公平，但那個時刻我的記憶清楚浮現，就像光線裡的陰影。」

第二十七章

「傳說賦予他超自然力量。人們說，沒錯，他巧妙擺布了很多繩子，還有個古怪的器具由很多人轉動，大炮慢慢穿過樹叢上山去，像在矮樹叢裡拱著泥土往前鑽的野豬，可是……智者紛紛搖頭。這些事確實有點奧妙，因為繩子和人力怎麼足夠？所有的事物都藏著不受控制的靈魂，必須用強大的法術和符咒降服。老蘇拉就是這麼認為。他在帕吐桑十分受敬重，有一天晚上我跟他閒聊了一段時間。不過，蘇拉也是專業巫師，方圓幾公里的稻子播種和收割時，他都會到現場做法，鎮壓事物的頑固靈魂。他好像覺得這是難度最高的職業，也許事物的靈魂比人類的靈魂更頑固。至於偏遠村莊的純樸百姓，他們相信吉姆背著那些大炮上山，一次背兩門。他們不但這麼相信，也這麼說，彷彿那是全世界最自然的事。

「這讓吉姆苦惱地跺腳，生氣又無奈地笑道，『你能拿這些傻子怎麼辦？他們會花大半個晚上坐在一起胡說八道，謊話編得越誇張，他們好像越喜歡。』你們可以從他的惱怒中察覺到環境的微妙影響，那也是他的束縛。他氣急敗壞否認的模樣很有趣，最後我說，『親愛的朋友，你不會以為我相信那些傳說吧。』他有點吃驚地望著我，說道，『不，應該不會。』而後爆出一串史詩級的大笑。『總之，大炮都運到山上，破曉時同步發射。老天！你真該看看那碎片滿天飛的樣子。』達因少主就在他身旁，面帶笑容靜靜聽著，視線向下，雙腳挪了挪。大炮成功運上山顯然帶給吉姆的人極大信心，他大膽把炮彈交給兩名年輕時有過戰鬥經驗的布吉族老人負責，去加入躲在深谷的達因少主和衝鋒隊。午夜過後，他們開始悄悄往上爬，爬到三分之二的高度，就躺在潮濕的草地上等待日出，那是他們約定的信號。他告訴我當時他多麼不耐煩又焦躁地等待旭日東昇，他運了大炮又爬了山，全身燥熱，只覺晨露的寒氣滲入骨髓。他還說他多麼擔心進攻前他已經像樹葉一樣顫慄抖動。他說，『那是我生命中最漫長的半小時。』漸漸地，沉寂的防禦圍欄出現在他上方的天空裡。散布在整片山坡的人蹲伏在黑暗的石頭和滴著露水的樹叢之間。達因少主匍匐在他身邊。『我們彼此對望，』說著，吉姆的手輕輕搭在達因少主肩上。『他笑得開心極了，而我不敢牽動嘴唇，以免忍不住全身顫抖。真是這樣！我們躲著的時候我汗如雨下，所以你可以想像……』他說他不擔心事情的結果，這話我相信。他根本不在乎結果，只擔心他能不能控制住顫抖。不管結果如何，他都得攻上那座山的峰頂，留在那裡。他已經沒有退路。這些人默默信任他。只信任他！只相信他的話……

「我記得他說到這裡停下來，定定看著我。他說，據他所知，他們還沒有後悔過。從來沒有，他祈求上帝讓他們永遠不後悔。另外，真不走運！他們已經習慣任何事、所有事都聽他的。我一定想像不到！是啊，就在前幾天，有個他沒見過的老笨蛋從幾公里外的村莊過來，想知道他該不該休妻。真的，絕無虛言。就是那一類的事……他沒辦法相信，我相信嗎？那人蹲在遊廊嚼檳榔，邊嘆氣邊把檳榔汁吐得到處都是，憂鬱得像殯葬業者，一個多小時後才說出他那該死的難題。那種事看起來很有趣，其實一點都不好笑。我能說什麼？是個好太太嗎？沒錯，是個好太太，只是老了。那故事很長，一切都從銅鍋開始。他們一起生活了十五年，或二十年，不清楚。很長很長的時間。好太太，打過她幾次，不多，偶爾幾次，那時她還年輕。不得不，是為了他的尊嚴。老了以後她突然拿三口銅鍋借給她妹妹的兒媳婦，而且每天大聲罵他。他的仇人拿這事取笑他，他顏面掃地。銅鍋再也要不回來，心情糟透了。吉姆怎麼也想不到會有這樣的事，叫那人先回家，承諾親自去處理。好笑是好笑，卻也實在是最討人厭的麻煩！穿過森林走了一天，為了弄清楚來龍去脈又花了一天時間哄一大群愚蠢村民，幾乎演變成血腥鬥毆。每個白痴各自支持這戶或那戶人家，半數村民隨時想拿起手邊的任何東西攻擊另外那一半。人格保證！沒有開玩笑！放著田裡的莊稼不去照顧。當然幫他把該死的鍋子討回來，安撫所有人。不難解決，當然不難。只要勾勾小指頭，就能解決整個國家最激烈的口角。難的是找出真相。直到今天還沒辦法確定他是不是公平對待所有人。這讓他心煩。還有那些人說的話！天啊！根本聽得人一頭霧水。寧可攻打六公尺高的防禦圍欄。真的！比起調解糾紛，攻打敵人根本易如反掌，也不需要花那麼多時間。總的來說，整件事很好笑，那傻子看起來老得可以當他爺爺。然而，從另一個角度看，那卻不是笑話。自從打垮阿里以後，他的話決定一切，責任太重大。『不，我說真的，玩笑歸玩笑，就算牽涉到的是三條人命，不是三口破銅鍋，情況也是一樣……』

「他用這種方式描述他打勝仗衍生的精神效應。那效應太強大，帶領他從衝突走向和平，通過死亡走進那些人的生命深處。但鋪展在陽光下的那片土地依然在陰暗處保留了它的深不可測，保留它屬於俗世的安詳。他年輕有朝氣的說話聲輕輕往上飄（歲月竟然沒有在他身上留下多少痕跡，實在神奇），消失在森林不變的容顏上，就像那個寒冷露濕的早晨的轟隆炮聲。當時他唯一關心的，是怎樣才能控制住身體的寒顫。當第一抹晨曦斜斜照在這些無法移動的樹木末梢，雙子山之一的峰頂裝點一圈圈白煙，伴隨著隆隆巨響。另一座峰頂爆出吶喊聲，喊打喊殺，有憤怒、震驚與慌張。吉姆和達因少主最先抵達圍欄。流傳最廣的版本說吉姆伸出手指一碰，大門應聲倒塌。當然，他急忙否認這個功勞。他執意要向你解釋，說那整片圍欄本來就粗製濫造，阿里依仗的主要是險要的地勢。總之，圍欄原本就被炸得破破爛爛，還沒解體純粹是奇蹟。他像個小傻瓜似地用肩膀去頂，結果倒栽蔥摔了進去，多虧達因少主，否則他就會跟史泰因的甲蟲一樣，被一個紋身的麻臉流匪用長矛釘在梁木上。第三個衝進去的人好像是檀布伊塔。這人是吉姆的僕人，從北邊來的馬來人，是個流浪到帕吐桑的外地人，阿琅邦主強迫他留下，充當他華麗船隊的槳手。他逮到機會就逃跑了，暫時在布吉聚落找到不太安穩的棲身之處（但吃不飽），後來選擇追隨吉姆。他的膚色很黑，扁扁的臉，一雙凸眼滿溢著怒火。他對『白人主子』太忠心，幾乎有一份狂熱，寸步不離跟著吉姆，像一道陰鬱的影子。在正式場合他會緊跟在吉姆身後，一隻手按著短劍的劍柄，用他凶狠多疑的目光嚇得平民百姓不敢靠近。吉姆指派他擔任府邸的總管，帕吐桑所有人都把他當成重要人物，畢恭畢敬地奉承他。進攻阿里的營地時他一戰成名，因為戰鬥時有勇有謀。吉姆說，衝鋒隊的速度迅雷不及掩耳，雖然阿里的人手措手不及，『雙方卻也在圍欄裡短兵相接惡戰五分鐘，後來有個笨蛋放火燒了以樹枝和乾草搭建的屋舍，所有人不得不匆忙逃命。』

「敵軍似乎敗得徹底。多勒敏在半山腰一動不動坐在椅子上等著，大炮的煙慢慢飄散到他腦袋上方。他聽到消息後只是低沉地咕噥一聲。等到他得知兒子平安無事，正帶人追擊潰逃的敵人，他不發一語，只是費力地想站起來。他的侍者趕緊過來恭敬地扶他起身，他一派莊嚴地慢慢移到樹蔭下，躺下來睡覺，用一塊白色床單覆蓋全身。帕吐桑的百姓興奮莫名。吉姆告訴我，他當時在山頂上，背後是餘火未盡的防禦圍欄、黑色的灰燼和被燒得殘缺不全的屍體。他一次又一次看到河流兩岸屋舍之間的空地突然擠滿激動喧鬧的人群，不一會兒又空空蕩蕩。他隱約聽到山下傳來鑼鼓喧天作響，人們瘋狂的吶喊聽在他耳裡是一陣陣微弱的吼聲。許多長旗在棕色的屋脊之間飛揚，像白色、紅色和黃色的小小鳥兒鼓著翅膀。『你一定開心極了。』我輕聲說，忽然能體會他的感受。

「『那真是……真是好極了！好極了！』他大聲說著，甩開了雙臂。這突如其來的動作嚇了我一跳。我彷彿看見他對陽光、沉思的森林和鋼板似的大海暴露他胸腔裡的祕密。我們腳下的小鎮安詳地臥在彎曲河道的兩岸，流淌的河水彷彿也在沉睡。『好極了！』他再次重複，這次輕聲細語，只對他自己說。

「好極了！當然好極了。他的話語帶來了成功，他為自己打下一片立足之地。人們盲目信任他，他從火裡救回他對自己的信任，打造出一份與世隔絕的成就。我提醒過你們，這些事都在口耳相傳的過程中萎縮了。光靠言語，我沒辦法向你們傳達他那徹底的、全然的孤立。當然，我知道他在那裡沒有任何同類，但他天性之中那些不為人知的特質讓他跟他的環境關係緊密，以至於這種孤立好像只是他的力量造成的結果。他的孤獨讓他更顯高大，眼前找不到任何東西來跟他做對比，彷彿他是那種出類拔萃的人，只能以他們自己的名氣大小來衡量。而他的名氣是幾天路程的範圍裡最響亮的，你得划槳、撐篙或長途跋涉穿越叢林，才能走出他名聲所及的地域。那名聲的傳播不露骨也不放肆，不是我們所知的那位聲名狼藉的女神[42]那種高調宣揚。它的語調來自那片沒有歷史的土地那份靜寂與昏暗。在那片土地上，他的話始終是唯一的真理。那名聲之中有一份靜默，透過那份靜默，它伴著你走進未經探索的深處，持續傳到你耳畔，穿透一切，無遠弗屆，在人們低語的口唇上增添了驚奇與神祕。」

42. 應指希臘神話代表名聲的女神菲墨（Pheme）。菲墨手持喇叭，喜歡複述她搜集到的傳言，一次比一次大聲。

第二十八章

「落敗的阿里逃離帕吐桑，沒有再做抵抗。過去被劫掠的可憐村民慢慢走出叢林，回到他們衰朽的屋舍。吉姆跟達因討論過後，指派了新的首領，因此成為那片土地實際上的統治者。至於阿琅老爺，一開始他嚇得不知所措。據說他聽到突襲成功的消息後，整個人面朝下撲倒在他那間會客大廳的竹地板上，一動不動躺了一天一夜，不斷發出悶哼。那聲音太嚇人，所有人都跟他躺平的身體保持至少一根長矛的距離。他預期自己會顏面無光地被趕出帕吐桑，變成喪家之犬四處流浪，一無所有，沒有鴉片、沒有妻妾、沒有隨從，誰都可以輕易獵殺他。他會步上阿里的後塵，誰能抵擋那樣的魔鬼發動的攻擊？確實，我去拜訪他的時候，他之所以還能活著，還握有一點權力，都要感謝吉姆堅持的公正。布吉人非常想跟他算舊帳，深藏不露的老多勒敏暗自希望他兒子成為帕吐桑的領袖。有一次我跟他談話，他刻意讓我窺見他藏在心裡的這個願望。他透露的方式是那麼自重謹慎，再沒有更微妙的手法了。他一開始就表明，他本人年輕時也拚搏過，現在他老了，也累了……他那體格氣勢雄偉，傲慢的小眼睛不時投來睿智、探詢的目光，讓人不由自主聯想到狡猾的老象。他巨大的胸膛緩緩升高又降低，強健又規律，像平靜大海的起伏。他聲稱，他也毫不保留相信吉姆爺的智慧，如果他能得到承諾就好了！一句話就夠了！他的呼吸聲安靜下來，他低沉有力的說話聲讓人回想起肆虐過的大雷雨最後的餘威。

「我避談這個話題。那並不容易，因為吉姆擁有權力是無庸置疑的事。在他的新領域裡，好像沒有任何東西是他不能拿取或給予的。然而，我表面上專心聽著多勒敏說話，心裡忽然想到，吉姆終於幾乎可以掌握他自己的命運。比起這點，他的權力實在不算什麼。多勒敏為帕吐桑的未來感到憂心，他提出的新論點令我震驚。他說，『帕吐桑仍然保持神創造的模樣，而白種人來這裡停留一段時間後就離開。他們走了，被他們拋下的人不知道他們什麼時候再回來。他們回到自己的土地上，回到自己的同胞身邊，所以這個白種人也會……』我不知道自己為什麼會在這個時候斬釘截鐵地說，『不會，不會。』多勒敏轉頭跟我面對面，滿臉高低深淺的皺褶沒有一點變化，像巨大的棕色面具。他深沉地說，『這實在是好消息，』緊接著問我為什麼。這時我才意識到自己多麼不謹慎。

「他那個慈愛女巫般的嬌小妻子就坐在我的另一邊，包著頭巾、盤著雙腿，視線穿過百葉窗的開口望出去。我只看見一縷逃逸的白髮和高聳的顴骨，削尖的下巴輕輕咀嚼。她盯著連綿直達山丘的廣大森林，用憐憫的語調問我，『他還那麼年輕，為什麼離開自己的家，來到這麼遠的地方，經歷這麼多危險？他在自己的國家沒有家、沒有親人嗎？他沒有永遠記得他臉龐的老母親嗎？』

「我毫無心理準備，只能吞吞吐吐，含糊地搖搖頭。事後我非常清楚自己面對那個難題時表現得多麼狼狽。不過，從那一刻起，多勒敏變得沉默寡言。我覺得他不太高興，顯然我透露的訊息讓他心生疑竇。奇怪的是，同一天晚上（那是我在帕吐桑的最後一個夜晚），我再度面對同樣的問題，也就是關於吉姆的命運那個無法回答的『為什麼』。這就得說到吉姆的愛情故事。

「你們大概會以為這是那種你們自己就能想像得到的故事。這類故事我們聽得太多，而且我們大多數人都不認為那真的是愛情。我們通常認為那是逢場作戲，頂多是一時的激情，或只是青春與誘惑的故事，即使經歷過柔情與懊悔的考驗，最後注定被遺忘。這種觀點大致上是對的，也許就這段故事來說也是……但我不確定。就算一般的觀點就足以解說，要敘述這段故事卻沒有想像中那麼容易。顯然這段故事跟其他故事很相像，然而，我卻可以在故事的背景看到一名女子的憂傷身影。那是慘痛的教訓留下的陰影，埋葬在一座孤墳裡，緊閉雙唇，憂愁地、無助地看著。某天清晨散步時，我看見了那座墳墓。那是形狀不明顯的棕色土堆，基座周遭整齊鑲嵌著白色珊瑚，籬笆是以砍下的小樹搭造的，樹皮還留在上面。細長的柱子頂端掛著樹葉與花朵編成的花環，花朵是新摘的。

「因此，不管那陰影是不是我的想像，我都能告訴你們，確實有那麼一座被遺忘的墳墓。除此之外，我還要告訴你們，那粗糙的圍籬是吉姆親手建的。這麼一來，你們立刻會看出差異所在，看出這段故事的獨特性。他愛護另一個人的回憶與情感的同時，也展現了自己個性中那份認真。他有良知，那是浪漫的良知。柯尼利斯那個惡人的妻子一生中除了女兒，沒有其他同伴、閨密或朋友。那可憐的女人跟女孩的生父分開後怎麼會嫁給麻六甲的矮個子葡萄牙人，她跟女孩的生父又是怎麼分開的，是因為死亡（有時是一種慈悲），或傳統習俗的無情壓力，這些我都不清楚。根據史泰因（他知道許多故事）透露的少量訊息，我判定她不是普通女子。她父親是白種人，高層官員，是個天生的聰明人，不至於遲鈍到不想追求功成名就，偏偏這種人的職業生涯往往黯然終結。我猜她一定沒有那種逢凶化吉的遲鈍，於是她的職業生涯終結在帕吐桑。這是我們共同的命運……畢竟有哪個人（我指的是真正的有情人）不曾在一往情深的時刻被某個比生命更珍貴的人或東西離棄？這是我們遇見特別狠心的女人時的共同命運。它的懲罰不像主子對奴僕那般，而是長久的折磨，彷彿為了滿足某種暗藏的、無法平息的惡意。我們不免覺得，它奉命主宰世間之後，就會對那些不顧世俗警示、灑脫不羈的人展開報復。因為只有女人才會偶爾在她們的愛情裡加入一種剛好夠明顯、足以引起驚嚇的元素，一種超脫塵世的意味。我納悶地問自己，那個世界怎麼能指望她們，它有我們熟悉的形狀和本質嗎？有我們呼吸的空氣嗎？有時我猜想，那地方一定莊嚴到不合情理，沸騰著她們愛冒險的靈魂的激情，被所有可能的風險與棄絕的榮光照亮。只是，我覺得世界上沒有幾個女人：我當然知道世上有多少人，也知道男女的平等（我指的是數量）。我相信那位母親是個十足的女性，正如她的女兒似乎也是。我不由自主地想像這兩個人，從一開始的年輕女子和孩子，到後來的老女人和年輕女孩，她們之間有著驚人的相似度。時間飛逝，森林形成障礙，寂寞與混亂圍繞著這兩個孤單的生命，她們交流的每一句話都飽含哀傷。她們交流的一定有內心的祕密，不會談太多過去的事。至於心裡的感受，比如後悔、恐懼或告誡等，一定會有。直到年紀大的那個死亡，年輕女孩還不能完全了解那些告誡，然後吉姆來了。那時我相信她了解了不少，不是全部，最主要似乎是恐懼。吉姆給她取了一個代表珍貴的名字『珠兒』（Jewel），意思是貴重的寶石，很美吧？他無所不能，承擔得起他的好運，正如他一定也承擔得起他的不幸。他喊她珠兒，那語氣就跟喊『珍』沒有兩樣，你們明白吧，就是像夫妻之間居家生活的恬靜感。我第一次聽到這個名字，是在走進他家院子十分鐘之後。那時他先是幾乎把我的手甩斷，然後衝上台階，站在厚重屋簷下的大門旁開心稚氣地大喊大叫。『珠兒！哎呀，珠兒！快！我朋友來了。』突然間，他在微暗的遊廊盯著我看，懇切地念叨，『哎，這……我說真的……沒辦法告訴你她幫了我多少……所以我……真的就像……』他匆忙焦急的低語被打斷，因為屋裡有個白色身影快速走動，隨著輕聲驚呼，一張像活力十足、孩子般的小臉蛋出現。那臉蛋有著精緻的五官，那眼神則是來自內心陰暗處，深沉又專注，像鳥兒飛出隱蔽的窩。當然，那名字令我震撼，但日後我才會聯想到先前在帕吐桑河南方三百七十公里的海岸一個小地方聽見的驚人謠言。我搭史泰因的縱帆船去帕吐桑，當時船停靠在那個地方收農產品，我上岸逛逛，驚詫地發現那寒磣地方竟然有個三級副助理駐守。那人是個混血大胖子，渾身肥膩，眨巴著眼睛，外翻的嘴唇閃閃發亮。我看見他整個人仰躺在藤椅上，上衣令人作嘔地敞開著，冒汗的腦袋上蓋著一片巨大的綠葉，手裡拿著另一片懶散地搧著風……去帕吐桑嗎？啊，沒錯，史泰因的貿易公司。他知道。申請許可了嗎？不關他的事。他不以為意地說，那裡現在還不算太糟。又慢條斯理地問，『我聽說有個白種流浪漢去了那裡……是嗎？你怎麼說？是你朋友？原來如此！那麼真的有這麼一個該死的……他有什麼企圖？那個無賴找到辦法進去了，是吧？原本我不是很確定。帕吐桑，那裡的人會殺人，不過跟我們沒關係。』他停下來哀號，『呸！老天！太熱了！太熱了！嗯，那麼那件事終究有點可信度……』他瞇起一隻渾濁呆滯的眼睛（眼皮仍然不住抖動），用另一隻凶惡地斜睨我，又神祕兮兮地說，『如果，你明白嗎？如果他真的弄到好東西，不是你們那些綠玻璃，明白嗎？我是政府官員，你告訴那個無賴……什麼？你朋友？』他繼續安穩地躺在椅子上。『你剛才說過了。就是因為這樣，我願意給你一點提示，你應該也願意撈點什麼吧？別打岔。你只要告訴他我聽說那件事了，但我沒有跟上級報告，還沒有。懂嗎？為什麼要呈報？你告訴他，如果他活著離開那地方，就來找我。他最好多提防。我保證什麼都不問。悄悄地，你明白嗎？你也是，我會給你一點好處，一小筆佣金，算是酬勞。別打岔。我是政府官員，沒有打報告。這是正事，明白嗎？我認識一些好心人，只要有價值的東西他們都願意買，會付給那流氓他一輩子都沒見過的大錢。那種人我清楚得很。』他張開兩隻眼睛定定看著我，而我站在那裡低頭看著他，一頭霧水，弄不懂他究竟瘋了還是醉了。他冒著汗、噴著氣，輕聲悶哼，神色自若地給自己搔癢。我再也看不下去，沒辦法留在那裡弄清楚。隔天我若無其事地跟當地小法庭的人閒聊，才知道有個故事沿著海岸慢慢流傳，說是帕吐桑有個神祕的白種人弄到一顆非常特別的寶石，是一顆超大的祖母綠，價值連城。祖母綠好像比其他任何寶石更吸引東方人。據說那個白種人之所以能從遠方某個國家元首手中得到那顆寶石，是靠他的非凡力量和奸詐。他得到寶石後立刻逃走，抵達帕吐桑時已經窮途末路，卻以他的凶殘嚇退當地人，因為好像沒有人制伏得了他。我問過的人大多認為那可能是一顆不祥的寶石，就像蘇卡達納的蘇丹那顆知名的寶石[43]。在過去的時代，那顆寶石為那個國家招致戰爭和無數災難。也許是同一顆寶石，誰也不清楚。事實上，超大祖母綠的傳說已經流傳很久，可以回溯到第一個白種人抵達馬來群島時。因為人們深信不疑，不到四十年前荷蘭政府甚至命人調查事情真相。這些精彩的『吉姆神話』絕大部分都是一個老人告訴我的，那人算是那個地方的小邦主的書記。老人半盲的眼睛斜斜朝上望著我（他基於尊重坐在小屋地板上），說道，『這樣的寶石最好藏在女人身上。但不是所有女人都適合，』他深深嘆息道，『她必須夠年輕，而且抵抗得了愛情的誘惑。』他質疑地搖搖頭。但好像真有這樣的女人存在。他聽說有個高個子女孩，那個白種人非常尊重她，愛護她，她出門的時候一定有人護送。聽說幾乎每天都有人看見那個白種人陪著她，兩人公開並肩走著，她挽著她手臂，用最不尋常的方式緊緊相依。老人承認這可能不是真的，因為任何人這麼做都顯得很奇怪。可以確定的是，白種人的寶石就掛在她胸前。」

43. 指一七八七年在印尼礦脈挖掘出的鑽石。這顆重三百六十七克拉鑽石被拿來做為奪權的賄賂品，引發一場戰爭。蘇卡達納（Succadana）位於婆羅洲島，如今屬於印尼西加里曼丹省。

第二十九章

「這是吉姆夜間散步引來的揣測。我不只一次成為散步的第三人，每一次都不愉快地察覺到柯尼利斯的身影。柯尼利斯覺得自己的法定父權受到侵害，一直悄悄在附近出沒，嘴唇扭出特別的形狀，彷彿隨時隨地都在咬牙切齒。不過你們發現了嗎？在電報纜線與郵輪航線末端再往前將近五百公里的地方，我們的文明那些疲憊的功利謊言衰弱消亡，取而代之的全然是想像力的發揮。這種發揮往往徒勞無益，通常深具魅力，有時更有一份深深埋藏的真實，就像藝術創作一樣。愛情選中了吉姆，而這是故事真實的那一部分，其他都是假的。他沒有藏著他的寶石。事實上，他非常引以為榮。

「現在我才發現，當時我很少看見她。我記得最清楚的是她光滑的皮膚和偏白皙的橄欖膚色，以及她閃著藍黑光澤的濃密秀髮，豐盈地垂落在她戴在勻稱後腦勺的緋紅色無邊小帽底下。她的行動無拘無束、充滿自信，害羞時臉龐變成暗紅色。我跟吉姆說話的時候，她會來來去去，時不時匆匆瞥我們一眼，走過我們身邊時姿態優雅迷人，卻明顯有著一份戒備。她的舉止有種羞怯與大膽的怪異組合，每個美麗的笑容之後必定閃過一個沉默、壓抑的焦灼神色，彷彿因為想到某種恆在的危險，笑容才會消失。偶爾她會坐下來聽我們說話，小手的指關節在柔嫩的臉龐壓出凹陷，一雙清澈的大眼睛緊盯著我們的嘴唇，彷彿我們說出的每個字都有肉眼可見的形狀。她母親教她讀寫，她也跟吉姆學了不少英語。她說的英語十分有趣，有著吉姆那種簡略的、孩子氣的語調。她的柔情盤旋在他頭頂上方，像鼓動的翅膀。她全然照他的想法活著，以至於承襲了他的外在表現：她的動作讓人聯想到他，比如伸手、轉頭或視線的移動。她的情感防備性太強烈，旁人幾乎能感知得到。那份防備似乎真的存在周遭空間的物質裡，像某種香氣般將他包覆，像存在陽光裡、某種震顫的、順服的、激情的音符。你們可能會覺得我也活在幻想裡，其實不是。我只是基於自己的經歷有感而發，跟你們聊聊青春歲月，聊一段奇特又惶惑的愛情。我興味盎然地觀察他的……嗯……他的好運為他帶來什麼。他的愛人有強烈的防備心，但她為什麼防備，又防備什麼，我就不清楚了。那片土地、人們和森林都是她的同謀，以隱蔽、神祕和頑強占有的姿態，齊心協力提高警覺看守他。他投訴無門，因為他被囚禁在他的力量帶給他的自由裡。而她儘管心甘情願用她的頭當他的腳凳[44]，卻執拗地看守她的俘虜，彷彿他不容易留住。我們外出的時候，檀布伊塔本人緊緊跟在他的白人主子後面，腦袋往後仰，像禁衛軍般凶狠，佩帶短劍、斧頭和長矛，還幫吉姆拿著手槍。就連檀布伊塔都展現出決不妥協的守護姿態，像壞脾氣的忠誠獄卒，隨時可以為他的囚犯豁出性命。夜裡我們如果聊得太晚，他無聲的模糊身影就會在遊廊底下來回走動，沒有發出一點腳步聲。或者有時我抬起頭，會不期然發現他挺直腰背站在陰暗處。原則上一段時間後他會默默消失，但早晨我們醒來時，他又會出現在我們身邊，彷彿從地底鑽出來，準備聽取吉姆的任何吩咐。我相信那女孩也是，一定會等到我們各自回房就寢，她才會睡下。我不只一次隔著我房間的窗子看見她和吉姆靜靜地走出去，倚著粗糙的欄杆。兩人的白色身影靠得很近，他的手攬著她的腰，她的頭靠在他肩上。他們的低語傳過來，既輕柔又有穿透力，在沉寂的夜晚顯得寧靜又哀傷，像一個人用兩種聲調自我對談。稍晚，我在蚊帳裡翻來覆去時，必定會聽見輕微的嘎吱聲、微弱的呼吸聲與謹慎的輕咳，因此知道檀布伊塔還在巡邏。他得到白人主子的恩典，在大院裡有個房子，也『有個妻子』，前不久還生了個孩子。但我相信他每天晚上都睡在遊廊，至少我停留的那段時間是如此。想讓這位堅忍的隨從開口說話並不容易，就算是吉姆本人，也只在表達異議之後才得到短促的回應。他用行動表明說話不是他的職責。某天早上我聽見他主動說出最長的一串話，當時他突然伸手指著出現在院子裡的柯尼利斯說，『基督徒來了。』雖然我站在他旁邊，卻不覺得他是在跟我說話，而是想要喚醒宇宙的憤慨。緊接著他喃喃提到狗和烤肉的氣味，我驚訝地發現他的比喻竟格外貼切。院子是個寬闊的正方形空間，這時沐浴在熾熱的陽光下。柯尼利斯被金燦燦的日光照耀著，鬼鬼祟祟的身影無所遁形，卻有一種不可言傳的藏頭露尾，像賊頭賊腦、躲躲閃閃的潛行。他讓人想起一切令人嫌惡的事物。那遲緩費力的步伐像極了噁心的甲蟲在爬行，只有腿足令人作嘔地勤勉移動，身體卻平穩地滑行。我覺得他是筆直走向他的目的地，但他一側肩膀在前的模樣宛如走著斜線。他經常緩步穿梭在幾棟小屋之間，彷彿追尋著某種氣味。經過遊廊時會偷偷往上瞄幾眼，再從容地消失在某間屋子的轉角。吉姆竟容許他在大院裡暢

44. 語出《聖經．詩篇》第一一〇篇第一節：「耶和華對我主說，你坐在我的右邊，等我使你的仇敵作你的腳凳。」

行無阻，如果不是愚蠢輕率，就是全然的鄙視，因為柯尼利斯疑似曾經涉及一項謀殺吉姆未遂的詭計。事實上，吉姆的行為增添他自身的榮耀。不過，任何事都會增添他的榮耀，這可說是他的好運諷刺的一面，因為曾經太惜命的他，如今卻好像遠離了災殃。

「你們要知道，他在多勒敏那裡短暫停留後就離開了。站在安全的角度，他離開得太早，而且那時離戰爭發生還很久。他這麼做是基於責任感，畢竟他得打理史泰因的生意，不是嗎？為此，他不顧個人安全，渡河往對岸去，住進柯尼利斯的家。我不清楚柯尼利斯是怎麼熬過那些動亂時期的，但他身為史泰因的代理人，想必能得到多勒敏一定程度的保護。總之，他用某種方法平安度過所有致命的紛擾。我毫不懷疑地相信，不論他被迫採取什麼對策，他的行為都標記著卑劣，就像他留下的腳印。那是他的特質，從本質到外在表現都是卑劣，正如其他人的特質是慷慨、出色，或有著令人肅然起敬的外表。那是他的天性裡的元素，滲入他所有的行為、情感與情緒。他卑劣地生氣、卑劣地笑，憂傷也顯得卑劣，他的謙恭和他的憤慨也都透著卑劣。我相信他的愛情會是最卑劣的情感，但可憎的昆蟲也會墜入愛河嗎？就連他的可憎也是卑劣的，以至於純粹可憎的人在他身邊會顯得高貴。他在故事裡的位置不在背景，也不在前景，而是潛伏在故事的外圍，謎也似地、污穢不潔地，敗壞故事裡那青春與天真的芳香。

「他的處境無疑是非常悽慘的，但他卻能從中謀得些許好處。吉姆告訴我，一開始柯尼利斯卑劣地對他表現出最友善的態度。『那傢伙顯然藏不住喜悅，』吉姆嫌惡地說，『每天早上都奔過來握住我的雙手。該死的傢伙！我永遠不知道當天有沒有早餐吃。如果我兩天之內吃到三頓飯，就算非常走運。他還讓我簽下每星期十美金的帳單。他說他相信史泰因先生不會讓他免費供應我食宿。哼，他根本想盡辦法剋扣我的食宿。他以局勢動盪為藉口，抓耳撓腮裝出苦惱的模樣，一天求我原諒二十次。我只覺噁心反胃，不得不告訴他別放在心上。他的屋子有半數屋頂是塌的，整個地方又髒又破，一束束乾草凸伸出來，牆壁的破草席邊邊角角都翻捲起來。他明示暗示告訴我，過去三年來的生意，史泰恩先生欠了他錢，但他的帳本都撕壞了，有些根本遺失了。他把過錯都推給他過世的妻子。噁心的壞蛋！最後我不得不禁止他提到他過世的妻子，因為珠兒聽見會哭。我追查不出貨物的流向，倉庫裡空空如也，只有老鼠在散亂的牛皮紙和舊麻袋之間玩得不亦樂乎。我知道他肯定藏了一大筆錢，但當然沒辦法叫他交出來。我在那棟破房子度過最悲慘的日子。我努力幫史泰因先生處理生意，卻也有其他事情需要思考。我逃到多勒敏那裡的時候，老阿琅害怕了，把我的東西都還回來。東西是透過在這裡經營小商店的中國人輾轉交到我手上，過程十分曲折，像一團迷霧。不過，我離開布吉人的聚落搬進柯尼利斯的房子以後謠言四起，都說邦主打定主意近期內取我性命。真好玩，對吧？如果他**當真**決定殺了我，我不明白他為什麼還不動手？最糟糕的是，我總覺得不論是為史泰因或為我自己，我都沒有做任何有益的事。唉！那六個星期實在太鬱悶了。』」

第三十章

「他進一步告訴我，他不明白自己為什麼留在那裡。不過我們當然可以猜一猜。他深深同情那個沒有自保能力、任憑『刻薄怯懦的壞蛋』宰割的女孩。柯尼利斯顯然對她很不好，只差沒有真正的虐待。我猜他沒那個膽量。他非要她喊他父親，而且將蠟黃的小拳頭揮到她面前，大聲告訴她，『要恭敬，恭恭敬敬。我是個體面的人，而妳是什麼？告訴我，妳是什麼。我養別人的小孩卻得不到尊重，妳覺得我甘心嗎？妳該慶幸我願意讓妳喊我父親。來吧，對我說「是，父親。」不願意？妳給我等著。』這時他會開始辱罵她過世的母親，直到女孩雙手抱著頭跑掉。他會追過去，衝進、衝出或繞著他們的房子跑，或在所有屋子之間你跑我追，直到將她逼到某個角落。那時她會跪在地上摀住耳朵，而他就站在一段距離外，對著她的後背激動地罵些污言穢語，一口氣罵半小時。最後他會大聲叫嚷，『妳媽媽是魔鬼，騙人的魔鬼，妳也是魔鬼。』再抓起一把乾土或濕泥（屋子四周有不少泥），扔進她頭髮裡。不過，有時候她會輕蔑地面對他，默默與他對抗，臉龐嚴峻陰沉，偶爾吐出一兩個字，將柯尼利斯刺激得暴跳如雷面目猙獰。吉姆說，這些情景實在糟糕極了。在蠻荒之地目睹那樣的事確實怪異。仔細想想，這種無止境的殘酷景象實在恐怖。體面的柯尼利斯（馬來人稱呼他尼利斯先生，只是臉上帶著耐人尋味的古怪表情）覺得自己吃了大虧。我不知道他期待利用婚姻得到什麼，但他顯然覺得經年累月為所欲為地偷竊並侵占史泰因貿易公司的貨物（只要船進得去，史泰因就會持續補充貨物），將它們據為己有，還不足以彌補他受損的名譽。吉姆會很樂意把柯尼利斯揍個半死，只是，那些場面太痛苦、太可怕，他直覺想要遠遠走避，免得那女孩難堪。每回發生那些事，她總是情緒激動、無法言語，緊抓衣裳的前襟，表情木然又絕望。這時吉姆會慢慢走過去，難受地說，『好了，別這樣，有什麼用。妳得吃點東西。』或者用類似的方式表示同情。柯尼利斯會悄悄走到門外，越過遊廊，又不發一語走回來，悄悄投來夾帶惡意的多疑目光。『我可以阻止他。』有一次吉姆告訴她，『只要妳吩咐一聲。』你們知道她怎麼回答嗎？吉姆動容地告訴我，她說她知道他也是個可悲的人，否則她會鼓起勇氣親手殺了他。『你能想像嗎？那可憐的女孩，幾乎還是個孩子，卻被逼得說出那種話。』他驚駭地大喊。好像沒辦法幫她脫離那卑劣惡棍的傷害，甚至沒辦法幫她免除她對自己的傷害。他強調他對她不是同情，那不只是同情。目睹她過著那樣的生活，他好像良心過意不去。離開那棟房子，會是惡劣的遺棄行為。他已經知道繼續留在那裡一點用都沒有，拿不到帳本和錢，也查不出任何真相，但他還是住下來，把柯尼利斯氣得幾乎……不能說發瘋，應該說幾乎激起他的勇氣。在此同時，他隱約察覺到各種危險悄悄向他逼近。多勒敏兩度派可靠的僕人過來，嚴正地提醒他，除非他渡河回到布吉聚落，否則他沒辦法保證他的安全。各種身分的人會來拜訪他，通常是在死寂的深夜，向他透露各種暗殺他的陰謀。有人要下毒害他，有人要在澡堂刺殺他，也有人安排槍手搭船在河流上射殺他。這些告密的人都自稱是他的好朋友。他告訴我，那些事吵得他一直睡不好。那種事很有可能發生，不，應該說機率很高，但那些假意的提醒只讓他覺得四面八方都有致命陰謀在暗處進行著。還有什麼比這種算計更摧折人的心志。最後，某天晚上柯尼利斯本人來了，裝出一副驚恐擔憂又神祕兮兮的模樣，用哄騙的語調鄭重其事地提出他的計畫，只要吉姆拿出一百美金，甚至只要八十美金，就八十好了，那麼他（柯尼利斯）會找個可靠的人偷偷把吉姆平平安安送到河口。如果吉姆還在乎自己的性命，就只能這麼做。八十美金算什麼？只是小錢，微不足道的數目。而他柯尼利斯必須留下來，到時候就會因為這樣忠誠對待史泰因先生的年輕朋友，給自己惹上麻煩。吉姆告訴我，柯尼利斯扯著頭髮，敲打胸膛，雙手抱著肚子前後搖晃，甚至假裝灑了幾滴淚，那裝模作樣的卑劣表現真叫人無法忍受。『你能不能活著全看你自己。』最後他尖聲叫嚷著衝出去。誰也不知道柯尼利斯那場表演有幾分真實性，吉姆坦白告訴我，那傢伙走了以後他再沒闔眼，睜著眼睛躺在竹地板的薄草席上，無所事事地辨識屋頂的椽子，聽著破茅草的沙沙聲，乍然看見一顆星星在屋頂的破洞外忽閃忽閃。他的大腦陷入混亂，然而，攻打阿里的計畫卻是在那天晚上醞釀出來的。那段時間他除了徒勞地追查史泰因公司的帳目之外，剩餘的時間都在思考這件事。不過他說，那個點子突然浮現他腦海，他甚至看見大炮架在山頂上。當時躺在席子上只覺全身發熱精神亢奮，比平時更了無睡意。他跳起來，赤腳走到遊廊上。他靜靜走著，遇到那女孩，她一動不動靠牆站著，像在站崗。他當時處於那種精神狀態，看見她還醒著，並且焦急地悄聲問他柯尼利斯人在哪裡，並不覺得驚訝。他只回答他不知道。她輕聲哀嘆，目光投向整個村落。一切都靜悄悄。他腦海裡都是新計畫，幾乎滿溢出來，忍不住跟女孩分享。她專心傾聽，輕輕拍手，柔聲地表達她的欽佩，但顯然全程保持警戒。一直以來他好像把她當成傾訴的對象，而她毫無疑問確實也給了他不少關於帕吐桑的有益提示。他不只一次告訴我，他從來沒有因為聽她的建議導致情況變糟。總之，他向她解說計畫的全部內容，直到她伸手按一下他手臂，從他身旁消失。這時柯尼利斯不知從哪裡冒出來，看見吉姆又連忙向旁邊閃躲，一副被子彈打中似的，之後一動不動站在暗處。最後他走了過來，那謹慎的模樣像隻多疑的貓。『那邊有幾個漁夫，帶著魚。』他的聲音在顫抖。『在賣魚。』當時大概已經凌晨兩點，怎麼會有人賣魚！

「不過，吉姆沒有揭穿他，他根本毫不在意，因為他心裡有別的事，再者，他既沒聽見也沒看見任何東西。他只是心不在焉地應了一聲，『喔！』從一旁的水壺倒些水喝，轉身回房繼續躺在草席上思索。柯尼利斯因為內心某些不可告人的情緒備受煎熬，雙手抱住遊廊上滿是蛀洞的欄杆，彷彿雙腿發軟站不穩。一段時間後吉姆聽見腳步聲，不一會兒又停了。有個顫抖的低語聲從牆壁另一邊傳過來，『你睡了嗎？』『還沒，有什麼事？』他答得很快，外面突然一陣聲響，之後重歸寂靜，彷彿那低語聲受到驚嚇。吉姆被激怒，氣沖沖跑出來，柯尼利斯低聲尖叫，沿著遊廊跑到門前的台階，整個人掛在殘破的扶手上。吉姆困惑不已，站在遠處問他到底什麼意思。『你考慮過我那個提議了嗎？』柯尼利斯問。他說得辛苦，像發高燒打寒顫的病人。『沒有！』吉姆惱怒地大吼，『我還沒考慮，也不打算考慮。我要住在這裡，在帕吐桑。』『你會死……死在……在這裡。』柯尼利斯仍然抖得厲害，幾乎發不出聲音。這整件事簡直太荒謬又太氣人，吉姆不知道自己該笑或該生氣。『我一定會先看著你入土。』他大聲說，氣得幾乎笑出來。他繼續半真半假地（還因為腦子裡的念頭亢奮中）大吼，『什麼都危害不了我！你有什麼本事就使出來。』不知怎的，遠處柯尼利斯漆黑的身影好像是他人生路上所有煩惱與難題的可憎化身，他的神經已經緊繃了很多天，這時索性放任自己，用各種難聽話臭罵柯尼利斯：騙子、滿口謊言、可悲的流氓。事實上，這樣的行為算是異乎尋常。他承認他超出界限了，整個人失控，用威脅的口氣嚷嚷著要看帕吐桑誰有本事把他嚇走，還說他會叫所有人都順從他。他說，那實在是浮誇又可笑。光是想到那一幕，他的耳朵就紅透了，當時他一定是瘋了……那女孩也坐在一旁，這時快速對我點了點小腦袋，眉頭微皺：『我聽見了。』那語氣有著孩子般的嚴肅。他紅著臉大笑。他說最後他之所以停下來，是因為寂靜，因為遠處那個模糊的身影像死亡般寂靜，彎著腰掛在欄杆上，彷彿癱瘓了，十分詭異地寂然不動。他突然停下來，找回理智，對自己的行為詫異不已。他觀察了一陣子，沒有動靜，沒有聲音。『就好像那傢伙在我大吼大叫的時候死掉了。』他說。他覺得太難為情，趕緊回房重新躺下，沒再說什麼。不過痛罵一頓好像對他有點好處，那天後半夜他睡得像個嬰兒。已經幾星期沒睡那麼好了。『但**我**沒睡，』女孩突然接腔，一隻手肘擱在桌上托著臉頰。『我守夜。』她的大眼睛閃了一下，輕輕轉動，再專注地盯著我的臉。」

第三十一章

「你們可以想像我對那些事多麼感興趣。二十四小時後，那些細節似乎都別具意義。隔天早上柯尼利斯絕口不提夜裡發生的事。吉姆跨進獨木舟準備去多勒敏的聚落時，他鬼鬼祟祟走上前去，粗聲粗氣地說，『你應該會回我這棟破房子吧。』吉姆看都不看他一眼，只點點頭。『你覺得住這裡很有樂子。』柯尼利斯酸溜溜地說。吉姆在布吉聚落待了一整天，多勒敏把聚落的重要人物召集過來，聽他說明採取強悍手段的必要性。吉姆開心地回想當時他是多麼辯才無礙，多麼有說服力。『那次我鼓舞他們堅強起來，毫無疑問。』他說。阿里前一次的劫掠已經進逼聚落外圍，聚落幾個女人被抓到山上的營地。事發前一天有人看見阿里的手下出現在市場，穿著白色斗篷傲慢地走來走去，吹噓邦主對他們的首領多麼友好。其中一個站在一棵樹的陰影前面，倚著來福槍長長的槍管，規勸人們禱告懺悔，要他們殺掉身邊所有陌生人。他說那些人有的不信神，其他的更糟糕，是撒旦的後裔偽裝成穆斯林。據說群眾中有幾個邦主的人大聲表示贊同。普通百姓驚恐萬分。吉姆對那天勸說的成果十分滿意，日落前重新回到河流對岸。

「他鼓動布吉人採取行動絕不退縮，也一肩扛起所有的責任，心情輕鬆興高采烈，就連對柯尼利斯都願意以禮相待。柯尼利斯的回應是狂喜。吉姆說，他聽見柯尼利斯那細聲細氣的假笑，扭著身體眨著眼睛，又突然抓住自己的下巴，眼神茫然地伏在桌子上方，簡直無法忍受。那女孩沒有出現，吉姆提早回房休息。他站起來道晚安的時候，柯尼利斯跳了起來，把椅子撞倒，整個人蹲低、消失在桌子底下，像要撿他掉落的東西。他在桌子底下粗啞地說了聲晚安。接著他重新站起來，張著嘴巴，驚恐的眼神呆滯地凝望，雙手抓著桌子邊緣。吉姆看得一頭霧水，問他，『怎麼了？你不舒服嗎？』『是，是，是，我的胃突然一陣絞痛。』柯尼利斯答。吉姆覺得對方說的是真的。如果是，以他那種心思深沉的表現，那是一種卑劣象徵，意味著他還沒徹底麻木不仁，關於這點，還是必須給他應得的讚揚。

「儘管如此，吉姆的睡眠終究被奇幻的夢境擾亂，那夢境像銅管樂隊般嘈雜，有個洪亮的聲音叫他『醒來！醒來！』那聲音太響亮，雖然他迫切又堅決地想繼續睡，還是醒了過來。他一睜眼就看見空中爆出一團紅紅的火光，一圈圈濃密的黑煙圍繞著某個幻影的頭。那是某種幽靈，穿得一身白，板著一張嚴肅焦急的臉孔。經過一兩秒他才認出那女孩，她伸直手臂舉著樹脂火把，以急切的語調不斷重複，『起來！起來！起來！』

「他突然跳起來，她立刻將一把左輪塞進他手裡。那是他自己的左輪，原本掛在釘子上，不過這回裝了子彈。他默默抓住手槍，迷迷糊糊地對著光線眨眼睛，心裡想著他能為她做什麼。

「她急忙壓低聲音問，『你能用這東西對付四個人嗎？』他敘述這些事時，回想起當時的殷勤與熱心，不禁發笑。顯然他還明顯表現出來。『當然，沒問題。當然，我願意效勞。』那時他還沒完全清醒，覺得自己在那麼特殊的情況下表現得非常彬彬有禮，展現他毫不遲疑的、真誠的奉獻。她離開房間，他跟著出去。過程中他們吵醒了一個偶爾受雇為他們做飯的老太婆，只是那女人年紀太大，幾乎聽不懂別人說的話。她爬起來，蹣跚地跟在他們後面，沒有牙齒的嘴巴含糊地念叨著。遊廊上的帆布吊床是柯尼利斯的，被吉姆的手肘碰得輕輕搖晃，吊床裡沒人。

「史泰因在帕吐桑這個據點跟他在其他地方的營業處一樣，最早有四棟建築。其中兩棟現在只剩兩堆破爛，有枝條、斷掉的竹子和腐朽的茅草，四根實木角柱各自以不同角度哀傷地斜立。不過，主倉庫還沒塌，就在代理人的住宅對面。倉庫是以泥土和黏土修建的長方形小屋，一端是厚實木板打造的寬敞大門，到目前為止門還沒脫離鉸鏈。側面有一片牆壁開了一個正方形的孔洞，算是窗子，裝設三根木條。女孩走下台階之前回頭匆匆說道，『有人要趁你睡覺時偷襲你。』吉姆告訴我他覺得自己被騙了。還是那一套，這些取他性命的陰謀實在乏味，他已經聽夠了，厭煩極了。他告訴我他生那女孩的氣，覺得她騙他。他以為她需要他幫忙，才跟著她出來。現在他覺得反胃，有點想轉身往回走。他鄭重告訴我，『我覺得那幾個星期我的狀態不太正常。』我忍不住回嘴，『嗯。不過那樣的你很正常。』

「但他還是快步往前走，跟隨她進了院子。四周的籬笆很久以前就倒了，清晨時鄰居的水牛會漫步走過這片空地，聲勢浩大地噴著鼻息，從容又悠閒。叢林已經入侵這個地方。吉姆和女孩走到茂盛的草地停下來，站在火把的光線裡，周遭伸手不見五指，只有頭頂上的繁星閃爍著光芒。他說那是個美麗的夜晚，相當涼爽，陣陣微風從河上吹拂過來。他好像注意到它友善的美。別忘了，我現在說的是愛情故事，那個美好的夜晚彷彿用輕柔的氣息撫摸他們。火把的火焰不時啪啦啦地飄動，像旗子一般，有一段時間裡，那是唯一的聲響。『他們在倉庫裡等著。』女孩悄聲說，『在等信號。』『什麼信號？』他問。女孩晃了晃火把，火把爆出陣陣火花之後燒得更熾烈。『只是你一直睡得不沉，』她繼續輕聲說，『我也會留意你睡得如何。』『妳！』他驚叫一聲，連忙伸長脖子查看四周。『你以為我只有今天晚上守夜！』她的語調有著失望的怒氣。

「他說那種感覺就像胸口受到重擊。他倒抽一口氣，沒想到自己竟是個差勁的壞蛋，既後悔又感動，同時也開心又振奮。容我再次提醒你們，這是一段愛情故事，你們不難從那些痴傻的行為看得出來。但那痴傻並不叫人反感，那是談情說愛時開心得發傻，像那樣站在火光之中，彷彿他們刻意走出來上演這一段，以便啟發那些躲藏著的凶手。照吉姆的說法，阿里的手下如果有那麼一丁點膽量，這時候就該衝上來。他的心臟怦怦狂跳，不是因為害怕，而是他好像聽見草叢窸窣作響，他明智地走出火光範圍。他看見某種黑魆魆、看不清形體的東西匆匆掠過他的視野。他用強有力的嗓音喊道，『柯尼利斯！柯尼利斯！』接下來是深沉的寂靜，他的聲音好像傳送不到六公尺遠。女孩又來到他身邊，說道，『逃走！』老太婆走過來，若隱若現的身影在火光的邊緣一跛一跳。他們聽見她喃喃有辭，夾雜一聲微弱的哀嘆。『逃走！』女孩激動地重複，『他們現在被火光和說話聲嚇到了。他們知道你醒著，知道你高大、強壯、什麼都不怕……』『如果我真是妳說的那樣……』他說。但她打斷他的話，『沒錯，今晚沒事！可是明晚呢？再下個晚上呢？還有之後那很多很多晚上呢？我能一直守夜嗎？』她說著說著一聲哽咽，那聲音比她的話觸動他更深。

「他告訴我，他從來不曾感到那麼弱小，那麼無能為力。他心想，勇氣又有什麼用？他是那麼無助，就連逃跑好像也沒有用。她一直用激動的語氣悄聲要求他，『去多勒敏那裡，去多勒敏那裡。』他頓時醒悟到，他的孤單讓他所有的危險增加百倍，他卻無處可逃，除非逃向她。他告訴我，『當時我心想，如果我離開她，一切就結束了。』只是，他們不能永遠站在院子中央，他決定去倉庫看看。他同意讓她跟著，沒有任何反對的念頭，彷彿他們是不可分割的整體。『我什麼都不怕，對不對？』他咬著牙說道。她拉住他手臂說，『聽到我的聲音再行動。』而後舉著火把輕盈地消失在屋子轉角。他獨自留在黑暗中，面對著倉庫門。門裡沒有聲音，沒有任何氣息。老太婆在他背後某個地方發出陰鬱的悶哼聲。他聽見女孩高頻率的喊叫聲，幾乎像尖叫，『現在！推！』他猛力一推，那扇門咿咿呀呀地打開，他震驚地看見裡面地牢般的低矮空間被搖晃的殷紅火光照亮。翻滾的黑煙盤旋而下，落在地板正中央一口空木條箱上。雜亂的破布和乾草想趁勢起飛，卻只是在氣流中微微擾動。她穿過窗子的木條將火把伸進屋裡。他看見她裸露的圓潤手臂伸得又長又直，像鐵製托架般穩穩舉著手裡的火把。一堆破舊草席在遠處角落堆成參差不齊的圓錐形，頂端幾乎碰到天花板，此外什麼都沒有。

「他告訴我當時他失望極了。那連番的警告嚴重考驗他的毅力，幾星期以來太多人暗示他身陷險境，他想要靠某種事實來紓解，某種他能迎面而上的具體事物。『至少能讓空氣清淨兩小時，如果你明白我的意思的話。』他對我說，『老天！那段時間我胸口一直壓著大石頭。』現在他覺得終於可以放手一搏，結果……什麼都沒有！沒有一絲蹤跡，沒有半點人影。門打開的時候他舉起手槍，現在他手臂垂下來。『開槍！保護自己！』女孩在外面焦急地大叫。她躲在黑暗中，整隻胳膊連著肩膀伸進小洞裡，看不見裡面的情況，也不敢抽出火把跑過來。『這裡面沒人！』吉姆輕蔑地吶喊。他原本想哈哈大笑發洩滿腔怒火，卻無聲無息地作罷，因為他轉身時視線對上破草席裡的一雙眼睛，看見閃亮的眼白。『出來！』他憤怒地大喊，語氣帶點懷疑。這時有一張黑黝黝的臉龐出現在那堆草席裡，一顆沒有身體的腦袋，跟身軀脫離的詭異頭顱。那張臉惱怒地盯著他。下一刻那堆草席動了起來，在一聲悶哼中有個男人迅速站出來，衝向吉姆，背後的草席跳躍飛揚。那人舉著右手，手肘彎曲，手裡握著一把晦暗的短劍，刀刃伸在他頭頂上方。他的腰間緊緊裹著腰布，白色的布匹在他古銅膚色襯托下，顯得格外耀眼，裸露的皮膚閃閃發亮，像覆蓋一層水氣。

「吉姆注意到這一切，他告訴我那時他體驗到一種無法言喻的放鬆感，一種復仇的興奮感。他說他故意延遲開槍，延遲十分之一秒，約莫是那人跨三步的時間，一段不合理的時間。他延遲開槍，只為了愉快地告訴自己：『那人死定了！』他百分之百確定無疑。他讓那人衝過來，因為那無所謂，反正是個死人。他看見那人擴張的鼻孔和瞪大的雙眼，看見那專注又急切、一動不動的面容。這時他扣下扳機。

「在那侷限的空間裡，槍聲驚天動地。他後退一步，看見那人猛然抬頭，雙臂往前甩，短劍掉在地上。事後他得知他射穿那人的嘴巴，位置偏高，子彈從後腦勺上端穿出去。那人的身體被跑步的衝力帶著往前，臉部突然多了個大洞，扭曲變形，張開的雙手在前方摸索，像瞎了眼似的，最後前額著地轟然倒下，幾乎碰到吉姆裸露的腳趾。吉姆說他沒有錯過任何一點細節，他發現自己平靜又滿足，沒有憎惡，沒有不安，彷彿那人的死彌補了一切。這時火把的黑煙已經瀰漫整個倉庫，血紅色的火焰穩定燃燒，沒有絲毫搖曳。他堅定地走進去，大步跨過那具屍體，手槍對準遠端另一個模糊的赤裸身影。他正準備扣扳機，那人用力拋掉沉重的短矛，背對牆壁順服地蹲下，交握的雙手夾在兩腿之間。『你想活著？』吉姆問。那人沒有應聲。『你們總共幾個人？』吉姆又問。『先生，還有兩個。』那人極小聲回答，瞪大的眼睛痴迷地望進手槍的槍管裡。另外兩個也從草席堆底下爬出來，大動作展示他們空空的雙手。」

第三十二章

「吉姆據守有利位置，將那些人集合起來一併趕出大門。那段時間火把一直豎立在一隻小手裡，沒有一絲顫抖。那三個人聽從他的命令，自動自發往前走，不發一語。他讓他們排成一列，命令他們，『手拉手！』他們照做。『先鬆開手或轉頭的人就先死。』他說，『走吧！』他們全身僵直齊步走出去，他跟在後面，女孩舉著火把走在他身旁，白色的長袍下襬拖在地上，一頭烏黑秀髮垂落腰際。她挺直的身軀隨著腳步擺動，整個人彷彿離地滑行，唯一的聲音是高高的野草那絲滑的嗖嗖聲與沙沙聲。『停！』吉姆大喊。

「河岸十分陡峭，一股清新的氣息升上來，火光照在黑暗的水面上，浮著泡沫的河水沒有掀起漣漪。左右兩邊的屋子櫛比鱗次立在尖形屋頂下。『幫我問候阿里，我會親自去找他。』吉姆說。三個人都沒有動一下腦袋。『跳！』吉姆大吼。三個人跳水的撲通聲合而為一，一陣水花濺上來，幽黑腦袋抽搐般快速浮浮沉沉，消失在眼前。不過響亮的吐氣聲和噴濺聲持續傳來，漸漸微弱，因為他們卯足勁潛在水裡，害怕吉姆給他們臨別一槍。吉姆轉身面對始終沉默又專注地在一旁觀看的女孩，一顆心好像突然脹得太大，堵住他喉嚨的通道，說不出話來。他可能沉默得太久，女孩回望他一眼之後，手臂大弧度擺動，將燃燒的火把扔進水裡。那明亮的紅色火光在夜色裡飛了許久，最後在猛烈的嘶嘶聲中沉入水裡，寧靜柔和的星光這才順暢無阻地灑在他們身上。

「他能開口以後對女孩說了什麼，他沒有告訴我。我不認為他口才有多麼流利。萬籟俱寂，夜的氣息拂在他們身上。這樣的夜晚彷彿專為掩蔽柔情而創造，再者，總有些時刻我們的靈魂彷彿脫離陰暗的外殼，閃耀著敏銳的感性，讓某些特定的沉默比言語更為清晰。至於那女孩，他告訴我，『她有點崩潰。情緒太激動，你明白嗎？是反作用力。她一定累慘了，大概是那類情況。還有……還有，見鬼的，她喜歡我，你看不出來嗎……我也……當時我當然不知道……想都沒想過……』

「這時他站起來，有點激動地來回踱步。『我……我深愛著她，言語無法形容。只是當局者迷。當你發現……當你**後知後覺地**發現你的存在對另一個人是必要的……我指的是絕對必要……那時你對自己的行動會有不一樣的解讀。我後知後覺地感受到這點。真美妙！可是只要想想她過著什麼樣的生活，那實在太悲慘了！是不是？而我發現她在這裡過著那樣的生活，就像你出門散步時可能突然遇見某個人在一個荒僻陰暗的地方即將溺斃。老天！刻不容緩。嗯，那也是一種信任……我相信我承擔得起……』

「我們聊這些的時候，女孩已經離開一段時間。他拍拍胸膛，『沒錯！我感覺到了，但我相信我承擔得起我所有的好運！』他有個天賦，不管發生什麼事，都能從中找到特別的意義。這是他對他的愛情的看法。這看法頗有田園詩的意境，嚴肅又真實，因為他的想法有著年輕人那種不可動搖的認真。一段時間後，他在另一個場合告訴我，『我來這裡才兩年，已經覺得我沒辦法在別的地方生活。光是想到外面的世界，我就覺得害怕，因為……』他視線向下，專注看著他的鞋子把一塊乾土碾碎（我們在河岸邊散步）。『因為我還沒忘記自己為什麼來這裡。還沒！』

「我忍住不去看他，卻依稀聽見短促的嘆息。我們默默拐了一兩個彎。『我以我的靈魂和良心起誓，』他又說，『如果那種事能忘得掉，那我就有權力將它逐出腦海。你問這裡任何一個人……』他的語調改變了，『這事奇不奇怪，』他繼續用近乎渴望的溫和口氣說，『所有這些人……所有這些人都願意為我做任何事，卻永遠沒辦法讓他們了解？不可能！因為你信任我，我才能號召他們。不過事情並不容易。我很笨，對吧？我還想要什麼？如果你問他們誰勇敢，誰真誠，誰公正，他們願意把性命交付給誰？他們會說，吉姆爺。但他們永遠不會知道真正的……真正的事實……』

「這就是我在那裡的最後一天他跟我說的話，當時我沒有做任何回應。我覺得他想再說更多，卻不會更接近事情的根源。太陽早先用熾烈的光芒將地球壓縮成浮躁的塵埃，這時已經沉落到森林後方。蛋白色天空釋出散射光，為沒有陰影也沒有光輝的世界披上幻象，恍似廣闊無邊的寂靜與凝思。我也不知道為什麼，聽著他說話，我竟會如此清楚地注意到河流和天色正在逐漸變暗，注意到夜幕無法阻擋的緩慢腳步正悄悄地籠罩肉眼可見的形體，抹去物體的輪廓，將各種形狀越埋越深，像持續飄落的、無法觸知的黑色灰塵。

「『天啊！』他突然出聲，『有些時候人太愚蠢，什麼都做不成。不過我可以告訴你我喜歡什麼。我總說我厭煩透了，因為那件事一直埋在我腦海深處……忘記……我怎麼會知道！我可以悄悄回想。畢竟那證明什麼？什麼都沒有。我想你不這麼認為……』

「我咕噥一聲表示反駁。

「『無所謂。』他說，『我很滿足……幾乎。我只需要看著任何走過來的人的臉，就能找回我的信心。他們永遠不會了解我內心的感受。那又怎樣？我的表現不算太差。』

「『不算太差。』我說。

「『不過，你還是不願意讓我到你的船上工作，對吧？』

「『去你的！』我大聲說，『別鬧了。』

「『啊哈！看吧，』他得意洋洋地叫嚷。『只是，』他接著說，『如果你跟這裡任何一個人說這些話，他們會認為你是個呆瓜，是騙子，或更糟。所以我能忍受。我幫他們做了一點事，而這是他們幫我做的事。』

「『親愛的朋友，』我大聲說，『在他們心目中，你永遠是個解不開的謎。』我們兩個都沉默了。

「『謎。』他重複我的話，而後抬頭看我。『那我就一直留在這裡。』

「太陽下山以後，黑暗似乎乘著每一絲最微弱的風，向我們進逼。在一條兩側圍著樹籬的小路上有個看似只有一條腿的枯瘦剪影，是始終默默守護的檀布伊塔。我的視線穿過夜色看見另一邊有個白色物體在屋簷的支架後面來回移動。吉姆帶著檀布伊塔出去夜間巡邏，我獨自走回屋子，不料被那女孩攔住，她顯然一直在等這個機會。

「我沒辦法告訴你們她到底想從我這裡打聽出什麼。顯然是非常簡單的東西，是世上最簡單的『不可能』，比如準確描述雲的形狀。她想要的是保證、聲明、承諾，或解釋。我不知道該怎麼稱呼，那東西沒有名字。凸伸的屋簷下光線陰暗，我只看得見她長袍滑順的線條，她小巧白皙的鵝蛋臉和亮白的牙齒。當她轉過頭來，我還看見她肅穆的大眼睛。那雙眼睛裡好像有著微細的動靜，就像你凝視深不見底的井水時覺得會看見的東西。你問自己：那裡有什麼東西在移動？是個盲眼怪物，或只是一道來自宇宙、迷途的微光？當時我忽然想到（你們別笑），雖然所有的情況都不像，但比起攔路強迫人回答幼稚謎題的史芬克斯[45]，她那孩子般的無知更不可思議。她一出生就被帶到帕吐桑，在那裡長大。她什麼都沒見識過，什麼都不知道，對任何事都沒有概念。我暗自納悶，她知不知道外面還有其他事物存在。我無法想像她對外在的世界有些什麼看法，在那個世界的人之中，她只認識一個遭到背叛的女人和一個年老的陰險小丑。她的情人也是從那裡來到她身邊，有著難以抗拒的吸引力。那些難以想像的地方似乎總會把自己人召喚回去，如果他回去了，她怎麼辦？她母親過世前流著淚告誡她遠離這種事……

「她緊抓我手臂，我停下腳步後，她連忙鬆手。她既大膽又退縮，什麼都不怕，卻受制於全然的不確定感和極度的陌生感，像勇敢的人在黑暗中摸索。我屬於這個隨時可以召回吉姆的『未知』，我知道這個世界隱密的本質與意圖，是某個險惡謎團的心腹，或許甚至擁有它的力量！我相信她認為我一句話就能讓吉姆離開她，也相信每一次我跟吉姆長談，她都承受著憂慮與苦惱，承受著既真實又難以忍受的痛苦。如果她的靈魂夠凶殘，能夠與它創造出來的恐怖情景抗衡，她一定會被逼得設法謀殺我。這是我的看法，我能對你們說的也只有這些。我是慢慢看清這整件事，當事情變得越來越清晰，一種不可置信的驚奇慢慢震撼我的心。我相信她在受苦，但我找不到言語來形容她那不顧一切的、熱烈的低語，那輕柔的、激昂的語調，那喘不過氣的驟然停頓，以及那雙白皙手臂迅速往前伸的懇求動作。那雙手臂垂落下來，那幽靈般的身影像細瘦的樹幹在風中擺動，那白皙的鵝蛋臉變得消沉。當時根本看不清她的五官，那雙眼睛裡的黑暗深不可測。兩片寬大的衣袖在黑暗中升高，像展開的雙翼。她默然佇立，雙手抱著頭。」

45. Sphinx，最早出現在古埃及神話，有多種不同造型，最知名的是人面獅身怪物。在希臘神話中，史芬克斯奉天神之命懲罰底比斯城的百姓，坐在路旁要求路過的人回答謎語，答不出者死。

第三十三章

「那一幕深深撼動我。她的年輕，她的無知，她的嬌美（有著單純的魅力和纖柔的朝氣，像一株野花），她楚楚可憐的哀求和她的無助打動了我，那力量幾乎像她那非理性卻又合乎常情的恐懼一樣強大。她跟我們大家一樣害怕未知，但她的無知讓那未知無限擴大。我代表那未知，代表我自己，代表你們大家，代表那個完全不在乎也不需要吉姆的世界。原本我會樂意為那個擁擠世界的冷漠負責，但我想到他也屬於她害怕的神祕未知，更想到不管我代表多少東西，我都不代表他，我遲疑了。一聲絕望的痛苦呢喃促使我表態，我告訴她至少我來這裡不是為了帶走吉姆。

「那我為什麼而來？她輕輕動了一下，之後又靜止不動，像夜色裡的大理石雕像。我簡短告訴她是為了友誼和公事。真要我說，我寧可他留下。『他們都會離開。』她咕噥道。一陣輕嘆傳達了哀傷的智慧，那嘆息來自她懷著孝心裝飾花環的那座墳墓。我告訴她，沒有任何東西能拆散她和吉姆。

「如今我堅定地相信這點，當時我也堅定地相信這點，這也是這整件事唯一可能的結果。即使她以自言自語般的輕柔音量說，『他對我發過誓。』也不能讓這個結果更確定。『妳要求的嗎？』我問。

「她上前一步，『不，絕不會！』她只要求他離開。那是在河邊的那個晚上，在他殺了那個人之後，在她受不了他那樣看著她、將火把拋進河裡之後。火光太明亮，而且危險已經結束。暫時結束，暫時。那時他說他不會讓她單獨留在柯尼利斯身邊。她堅持要他走，要他離開她。他說他做不到，不可能。他說這些話的時候身體在顫抖，她感覺到他的顫抖。即使沒有太多想像力，也能想像出那個情景，幾乎能聽見他們的輕聲細語。她也為他害怕。我相信當時她只覺得他注定身陷險境，覺得她比他更清楚那些危險。雖然他光憑他的存在就掌握了她的心，占據她的思緒，得到她所有的情意，她卻低估他成功的機會。很顯然，那段時間所有人都不看好他。嚴格來說他好像沒有任何機會，柯尼利斯就是這麼想的。他跟我承認這點，是為了洗脫嫌疑，表明他沒有涉及阿里刺殺吉姆的陰謀。現在已經可以確定，就連阿里本人對吉姆也只有輕視。我猜他們想殺吉姆是基於宗教理由，單純為了表示虔誠（能夠贏得無限的讚賞），除此之外沒有一點重要性。關於最後這點，柯尼利斯表示認同。『高貴的先生，』他趁唯一一次跟我單獨談話的機會卑劣地辯解，『尊貴的先生，我怎麼會知道？他是誰？他有什麼辦法讓大家相信他？史泰因先生為什麼派那樣的孩子來跟他的老僕說大話？我願意用八十美金的代價救他的命。只要八十美金。那個傻子為什麼不走？我要為陌生人挨刀嗎？』他在精神上對我卑躬屈膝，身體諂媚地彎低了腰，雙手在我的膝蓋附近盤旋，彷彿打算抱住我的腿。『八十美金值什麼？對一個被死掉的女惡魔毀了一生、手無寸鐵的老人，這只是一筆小錢。』說到這裡，他開始啜泣。但我並不意外。那天晚上遇見他以前，我已經跟女孩把話說開。

「她催促吉姆離開她，甚至離開帕吐桑，是無私的行為。雖然她也想救自己（或許無意識地），但她最在乎的是他的安全。想想她聽過的告誡，想想她從剛過世的母親（她記憶中最重要的人）生命中的每一刻學到的教訓。她告訴我，在河邊時她倒在他腳邊。在暗淡的星光下，周遭的一切都是大片大片的沉默暗影，只有無邊無際的模糊空間。星光也在寬闊的河面上微微顫抖，河流因此顯得跟大海一樣廣闊。他扶她起來，她不再掙扎。當然不會。他有強壯的臂彎和溫柔的嗓音，也有結實肩膀供她可憐又孤單的腦袋依靠。刺痛的心和困惑的腦袋需要這一切，那需求沒有止境。還有青春的鼓動和當下的需求。難道還有別的可能？任何人只要能看懂太陽底下的任何事，都能理解。所以她甘願被扶起來，被抱著。『上帝作證！這不是開玩笑的，絕不是胡鬧！』吉姆在房子門檻上用擔憂的表情匆匆悄聲說。我不知道什麼叫胡鬧，只知道他們的愛情絕不隨便。他們在一場生命悲劇的陰影下結合，像騎士和少女在鬼影幢幢的廢墟海誓山盟。星光正適合這段故事，因為那光線暗淡又遙遠，沒辦法讓暗影變成具體的形狀，也沒辦法照亮河流的對岸。那天晚上我去看了那條河，而且就在同一個位置。黑沉沉的河水像冥河般靜靜流淌。隔天我離開了，但我不太可能忘記她求他趁來得及趕快離開的時候，想擺脫的是什麼。她平靜地（她內心藏著強烈情感，不再為瑣事激動）告訴我答案。在黑暗中，她說話的聲音非常細微，像她半隱半現的身影。她告訴我，『我不想流著淚死去。』我以為我聽錯了。

「『妳不想流著淚死去？』我複述她的話。『像我母親一樣。』她不假思索補充，白色輪廓沒有一絲動彈。『我母親過世前哭得很傷心。』她解釋道。似乎有一種不可思議的寧靜從我們四周的地面升上來，無法察覺，像洪水在夜間緩緩升高，沖刷掉熟悉的情感地標。一陣恐懼感突然向我襲來，那是對未知深淵的恐懼，彷彿我察覺到自己在水中站不穩。她接著解釋，當時只有她陪伴臨終的母親，她不得不離開床榻，用後背抵住門，把柯尼利斯擋在外面。他想進房間，不停用雙手拳頭捶門，偶爾停下來粗啞地喊叫，『讓我進去！讓我進去！讓我進去！』那垂死的女人躺在遠端角落幾張席墊上，已經無法言語，也抬不起手臂。她轉過頭來，手衰弱地擺動，像在傳達，『不！不！』乖順的女兒盡全力用肩膀抵著門，遠遠望著母親。『淚水從她的雙眼滑下來，然後她死了。』女孩用冷靜單調的聲音說。她的語調傳神地描繪當時那處於被動、無能為力的驚悚，比她雕像般一動不動的白色身軀、她說出的話語本身或其他任何事物都更令我困擾不安。那語調帶有一股力量，逼得我脫離我的存在感，走出我的避難所。我們每個人都有這樣的避難所，遇到危險時可以躲進去，就像烏龜縮進自己的殼。有那麼一段時間我彷彿看見這個世界混亂的一面，如此浩瀚又陰鬱。多虧我們孜孜不倦的努力，這個世界其實是各種小確幸的組合，有著我們想像得到的陽光與歡笑。不過，那只是短暫的一刻，我立刻縮回殼裡。我**不得不**，你們懂吧？雖然我在混亂的陰暗思緒中似乎無法言語，卻也跳脫現況思索了一兩秒。我很快就恢復了，因為言語也跟光與秩序有著相同的掩護效果，都是我們的避風港。我找回語言能力之後，又聽她輕聲說道，『我們單獨站在那裡的時候，他發誓永遠不離開我！他對我發過誓！』『而妳……妳竟然不相信他？』我深受震撼，語氣中有真誠的責備。她為什麼不相信？為什麼這麼渴望不確定感，為什麼緊抓著恐懼不放，彷彿不確定感和恐懼可以守護她的愛情。簡直駭人聽聞。她應該用那真摯的情感為自己打造一座堅不可摧、安詳寧靜的庇護所。她沒有那樣的知識，或許也沒有那樣的技能。夜幕快速降臨，我們站的地方已經漆黑一片，因此，她即使沒有移動，也像流連不捨的倔強精靈般，虛幻的形體漸漸消失。忽然之間我又聽見她低聲說，『其他男人也發過那樣的誓。』那像是針對某些蓄滿悲傷與畏怯的念頭深思後的想法。接著她又用小到極致的音量說，『我父親是一個。』她停頓了一下，剛好夠無聲地換一口氣。『她父親也是。』這些是她知道的事！我連忙說，『但他不是那樣的人。』她好像無意反駁這點，不過一段時間後那如夢似幻般飄蕩在空中、古怪又平靜的低語悄悄鑽進我耳裡。『他為什麼跟別人不一樣？他比別人好嗎？他……』『我以人格保證，』我打斷她的話。『我相信他比別人好。』我們的聲音壓得太低，帶著神祕色彩。吉姆的工人（大多是在阿里的營地獲救的奴隸）住的木屋區傳來拉著長音的尖銳歌聲。河流對岸燃起熊熊火焰（應該是在多勒敏的聚落），像一顆發光的球體，在夜晚中全然孤立。『他比別人更真誠嗎？』她輕聲問。『是，』我答。『比其他任何人更真誠。』她用拖長的語調重複一次。我說，『這裡沒有人會懷疑他說的話，沒有人敢，妳是唯一的例外。』

「她聽見這話好像動了一下。『比別人勇敢，』她換一種口氣接著說。『他絕不會因為恐懼離開妳。』這話我說得有點提心吊膽。歌聲在拔高的音符之後結束，緊接著是幾個人在遠處說話的聲音，吉姆也在其中。她的沉默令我驚訝。『他跟妳說了什麼？他說過一些事吧？』我問。她沒有回答。『他說了什麼？』我追問。

「『你覺得我有辦法回答你嗎？我有辦法知道嗎？我有辦法了解嗎？』她終於大聲說。她動了，我猜她在絞擰雙手。『有一件他永遠忘不掉的事。』

『這對妳更有利，』我鬱悶地說。

「『那是什麼事？是什麼事？』她為那哀求的語氣注入一股非比尋常的力道。『他說他曾經害怕過。要我怎麼相信？我瘋了才相信那種話。你們都記得某些事！最後都會為那些事回去。那是什麼？告訴我！那是什麼事？那東西活著嗎？或死了？我恨它，它太殘忍。那是個災禍，它有臉孔和聲音嗎？他看得見它嗎？聽得見它嗎？也許在他的夢中，醒來以後他會離開，因為他在夢中看不見我。啊！那樣的話，我永遠不原諒他。我母親原諒了，但我絕不！那是某種信號嗎？或某種呼喚？』

「那是奇妙的經歷。她連他的睡眠都不信任，而且好像認為我可以告訴她為什麼！可憐的凡人被幻影的魅力吸引，或許會像這樣強迫另一個幽靈吐露重大祕密，想知道另一個世界對在地球的怒火中迷途的虛幻靈魂擁有什麼權利。我腳下那一方土地好像融解了。而且事情就是這麼簡單。只是，如果那些被我們的恐懼和不安召喚出的幽靈必須在我們這些悲涼的魔法師面前誓言彼此的忠誠，那麼我們這些肉體凡胎之中，只有我在這種任務那不可救藥的寒意之中顫抖。信號！呼喚！這些話多麼明顯地暴露她的無知。短短幾個字！她怎麼會知道這些，怎麼會說得出來，我無從想像。女人會在某些時刻的緊迫感之中找到靈感，但對於我們，那只是糟糕、荒唐或徒勞的時刻。得知她竟會表達自己的想法，就足以讓我們心生畏怯。這是令人同情的偉大奇蹟，比起聽見被踢開的石頭大聲喊痛不遑多讓。這區區幾個字音在黑暗中飄蕩，我因此感覺到他們這兩個陷入黑暗的生命的不幸。她不可能會懂。我默默為自己的無能心生煩躁。還有吉姆，可憐的人！誰需要他？誰記得他？他得到他想要的。到這時恐怕已經沒有人記得他這個人。他們已經成為自己的命運的主人，不幸的命運。

「她靜靜站在我面前，顯然懷著期待。我的職責是在善忘的國度為我的兄弟發聲，我為自己的責任和她的苦惱深深感動，願意用任何東西換取撫慰她脆弱靈魂的力量。那靈魂以它視死如歸的無知折磨自己，就像小小鳥兒在無情的鐵籠子裡衝撞。說聲『別害怕！』比什麼都容易，也比什麼都困難。我心想，該怎麼消滅恐懼。要怎麼射穿幽靈的心臟、砍掉它的頭顱、掐住它的喉嚨？這是我們會在夢裡倉促採取的行動，而後頭髮濕透、四肢顫抖，慶幸自己順利逃脫。子彈沒有擊發，刀刃還沒有鍛造，人還沒出生，就連附有雙翼的真話也像鉛塊般墜落腳邊。要應付這種危急的對決，你需要浸泡過謊言的魔法毒箭。但那謊言太精妙，不可能出現在地球上。各位，那是夢中的行動！

「我懷著沉重的心情開始驅魔，也有著一分惱怒。吉姆的聲音突然升高，帶點嚴厲，隔著院子傳了過來。他在河岸邊責罵某個粗心大意犯錯的蠢貨。我用清晰的咬字低聲說，沒有。她以為那個未知世界急於奪走她的幸福，但那裡沒有任何東西會這麼做，完全沒有，活的死的都沒有。沒有任何臉孔、聲音或力量會把吉姆從她身邊帶走。我吸一口氣，聽見她輕聲說，『他也這麼說。』『他說的是實話。』我說，『沒有任何東西。』她吐出一口氣，突然轉向我，用勉強聽得見的強烈語氣問，『你為什麼從外面來到我們這裡？他太常提到你，你讓我害怕。你……你要他嗎？』我們的倉促對談已經多了一股詭異的狠勁。『以後我不會再來。』我憤懣地說，『而且我不要他，沒有人要他。』『沒有人？』她用疑惑的口氣重複。

『沒有人。』我確認，覺得自己被某種怪異的興奮感支配。『妳覺得他強壯、睿智、大膽、英明，為什麼不相信他說的是真話？我明天就走了，一切到此結束。不會再有外面的聲音來打擾妳。妳不了解的那個世界太大，不缺他一個。妳明白嗎？太大。妳已經得到他的心，妳一定感覺得到。』『是，這我知道。』她用氣聲說，那聲音是僵硬的，靜止的，像雕像會有的低語。

「我覺得我什麼都沒做到。那麼我想做到什麼？現在我不確定了。當時我被一股難以言喻的激情驅動，就像面對偉大又必要的任務，是當下那個時刻影響了我的精神與情緒狀態。我們的生命中都有這樣的時刻，有這樣的影響：來自外界，難以抗拒，無法理解，彷彿是行星的神祕交會促成的。就像我告訴她的，她擁有他的心。不但擁有他的心，還擁有其他的一切，只要她能相信。我必須告訴她的是，那整個世界沒有任何人會需要他的心、他的才智和他的技能。那是所有人共同的命運，但這麼描述某個人，聽起來卻似乎糟糕至極。她默默傾聽，她此刻的沉默像是某種頑強的懷疑發出的抗議。她何必在乎森林以外的世界？我這麼問她。我向她保證，在他活著的時候，那陌生的廣大世界裡數不清的人之中，不會有任何人對他發出信號或呼喚，絕不會。我一時忘乎所以。絕不會！絕不會！我驚異地想起當時我的語氣多麼不容商榷。我幻想自己終於掐住那幽靈的喉嚨。確實，那真實的過程給人留下的印象有如夢境般詳盡又不可思議。她何必害怕？她知道他強壯、真誠、明智、勇敢。他有那些特點，當然有，還有更多。他偉大、無敵，而那個世界不要他，遺忘了他，甚至不認識他。

「我停頓下來。整個帕吐桑是那麼寂靜，河流中某處有一根船槳碰撞獨木舟側面，那微弱又枯燥的聲音讓那靜寂顯得無邊無際。『為什麼？』她喃喃問道。我體驗到陷入苦戰時的憤怒。那幽靈企圖從我的掌心溜走。『為什麼？』她提高音量，『告訴我！』我呆若木雞，她像被寵壞的孩子般跺腳。『為什麼？回答我！』『妳想知道？』我憤怒地問。『是！』她大喊。『因為他不夠好，』我殘忍地說。在接下來的停頓中，我注意到對岸的火燒得更旺，那火光擴大成驚詫的瞪視，而後突然縮成針尖般的小紅點。直到她的手指抓住我前臂，我才知道她離我有多近。她沒有抬高音量，說出的話卻帶著尖刻的鄙夷、悲痛與絕望。

「『他就是這麼說的……你們騙人！』

「她用當地語言喊出最後那四個字。『妳聽我說！』我請求她。她顫抖地屏住氣息，甩開我手臂。『所有人，所有人都不夠好。』我用最誠摯的口吻說。我聽見她在啜泣中抽噎，呼吸以驚人的速度加快。我垂下腦袋。有什麼用？腳步聲靠近，我不發一語離開。」

第三十四章

馬洛甩開雙腿倏地站起來，腳步有點踉蹌，彷彿在空中急速衝刺後重新被拉回地面。他背靠欄杆，面對擺得橫七豎八的藤椅。原本懶散地躺在長椅上的人好像被他驚動，其中一兩個警覺地坐起來，黑暗中還有點點雪茄火光。馬洛看著所有人，那眼神像是剛從遙不可及的夢境歸來。有人乾咳幾聲，另一個人用平靜的嗓音敷衍地問，「然後呢？」

「沒有了。」馬洛顯得有點吃驚。「他跟她說了，就這樣。她不相信他，如此而已。至於我自己，我不知道我該有什麼樣的心情才算公平、恰當與正派，是高興或難過。就我個人而言，我不知道我認定什麼。事實上到現在還是一樣，可能永遠不會有答案。但那可憐的傢伙自己認定些什麼？老話說真相凌駕一切，沒錯，只要它找到機會。毫無疑問，世事有個規則，同樣地，你擲骰子的時候，也有個規則在操控你的運氣。穩定審慎地維持平衡的，不是『正義』（它是人類的僕從），而是偶然、機會和時運（它的盟友是慢性子的『時間』）。我跟他說了同樣的話，我們兩個說的都是真相嗎？或者只有一方是真的？或者都不是？」

馬洛停下來，雙手抱在胸前，換個語氣：

「她說我們騙人。可憐的人！就留給『機會』去定奪吧。『機會』的盟友是沒人能催趕的『時間』，它的敵人則是不願等待的『死亡』。我退縮了，我得承認我有點嚇到。我跟恐懼角力一番，當然是敗下陣來。我唯一做到的，是讓她在苦惱之餘知悉某種神祕的陰謀，某種她永遠不會知道、無法言喻又難以理解的陰謀。由於他的作為，以及她自己的作為，這樣的結果簡單又自然，也不可避免！我彷彿見證了毫不容情的命運如何運作。對於命運，我們既是受害者，也是工具。那女孩一動不動留在原地，想到那一幕我只覺膽顫心驚。吉姆穿著厚重的綁帶靴走過去，沒有看見我，那腳步聲有種命定的餘韻。『咦？沒點燈？』他驚訝地大聲詢問，『你們兩個在黑漆漆的地方做什麼？』他大概看見她了，開心地喊道，『嗨，女孩！』『嗨，男孩！』她立刻回應，那音調出奇地神氣活現。

「他們平時都是這樣跟彼此打招呼，她的音頻偏高，嗓音甜美，那額外添加的得意語調有趣又悅耳，十足孩子氣。吉姆歡喜極了。那是我最後一次聽見他們這種熱絡的招呼方式，我的心卻生起一陣寒顫。那招呼裡有甜美的高音，有強顏歡笑，也有欣喜得意，但那一切好像都消逝得太早，那嬉鬧的叫喚聲聽起來像悲嘆。實在糟糕至極。『妳把馬洛怎麼了？』吉姆在問，又說，『他出去了？怪了，我沒遇見他……馬洛，你在嗎？』

「我沒有回應。我不想進屋去，暫時不想。我真的沒辦法。他喊我的時候，我正忙著逃開，穿過一道小門往外走，門外是一塊近期清理出來的空地。不，我還沒辦法面對他們。我埋頭沿著前人踩出來的小路快步往前走。地勢緩緩升高，少數幾棵大樹已經砍掉，矮樹叢也清理了，野草燒得一乾二淨。他打算在這裡栽種咖啡。雙子峰高聳在那座大山上，在初升月亮清透的淡黃光芒中漆黑有如煤炭，似乎將陰影投在那片即將試種咖啡的土地上。他想嘗試很多事情，我欣賞他的幹勁，他的冒險精神和他的機靈。現在看來，地球上沒有任何事物比他的計畫、他的活力和他的熱情更不真實。我抬眼一望，看見半遮臉的月亮在深谷底部的灌木叢之間閃耀。有那麼一段時間，圓盤似的月亮像是從她在天空的位置掉下來，滾到那片絕壁的底部。她的上升像從容不迫的回彈，掙脫樹木枝椏的纏繞。一棵長在山坡上的樹木伸出光禿禿的枝幹，在月亮的臉上畫出一道黑色裂紋。清冷的月光彷彿來自洞穴，投射到遠處。在那月蝕般的憂傷光線裡，樹木的殘幹幽暗佇立，深濃的陰影從四面八方投過來，落在我腳邊，落在我移動的影子上。小路對面是那座永遠裝飾著花環的孤墳的暗影，在暗淡月光下，堆疊交錯的花朵形狀是那麼陌生，色澤是那麼難辨，彷彿是某些異乎尋常的品種，不是由人類採摘，也不是生長在這個世界，注定專供亡者使用。它們強烈的香氣在暖空氣裡逗留，比焚香的氣味更為濃郁厚重。團塊狀的白色珊瑚圍繞幽暗的墳堆，微光閃爍，像發白的骷髏頭串成的花冠。周遭的一切是那麼安靜，我原地站定之後，世上所有的聲音和動態好像都戛然而止。

「那是無遠弗屆的寧靜，彷彿整個世界是一座墳墓。我站在那裡的時候，不斷想到那些默默生活在偏遠地域的人，他們不為人知，卻同樣有著人類悲慘或怪誕的苦難。或許也有人類崇高的奮鬥，誰曉得？人的心夠開闊，裝得下整個世界。扛起重擔固然勇氣十足，但放下重擔的勇氣在哪裡？

「我想當時我一定是陷入感傷的情緒，在那裡站得太久，徹底被全然的孤獨感籠罩，以至於近期內看見的、聽見的、乃至人類的言語本身，好像都消失無蹤，不復存在，只會在我的記憶裡多留存一段時間，彷彿我是最後一個人類。那是一種怪異又憂傷的幻覺，跟我們所有幻覺一樣，都在半自覺的狀態下形成。我在想，我們的幻覺只是我們隱約見到的、遙不可及的真相。這地方的確是地球上一處失落、被遺忘、不為人知的角落，我看見它模糊外表底下的面貌。我覺得隔天我永遠離開以後，這地方等於不存在，只活在我的記憶裡，直到我這個人也泯然而終。現在我就有那種感覺。也許正是因為這樣，我才會對你們訴說這段故事，想將它的存在、它的真實和它在幻覺中揭露的真相傳遞給你們。

「柯尼利斯打斷我的沉思。他突然從一處窪地的雜草叢之間跳出來，像某種害蟲。據我所知，他的房子就在近處日益衰朽，只是我不曾往那個方向走那麼遠，沒見到過。他沿著小路朝我跑來，腳上的白鞋髒兮兮的，在漆黑的泥地上發出微光。他停住腳步，頂著高高的大禮帽，卑躬屈膝地訴苦發牢騷。他穿著寬大的黑色絨面呢西裝，枯瘦的身軀整個被吞沒，消失在衣裳底下。那是他假日和出席正式場合的服飾，我才想起這天是我在帕吐桑的第四個星期日。我停留的那段時間一直覺得他有話對我說，只是找不到跟我獨處的機會。他總是在附近徘徊，泛黃的刻薄臉龐掛著急切的渴望。他之所以遲疑，一來是因為他自己的怯懦，二來則是我根本不想跟這種討人厭的傢伙有任何接觸。原本他早該成功的，但每次只要別人看向他，他就會立刻溜走。不論是吉姆的嚴厲目光，或我故做冷漠的視線，甚至檀布伊塔不友善的優越眼神，都能讓他拔腿就走。他永遠都在開溜，任何時間看見他，他都在繞道離開，腦袋歪向肩膀，臉上的表情不是多疑的怒容，就是悲傷、可憐又沉默。但不管他裝出什麼表情，都掩飾不了他本質上不可救藥的卑劣，就像光靠衣物的穿搭沒有辦法遮掩身體的重度畸形。

「不知道是不是因為不到一小時前被恐懼的幽靈徹底打敗心情沮喪，總之我默許他攔住我，沒有表現出一絲抗拒。我注定要聽別人吐露心聲，注定面對無法回答的問題。那很折磨人，但他的外表激起我的鄙視，毫無緣由的鄙視，所以聽他說話不至於太難以承受。他一點都不重要。沒有任何事情夠重要，因為我在乎的只有吉姆，而我已經確定他掌握了自己的命運……幾乎。我們大多數人都沒有勇氣走到那一步。我自認夠優秀，卻不敢那麼做，我猜在座所有人也都一樣吧？」

馬洛停下來，彷彿在等待回應。沒有人說話。

「沒錯。」他繼續說，「但願不會有人知道，因為我們只有遭受殘酷又恐怖的小災難，才能在煎熬中得知真相。但他是我們的一份子，而且他能說他已經心滿意足……幾乎。你們想想！幾乎滿足了。我們幾乎要羨慕他經歷的災禍。幾乎滿足了。在這之後一切都不重要了。誰懷疑他、誰信任他、誰愛他、誰恨他，都不重要了，何況恨他的是柯尼利斯。

「這終究是一種認可。我們要評斷某個人，可以看他有什麼仇敵，也可以看他結交什麼朋友。任何正派的人如果跟吉姆一樣有這種仇敵，都不會覺得羞恥，當然也不會把對方當回事。吉姆抱持這種觀點，我也是。不過一般來說吉姆不理會對方。『親愛的馬洛，』他說，『我覺得只要我往前走，什麼都傷害不了我。我真的這麼覺得。你在這裡待了這麼長時間，能看得很清楚，坦白說，你不覺得我很安全嗎？一切都取決於我，而我……天啊！我對自己信心滿滿。他所能做的最糟糕的事是殺了我，但我一點都不認為他會這麼做。他做不到，就算我親手將我那把填了子彈的左輪遞給他，再轉身背對他，他也做不到。他就是那種貨色。

就算他有這種意圖，就算他做得到，那又怎樣？我來到這裡不是為了逃命，對吧？我來到這裡是為了斷自己的後路，所以我會留下來……』

「『直到你**完全**心滿意足。』我打斷他的話。

「當時我們坐在他的船尾的頂篷底下，二十支槳動作整齊劃一，一邊十支，啪啦一聲敲擊河面。檀布伊塔在我們後面默默划著，緊盯前方的河面，盡量讓獨木舟乘著強勁的水流。吉姆低下頭，我們的最後一次談話像火焰般熄滅了。他要送我去河口，縱帆船前一天就出發了，乘著退潮順流而下。我多住一夜，現在他要送我一程。

「吉姆在跟我生氣，因為我提到柯尼利斯。事實上我說得不多，那人雖然滿腔憤恨，卻太無足輕重，不至於構成威脅。他每說兩句話就喊我一次『尊貴的先生』，哀聲嘆氣地跟著我從他『亡妻』的墳墓走到吉姆院落的大門。他說他是最不快樂的男人，是個受害者，像蟲子一樣被碾壓，求我看看他。我不願意轉頭看他，眼角餘光卻可以看到他諂媚的影子跟著我的影子滑行。掛在我們右手邊半空中的月亮安詳地注視這一幕。我告訴過你們，他向我解釋他在那個難忘的夜晚暗殺事件裡扮演的角色。他說他迫不得已，他怎麼可能預知誰會占上風？『尊貴的先生，我願意救他，只要八十美金我就願意救他。』他用討好的語氣為自己辯解，跟我保持一步的距離。我說，『他救了他自己，也原諒了你。』我聽見他嘻嘻笑，轉頭看他，他一副隨時要拔腿就跑的模樣。『你在笑什麼？』我停住腳步問。『尊貴的先生，別被騙了！』他驚聲尖叫，好像整個人情緒失控。『**他**救他自己！尊貴的先生，他什麼都不懂，什麼都不懂！他是誰？來這裡做什麼？那個小偷，他來這裡做什麼？他騙了所有人。尊貴的先生，他騙了你，但他騙不了我。尊貴的先生，他是個大傻瓜。』我輕蔑地笑了笑，轉身重新往前走。他追到我手肘邊，壓低聲音繼續說服我，『他在這裡不過是個小孩子，像個孩子，小孩子。』我當然沒有理會他。這時我們已經接近在漆黑的空地外閃閃發亮的竹籬笆，他發現時間緊迫，不再拐彎抹角。他先裝出泫然欲泣的可憐模樣，說他遭遇大不幸，腦子受到影響，希望我能夠忘記他因為煩惱過度說出的話。他不是有意的，只是尊貴的先生不知道崩潰、破產、遭人踐踏是什麼感覺。接著他說出他心裡的願望，但說得顛三倒四、斷斷續續又畏畏縮縮，很長一段時間我聽不出他到底想說什麼。他要我幫他跟吉姆談條件，好像跟錢有關。我反覆再三聽見『適度的費用，恰當的禮物。』他好像在主張某種東西的價值，甚至有點生氣地說，一個人如果被奪走一切，就沒有活下去的必要。我當然默不作聲，卻一直專心聽著。我慢慢聽出他的重點：他覺得他照顧那女孩，應該能拿到一筆錢。他養了別人的小孩，極大的麻煩和痛苦……現在老了……恰當的禮物。如果尊貴的先生可以幫他說句話……我停下腳步，好奇地看著他。他大概怕我以為他在勒索，連忙做出讓步。他說，如果馬上給他『恰當的禮物，那位先生回家去以後，他會負擔那女孩的生活，不再要求任何費用。』他泛黃的臉龐皺成一團，彷彿被擠在一起，表現出最焦急、最迫切的貪婪。他用哀怨的語氣哄勸道，『不再找麻煩……順理成章的監護人……一筆錢……』

「我站在原地驚嘆莫名。對他而言，這種事顯然是一份職業。我突然在他的阿諛奉承裡察覺出某種信心，彷彿他一輩子做任何事都不曾懷疑過。他一定以為我對他的提議不感興趣，所以換成討好的臉孔，諂媚地說，『每一位先生回家之前都會預做安排。』我砰地關上小門，說道，『柯尼利斯先生，這回沒有那種事。』他用了幾秒理解這句話。『什麼！』他尖聲大叫。我站在門這邊說，『他永遠不會回家。你沒聽他說過嗎？』『這太過分了，』他咆哮道，不再稱呼我『尊貴的先生』。他一動也不動，一段時間後才又低聲說話，原本的謙卑蕩然無存：『永遠不離開，啊！他……他……鬼知道他從哪裡來……鬼知道為什麼……來踐踏我，直到我死……踐踏……』他的雙腳輕跺地面。『像這樣踐踏，沒有人知道為什麼，直到我死……』他的聲音漸漸消失。他咳了幾聲，走到籬笆旁邊，用可憐的語調悄聲告訴我他不會被踐踏。『耐心，耐心。』他一面念叨，一面敲打自己的胸膛。我已經不再取笑他，他卻突如其來地對著我哈哈大笑。『哈！哈！哈！等著瞧！等著瞧！哼！偷我的東西！把我的一切都偷走！一切！所有的一切！』他的腦袋歪向一邊肩膀，雙手輕輕交握垂落身前。不明就裡的人會以為他多麼疼愛那女孩，女孩被殘忍奪走導致他崩潰心碎。他突然抬起頭，罵出不堪入耳的話。『跟她母親一樣，跟她那個騙人的母親一樣。一模一樣，臉蛋也是，臉蛋也是。那個魔鬼！』他的額頭抵著籬笆，操著葡萄牙語輕聲罵些恫嚇和褻瀆的話語，憤怒之中夾雜悲慘的哀訴和呻吟，呻吟時肩膀聳起，彷彿某種致命的重症發作。那景象有種難以形容的怪誕與可鄙，我快步離開。他在我背後喊出某些貶抑吉姆的話，但不是很大聲，因為我們離房子很近。我清楚聽見的只有，『不過是個小孩子，小孩子。』」

第三十五章

「到了第二天早上，當河流的第一處彎道遮擋了帕吐桑的屋舍，那一切都活生生消失在我眼前，包括它的色彩、它的樣式和它的意義。就像在畫布上虛構出來的圖像，你對著它凝思良久之後，從此轉身離去，那圖像一動不動停留在記憶裡，不會褪色。它的生命定格在不變的光線裡，那裡有野心、恐懼、憎恨、希望，都以我當初所見的模樣留在我腦海裡，如此強烈，而且彷彿永遠凍結在顯露的那一刻。我已經轉身離開那幅圖畫，回到另一個世界。那個世界的事件是動態的，人會改變，燈光會搖曳。生命之河流淌著，無論河底是泥土或石頭，河水始終清澈。我不會潛進那河水裡，我有太多事可做，足以讓我的腦袋保持在水面上。至於我背後那一切，我想像不出會有什麼改變。碩大又崇高的多勒敏和他那個充滿慈母光輝、女巫般的嬌小妻子，兩人一起眺望那片土地，心裡暗藏望子成龍的夢想；身軀乾枯內心茫然的阿琅爺；聰明又勇敢的達因少主，對吉姆充滿信任，眼神堅定，帶點嘲諷的友善；那女孩沉浸在她驚恐多疑的傾慕中；陰沉又忠誠的檀布伊塔；月光下額頭抵著籬笆的柯尼利斯。這些人我能看得準。他們就像活在魔法師的魔杖下。但這些人圍繞著的那個身影，那個倒是活著，但我看不清他。沒有任何魔法師的魔杖能在我眼前將他定住不動，他是我們的一份子。

「如我所說，我即將返回吉姆拋棄的那個世界。他陪伴我走完第一段旅程，沿途某些路段似乎穿越與世隔絕的蠻荒地帶。空曠的河面在豔陽下閃耀，河岸兩旁的高大植披將熱氣凝聚在水面上。賣力向前划的獨木舟劃破空氣一路前行，而那空氣燠熱又沉悶地沉澱在高大的樹蔭下。

「分別在即，我們之間的距離無形中拉開一大段，交談變得有點費力，像是奮力將壓低的聲音傳送到越來越遙遠的地方。船的速度飛快，我們並肩坐著，在窒悶的熱空氣裡汗流浹背。泥土和腐葉的味道，肥沃大地的原始氣味，幾乎刺痛我們的臉。而後河道突然轉彎，彷彿遠處有一隻大手拉起厚重的帷幕，打開一個巨大的通道。光線本身似乎動了起來，我們頭頂上的天空變得開闊，遠處的說話聲傳進我們耳裡。一股清新氣息將我們包圍，填滿我們的肺臟，我們的思緒、血流和遺憾都加速了。就在正前方，森林沉落了，更遠處是大海的深藍色稜線。

「我深深吸氣，為那廣大開闊的海平線欣喜，為那不一樣的大氣欣喜。那大氣似乎與生命的勞苦共振，與那個無懈可擊的世界的活力共振。這片天空和這片大海任我遨遊。那女孩說得對，海天之中是有個信號，有個呼喚，我以全部的生命回應它。我的視線在空中漫遊，就像剛解開束縛的人伸展痙攣的四肢，或跑或跳，感受自由帶來的激動與喜悅。『太美妙了！』我大喊一聲，而後轉頭看著我身旁的罪人。他坐在那裡，腦袋垂到胸前，說道，『是啊。』沒有抬頭看，彷彿害怕看見遠方晴朗的天空裡書寫著對他愛幻想的良知的責備。

「我記得那天下午的所有枝微末節。我們在一片白色沙灘上岸，沙灘後面有低矮的峭壁，峭壁上生長著蓊鬱的樹木，藤蔓垂落到地面。我們腳底下是平坦的海面，一片穩重深厚的藍，緩緩向上伸展，直達與我們的額頭等高、絲線般的海平線。一波波閃亮的光芒拂過凹陷處處的深色海面，輕盈迅速，像被微風追趕的羽毛。一串龐大的島嶼碎裂地端坐在廣闊河口對面，周遭暗淡平滑的海面忠實地倒映出海岸的輪廓。透明無色的陽光中有一隻全身漆黑的孤鳥，在同一個位置盤旋，輕輕振動雙翼俯衝或高飛。一群參差不齊、有欠牢固的茅屋高棲在它們自己的倒影上方，底下是許許多多歪扭的烏木色高柱。一艘小小的獨木舟從茅屋之間駛出來，上面有兩個黑色的小小人影，賣力地划著槳，擊打暗淡的海水。獨木舟彷彿艱難地在鏡子上滑動。這群破舊的茅屋正是那個聲稱受到白人大爺特別保護的漁村，划著小舟往這邊過來的是村長和他的女婿。他們上岸後踩著白沙朝我們走來，深褐色的細瘦身軀彷彿經過煙燻風乾，肩膀和胸膛裸露的皮膚有一塊塊灰斑，頭上裹著細心折疊的髒污帕子。老人一開口就滔滔不絕地訴苦，伸著瘦長的手臂，瞇起渾濁的老眼，信心滿滿地盯著吉姆。阿琅邦主的人總是跟他們過不去，他的村民在那邊的小島收了很多海龜蛋，卻碰上了麻煩。他手臂擱在船槳上，伸出瘦削的棕色手指指向大海的另一邊。吉姆專心聆聽，沒有抬頭看，最後溫和地叫他等著，稍後再仔細聽他說。他們順從地退到一段距離外，就地蹲下，船槳放在面前的沙地上，眼裡的光芒耐心地隨著我們移動。無垠的大海和沉靜的海岸往南北兩個方向擴展，超出我視野，形成一個巨大的存在，注視著我們這四個被孤立在狹長、閃爍的沙地上的侏儒。

「『問題在於，』吉姆悶悶不樂地說，『許多世代以來，那個村莊的漁民一直被視為邦主的私奴，那個老頑固始終沒辦法相信……』

「他停頓下來。

「『相信你已經改變那一切。』我說。

「『是，我已經改變那一切。』他用憂鬱的口氣咕噥道。

「『你原本有機會的。』我又說。

「『是嗎？』他說，『嗯，沒錯，好像是這樣。沒錯，我找回對自己的信心……建立好名聲……但有時候我真希望……不！我會把握住我得到的，不能再奢求別的。』他伸出手臂揮向大海。『不奢求到那外面去。』他的腳踩了踩沙地。『這是我的界線，再少就不行了。』

「我們繼續在沙灘上散步。『是，我改變了那一切。』說著，他用眼角瞄一眼那兩個耐心蹲著的漁民。『可是如果我離開，這裡會變怎樣。天啊！你想像得到吧。肯定是人間煉獄。不行！明天我會再去冒一次險，喝阿琅那個老笨蛋的咖啡，到時候我會跟他好好談談這差勁的海龜蛋。不，我不能對他說「夠了」。永遠不行。我必須堅持下去，要確認什麼都傷害不了我。我必須保有他們對我的信任，才能覺得安全……才能……』他四下尋找合適的字眼，彷彿在大海上尋找。『才能維持……』他的聲音漸漸變小。『跟那些我或許再也見不到的人之間的聯繫。比方說跟你……』

「他的話讓我深深覺得謙卑。『我的天！親愛的朋友，別陷害我，指望你自己就好了。』我對這個流浪漢生起一股感恩，一份情感，因為他選中了我，讓我在芸芸眾生之中有個特別的位置。但這終究不值得誇口！我別開紅燙燙的臉龐。西沉的太陽發出漸暗的深紅光芒，像從火堆裡取出的煤塊。大海在夕陽底下伸展著，將她無邊的靜寂獻給漸漸靠近的火球。他兩度想開口說話，卻又忍住。最後好像找到想說的話：

「『我會保持信心，』他輕聲說道，『我會保持信心。』他重複說，眼睛沒有看我，卻首度讓他的視線在大海上遊走。在火紅的霞光下，湛藍的海面已經轉為陰鬱的紫。啊！他活在幻想裡，活在幻想裡。我想起史泰因說過的話，『淹沒在毀滅的力量裡！追逐夢想，再追逐夢想，就這樣，始終如一，直到永遠……』他活在幻夢裡，卻一樣真實。誰能知道他在西邊的紅光中看見什麼樣的形體、什麼樣的憧憬、什麼樣的臉孔、什麼樣的寬恕！一艘小艇從縱帆船過來，緩慢移動，兩支船槳規律地擊打水面，朝沙灘而來，準備帶我離開。『還有珠兒，』他說。我的思緒沉浸在大地、天空與海洋的無邊靜謐中，他的聲音突然從中冒出來，嚇了我一跳。『還有珠兒。』『是。』我應了一聲。『我不需要多說，你也明白她對我多麼重要。』他說。『你已經看到了，總有一天她會了解的……』『但願吧。』我打斷他的話。『她也信任我。』他說，而後換一種語氣說，『我們什麼時候能再見面？』

「『永遠見不到，除非你出去。』我避開他的視線。他好像並不驚訝，沉默了一段時間。

「『那就永別了。』片刻後他說，『或許這樣也好。』

「我們握手道別，我走向船頭靠在沙灘上的小艇。縱帆船的主帆已經張開，三角帆迎著風，在紫色的大海上顯得朦朧，船帆映著淡淡的粉紅光彩。我跨上小艇時，吉姆問，『你近期內會回國嗎？』『如果我活著，大概一年左右會回去。』我答。小艇龍骨的前端在沙地上磨擦，小艇浮了起來，潮濕的船槳閃一下後入水，一次，兩次。吉姆站在水邊大聲說，『告訴他們……』我打手勢要水手暫停划槳，好奇地等著。告訴誰？半沉的落日正對著他，他無言地望著我，我看見他眼裡的紅色光芒。『不，沒事。』他說，手輕輕一揮示意小艇出發。直到爬上縱帆船，我才回頭看向海岸。

「到那時夕陽已經徹底隱沒。東方天空殘留一點薄暮微光，海岸已經被夜幕籠罩，像一道肅穆的牆面無限延伸，儼然是黑夜的堡壘。西方海平線是碩大的金黃緋紅火焰，一大片靜止不動的烏雲飄浮其間，向下方的海面投下石板似的陰影。我看見吉姆在岸上凝望啟航後加速前進的縱帆船。

「我一離開，那兩個半裸的漁民就站起來，想必在對白人大爺訴說他們生活中那些微不足道的痛苦與煩惱。他想必用心聽著，當成自己的事。畢竟那是他的好運的一部分，那份來自『去』這個字的好運，那份他向我保證他絕對承擔得起的好運。我在想，他們也碰上好運，我相信以他們的頑強，一定也承擔得起。他們深色皮膚的身軀早就消失在漆黑的背景裡，比他們的守護者的身影早得多。吉姆從頭到腳一身雪白，那身影一直拒絕消失。黑夜的堡壘在他背後，大海在他腳下，機會則在身旁，依然蒙著面紗。你們覺得呢？機會還蒙著面紗嗎？我不知道。對我而言，在寂靜的海岸與大海之間那個白色身影彷彿站在巨大謎團的中心。他頭頂上的暮光快速消退，狹長的沙灘已經在他腳下沉沒，他本人看起來只有小孩子那麼大，而後只剩一個點，一個彷彿捕捉了黑暗世界所有光線的微小白點……突然間，我失去他了……」

第三十六章

馬洛用這些話為他的故事劃下句點，他的聽眾在他高深莫測的沉思目光中做鳥獸散。那些人兩兩相伴或獨自行動，頭也不回地走出遊廊，不做任何評論，彷彿那不完整故事的最後一幕、那不完整本身，以及敘述者的語調，讓討論變得徒勞，也不可能做出評斷。他們好像各自帶走自己的觀感，像祕密似地藏在心裡帶走。這些聽眾之中，只有一個人會聽到故事的結局。兩年多以後，那結局自動上門去找他，裝在厚厚的紙袋裡，封面是馬洛有稜有角的端正字跡。

這位幸運兒打開紙袋探頭一看，又將紙袋放下，走到窗子旁。他的房間在高樓的頂層，透過清透的窗玻璃，他的視線可以看得極遠，就像從燈塔的燈室往外看。屋頂的斜面閃閃發亮，高低起伏的漆黑屋脊一個接一個連綿不斷，像沒有波峰的陰沉海浪，腳下的小鎮深處傳來不絕於耳的雜沓人聲。數不清的教堂尖塔不規則散布，像燈塔矗立在沒有水道的沙洲迷津上。急灌而下的雨水夾雜在漸趨昏暗的冬日暮色裡。塔樓裡的大鐘轟然報時，那悠長肅穆的隆隆聲滾滾消逝，聲音最高點尖銳地迴盪。他拉上厚實的窗簾。

閱讀燈的光線透過燈罩照射出來，像遮頂的池水般沉睡著。他無聲地走在地毯上。他浪跡天涯的歲月已經過去，再也看不到有如希望般無邊無際的地平線，再也看不到有如廟宇般莊嚴的林間暮色，從此不能翻山越嶺、跨越溪流、橫渡大海，去追尋不曾被發現的處女地。報時的鐘聲還響著！過去了！都過去了！但燈下打開的紙袋將舊時的聲音、景象和韻味帶回來。多不勝數的模糊臉孔、喧嚷紛雜的低沉嗓音，都在遠方海岸毫不留情的熾烈陽光下漸漸消逝。他嘆了一口氣，坐下來讀信。

一開始，他看到三份明顯不同的文件。首先是厚厚一大疊紙張釘在一起，布滿密密麻麻的黑色字跡；其次是灰色正方形紙張，上面有些手寫字，是沒見過的陌生字跡；最後是馬洛的說明。另一張信紙從馬洛的信裡掉出來，因時間久遠而發黃，也因頻繁折疊而磨損。他撿起那張紙放在一旁，先讀馬洛的信。他匆匆瀏覽開頭幾行，及時制止自己，再從容不迫地往下讀，彷彿放慢腳步睜大眼睛去探看一片處女地。

「……想必你還沒忘記，」信裡接著說，「當時只有你對他的事感興趣，而且這份興趣持續到聽完故事之後。不過我記得你不認為他已經掌握了他的命運。你預言他終有一天會覺得厭倦，會嫌惡他得到的名聲、他主動承擔的職責，以及因憐憫與年少生起的愛情。你說你太清楚『那種事』，清楚那虛假的滿足感和不可避免的欺騙。我想起來了，你還說『為那些人奉獻生命』（那些人指的是所有棕色、黃色或黑色人種）『就像把靈魂賣給野蠻人。』你說『那種事』要能夠歷久不衰，必須堅定地相信我們自己種族的觀念是真實的。我們的社會秩序與倫理道德的進步，都是根據這些觀念建立的。你當時說，『我們需要依靠它的力量，我們需要相信它的必要性和它的公正，才能有價值地、有意識地犧牲我們的生命。少了它，犧牲只是不經心的行為，這樣的奉獻無異於自我毀滅。』換句話說，你主張我們必須在自己的族群裡奮鬥，否則我們的生命就沒有意義。也許吧！這種事你最清楚（我這話沒有惡意），畢竟你隻身闖蕩過幾個地方，又明智地全身而退，沒有受到一點損傷。然而，重點是吉姆沒有跟他自己以外的任何人有所往來。所以問題在於，他最後有沒有接受某個比秩序與進步的規則更強大的信仰。

「我沒有斷言什麼。也許等你讀完以後會有想法。『雲遮霧罩』這句俗話終究有點道理。根本沒辦法看清他，尤其我們是透過別人的眼睛看到他的最後身影。我毫不遲疑地把我所知道的一切告訴你，也就是他常說的那些『主動找上他』的事的最後一段情節。我不禁納悶，這會不會就是那個絕佳機會。我猜他一直在等著這最後一次令人滿意的考驗，好讓他可以向那個完美無瑕的世界傳達訊息。你應該記得我最後一次跟他分別的時候，他問我近期會不會回家，突然在我背後大喊，『告訴他們……』我等著聽他說，坦白說有點好奇，也有點期待，卻只聽見他大喊，『不，沒事。』當時只有這些，不會再有什麼話，不會有訊息，除非我們每個人根據事實為他做出詮釋，但那些事實通常比最巧妙的文字更難懂。沒錯，他再一次試圖拯救自己，但這次也失敗了。如果你讀了附在這裡那張灰色大頁紙，就能看得出來。他一度想寫信，你有沒有注意到那平凡的筆跡？信頭的地址欄寫著『帕吐桑要塞』。我猜他實現了他的願望，將他的院落打造成防禦基地。那是非常完善的計畫，有一道深溝，土牆上加裝尖形板條，四個角落都打造了炮台，配備可以左右轉動的大炮。多勒敏同意提供他軍火，所以他的人都知道他們有個安全處所，一旦突然發生危險，所有忠實的支持者能聚在一起。這一切都顯示他有先見之明，對未來也充滿信心。他口中那些『我自己的人』（在阿里的營地獲救的俘虜）會形成帕吐桑與眾不同的勢力，在堡壘的圍牆裡有自己的屋子和一小塊土地。在那裡面他會是自己心目中那個所向無敵的主人。『帕吐桑要塞』，你也看見了，上面沒有日期。日期有什麼重要？它只是一個數字，一個名詞，是無數日子之中的一天。我們也無從知道他拿起筆的時候心裡想著誰：史泰因、我、整個世界，或者只是一個遺世獨立的人面對命運時不知所終的驚呼？『發生了不好的事。』寫完這句話之後他第一次扔下筆，看看這些字底下那個狀似箭頭的墨漬。不一會兒他重新提筆，凝重地寫下另一行，彷彿那隻手有千斤重。『我必須立刻……』那枝筆濺出墨水，這次他放棄了，只寫到這裡。他看見一道他的視線和聲音都無法跨越的廣闊深淵。這我能理解。他怔住了，為那無法理解之事，為他自己的個性，而他的個性是他用盡全力掌握的命運對他的餽贈。

「我在信裡附了一封舊信，很久以前的信，細心收藏在他的文具盒裡。那是他父親給他的，根據日期你不難發現，他多半是在上帕特納號的前幾天收到的，所以必定是他收到的最後一封家書。這麼多年來他一直珍藏著。慈祥的老牧師鍾愛他的海員兒子。我大致看了幾眼，裡面沒什麼特別的，只有濃濃的親情。他告訴他『親愛的吉姆』，上回收到的那封長信非常『真誠又有趣』，他不希望兒子『嚴厲或倉促論斷他人』。這封家書總共有四頁，都是諄諄教誨和家中近況。湯姆『領了聖職』，凱莉的丈夫『虧了錢』。老牧師依然安穩地信奉上帝和宇宙既定的規則，並且切身體驗著生命的小風險和小僥倖。你幾乎想像得出他的模樣：花白的頭髮，安詳地端坐在他那陳列著書籍、陳舊卻舒適的書房，那是他神聖不可侵犯的避風港。過去四十年來，他誠懇盡責地在那裡反覆思索信仰與美德等議題，思考生活的準則與面對死亡該有的態度。他在那裡寫過無數佈道詞，也坐在那裡跟他在地球另一端的兒子對話。但距離算什麼？美德通行天下，世上也只有一種信仰、只有一種可信的生活準則、一種死亡方式。他希望他『親愛的吉姆』永遠記住，『人一旦向誘惑屈服，當下就面臨徹底墮落與永久毀滅的危險。所以要下定決心，絕不要為了任何目的去做錯誤的事。』信裡還提到一條心愛的狗和一匹小馬。『你們兄弟以前常騎的』，年紀太大已經失明，只能讓牠安樂死。老牧師祈求上帝賜福那匹馬。吉姆的母親和當時住在家裡的姊妹們要他轉達她們的愛……就這些，這張他精心收藏多年、泛黃磨損的信紙其實沒說什麼。吉姆沒有回信，但誰知道他跟這些人沒有色彩的寧靜身影說過什麼話。這些男男女女居住在地球上那個靜謐角落，安穩地過著不受干擾的正直生活。那地方像墳墓般遠離危險與衝突，很難相信他屬於那裡，畢竟有這麼多事『主動找上他』。從來沒有任何事找上他們，他們永遠不會措手不及，永遠不需要與命運搏鬥。他們都在這裡，被那父親恬淡的閒聊召喚出來的兄弟姊妹，他骨中的骨，肉中的肉[46]，用無意識的清澈眼眸凝視著。而我好像看見他終於回去了，不再是巨大謎團正中央那個微小的白點，而是完整的身形，站在他們無憂無慮的形影之間，沒有人注意到他。他還是那個嚴肅、愛幻想的模樣，但始終沉默、幽暗……雲遮霧罩。

「故事的最後一段都在那幾頁紙張裡，你必須承認那比他年少時最離奇的夢想更奇幻。在我看來，其中有著某種深奧又恐怖的邏輯，彷彿只憑我們的想像力，就能釋出命運勢不可

46. 引用自《聖經·創世記》第二章第二十三節。

擋的威力，作用在我們身上。我們內心的輕率反彈到我們頭上：凡拿劍的，必死在劍下[47]。這驚人的冒險（其中最驚人的是它的真實性）本身就是不可避免的後果。那樣的事必然會發生。我們一面驚嘆這樣的事竟然就發生在前年，一面做出同樣的結論。不過事情發生了，它的邏輯不容質疑。

「我把事情寫在這些紙頁裡寄給你，彷彿我是個目擊者。我的訊息零零碎碎的，但我已經拼湊出來，剛好足夠呈現一幅清晰的圖像。我好奇他自己會怎麼描述這些事。他已經告訴我太多事，有時彷彿他必須親自出現，用他自己的話訴說這段故事，用他那漫不經心卻情感豐富的嗓音、那不假思索的態度，有點茫然、有點惱怒、有點受傷，但偶爾會說出某個字眼或某個詞語，讓人瞥見他的本來面貌，卻無助於看清真正的他。很難相信他永遠不會出現。我再也不會聽見他的聲音，再也看不到他略帶粉紅的古銅色平滑臉龐和他額頭上的白色紋路，看不到那興奮時顏色會轉為深藍、顯得深不可測的青春眼眸。」

47. 引用自《聖經・馬太福音》第二十六章第五十二節。

第三十七章

「事情要從一個姓布朗的人的輝煌事蹟說起。這人在三寶顏[48]附近一個小港灣成功偷走一艘西班牙縱帆船。我找到他以前，掌握的訊息並不完整。最出乎意料的是，我在他拋卻他自大的靈魂之前幾個小時見到他。幸好他願意說，也還說得出話來，儘管屢屢因為氣喘發作呼吸困難而中斷。只要想到吉姆，他就會因為幸災樂禍的狂喜扭動他破敗的身軀。他之所以得意，是因為他『終究報復了那個趾高氣昂的傢伙』。他為自己做的事洋洋自得。他凹陷的雙眼布滿張牙舞爪的魚尾紋，如果我想聽事實經過，就得忍受他那凶狠的目光。我忍了，同時心裡想著，某些形式的邪惡多麼近似瘋狂，它的根源是高度的自大，在抗拒中激化，將靈魂撕成碎片，為肉體注入虛假的活力。這些故事也顯露可悲的柯尼利斯竟是出人意表地狡詐。他那卑劣又強烈的憎恨像微妙的靈感，準確地為他指出一條復仇的明路。

「『我第一眼看見他，就知道他是什麼樣的蠢貨。』垂死的布朗喘著氣說，『他算什麼男人！該死！他是個虛有其表的冒牌貨！沒有膽量直說：「別碰我的戰利品！」──去他的！那樣才算個男人！他高傲的靈魂下地獄去吧！當時我落入他手裡，但他不夠狠，沒膽量要我的

48. Zamboanga，位於菲律賓民答那峨島的港市。

命。他做不到！那種事會把我氣炸，一副我不值得他動手似的！』布朗喘得很厲害，『冒牌貨……把我氣炸了……所以我要了他的命……』他又喘不過氣來。『我這病八成好不了了，不過現在我可以安心死掉。你……你……我不知道你叫什麼名字……如果我口袋裡有五英鎊……就會拿來跟你買消息……否則我就不姓布朗……』他露出驚悚的獰笑。『布朗紳士。』

「他說這些話的時候喘得上氣不接下氣，棕色長臉枯槁憔悴，泛黃的眼睛緊盯著我。他左手臂猛地抽動，蓬亂糾結的花白鬍子幾乎垂到大腿，下半身蓋著一張骯髒破爛的毯子。我在曼谷找到他，是那個好管閒事的酒館老闆修姆柏格悄悄透露的線索。那裡有個遊手好閒的酒鬼流浪漢，是個白人，跟一個暹羅女人在當地社區生活，覺得能收容赫赫有名的布朗紳士，讓他走完生命的最後幾天，是一大榮幸。他在那間破爛的小屋裡跟我說話，每一分鐘都在死亡邊緣掙扎。那暹羅女人坐在陰暗角落冷淡地嚼著檳榔，裸露著肥碩的雙腿，臉龐粗俗又蠢笨。偶爾她會站起來，趕走逛到門口的雞。她走路的時候整間屋子都在震動。有個醜陋的黃皮膚小孩站在床腳，赤裸著身體，露出圓圓的肚皮，像一尊小型異教神祇。他手指放在嘴裡，失神地凝視垂死的布朗。

「他狂熱地說著，不過，往往說到一半突然卡住，像是有一隻隱形的手掐住他喉嚨。那時他會用疑慮與苦惱的眼神無言地望著我，像是擔心我等得不耐煩，拋下他沒說完的故事和還沒表達的狂喜。他好像當天晚上就死了，不過到那時我該知道的都知道了。

「布朗的事暫時說到這裡。

「在那之前八個月我路過三寶瓏，照例去拜訪史泰因。有個馬來人在他的房子面向花園的遊廊上羞怯地跟我打招呼，我想起曾經在帕吐桑見過他，就在吉姆家，跟一群布吉人在一起。他們經常晚上去那裡聚會，沒完沒了地回顧那場戰爭，或討論國家事務。吉姆曾經告訴我那人是個正派的小商人，有一艘可以出海的本地小船，在那次進攻阿里的戰鬥中，是『一等一的好手』。我看到他並不驚訝，因為帕吐桑的商人如果大老遠去到三寶瓏，一定會去找史泰因。我向他回禮後繼續往前走。到了史泰因的房間門口，我遇見另一個馬來人，認出他是檀布伊塔。

「我馬上問他為什麼在那裡，忽然想到也許吉姆去拜訪史泰因，這個念頭讓我開心又興奮。檀布伊塔好像不知道該怎麼回答。『吉姆爺在裡面嗎？』我焦急地問。『沒有。』他咕噥回答。他低下頭，不一會兒突然又嚴肅認真地說，『他不肯戰鬥。他不肯戰鬥。』連續說了兩次。看來他沒別的可說了，我推開他走進房間。

「身材高大的史泰因弓著身子獨自站在房間正中央，周遭是一排排蝴蝶標本盒。『啊，是你嗎？我的朋友。』他哀傷地說，隔著眼鏡看著我。他身上的淺褐色羊駝呢外套長度直達膝蓋，前襟敞開著。他頭上戴著巴拿馬草帽，蒼白的臉頰紋路深陷。『怎麼回事？』我緊張地問。『檀布伊塔在外面……』『來見見那女孩，來見見那女孩，她在這裡。』說著，他心不在焉地轉身就走，我試圖攔住他，但他溫和又堅定地無視我急切的提問。『她在這裡，她在這裡。』他重複說著，顯得極度不安。『他們兩天前到的。像我這樣的老人，這樣一個陌生人，能做的不多……跟我來。年輕的心不夠寬容……』我看得出來他苦惱極了。『他們擁有生命的力量，生命殘酷的力量……』他喃喃說著，帶我拐了個彎。我跟著他，滿腦子胡思亂想，心情鬱悶又憤怒。到了客廳門口他攔住我。『他很愛她？』他問，我只點頭回應。我太失望，害怕說出不該說的話。『非常可怕，』他輕聲說，『她沒辦法理解我，我只是個陌生的老人。也許你……她認識你。跟她談談。我們不能丟著不管。叫她原諒他。實在太可怕了。』『顯然是。』我氣壞了，因為到現在還一頭霧水。我又問，『但你原諒他了嗎？』他怪異地看著我，『你會知道的。』他打開門，直接把我推進房間。

「你也知道史泰因的房子，他那兩間巨大的客廳，沒有人氣，不適人居，一塵不染，冷清寂寥，有許多晶亮的物品，彷彿沒有被人類的眼睛看過。即使在最炎熱的天氣裡，那兩間客廳依然涼爽。你走進裡面，會像走進洗刷乾淨的地下洞穴。我經過其中一間，在另一間看見那女孩坐在巨大紅木桌的一端，頭趴在桌面上，臉埋在手臂裡。打蠟的地板像冰凍的水面，映現出她模糊的身影。藤編遮簾放了下來。外面的綠樹為昏暗的屋子添加怪異的綠色調，陣陣強風吹襲進來，窗子和玄關的布質長簾隨風擺動。她潔白的身軀好像用雪堆砌出來的，從大吊燈垂墜下來的水晶在她頭頂上方叮噹響，像閃閃發亮的冰柱。她抬起頭，看著我走過去。我渾身發冷，彷彿這些廣闊的房間是絕望的冰冷住所。

「她一眼就認出我，見我停下腳步低頭看她，立刻輕聲說，『他離開我了。你們到最後都會為了自己的目的離開我們。』她面無表情，生命的所有熱力好像都退回她心中某個無法觸及的角落。『跟他一起死一點都不難。』說著，她疲乏無力地比了個手勢，像是不願再費心思索那些難以理解的事。『他不肯！他好像什麼都看不見，但跟他說話的是我，是我站在他面前，他眼睛盯著的一直都是我！噢！你們真是冷酷無情，善變虛偽。你們為什麼這麼壞？

或者你們都瘋了？』

「我拉起她的手，那手沒有回應。我一鬆手，它無力地下垂。那種漠然比淚水、哭喊與責罵更糟，好像不可能隨著時間淡忘，也抗拒任何安慰。你覺得不管你說什麼，都撫平不了那死寂的、麻木的痛苦。

「早先史泰因說『你會知道』。我確實知道了，全都知道了。我驚詫、敬畏地聆聽她那執拗的消沉。對於她告訴我的那一切，她無法理解其中的真正意義。她的憎恨讓我同情她，也同情他。她說完以後，我駐立在原地。她倚著胳膊，目光冷硬。強風陣陣吹過，水晶持續在微綠的昏暗中叮噹響。她又悄聲自言自語：『但他注視的是我！他看得見我的臉，聽得見我的聲音，聽得見我的悲傷！以前我經常坐在他腳邊，臉頰貼著他膝蓋，他的手摸著我的頭，當時那殘酷與瘋狂的詛咒就已經潛藏在他心裡，等待著那一天。那一天來了……太陽還沒下山，他已經看不到我了。他變得眼瞎耳聾，冷漠無情，你們所有人都是這樣。我不會為他掉眼淚。絕不，絕不，一顆都不掉。我不會！他離開我了，彷彿留在我身邊比死亡還難受。他逃走了，彷彿他在夢裡聽見或看見的某些該死的東西在驅使他。』

「她堅定的眼神好像費力追逐著一個從她懷抱裡被夢境的力量扯走的男人。我默默欠身道別，她沒有回應。我慶幸可以逃走。

「後來我又見到她一次，是在同一天下午。我離開她以後去找史泰因，發現他不在屋子裡。我信步往外走，被滿腹的愁思趕進了花園。史泰因那些花園遠近馳名，熱帶低地的花草樹木應有盡有。我循著人工河道往前走，在景觀池周遭樹蔭下的長椅坐了很長時間。池子裡有幾隻剪羽水禽，有的潛水，有的在水面撲擊，好不熱鬧。木麻黃的枝椏在我背後輕搖款擺，持續不歇，讓我想起家鄉的松濤。

「這種無休無止的哀傷聲音正是我沉思冥想時的良伴。她說他被夢境帶走，沒有人能給她解答。這種過錯好像不可能得到原諒，但人類不就是這樣，盲目地前進，夢想著自己多麼卓越、多麼強大，被這種幻夢驅使著走上黑暗的道路，變得過於冷酷或過度奉獻？再者，追逐真相又有什麼意義？

「我起身準備離開的時候，瞥見史泰因的褐色外套出現在綠葉間，不久後我在小路轉彎處遇見他跟那女孩。她的小腦袋靠在他前臂上，他戴著寬邊巴拿馬帽，腦袋歪向她那邊，花白的頭髮，慈祥的面容，充滿憐惜，殷勤有禮。我退到一旁讓路，他們卻在我面前停住腳步。他的視線盯著他腳邊的地面，女孩挺直背脊輕盈地挽著他，烏溜溜的清澈眼眸一動不動，肅穆地望著我後面。『太糟了，』他喃喃說道，『太糟了！可是有什麼辦法？』他的神態好像觸動了我，但更令我動容的是她的年少和她未來的漫長歲月。即使明知說什都沒用，我卻突然覺得為了她著想，必須勸勸她。最後我說，『妳得原諒他。』但我的聲音好像模糊不清，消失在不被聆聽、未獲回應的虛無裡。『我們都希望得到寬恕。』半晌後我補充說。

「『我做了什麼？』她說話時只動了嘴唇。

「『妳一直不相信他。』我說。

「『他跟其他人一樣。』她說得很慢。

「『他跟其他人不一樣。』我反駁。她用淡漠語調說：

「『他虛假。』這時史泰突然插嘴，『不！不！不！可憐的孩子！』他拍拍搭在他衣袖上的手。『不！不！不虛假！真誠！真誠！真誠！』他想看穿她冷漠的面容。『妳不懂。唉！妳為什麼不懂？太糟了，』他轉頭對我說，『總有一天她會懂的。』

「『你會跟她解釋嗎？』我專注望著他。他們往前走了。

「我看著他們。她的長袍下襬拖在地上，黑髮自然垂落。她挺直的嬌小身軀走在高個子史泰因身邊，史泰因腳步相對徐緩，寬鬆長外套的褶縫從微駝的肩膀垂直下墜。他們消失在林子另一邊。你可能還記得那片栽植了十六種竹子的竹林，內行人才能分辨它們的差別。我則是醉心於那一管管修竹的優雅與美麗，高處有密集的尖葉，頂端狀似毛羽，那曼妙、那氣勢、那魅力多麼與眾不同，充分展現簡潔又繁茂的生命力。我記得當時在那裡看了很久，像逗留在原地聆聽撫慰人心的低語。天空的顏色是珍珠灰。那天是熱帶地區少有的陰天，在那樣的日子裡，人的記憶會排山倒海而來，關於其他海岸和其他臉孔的記憶。

「當天下午我就搭車回鎮上，帶著檀布伊塔和另一個馬來人一起。他們當初就是搭那馬來人的船，在惶惑、恐懼與憂鬱中逃離那場災難。那件事造成的震撼好像改變了他們的天性。她的熱情轉為冷硬，沉默寡言的檀布伊塔幾乎變得健談，暴躁的脾氣也軟化為茫然的謙遜，彷彿他在最重要的時刻目睹強效護身符失效。那個布吉商人個性靦腆溫吞，卻是言簡意賅。他們兩個顯然都被某種難以言喻的驚詫與不可思議的謎團震懾。」

信件最後是馬洛的署名。這位幸運的讀者獨居小鎮高處，俯視下方波浪似的屋頂，像海上的燈塔看守人。他扭亮他的閱讀燈，開始讀那些紙頁裡的故事。

第三十八章

「如我所說，事情要從那個姓布朗的男人說起。」馬洛用這句話開頭。「你在西太平洋漂泊過，一定聽說過這個人。他是澳洲海岸最赫赫有名的惡棍。倒不是說他經常在那裡露臉，而是因為在那裡他鄉遇故知的人聊起各種作奸犯科案例時，都會提到他。他的事蹟流傳在澳洲北端的約克角半島和南端的伊登灣之間，那些罪行之中即使是最輕微的，如果是在特定地方陳述，就足以讓當事人被判絞刑。人們必定會順道告訴你，他的父親好像是個從男爵。不管如何，可以確定的是，他在淘金時代早期逃離一艘本國船舶，短短幾年內就變成玻里尼西亞這群或那群島嶼居民聞之色變的人物。他會劫持當地人，會把單獨行動的白種商人搶得身無分文。他搶了那個可憐蟲之後，很可能還會邀那人拿著手槍在沙灘上決鬥。決鬥行為本質上是公平的，只是對方通常已經被他嚇得只剩半條命。布朗跟他那些更聞名的前輩，都算是加勒比海海盜後期的產物。但他之所以比當代的惡棍同行出名，是因為他行凶作惡時的自大傲慢，以及他對人類全體（特別是他的被害人）的強烈鄙視。他那些同行（比如惡霸海斯和金嗓皮斯[49]，或那個愛噴香水、留著鄧德里式落腮鬍、花花公子般的無賴『下流狄克』[50]）都只是粗魯貪婪的壞人，但他的作案動機好像更複雜。有時他搶劫別人好像只是為了表達他對那人的不屑。他射殺或殘害某個溫和無害的陌生人時，手段無比凶狠毒辣，連最魯莽的亡命之徒都為之膽寒。他在全盛時期擁有一艘武裝三桅帆船，船上的水手包括南太平洋的奴工和逃跑的捕鯨人。據說有一家最正派的椰子乾公司偷偷提供他金援，但我不知道是真是假。聽說後來他跟某個傳教士的妻子私奔，女方來自倫敦克拉博姆區，年紀很輕，因為一時激情嫁給那位個性溫和的扁平足傳教士，突然遷居到澳洲東北部的美拉尼西亞，頓時失去生命的依歸。那是一段陰暗的故事。他帶她走的時候她已經病了，在他的船上過世。有人說他抱著她的遺體發抒他最深沉、最劇烈的哀慟，這算是故事最古怪的部分。他的好運也從此遠離。他的船在索羅門群島的馬萊塔島撞上岩石沉沒，他也銷聲匿跡一段時間，彷彿隨著她離開人世似的。後來他在太平洋東南部的努庫希瓦島重現江湖，買了一艘從官方退役的老式法國縱帆船。我不清楚他買那艘船是為了開創什麼豐功偉業，不過，隨著外交專員、領事、軍艦和國際監督紛紛進駐，南太平洋情勢升溫，留不住他這種個性的人。他顯然向西方移動，因為一年後他半玩票地在馬尼拉灣作案，行動出奇大膽，收益卻並不豐厚，其中的主要人物是一

49. 海斯（William Henry "Bully" Hayes, 約一八二七～七七）與皮斯（Ben Pease, 一八一七～八〇）都是十九世紀惡名昭彰的海盜，兩人曾共同在太平洋地區抓捕當地人從事販奴活動。

50. 下流狄克（Diry Dick）應指英國探險家理察・伯頓（Richard F. Burton, 一八二一～一八九〇），身兼作家、翻譯家、學者、軍官等多重身分。伯頓從不諱言他對性與性行為的興趣，遊記裡也充斥這方面的描寫，因此有下流狄克之稱。鄧德里勳爵（Lord Dundreary）是英國劇作家湯姆・泰勒（Tom Taylor, 一八一七～八〇）的作品《我們的美國表親》（*Our American Cousin*）裡的人物，以茂密的落腮鬍為特色。

名挪用公款的總督和一名潛逃的財務人員。那次之後他好像駕著他的縱帆船在菲律賓海域出沒，跟逆境搏鬥。最後他沿著既定路線前行，走進了吉姆的生命，成為黑暗力量的盲目幫凶。

「故事一開始，是他被西班牙巡邏艇逮捕，罪名只是幫叛軍偷渡槍械。如果真是這樣，我就想不通當時他在民答那峨島南岸做什麼。不過，我猜他在那裡勒索沿岸的本地村莊。重點在於，巡邏艇派了一個警衛上他的船，押他前往三寶顏。途中基於某種原因，兩艘船要暫時停靠一個西班牙新殖民地，只是最終好像也沒辦什麼大事。那地方不但有一名官員在岸上負責一切公務，還有一艘結實的近海貿易船停泊在小海灣。這艘船方方面面都比布朗自己的船好得多，他打定主意要據為己有。

「正如他對我說的，當時他正走霉運。他逞凶鬥狠恃強凌弱二十年，除了一小袋銀幣，再沒有其他實質獲利。他把銀幣藏在他的艙房裡，『不讓魔鬼嗅出來』。就這樣，就這麼簡單。他已經厭倦他的人生，不害怕死亡。然而，他可以因為一時衝動、在憤懣嘲弄中不顧一切豁出性命，卻覺得監禁比死亡更可怕。想到可能會被關進牢裡，他就非理性地陷入恐慌，冒冷汗、渾身打顫、血脈賁張，就像迷信的人被鬼魂擁抱時感受到的驚恐。於是，那個官員上船對案子進行初步調查，認真詳實地訊問一整天，天黑後才下船，全身上下用披風裹住，行動小心謹慎，以免布朗為數不多的總財產在袋子裡叮噹響。他是個言而有信的人，大約隔天晚上就派官方巡邏艇出去執行緊急任務。巡邏艇的指揮官看重他每一位優秀部屬，所以一個也沒留下，只在出發前把布朗的船帆剝得連塊碎片都不剩，還將船上的兩艘小艇拖到幾公里外的海灘上。

「只是，布朗手下有個索羅門島民，少年時被布朗抓來，對布朗忠心耿耿，是那幫人之中能力最強的一個。那人拉著一條以各種拆解下來的索具編成的拖船索，游了大約五百公尺去到那艘貿易船。當時波平浪靜，海灣黑漆漆的，套用布朗的話，『像牛的腹腔內部』。那個索羅門島民咬著繩索翻過貿易船的舷牆。貿易船的船員（全是菲律賓的塔加拉族）都上岸到當地人的村莊找樂子去了，留守船上的兩個人猛然被驚醒，一睜眼就看見惡魔。那惡魔兩眼發亮，在甲板上跳來跳去，快得像閃電。他們跪倒在地，嚇得動彈不得，忙著畫十字喃喃禱告。索羅門島民沒有打斷他們的禱告，直接用從廚房找來的長刀刺死其中一個，再殺死另一個，最後用同一把刀耐心地鋸椰殼繩，直到繩索『啪』地一聲斷掉。接著，他對著靜寂的海灣謹慎地喊了一聲。布朗那幫人一直在黑暗中觀察這邊的動靜，豎著耳朵等待信號，這時輕手輕腳地拉起他們這端的拖船索。不到五分鐘後兩艘船就會合了，船身輕微碰撞，桅杆咿呀作響。

「布朗的手下分秒必爭地爬上貿易船，帶著他們的槍械和大批彈藥。他們總共有十六個人，包括兩個跳船的水兵，一個從美國軍艦叛逃的瘦子，兩個頭腦簡單的金髮北歐人，一個混血兒，一個性情溫和、負責做飯的中國人，還有南太平洋各地的不知名種族。他們對這種事蠻不在乎，全都聽布朗的命令行事。面對絞刑架毫無懼色的布朗一心一意要逃離可怕的西班牙監獄，沒有給他們時間搬運足夠的補給品。當時無風無浪，空氣中飽含露水，他們拋掉繩索，乘著近海的微風揚帆啟航的時候，潮濕的船帆並沒有隨風飄動。他們的舊船緩緩地脫離偷來的船，悄悄地溜走，跟黑沉沉的海岸一起隱沒在夜色裡。

「他們順利逃走。布朗鉅細靡遺向我描述他們穿越望加錫海峽[51]的情景。那是受盡煎熬、瀕臨絕望的歷程，食物和飲水都短缺，途中搶了幾艘當地船隻，每一次得手的東西都有限。船是偷來的，布朗當然不敢駛進任何港口。他沒有錢可以買糧食，沒有文件可以示人，再也沒有貌似可信的謊言能讓他全身而退。某天晚上，一艘掛荷蘭旗的阿拉伯三桅帆船停泊在婆羅洲東南方的勞特島附近海面，深夜遭到布朗那幫人突襲，交出一點雜雜飯、一串香蕉和一桶水。來自東北方的狂風和大霧肆虐三天，布朗的船被吹得橫渡爪哇海，船上飢腸轆轆的惡徒被泥黃的浪濤打成落湯雞。他們看見過行駛在固定航線上的郵輪，路過停泊在淺海等待天氣轉晴或潮汐變化的本國船隻，這些船裝備完整，兩側鐵欄杆鏽跡斑斑。某天有一艘英國炮艦從他們前方不遠處經過，潔白的船身雅致流暢，船上有兩根細長的桅杆。另一次是一艘海防艦從他們後方漸漸逼近，黑色的船身搭配粗重的帆桁，靠蒸氣驅動，在迷霧中龜速前進。這群面黃肌瘦的亡命之徒餓得怒火中燒，被恐懼追逐著，一次次順利逃脫，有時沒有被發現，有時則是對方不予理會。布朗打算去馬達加斯加，想在塔馬塔夫港把船賣掉。那裡不會有人追問敏感問題，或許能幫這艘船弄點假文件，這種想法也許不全是異想天開。只是，他還沒踏上橫越印度洋的漫長航程，食物和水的存量都拉起警報。

「也許他聽說過帕吐桑，也許只是碰巧在某張海圖上看見過這個地名，覺得那是位於某個本地國家河流上游的大型村落，沒有一點防禦力，遠離往來頻繁的海上航線，遠離海底電纜的盡頭。他曾經做過那樣的事，當時只是例行業務，現在卻是絕對的必要，攸關生死存亡，或者該說攸關自由。自由！他一定會弄到糧草：閹牛、米、甘薯。這群窮酸盜匪心中竊喜。也許能搶到一整船的農產品，說不定還有真金白銀！那種地方的首領和部落頭目有時候很肯花錢消災。布朗告訴我，就算大開殺戒也在所不惜。我相信他，他的手下也相信他。他們原本就人狠話少，所以沒有大聲歡呼，而是凶殘地蓄勢以待。

「在天氣方面他運氣不賴。如果連續幾天無風無浪，他的船就會面臨難以形容的恐慌。幸而在陸地與海上的微風吹送下，船離開印尼的巽他海峽不到一星期，他就在巴圖克林河口外下錨，跟那座漁村之間的距離還不到手槍的射程。

「他們十四個人擠進過去運貨用的大艇，相當寬敞，朝河流上游前進，船上派兩個人留守，給他們十天糧食以免餓死。在海潮和風勢幫助下，某天中午過後不久，那艘揚著破帆的白色大艇乘著海風駛進帕吐桑地界，船上那十四個衣衫破舊的各色人種貪婪地望著前方，手指撥弄著廉價步槍的後膛鎖。布朗打算以突襲行動讓當地百姓驚慌失措。他們乘著最後一波潮流往上游推進，阿琅邦主的防禦圍欄沒有任何動靜，河岸兩旁的第一批屋舍好像是空屋。他們看見幾艘獨木舟在前方河面上加速逃離。布朗發現這地方竟是如此廣闊，十分意外。周遭寂靜無聲。風勢在兩岸屋舍之間減弱，他們拿出兩支船槳，繼續划向上游，打算趁當地百姓來不及反應，在城鎮中心搶下一處據點。

「然而，巴圖克林那個漁村的村長及時派人進去示警，當大艇駛到清真寺（多勒敏建造

51. Strait of Macassar，位於印尼加里曼丹島與蘇拉威西島之間的海峽。

的，有山牆和裝飾了珊瑚的尖頂），清真寺前的空地擠滿了人。有人大喊一聲，緊接著是敲鑼的聲音，沿著河岸一路往上。兩枚小型六磅黃銅火炮從高處發射，炮彈的威力穿過空曠的河面，激起的水花在陽光下閃耀。在清真寺前高聲吶喊的人們也槍炮齊鳴，連串的彈火射過水面。河流兩岸槍炮聲此起彼落，輪流對小艇開火。布朗的人也迅速以強大火力還擊，船槳早已經收起。

「高水位時期潮流的轉變十分快速，河流正中央那艘被濃煙遮蔽的大艇開始向後漂流，船尾在前。河流兩岸的煙也越來越濃，形成水平條紋滯留在屋頂下方，就像長條形的雲橫擋在山腰前。戰士的吶喊聲、哐噹的鑼聲、低沉的戰鼓聲、憤怒的吼叫聲和槍炮的射擊聲組合成驚悚的喧囂。在那震天價響的聲勢中，布朗坐在舵柄的位置，困惑卻沉穩，心裡的憎恨與憤怒節節攀升，只因那些人竟敢反抗。他的兩名手下受傷了，他看見從阿琅邦主的圍欄裡出來的船守在城鎮另一頭，截斷他的退路。總共有六艘，上面坐滿了人。就這樣遭到圍攻的時候，他看見那條小溪的入口（吉姆在低水位時期跳過的那個地方）。當時小溪的入口水流充沛，他們將大艇划進去，爬上岸。簡單來說，他們在距離阿琅的圍欄大約九百公尺的地方占據一處小山丘，而那座小山事實上居高臨下俯瞰圍欄。小山丘的斜坡光禿禿的，峰頂卻有幾棵樹。他們動手砍了那些樹，搭了一道防護牆，天黑時連壕溝都挖好了。這段時間阿琅的船一直在河上，詭異地保持中立。夕陽西下時，無數柴堆的火光照亮河濱，岸上兩排屋舍之間的屋頂、修長的棕櫚樹和結實纍纍的果樹變成黑色輪廓。布朗命手下燒掉他所在位置周遭的雜草，一圈低矮細薄的火焰迅速順著小山丘往下延燒，黑煙裊裊上升。乾枯的樹叢一簇簇起火燃燒，竄起高大猙獰的烈焰。大火為布朗那幫人的步槍清理出一片射擊區，最後在森林的邊緣和小溪的泥岸旁悶燒後熄滅。而在小山丘和阿琅的圍欄之間那片草木繁盛的濕地，竹子劈哩啪啦的爆裂聲阻擋了火勢。漆黑的天空宛如天鵝絨，掛滿了星辰。焦黑的地面還有小小的火舌在爬行，直到一陣微風送來，將一切都捲走。布朗預期只要潮水漲上來，那些阻斷他退路的戰船能夠駛進小溪，對方就會發動攻擊。最低限度，他判定一定會有人想弄走他留在山下的大艇。大艇此時一團幽黑，躺在散發微弱光澤的濕泥上。但河上那些船沒有任何動靜。布朗的視線越過圍欄和阿琅的屋舍，看見那些船的火光映在水面上。那些船好像停泊在河岸對面，水上的其他火光在移動，在河流兩岸之間來來去去。屋舍長長的牆壁也有定點的燈光在閃爍，沿著河岸一路往上，直到前方的彎道，再過去還有更多，內陸則是一盞盞獨立的火光。明亮火光隱約照亮他視線所及的建築物、屋頂和烏黑的柱子。這地方真不小。這十四個孤注一擲的入侵者平躺在砍下來的樹木後面，抬起下巴俯視鎮上的騷動。小鎮似乎向河流上游延伸幾公里，裡面擠滿了幾千個憤怒的男人。布朗的人彼此沒有交談，偶爾聽見一聲吶喊，或遠方某處傳來的一聲槍響。周遭的一切是那麼沉寂、漆黑、安靜。他們好像被遺忘了，彷彿攪得那些人情緒激動無法入睡的不是他們，彷彿他們已經死了。」

第三十九章

「那天晚上發生的一切具有重大意義，因為那些事件造成了某種局面。在吉姆回來以前，那樣的局面一直僵持著。吉姆到內陸去已經一個多星期，第一波的反擊是達因少主帶領的。勇敢又聰明的達因（『懂得用白種人的方法作戰』）希望立刻把事情解決了，可惜他說服不了族人。他沒有吉姆的種族優勢，在人們心目中也沒有所向無敵的超自然力量。他不是永久的真實與永久的勝利那肉眼可見的實質化身。儘管族人愛戴他、信任他、敬佩他，他終究是**他們**的一份子，而吉姆卻是我們的一份子。再者，吉姆擁有強大的力量，刀槍不入，達因卻會被殺死。這些沒有說出口的想法主導鎮上的首領人物。那些人被百姓推選出來，前往吉姆的堡壘商討如何因應緊急狀況，彷彿希望在吉姆的住處找到智慧與勇氣。跟布朗那幫人的槍戰到目前為止情況還不錯，或者是幸運，防守這邊有六個人受傷。傷者躺在遊廊上，由他們的女眷照顧。早先收到示警後，下游地區的婦孺都被送進堡壘。珠兒在堡壘坐鎮，她效率絕佳，精力充沛，吉姆的『自己人』都聽命於她。那些人全體離開他們在堡壘下方的小地盤，走進堡壘組成衛隊。珠兒被難民團團圍住，在整個過程中，直到悲慘的結局，她都展現出非凡的勇武精神。當初達因聽說危險逼近，立刻去找她，因為吉姆是帕吐桑唯一擁有彈藥的人。跟他頻繁通信的史泰因向荷蘭政府申請特別許可，送了五百桶火藥進去。彈藥倉是以原木搭建的土屋，吉姆不在時，鑰匙由珠兒保管。當天晚上十一點在吉姆的飯廳召開議事會，她在會議上支持達因的提議，同意立即採取強烈手段。我聽說她站在長桌主位吉姆的椅子旁，發表了慷慨激昂的主戰演說，勉強得到與會首領的認可。已經一年多沒有離開自家大門的多勒敏被手下排除萬難抬過來。當然，他是那些人的領袖。會議的氣氛相當惡劣，原本他一句話就能做出決斷，但我認為他因為了解自己兒子的火爆脾氣，不敢輕易說出口。於是與會者普遍傾向以拖待變。去過聖地的薩曼長篇大論地說，『那些蠻橫凶殘的人反正也算自取滅亡。他們的下場不是堅守在小山丘上餓死，就是搭船逃走，被埋伏在岸上的人射殺，或者四散逃進叢林裡，一個個死在裡面。』他說，只要妥善運用策略，就能摧毀那些邪惡的陌生人，不需要冒險打仗。他的話頗有分量，對帕吐桑的本地人特別有影響力。讓鎮民感到不安的是，阿琅的船並沒有在關鍵時刻採取行動。代表阿琅出席會議的是圓滑的卡希姆，他話不多，面帶微笑專心聽著，友善親切卻高深莫測。會議過程中幾乎每隔幾分鐘就有消息送進來，匯報入侵者的最新動態。荒唐離奇的謠言滿天飛，說是河口有一艘大船，船上有大炮，還有更多人，有白種人，也有黑皮膚的，個個狂暴嗜血。那些人會乘著更多船進來，見人就殺。普通老百姓都感受到難以理解的危險步步進逼。院子裡的婦人一度陷入恐慌，有人尖叫有人奔走，孩子們放聲大哭。去過聖地的蘇南出去安撫他們。而後有個堡壘哨兵對某個在河面上移動的東西開槍，差點打死一個駕著獨木舟送女眷過來的村民。那人還帶了家裡最好的器皿和十幾隻家禽，情況因此更為混亂。在此同時，吉姆家裡的會議繼續進行，珠兒也列席參與。體格碩大的多勒敏坐在那裡，表情凶悍，逐一看著發言的人，呼吸緩慢得像公牛。他到最後才發言，在卡希姆宣布阿琅將會召回他的船、抽調那些人回去防衛邦主的基地之後。珠兒代表吉姆請達因說話，但達因不願在父親面前發表意見。珠兒急於將那些外來者趕出去，願意把吉姆的手下交給他指揮。達因瞄了他父親一兩眼，搖頭回應。最後，會議結束時，眾人決議臨近河岸的房屋應該加強防守，以便監控敵人的船。他們不會公然去動那艘船，這麼一來山上的匪徒就會想辦法上船，到時候只要集中火力，一定能除掉大多數敵人。為了不讓活下來的人逃跑，同時避免更多人進來，多勒敏命令達因帶一隊武裝布吉人到下游去，在距離帕吐桑大約十六公里的岸上建立據點，用獨木舟封鎖河道。我一點都不相信多勒敏會擔心有更多敵人攻進來，我覺得他這麼安排是為了保護他兒子。為了避免敵人闖進鎮上，他們決定在左岸的街道盡頭建一道防護欄，天亮就動工。老多勒敏宣布他要親自在那裡指揮調度。在珠兒監督下，眾人立刻配發火藥、子彈和雷管槍。他們派了幾個人往不同方向去找吉姆，因為沒有人知道他到底在哪裡。這批人天剛破曉就出發了，不過，在那之前卡希姆已經跟被圍困的布朗聯絡上。

「阿琅那位手腕靈活的外交家兼心腹卡希姆離開堡壘回去覆命時，在吉姆院子的人群裡看見鬼鬼祟祟的柯尼利斯，順道將他帶走。他有個小小計謀，需要柯尼利斯擔任通譯。於是，接近黎明時，正在思考自己的危急處境的布朗聽見那片雜草茂密的濕地傳來緊張顫抖的友好叫喚聲。對方用英語請求上山，要求保證人身安全，說他有非常重要的任務。布朗高興極了。只要有人找他談，他就不再是被獵捕的野獸。那友好的聲音瞬間解除他們分秒戒備的恐怖壓力。那種壓力讓人像盲人一樣，不知道致命的一擊何時會到來。他故意擺架子，假裝不太願意配合。那聲音又說他是『白種人，一個傾家蕩產的可憐老人，在這地方住很多年了。』一陣又濕又冷的霧氣籠罩山坡，雙方又喊了幾句話之後，布朗說，『那就上來吧，不過只能一個人。』布朗跟我說這些的時候，想到當初的無助，氣得渾身發抖。因為他提不提這個要求根本沒有差別。當時能見度只有幾公尺，而他們的處境已經糟到不能再糟，就算對方陽奉陰違，也沒有差別。不久後柯尼利斯出現了，他穿著平日的服飾，又破又髒的襯衫和長褲，打赤腳，頭上的木髓帽邊緣破損。他模糊的身影悄悄來到防護牆，猶豫遲疑，停下來探頭探腦，側耳傾聽。『過來，你很安全！』布朗大喊。他的手下瞪大眼睛盯著：他們生存的希望突然都寄託在那個穿得一身破爛的猥瑣男人身上。那人一聲不吭，手腳並用，笨拙地爬過倒地的樹幹，刻薄多疑的臉東張西望，觀察那群滿臉鬍子、焦慮不安、一夜沒睡的亡命之徒。

「跟柯尼利斯密談半小時後，布朗弄清楚帕吐桑的情勢，精神一振。他們有可能成功，非常可能，但他不急著同意柯尼利斯的提議，只要求對方先送食物上山表示誠意。柯尼利斯走了，慢吞吞地從阿琅的住處那邊的山坡下山。一段時間後，幾名阿琅的手下上山來，帶著少量的米、辣椒和魚乾，這比什麼都沒有好得太多。之後柯尼利斯帶著卡希姆回來。卡希姆友好信任地走過去，穿著涼鞋，從脖子到腳踝披裹著深藍色布料。他慎重地跟布朗握手，三個人走到一旁會商。布朗的手下恢復了信心，拍拍彼此的後背，動手準備做飯，不時心照不宣地瞄一眼他們的船長。

「卡希姆非常討厭多勒敏和布吉人，但他更痛恨那些新規矩。他忽然想到，可以讓這郡白種人和邦主的隨從合作，在吉姆回來以前發動攻擊，打敗布吉人。他在想，之後鎮上的人一定會開始背棄吉姆，到時候那個保護窮人的白種人就沒辦法再統治這地方。成事以後這些新盟友也不難對付，因為他們在這裡不會有朋友。卡希姆看人的眼光精準，他見過夠多白種人，知道這些新來的都是社會的邊緣人，沒有國家的人。布朗擺出不好說話又高深莫測的模樣。早先他聽見柯尼利斯要求上山，只想到可能有機會逃出去。不到一小時之後，他腦子裡的念頭就轉得飛快。當初因為山窮水盡來到這個地方，原本只想弄點食物，也許再加幾噸橡膠或樹脂，或者能有一點小錢，卻發現自己陷入致命的危險。現在由於卡希姆的提議，他開始動腦筋，打算偷走這整個國家。某個該死的傢伙顯然已經達到類似的目的，而且是以一人之力完成，只是肯定做得不夠好。也許他們可以合作，把這地方榨乾，再偷偷溜走。跟卡希姆協商的過程中，他得知對方以為他有一艘大船，還有很多人手在外面。卡希姆懇切地請求他立刻通知他的大船帶著大批槍械和人手到上游來為邦主效勞。布朗假裝願意配合，這場協商就在這種爾虞我詐的氛圍裡展開。那天早上謙恭又積極的卡希姆忙碌奔走三趟，下山去問邦主的意見，又邁著大步回來。布朗一面談條件，一面暗自得意，想著他那艘破爛縱帆船假冒他的武裝船艦，貨艙裡除了一堆灰塵什麼都沒有；船上一個中國人和一個過去在斐濟萊武卡海邊撿破爛的瘸子代表他的大批手下。那天下午他收到更多食物，邦主承諾給他一點錢，還送來一些草席供他們使用。他們用草席擋住熾烈的陽光，躺下來呼呼大睡。布朗卻是獨自坐在倒地的樹幹上，盡情欣賞底下的城鎮與河流，那裡有很多財物等待掠奪。柯尼利斯如今在小山上相當自在，此時正在布朗身邊說話，介紹某些地點，提供他的意見，描述他眼中的吉姆是什麼樣的人，用他自己的角度評論過去三年發生的事。布朗表面上漠不關心地凝視遠方，其實用心聆聽每一個字，卻始終無法判斷這個吉姆是什麼樣的人。『他姓什麼？吉姆！吉姆！人的名字怎麼可能這麼簡單。』『這裡的人都喊他吉姆爺，』柯尼利斯不屑地說。『他做什麼的？從哪裡來的？』布朗問。『他是什麼樣的人？是英國人嗎？』『是，是，他是英國人。我也是英國人，從麻六甲來的。他是個笨蛋。只要殺了他，你就是這裡的王。所有的東西都是他的。』柯尼利斯答。『我忽然想到，也許不久後他就願意跟人分享。』布朗有意無意地說。『不，不。恰當的做法是一有機會就殺了他，到時候你想怎樣就怎樣。』柯尼利斯強力勸說，『我在這裡住很多年了，這是以朋友的立場給你的忠告。』

「布朗一面聊著，一面貪婪地俯瞰已經被他視為禁臠的帕吐桑，就這樣度過大半個下午，他的手下則是在休息。同一天達因的獨木舟船隊一艘一艘偷偷地在離小溪最遠的河岸下水，去封鎖布朗的退路。布朗不知道這件事，日落前一小時登上小山的卡希姆刻意瞞著他。卡希姆想要布朗的大船進來，怕他知道這個消息會改變主意。他極力催促布朗下達『命令』，還提供可靠的人負責送信。他說，為了保密，送信的人會走陸路去到河口，把『命令』送到大船上。布朗深思熟慮之後，從筆記本撕下一張紙，上面寫道，『進展順利，準備幹一大票。留下送信的人。』卡希姆挑的那個面無表情的年輕人忠實地執行任務，得到的回報是倒栽蔥被中國人和那個撿破爛的合力扔進大船的空貨艙。那兩人得手後趕緊門上貨艙門，布朗沒有提到那人的下場。」

第四十章

「布朗的目的是假意配合卡希姆的計畫，為自己爭取時間。他不禁覺得，想要真正大幹一場，那個白種人才是他該選擇的合作對象。他認為，那小子能夠控制本地人，想必很有腦子，絕不會拒絕他。畢竟有他幫忙，他就不再需要像過去單打獨鬥時那樣小心謹慎慢慢地冒險哄騙。他能壯大那人的力量，這種好事沒有人會遲疑，關鍵在於把話說清楚。他們當然可以共享成果。想到這裡有個堡壘，真正的堡壘，有大批軍火（柯尼利斯告訴他的），一切準備就緒，他覺得興奮莫名。只要他能進去……他提的條件不會太高，但也不能太低，那人顯然不是傻子。他們會合作無間，直到……直到兩人發生口角，最後用一顆子彈清算總帳。他急著想洗劫這地方，很希望現在就跟那人商談。這片土地好像已經可以任他撕裂、壓榨再丟棄。另一方面，為了食物，他還得哄著卡希姆，也當做替代方案。不過最重要的是確保每天的食物來源。再者，他並不反對當那個邦主的打手，教訓那些用槍彈迎接他的人。他渴望戰鬥。

「很遺憾，這段故事我所知有限。我的消息來源主要是布朗，是他親口說的。當時他被死神掐住了喉嚨，那斷斷續續、狂暴狠戾的語句暴露了他的內心世界，顯露他毫不遮掩的無情手段。他對自己的過去懷著古怪的仇恨，盲目地相信他站在正義的一方，與全體人類對抗。基於這種心態，他領著一群四海為家的暴徒，驕傲地以上帝之鞭[52]自居。無庸置疑，這樣的性格源於麻木不仁的殘暴本質，而他的失敗、霉運、近期的窮困和當時陷入的絕境進一步刺激那種本性。但最值得注意的是，他一方面籌劃著假聯盟，一方面決定那白種人的命運，在此同時還專橫又蠻不在乎地跟卡希姆虛與委蛇，不難看出他真正想要的，幾乎不可自拔地渴望著的，是在那蔑視他的叢林城鎮掀起一場大浩劫，看見那裡屍橫遍野、被大火吞噬。聽著他冷酷無情、氣喘吁吁的話語，我可以想像他必定在小山丘上眺望帕吐桑，構思無數殺人劫掠的場景。最靠近小溪那段流域彷彿沒有人煙，事實上每一棟屋子都藏著幾個武裝男人在保持警戒。那片荒地上有幾叢低矮茂密的灌木，有挖開的坑洞和一堆堆垃圾，中間有幾條小路。那裡突然出現一個人，看起來非常小，漫步走向荒地盡頭那條無人街道的路口。街道兩旁都是門窗緊閉、沒有人氣的漆黑房屋。可能是已經逃到河流對岸的居民，回來拿點家裡用的東西。顯然他覺得自己離小山丘那麼遠，沒有危險。街道轉角就有一座臨時搭建的簡易防護圍欄，裡面都是自己人。他從容地走著。布朗看見他了，馬上把美國逃兵叫過來。那人算是這幫人的二當家，是個散漫的瘦子，這時表情木然地走過來，步槍懶懶地拖在地上。以神槍手自居的他聽完布朗的指示之後，嗜血又自滿地笑了，露出了牙齒，粗糙蠟黃的臉龐也出現兩道向下延伸的深溝。他單膝跪地，找個支點穩穩地瞄準目標，槍管從砍倒的

52. Scourge of God，西元五世紀匈奴王阿提拉（Attila the Hun, 約四〇六～五三〇）的別稱。阿提拉是古歐亞大陸最知名的匈人領袖，也是當時已分裂的羅馬帝國最主要的敵人。

樹木殘留的枝椏之間伸出去，扣下扳機後立刻站起來查看。遠處那個男人聽見槍聲轉過頭來，又向前走了一步，腳步遲疑，雙手和膝蓋突然落地。劇烈槍響後是一片靜肅，神槍手緊盯他的獵物，心想，『這個蠢貨的親友再也不需要為他的健康擔憂。』那人的四肢在身體下面快速移動，像是想手腳並用往前跑。那片空地傳出許多驚慌不安的叫聲。那人臉朝下趴在地上，不再動彈。『露一手本領讓他們瞧瞧。』布朗告訴我，『讓他們突然面對死亡，心生恐懼。那就是我們的目的。他們兩百人對我們一個，這件事讓他們當天晚上可以好好想一想。他們從來沒見過這種遠距離射擊，邦主派來的那傢伙飛奔下山，眼睛都凸出來了。』

「他跟我說這些的時候，伸出顫抖的手想擦掉青紫嘴唇上的口沫。『兩百個對一個，兩百個對一個……讓他們恐懼……恐懼，恐懼，我告訴你……』他自己的眼睛也凸出眼窩。他躺回椅子裡，瘦削的手指在空中抓攫，又坐起來，弓著身體、毛髮蓬亂，像民間傳說中的獸人般斜眼看我，痛苦萬分地張大嘴巴，直到這波氣喘發作過後才繼續說話。有些畫面永遠忘不掉。

「不只如此，為了誘使敵人開槍，以便找出埋伏在樹叢裡的人，布朗派索羅門島民下山，去大艇上拿一支槳，就像人們派獵犬到水裡去撿回棍子。這個策略沒有奏效，那人安全回來，沒有子彈從任何地方朝他飛來。『沒人，』有人說。『這不正常。』那美國人說。當時卡希姆已經離開了，他非常驚豔，也非常高興，卻覺得不安。他遵循他的迂迴策略，派人去提醒達因留意白種人的大船，因為他聽說那船即將從河口進來。他故意對大船的威力輕描淡寫，勸達因擋住大船。這種兩面手法符合他的需求，因為他的目的是分散布吉人的武力，利用戰鬥削弱他們。另一方面，那天他也派人接觸來到鎮上那些布吉人首領，告訴他們他正在想辦法勸那些陌生人離開。他也派人去堡壘，為邦主的屬下爭取彈藥。阿琅邦主會議廳的槍械架上大約有二十把生鏽的舊式毛瑟槍，很久以前就沒有子彈了。小山丘和邦主宅邸之間的公開對談讓所有人惶惶不安。已經有人說，該決定靠向哪一邊了。不久後就會有人死傷，之後大家的處境會更艱難。吉姆一手打造了井然有序的祥和社會，讓人們對明天充滿信心，但這一切在那天晚上顯得搖搖欲墜，即將變成瀰漫血腥味的廢墟。窮人已經開始走進叢林或逃往上游。很多上層階級覺得有必要去向邦主投誠。邦主手下那些年輕人粗魯地將他們推開。老阿琅驚恐莫名優柔寡斷，幾乎瘋掉，不是板著臉默不作聲，就是暴怒地臭罵那些人竟敢空著手去見他。那些人只好驚慌失措地離開。只有老多勒敏將他的族人聚在一起，堅持他的戰略不曾動搖。他端坐在臨時搭建的防護圍欄內側的大椅子上，用低沉模糊的嗓音發出一道道命令，像個聾子般對甚囂塵上的謠言充耳不聞。

「夜幕降臨，首先掩蓋了那具屍體。那屍體仍然躺在那裡，雙臂向前伸直，彷彿被釘在地面上。旋轉的夜幕平穩地向前滾動，覆蓋住帕吐桑，就此停歇，將來自無數世界的閃光灑在地球上。城鎮明亮處的熊熊火堆再次沿著唯一的街道放光芒，從遙遠的這端到遙遠的那端，用它們的耀眼火光照亮屋頂向下傾斜的直線。一片片枝條編造的牆壁混亂交錯，偶爾能看見整棟被照亮的小屋，聳立在一根根漆黑的垂直柱子上。這些屋舍的線條在一團團搖曳的火光中顯現，似乎忽隱忽現，曲折地往上游延伸，直達陰暗的內陸。萬籟俱寂，接連不斷的火堆無聲地戲耍著，將它們的微光探向小山丘下的暗處。對面的河岸四下漆黑，只有河邊一堆篝火，就在堡壘前。空中有一股越來越強烈的震動，可能是許多人在跺腳，或許多人的嗡嗡話聲，或遠方大瀑布的水流聲。布朗向我坦承，就是在那個時候，他背對手下坐在那裡看著那一切，雖然心中仍是鄙視，雖然還是堅定地相信自己，卻隱隱感覺到，他這回終於迎頭撞上石牆了。如果當時他的大艇在水面上，他一定會冒著被人沿途追殺和在海上餓肚子的危險，偷偷駕船往河口去。他能不能順利逃出去也是很大的問題。不過，他沒這麼做。接下來他腦子閃過一個念頭，想要衝下山去，但他心裡很清楚，下去之後他們會走進那條明亮的街道，像狗一樣被屋子裡的人射殺。他心想，兩百個對一個，而他的人圍著兩堆悶燒的餘燼，嚼著靠卡希姆的外交策略弄來的最後一點香蕉和烤甘薯。柯尼利斯跟那些人坐在一起，悶悶不樂地打瞌睡。

「這時有個白種人想起大艇上還有一些菸草，早先索羅門島民平安回來給他信心，他決定下去拿。聽到這番話，其他人不再垂頭喪氣。那人向布朗請示，布朗輕蔑地說，『去吧，去你的！』他不認為摸黑去溪邊會有危險。那人一腳跨過倒地的樹幹，消失在夜色裡。不一會兒他們聽見他爬上大艇再爬出來，大聲喊，『我拿到了。』緊接著山腳下出現一道閃光和一聲槍響。『我中槍了！』那人又喊。『小心，小心！我中槍了。』所有步槍立刻開火，小山丘在黑暗中爆發火光和巨響，像一座小火山。布朗和美國人連聲咒罵拳打腳踢，才止住夥伴慌亂的射擊。這時小溪傳來深沉乏力的呻吟聲，緊接著是哀怨的訴苦聲。那聲音飽含揪心的傷痛，像毒藥似的，能讓血管裡的血液變冷。接著小溪再過去的某個地方傳來強有力的聲音，清晰地說著他們聽不懂的話。『不准開槍！』布朗大吼。『那人在說什麼？』『山上的人聽見了嗎？聽見了嗎？聽見了嗎？』重複三次。柯尼利斯幫他們翻譯，催促他們回答。『說吧，』布朗答。『我們能聽見。』那聲音用傳令官般洪亮誇大的語調，在廣大荒地的邊緣不停移動，說道，住在帕吐桑的布吉人與山上的白種人和他們的同夥之間不會有信任、不會有慈悲、不做任何溝通，也不會有和平。一叢灌木窸窣作響，緊接著槍聲四起。『該死的笨蛋！』美國人喃喃罵道，氣惱地把槍托放在地上。柯尼利斯幫他們翻譯。山下那個受傷的人喊了兩次，『帶我上去！帶我上去！』又繼續呻吟埋怨。早先他在焦黑的山坡上，或者後來蹲伏在大艇裡，安全都有保障。找到菸草後大概興奮得忘我，從大艇的外側跳出去。大艇高棲在乾燥的地面上，白色船身襯托出他的身影。那段溪流寬度不到七公尺，當時正好有個人埋伏在對岸的矮樹叢裡。

「那人是通達諾的布吉人，前不久才來到帕吐桑，是下午被槍殺那人的親戚。那著名的長距離射擊確實讓目擊者膽寒。看似安全無虞的人就在家人朋友的眼前中槍，倒地時嘴角還玩笑似地上揚。他們在對方的行為中看見令人憤慨的殘暴。死者的這位親戚名叫席拉帕，當時就跟多勒敏一起在圍欄裡，距離只有幾步遠。你了解那些人，自然知道那人自告奮勇隻身摸黑去向敵人喊話，是多麼不尋常的勇氣。他悄悄爬過那片空地，轉向往左邊去，發現大艇就在對面。他被布朗那個手下的叫聲嚇了一跳，就地坐下來，槍扛在肩膀上。那人從大艇裡跳出來暴露行蹤，他扣下扳機，將三枚鋸齒狀的彈塊直接送進那可憐傢伙的腹部。之後他仰躺在地上，聽天由命地等死。一陣稀疏的彈雨嗖嗖地掃射他右手邊的樹叢。接著他開始向敵人喊話，弓著身子到處移動找掩護。說完最後一句話之後，他往旁邊一跳，緊貼地面躺了半晌，而後全身而退回到屋子裡。那天晚上他一舉成名，他的孩子引以為傲，拒絕讓這起英勇事蹟湮沒在歲月裡。

「小山上那幫絕望的人個個低垂著腦袋，任由那兩小堆餘火熄滅。他們沮喪地坐在地上，抿著嘴唇，垂著視線，聽著底下那個同伴的聲音。那人體格健壯，不容易斷氣。那呻吟聲時而響亮，時而衰弱，變成竊竊私語般的痛苦哀號。有時他會尖叫，沉寂一段時間後，又會聽見他譫妄地念叨一長串含糊不清的牢騷，一刻也不停歇。

「『有什麼用？』布朗一度不冷漠地說。當時他看見美國人低聲咒罵，打算下山去。『也是。』美國人認同，不情願地打消主意。『船長，傷患在這裡的確是累贅，只是他的聲音會讓大家一直想到死後的事。』『給我水！』受傷那人的聲音突然異常清晰有力，之後又恢復虛弱的呻吟。『哎，水。有水就好了。』另一個人無可奈何地自言自語。『再過不久就會有很多水，正在漲潮。』

「最後潮水湧進來了，淹沒了那哭訴與痛苦的哀號。天快破曉的時候，布朗掌心托著下巴坐在山上望著帕吐桑，就像盯著無法攀登的山壁，突然聽見遠方鎮上某處傳來六磅黃銅炮的短促轟隆聲。『怎麼回事？』他問在他身邊打轉的柯尼利斯。柯尼利斯仔細聆聽。一陣模糊的吼叫聲從上游傳到小鎮上空。大鼓咚咚響起，其他鼓聲隨後呼應，振動著，嗡嗡響著。城鎮漆黑的那一半亮起一簇簇微小火光，原本就被朦朧火光照亮的那部分傳出綿綿不絕的低語聲。『他回來了。』柯尼利斯說。『什麼？這麼快？你確定嗎？』布朗問。『對！對！確定。你聽聽那聲音。』『他們為什麼吵吵鬧鬧的？』布朗又問。『因為高興。』柯尼利斯哼了一聲。『他是很偉大，但沒有差別，他跟小孩子一樣無知。所以他們鬼吼鬼叫逗他開心，因為他們沒有比他聰明。』『我怎樣才能跟他聯絡上？』布朗問。『他會來找你談。』柯尼利斯說。『什麼意思？就這樣走過來？』柯尼利斯在黑暗中猛點頭。『對，直接來這裡找你談。他跟傻瓜沒兩樣，你會看得出來他有多蠢。』布朗不太相信。『你等著瞧，等著瞧。』柯尼利斯反覆說道。『他不害怕，什麼都不怕。他會過來命令你別騷擾他的人，任何人都不能騷擾他的人。他像個小孩子，會直接來找你。』唉！他太了解那個『可鄙的討厭鬼』（布朗在我面前這麼稱呼吉姆）。『是，當然。』柯尼利斯激動地說，『船長，到時候你叫那個拿槍的高個子對吉姆開槍。你們只要殺了他，其他人都會害怕，之後你想要他們怎麼做都沒問題，要什麼隨便拿，想走就走。哈！哈！哈！好……』他焦急又渴望，幾乎手舞足蹈。布朗回頭看著他，在無情的曙光照耀下，他也看見他的手下全身掛著露水，坐在冰冷的灰燼和營地的雜物之間，衣衫破爛，憔悴委頓。」

第四十一章

「直到最後一刻，直到天光乍然亮起，河流西岸的火堆依然燒得光亮又鮮明，布朗終於看見前排房屋之間靜靜佇立著一大群色澤繽紛的身影，其間有個人穿著歐洲服飾，戴著頭盔，一身雪白。『就是他！快看！快看！』柯尼利斯激動地叫嚷。布朗的手下全都跳起來，個個兩眼無神地擠在他背後。那群圍在雪白身影周遭、衣著鮮麗的黑皮膚全都望著小山丘。布朗看見裸露的胳膊舉在額前遮擋陽光，也有人舉著棕色手臂指指點點。他該怎麼做？他環顧四周，周遭的森林圈圍出這場懸殊戰鬥的戰場。他再一次看他的手下，各種念頭在心中糾結：輕蔑、厭倦、求生欲、想爭取另一次機會、不想死在這裡。從那個白種人的輪廓看來，布朗覺得對方正拿著雙筒望遠鏡查看他這邊，而那人擁有這片土地的全力支持。布朗跳到木頭上，高舉雙臂，掌心對外。那群五彩繽紛的人兩度向白種人靠攏又後退，白種人才擺脫他們，一個人慢慢往前走。布朗繼續站在木頭上，看著吉姆的身影在一叢叢帶刺的矮樹之間時隱時現，即將走到小溪旁。這時布朗從木頭上跳下來，跑到他這邊的溪岸跟對方會合。

「他們見面了，我猜離吉姆生命中第二次在絕望中縱身一躍的地點不遠，或許就是那個位置。那一次他跳進了帕吐桑，得到當地人的信任、愛與信服。他們兩人隔著小溪面對面，沉著地對望，想在開口之前探知對方的個性。他們的目光想必流露出敵意，我知道布朗第一眼見到吉姆就憎恨他：不管他心裡懷著什麼希望，都在那一刻化為烏有。這不是他期待見到的那種人，他為此憎恨吉姆。他身上的格紋法蘭絨襯衫袖子只剩半截，鬍子花白，凹陷的臉頰曬得黝黑。他在心裡詛咒吉姆的年輕和沉穩，詛咒他清澈的眼眸和從容的舉止。那傢伙混得比自己好太多！顯然不可能拿出任何東西換取他的協助。那人占盡一切優勢，擁有財物、安全與權力；握有壓倒性武力，沒有挨餓，沒有走投無路，而且好像一點都不害怕。另外，吉姆全身上下整齊乾淨，從白色的頭盔到帆布綁腿和用白陶土打磨的鞋子，看在布朗陰沉惱怒的目光裡，似乎代表他在人生歷程中譴責與嘲弄的一切。

「『你是誰？』吉姆終於用他慣常的口氣問道。『我姓布朗，』布朗大聲回答，『布朗船長。你呢？』吉姆停頓片刻後才繼續說話，像是沒有聽見對方的問題。『你來這裡做什麼？』『你想知道，』布朗忿忿地答。『答案很簡單，因為飢餓。你又為什麼來到這裡？』

「『那傢伙聽見這個問題嚇了一跳。』布朗如此描述這段古怪對話的開場。當時他們之間只隔著一條泥濘的小溪，卻是各自站在某種概括所有人類的人生觀的兩極。『他嚇了一跳，臉色漲紅。我猜那事太嚴重，經不起詢問。我告訴他，如果他以為我死定了，可以任他擺布，那他的處境一點也沒有比我好，因為山上有個人的槍口始終瞄準他，只等我給出信號。這沒什麼好震驚的，畢竟他主動走下小山。我告訴他，「我們不妨假設自己死定了，站在這個基礎上談判，平等對話。在死亡面前人人平等。」我向他承認我像掉進陷阱的老鼠，因為我們沒別的路可走，但就算受困的老鼠也有能力反咬一口。他馬上接腔：「等老鼠死了再靠近陷阱，就不會被咬。」我告訴他，那種手段他那些土著朋友玩玩也就罷了，但像他這樣的白種人太表裡如一，就算對一隻老鼠，也不屑於那麼做。沒錯，原先我想跟他談，但不是求他放過我。我那些手下是……嗯，就是那樣的人，總之跟他沒有差別。我們對他唯一的要求就是出來把話說清楚。他像根柱子似地一動不動站在那裡，我說，「去你的！你也不想每天帶著望遠鏡出來看看我們還有幾個人活著。來吧，要嘛帶你那些該死的人殺過來，要嘛讓我們離開，在大海上餓死，上帝保佑！就算你滿口大話，說那些都是你的自己人，你是他們的一份子，你終究曾經是白種人。你是嗎？你這麼做又能得到什麼，你在這裡找到了什麼珍貴的東西？嗯？也許你不希望我們下山，對吧？你們兩百個對我們一個，你不希望我們走出來。啊！我跟你保證，在你達到目的以前，我們會先給你們一點顏色瞧瞧。你說我對無辜的人下手是懦夫的行為。我幾乎什麼都沒做就差點餓死，他們無不無辜跟我有什麼關係？但我不是懦夫，你也拿出膽量，帶你的人殺過來。我以所有惡魔起誓，我們一定有辦法燒掉你們半座無辜的城鎮給我們陪葬！」』

「他跟我說這些事的時候狀況糟透了，那痛苦的軀體蜷縮起來，臉貼在膝蓋上，就在那間破落小屋粗陋的床鋪上，抬起頭看著我，邪惡的表情得意洋洋。

「『那些就是我對他說的話，我知道該說些什麼。』他又開始敘述，起初虛弱乏力，之後又以非凡的速度振作起來，轉換成滿是嘲弄的激烈言辭。『我們不會躲進森林餓得骨瘦如柴，一個個倒下，還沒斷氣就被螞蟻啃咬。絕不！「你們不配得到更好的結果。」他說。我對他大吼，「你躲在這地方，口口聲聲談你的責任，談無辜的生命，談你那該死的職責，你又配得到什麼？我不了解你，難道你就了解我？我來這裡是為了食物。聽見了嗎？來找填飽肚子的食物。那麼你當初又為什麼來到這裡？你來到這裡的時候想要的是什麼？我們沒別的要求，只希望你跟我們打一場，或者放我們回到我們來的地方……」「我現在就可以跟你打一場。」說著，他拉了拉他的小鬍子。「那我會允許你對我開槍，不必道謝。」我說。「死在這裡跟死在任何地方對我沒有差別。我已經厭煩我的霉運。不過那樣太容易了，我的手下跟我在同一條船上，上帝作證！我不會碰到麻煩就跳出去，把他們留在半沉的船上。」我說。他站在原地思索一段時間，接著問我「在外面」（他的頭朝下游點了一下）做了什麼，搞得自己這麼落魄。「我們在這裡見面是為了聊彼此的過去嗎？」我問他。「不如你先說吧。不說？好吧，反正我也不想聽，自己留著吧，肯定不比我高明。我有過去，你也一樣，雖然你說得那麼好聽，彷彿你有一雙翅膀可以飛來飛去，碰不到骯髒的泥土似的。嗯，我的確不清高，我沒有翅膀，我來到這裡是因為碰上我害怕的事。想知道我怕什麼嗎？我怕監獄。我害怕被關起來，讓你知道也無所謂，如果對你有好處的話。我不問你被什麼東西嚇得躲到這該死的洞裡，你在這裡好像撈了一筆，那是你的運氣，而我的運氣是得到這個特權，可以求你痛快給我一槍，或者把我趕出去，讓我自生自滅。」』

「他衰弱的身軀在狂喜中搖晃，那麼猛烈，那麼自信，滿滿的惡意，就連等在小屋裡的死神好像都被他趕走了。他的狂妄自負早已變成殘骸，此刻卻在破爛與窮困中重新站起來，就像從陰森驚悚的墳墓爬出來。很難判斷當時他對吉姆說了多少假話，現在對我撒了多少謊，一直以來又如何欺騙他自己。虛榮心對我們的記憶無所不用其極，每一份豪情壯志的真面目都需要偽裝，才能留存下來。他以乞丐的扮相站在通往另一個世界的大門，甩了這個世界一巴掌，對這個世界吐口水。他那些罪行，本質上就是對這個世界最大的藐視和反叛。他征服了所有人，包括男人女人，包括野蠻人或商人，包括暴徒或傳教士，包括吉姆『那臉色紅潤的傢伙』。他臨死前那份得意，那樣欣喜若狂地幻想著將整個地球踩在腳底下，我一點也不羨慕。他在可悲可憎的痛苦中向我吹噓的時候，我不禁想到曾經聽人嘻嘻哈哈描述他最輝煌的時期。當時大約有長達一年或更久的時間，經常有人看到布朗紳士的船連續幾天在一座小島外徘徊。小島的邊緣點綴綠意，周遭是蔚藍的大海，白色沙灘上的黑點正是傳教士的房子。布朗紳士在岸上對無法忍受美拉尼西亞的浪漫女孩施展愛的魔咒，在此同時給她的丈夫希望，以為他會迷途知返，投入神的懷抱。那可憐的男人，聽說他曾經表達『將布朗船長引回正途』的意願。有個目光閃爍、遊手好閒的傢伙說他『為天國的榮光捕捉布朗紳士，只為了讓他們看看西太平洋貿易船的船長是什麼模樣。』布朗帶著那垂死的女人私奔，抱著她的遺體落淚。『哭得像個大寶寶。』他當時的大副對此津津樂道。『如果我明白那有什麼樂趣，就讓我被死掉的奴工踢死。各位，他帶她上船的時候她已經病得昏昏沉沉，根本不認得他。她就那樣躺在他床鋪上盯著船桁，眼睛亮得嚇人，之後就死了。應該是很嚴重的熱病……』我想起我聽過的那些故事，看著他躺在惡臭的床鋪上用蒼白的手撥開他糾結成團的鬍子，告訴我他如何哄騙那個潔淨無瑕、高不可攀的傢伙，怎麼讓他上鉤，達到目的。他坦承他嚇不到那人，但有一條路『像公路一樣寬廣，我可以從那裡進攻，把他那一文不值的靈魂甩著玩，讓他內外錯亂，上下顛倒——老天為證！』」

第四十二章

「我覺得他能做的或許只是看著那一條筆直的路。他看見的一切好像令他困惑，因為他在敘述的過程中不只一次停下來大喊，『那時候我差點讓他溜掉。我沒辦法看穿他。他是誰？』他狂野暴怒地瞪著我，之後才開心又鄙夷地繼續說下去。如今我覺得，他們在小溪兩岸那場對談像是最致命的決鬥，預知結果的命運之神就在一旁冷眼旁觀。不，他沒有把吉姆的靈魂攪得天翻地覆，但我敢說那個他無法觸及的靈魂想必也徹底體驗到那場對決的酷烈。這些人都是他棄絕的世界派來的特使，追到他這個藏身之地。都是從『外面』來的白種人，來自那個他覺得自己不配居住的地方。他們找上他，為他在這裡的努力帶來威脅、震撼與危險。吉姆說的話不多，偶爾流露出悲傷、自我憎恨與自我放棄。或許正是這樣，布朗才沒有辦法判讀他的性格。某些強大的人之所以強大，主要是因為能夠在注定為他們所用的人身上發掘出他需要的特定力量。布朗擁有魔鬼般的天賦（彷彿他已經非常強大），能在他的受害者身上找出最大的優點與弱點。他向我坦承吉姆不是那種靠屈從討好就能擺平的人，於是他刻意將自己包裝成一個堅強面對厄運、譴責與禍患的人。他告訴吉姆，偷渡幾枝槍不是重罪。誰敢說他來到帕吐桑不是為了乞討？那些該死的人什麼都不問，直接從河流兩岸向他開火。他這話實在厚顏無恥，因為達因的積極行動事實上避免了最大傷亡。布朗明白告訴我，當初他看見那地方那麼大，立刻決定只要他站穩腳步，就會到處放火，看見活人就開槍，用武力恫嚇，鎮壓所有人。他在劇烈咳嗽中辯稱，雙方武力太懸殊，只有用這種方法，他才有一絲一毫的機會達到目的。但他沒跟吉姆說這些。他說他們確實經歷過各種艱辛，也挨了餓，看看他那群手下就知道了。他用尖銳的口哨聲給手下傳訊，那些人立即現身，排成一排站在木頭上，方便吉姆看個清楚。至於殺了那個人，做都做了……不過，當時戰爭不是一觸即發嗎？那人一槍斃命，子彈穿過他胸口，不像他那個還躺在小溪裡的可憐手下，腸子都被彈塊扯爛，他們聽他垂死哀號六小時。再怎麼說這都是一命抵一命。他說這些話的神態是那麼厭倦、那麼輕率，顯然是被厄運追得橫衝直撞，渾不在乎自己往哪裡去。布朗用直言不諱的絕望口氣反問吉姆，難道他不明白，『一個人在一無所知的情況下為了自救，根本不會在乎還有誰死了，不在乎死了三個、三十個或三百個人。』彷彿魔鬼在他耳畔悄聲教他這麼說。『他聽了我的話退縮了。』布朗向我吹噓。『不再自以為正義地質問我。他默不吭聲站在那裡，表情像雷霆般震怒，對著地面，不是對我。』他問吉姆過去難道沒有做過虧心事，竟然這樣苛責一個為了逃出致命坑洞不擇手段的人，諸如此類的。他用那粗野的話語隱隱提及他們流著同樣的血，隱隱假設彼此或許有過同樣的經歷，也令人反胃地暗示彼此犯過同樣的罪行，心裡藏著同樣的祕密，將他們的心靈和精神聯結在一起。

「最後布朗索性躺在地上，用眼尾餘光觀察吉姆。吉姆站在小溪的另一邊思考，身體重心從這條腿轉移到那條腿。眼前的屋舍寂靜無聲，彷彿某種瘟疫奪走了所有生命。但裡面有無數眼睛盯著站在小溪兩岸的人，盯著那艘擱淺的白色大艇和第三個人半埋在泥地裡的屍體。河流上的獨木舟又開始移動，因為自從吉姆爺回來以後，帕吐桑再度相信人間秩序的穩定。河流右邊岸上、屋舍的平台、停泊在沿岸的船隻，甚至澡堂的屋頂，都擠滿了人。那些人雖然看不見，甚至可能聽不見，卻都極目遠眺邦主的圍欄再過去的那座小山丘。這片面積廣大的不規則環狀森林被河流的光澤分割成兩塊，裡面一片沉寂。『你們能承諾離開這個海岸嗎？』吉姆問。布朗舉起一隻手又放下，表示放棄一切，接受不可避免的結果。『並且交出你們的槍械？』吉姆又問。布朗坐起來，怒氣沖沖看過來。『交出槍械！除非我們死了！你以為我嚇瘋了嗎？才不！除了船上的幾把後膛槍，這些槍彈和我身上的破衣裳是我在這世上的全部財產，我打算拿到馬達加斯加賣錢。如果我沿途向路過的船乞討，順利去到那麼遠的地方的話。』

「吉姆沒有回應。最後，他扔掉拿在手裡的樹枝，用自言自語的口吻說，『我不知道我有沒有能力……』『你不知道！而你剛才還想要我交出武器！』布朗大叫。『他們可能會在你面前說一套，見到我又做另一套。』他明顯冷靜下來。『你一定能，否則我們何必在這裡說這麼多？如果你做不到，又為什麼來到這裡，打發時間嗎？』

「『好吧。』吉姆沉默半晌後抬起頭說，『你們可以平安離開，或者來一場惡戰。』說完他轉身就走。

「布朗立刻跳起來。不過，他一直等到吉姆的身影消失在最前排的房屋之間，才回到小山上。他沒有再看見過吉姆。回山上的途中，他遇見垂頭喪氣走下山的柯尼利斯。柯尼利斯在布朗面前停住腳步，用陰鬱的口氣不滿地質問，『你為什麼不殺他？』『因為我有更好的點子。』布朗面帶笑容說。『不可能！不可能！』柯尼利斯激動地反駁。『你辦不到。我在這裡住很多年了。』布朗詫異地抬眼望著對方。這個用武力對抗他的地方的生活有很多不同面向，很多他永遠不會知道的事。柯尼利斯沮喪地從他身邊溜走，往河流的方向去。他現在要離開他的新朋友，事情的發展令他失望，他以一種憤怒的執拗接受這個結果，泛黃的老邁臉龐五官擠成一團。下山時他斜眼瞄瞄這邊瞅瞅那邊，心裡那個念頭始終沒有放棄。

「接下來事情迅速開展，順暢無礙地從人們的心中流淌出來，像來自黑暗源頭的溪流。我們看見事件中的吉姆，主要是透過檀布伊塔的雙眼。那女孩的眼睛也看著他，但他們兩人的生命糾纏得太緊密，其中有她的激情、她的疑惑、她的憤怒，更重要的是她的恐懼與她拒絕寬恕的愛。他忠心的僕人檀布伊塔雖然跟其他人一樣無法理解，但左右他的只有他的忠誠。他對主人的忠誠與信任是那麼強烈，就連他的詫異也被削弱，哀傷地接受莫名的失敗。他眼裡只看得見一個人，在困惑與迷亂中，他始終守護著、順從著、關心著。

「他的主人跟那些白種人談判後回來，慢慢走向街上那道圍欄。人們看見他回來歡欣鼓舞，因為他離開那段時間所有人都在害怕，不只擔心他被殺，也擔心事情的演變。吉姆走進一棟房子，多勒敏就在裡面，兩人單獨談了很長時間。他必定跟多勒敏討論接下來怎麼做，但當時沒有其他人在場。只有盡量貼近門口的檀布伊塔聽見他的主人說，『對，我會讓大家知道我希望這麼做，可是多勒敏，我在跟其他人說話之前選擇單獨找你談，因為你明白我的心，就像我也明白你的心，也知道你最大的心願。你很清楚我全心全意為大家著想。』之後他的主人掀起門簾走出來，檀布伊塔朝屋子裡瞄了一眼，看見老多勒敏坐在椅子裡，雙手放在膝蓋上，視線盯著雙腳之間的地板。之後他跟隨主人回到堡壘，當時布吉人和帕吐桑的重要人物都被召喚到那裡聽吉姆說話。檀布伊塔希望戰鬥。『不過是攻占另一座山頭，有什麼大不了？』他遺憾地說。只是，鎮上很多人都希望那些貪心的陌生人看到這麼多勇士準備戰鬥，會主動選擇離開。如果他們離開，就是最好的結果。自從天亮前堡壘的槍炮和大鼓宣告吉姆的歸來，籠罩帕吐桑上空那股恐懼像沖擊岩石的浪濤似地破碎、減弱，只留下有如沸騰泡沫般的亢奮、好奇與無盡的猜測。半數的人口為了抵禦外敵，被迫離開自己的家，住在河流左岸的街上，擠在堡壘周遭，總覺得下一刻就會看見他們遺棄在危險的對岸的屋舍被大火吞噬。人們普遍期待事情迅速落幕。在珠兒的安排下，離家逃難的人都分配到食物，沒有人知道他們的吉姆爺有什麼打算。有人說這場戰鬥比當初進攻阿里更艱難，因為當時很多人都不在乎，現在每個人都可能受害。人們關切地看著獨木舟在兩邊城鎮之間移動，兩艘布吉人的戰船停泊在小溪中央保護河道，船頭各自飄著一縷炊煙，船上的人正在做午飯。就在這時，跟多勒敏談過話的吉姆橫渡河流進入堡壘的水門。他被堡壘裡的人團團圍住，幾乎回不了自己的屋子。他們到現在才見到他，因為他深夜回來以後，只跟專程去浮橋見他的女孩說了幾句話，就立刻到對岸去見那些首領和戰士。人們大聲問候他。有個婦人瘋狂地擠到前面，惹得眾人哈哈笑。婦人用責備的語氣囑咐他，別讓她兩個兒子（跟在多勒敏身邊）受到強盜的傷害。幾個旁觀者想拉開她，但她一面掙扎一面大喊，『放開我。你們這些穆斯林在做什麼？這樣取笑人不禮貌。那些人難道不是殘酷嗜血、殺人不眨眼的強盜？』『放開她。』吉姆說。現場頓時安靜下來，他才又慢慢說道，『所有人都會平安無事。』他走回屋子時，人們還在大聲嘆息，心滿意足地交頭接耳。

「毫無疑問，他已經下定決心讓布朗那群人安全回到海上。他的命運反叛他，想逼他採取行動。有史以來第一次，他必須無視公開的反對聲浪，堅持他的意志。『很多人說了很多話，起初我的主人保持沉默。』檀布伊塔說，『天黑了，我點亮長桌上的蠟燭，那些首領坐在桌子兩邊，那位女士守在主人右手邊。』

「他開始說話，他不習慣面對阻礙，不過這樣的困難使他的意志更為堅定。那些白種人還在山上等待他的答覆，他們的首領用他自己的語言對他說話，把很難用其他語言解釋的事情說得清楚明白。他們都是犯錯的人，苦難讓他們不顧是非對錯。沒錯，是有人犧牲了生命，但何必再犧牲更多？他告訴在場的首領們，他們的福祉就是他的福祉，他們的損失就是他的損失，他們的哀慟也是他的哀慟。他環顧那些專心傾聽的肅穆臉龐，要他們記住他曾經跟他們並肩作戰，共同奮鬥。他們知道他有多少勇氣……一陣喃喃低語打斷他的話……也知道他沒有欺騙過他們。這些年來他跟他們生活在一起，他對這塊土地和住在這裡的人有滿腔的愛。如果他們因為允許那些大鬍子白種人離開而受到任何傷害，他會用自己的生命賠償。那些人的確做了壞事，但他們的命運也不好。他問在場的人，以往他給的建議造成過任何損害嗎？他說過的話害得人們吃苦受罪嗎？他認為讓那些白種人和他們的手下活著離開，才是最妥當的做法。算是一份小禮物。『你們考驗過我，知道我一片真心。現在我要求你們放他們走。』他轉頭看著多勒敏。老多勒敏沒有任何反應。『那麼，』吉姆說，『把你的兒子、我的朋友達因叫來，因為我不會帶頭打這場仗。』」

第四十三章

「站在他椅子後面的檀布伊塔驚呆了。吉姆這番話引起極大震撼，但他立場堅定，『我沒有騙過你們，而我認為放他們走是最好的辦法。』現場鴉雀無聲。漆黑的院子傳來壓抑的交談聲和人們來回走動的聲音。多勒敏抬起頭說，人心難測，就像我們的手不可能觸摸到天空，然而……他同意。其他人也輪流表態：『這樣最好。』『放他們走。』諸如此類的。不過大多數人只說他們『相信吉姆爺』。

「在場的人以這種簡單的形式服從他的意志，展現了他們的信念與他的真心，也見證了人們對他的忠誠。正是那份忠誠讓他覺得自己不比那些完美無瑕、不曾脫隊的人遜色。史泰因的話，『活在幻想裡！活在幻想裡！』好像在那遙遠的地方回響著。那地方如今再也不會放開他，不會將他拋給一個不在乎他的弱點與美德、不在乎那份熾烈又執著的愛情的世界，儘管那份愛情深陷在傷逝與永別的迷惘中，拒絕為他落淚。自從他生命最後三年那全然的真誠戰勝人們的無知、恐懼與憤怒那一刻起，他在我心目中就不再是我最後看見他的模樣，不再是陰鬱海岸與黑暗大海之間那個吸收僅剩黯淡光線的白點。他的靈魂變得更孤獨，也更可憐，即使對於最愛他的她而言，依然是一個無解的殘酷謎團。

「顯然他相信布朗，沒有理由懷疑那些話。布朗粗暴的坦然，以及他接受自己行為帶來的教訓與後果時那份類似男子氣概的真誠，都是一種保證。吉姆不知道的是，布朗自大得近乎難以想像，一旦他的意志遭到反抗或阻撓，就會像受挫的獨裁者般怒不可遏，瘋狂地尋求報復。然而，即使吉姆相信布朗，仍然擔心發生某種誤解造成衝突與流血。基於這個原因，那些馬來人首領一離開，他就讓珠兒幫他弄點吃的，因為他要離開堡壘到鎮上去巡視。珠兒反對，她覺得他一定很累了。他說萬一出事，他永遠不會原諒自己：『我有責任保護這塊土地上的所有人。』起初他悶悶不樂，她接過檀布伊塔端來的飯菜（裝在史泰因送他的全套餐具上），親自送到他面前。一段時間後他心情開朗起來，讓她繼續在堡壘鎮守一個晚上。『女孩，我們的人處於危險中，今晚我們都不能睡。』他說。之後他開玩笑地說，她是那些男人之中最優秀的一個。『如果當時妳和達因能照自己的心意行事，那些可憐的惡徒沒有一個能活到今天。』『他們很壞嗎？』她靠在他的椅子旁問。他遲疑了一下，才答道，『人有時候會做不好的行為，卻未必比別人壞。』

「檀布伊塔跟隨主人走到堡壘外的浮橋。夜空清朗，但沒有月亮，河流中央黑漆漆的，靠近岸邊的水面映著許多火光。檀布伊塔說，『像齋月[53]的夜晚。』戰船靜靜行駛在幽暗的河道上，或停泊著不動，發出響亮的水波聲。那天晚上檀布伊塔划了很久的獨木舟，跟隨主人走了很多路。他們在街道來回走動，視察燃著火堆的地方，也巡視城鎮周邊的內陸地區，那裡有一組組人員在田野間警戒。吉姆爺下達指令，他們都聽從。最後他們去了邦主的基地：吉姆派了一支小隊駐守在那裡。老邦主在一條支流附近的叢林聚落有一棟小屋子，一大早就帶著大部分妻妾逃去那裡了。卡希姆留下來，勤快地出席了議事會，陳述他前一天與布朗的交流。大多數人對他態度冷淡，但他還是保持笑容，默默警惕著。當吉姆嚴正地告訴他當天晚上要派自己的人進駐邦主的基地，他裝出十分樂意的模樣。議事會結束後有人聽見他在外面主動找這個或那個出席會議的首領談話，還用滿意的口吻大聲表示，邦主不在的期間府邸的財物都有了保障。

「大約十點鐘，吉姆的人進駐了。邦主的基地俯瞰小溪的出口，吉姆打算留在那裡看著布朗的人從底下經過。木樁牆外面那片平坦的草地生起小火堆，檀布伊塔為主人準備一張折疊凳。吉姆叫他去睡覺。檀布伊塔弄了一張席子躺在不遠處，雖然他知道天亮以前他要去執行一項重要任務，卻還是睡不著。他的主人雙手背在身後、低著頭在火堆前走來走去，表情哀傷。只要主人走過來，檀布伊塔就裝睡，不想讓主人知道自己在觀察他。最後主人站定不動，低頭看著躺在席子上的他，輕聲說，『時間到了。』

「檀布伊塔立刻起來做準備。他的任務是比布朗的船提早一小時出發，到下游去給達因傳達最後的正確指令，讓他放那些白種人離開。這件事吉姆不放心交給別人。檀布伊塔出發前向吉姆索討信物，這只是一種形式，畢竟他一直跟著吉姆，沒有人不認識他。他說，『主人，這個口信太重要，我傳達的是你親口說的話。』他的主人先是伸手進一邊口袋，又找另一邊，最後摘下史泰因的戒指（他一直戴在食指），交給檀布伊塔。檀布伊塔出發時，布朗

53. Ramadan，伊斯蘭教徒在每年回曆的第九個月需齋戒一個月，這段期間從日出到日落不得飲食，人們會以燈籠裝飾屋子與街道。

在小山上的營地暗淡無光，只有一團小小火光從他們砍倒的樹木的枝幹之間散發出來。

「剛入夜的時候，布朗收到吉姆送來的折疊紙張，上面寫著，『你們可以離開。清晨漲潮後船能航行，你們就走。叫你的人小心點，小溪兩岸的樹叢和溪口的圍欄裡埋伏了很多火力充足的人手。你們不會有機會，但我相信你們也不想流血。』布朗讀完後把那張紙撕成碎片，轉頭面對送信來的柯尼利斯，揶揄地說，『再見了，我的好朋友。』當天下午柯尼利斯在堡壘裡面，繞著吉姆的屋子鬼鬼祟祟地打轉。吉姆選擇他去送信，因為他會說英語，布朗的人也認識他，不會誤以為是某個馬來人摸黑偷偷靠近，開槍將他射殺。

柯尼利斯送完信並沒有離開。布朗坐在小火堆旁，其他人都躺在地上。『我可以跟你說些你想知道的事。』柯尼利斯慍怒地咕噥著。布朗沒理他。『你沒有殺他，』柯尼利斯接著說。『結果你得到什麼？原本你可以拿到邦主的錢，還可以搜刮布吉人家裡的財物，現在你什麼都沒有。』『你最好離開這裡，』布朗大吼，一眼都沒看他。但柯尼利斯在他身邊坐下來，快速悄聲說話，不時碰碰他的手肘。起初布朗聽見他說的話坐了起來，咒罵一聲。因為柯尼利斯告訴他達因帶著武裝人手守在下游。一開始布朗以為自己被出賣，遭到背叛。一番尋思後認定這件事不是陰謀。他沒有說話，於是柯尼利斯又用蠻不在乎的口氣說，還有一條路可以出海，他很熟悉。『多知道一條路是好事。』布朗豎起耳朵。柯尼利斯開始敘述鎮上的事和會議上所說的一切。他在布朗的耳畔傳播二手消息，壓低嗓門輕聲輕氣，就像你說話時不想吵醒在身邊睡覺的人。『他以為我怕了他是嗎？』布朗的聲音非常低沉。『是，他是個笨蛋，是個小孩子。他來這裡搶走我的東西。』柯尼利斯繼續說，『讓所有人相信他。但如果出了事，他們不再相信他，他能去哪裡？還有，在下游等你的那個布吉人達因，當初就是他把你趕到這上面來。』布朗無所謂地說，那麼最好避開他。柯尼利斯繼續用若有所思的淡漠語氣說，他知道有一條水路夠寬闊，布朗的大艇走那條路會經過達因的營地。『你們必須很小聲。』他想了想又補充說道。『因為其中一段很靠近他們營地後面，非常近。他們在岸上紮營，船也都拖上岸。』『別擔心，我們會跟老鼠一樣安靜。』布朗說。柯尼利斯說，如果要他帶路，就得拖著他的獨木舟一起去：『我必須盡快趕回來。』

「天亮前兩小時，圍欄裡的人就收到外圍的守衛傳來消息，白人強盜下山走向他們的船。很快地，整個帕吐桑從這端到那端，所有武裝人員都提高警戒，但河流兩岸依然安靜無聲，如果沒有火堆偶爾發出的模糊爆裂聲，整個城鎮幾乎像和平時期般沉睡。濃濃的霧氣緊貼河面，像虛幻的灰色光線，什麼都照不清楚。布朗的大艇從小溪滑進河流時，吉姆就站在邦主的圍欄前那片空地的最低點，正是他第一次在帕吐桑上岸的地方。一團黑影在灰霧裡移動，慢慢靠近，孤孤單單，體積龐大，不時消失在眼前。喃喃低語聲從船上傳來。負責掌舵的布朗聽見吉姆平靜地說，『給你們活路。霧散去以前你們最好順著潮流走，不過霧很快就會散。』『是，很快我們就能看清楚。』布朗答。

「三、四十個人拿著毛瑟槍在圍欄外備戰，個個屏息以待。那個擁有馬來帆船的布吉人（也就是我在史泰因家遊廊看見的那個）也在其中，他告訴我，對方的大艇近距離掠過河岸低地，瞬間變得極其龐大，像一座山似地聳立在他們上方。『如果你們願意在外面多等一天，』吉姆喊道，『我會想辦法給你們送點東西，可能是一條閹牛，一些甘薯，盡我的能力。』

那黑影繼續前進。『好，送吧。』有個聲音淡淡地回應，在濃霧中變得模糊。現場的人豎著耳朵聽，但沒有一個聽懂那些話的意思。之後布朗和他的手下搭著他們的船漂走了，像鬼魂般悄無聲息地消逝。

「隱身在濃霧裡的布朗就這樣離開帕吐桑，柯尼利斯跟他一起坐在大艇的船尾。『也許你會拿到一條閹牛。』柯尼利斯說，『是啊，閹牛和甘薯。既然他這麼說，你一定拿得到。他向來說一不二。他偷走我的一切。比起很多人家的財物，你大概更喜歡一條小閹牛。』『我勸你閉上嘴巴，否則可能會有人把你扔到那該死的濃霧裡。』布朗說。大艇彷彿沒有動彈，他們什麼也看不到，連兩側的河水都看不見，只有水氣在空中飛舞，凝結後順著他們的鬍子和臉龐往下滴。布朗告訴我，那種感覺很詭異。他們每個人都覺得自己單獨乘著船漂流，有點疑神疑鬼，像是被一群唉聲嘆氣、嘀嘀咕咕的鬼魂追逐。『想把我扔出去是嗎？但我不會迷路。』柯尼利斯負氣說道，『我在這裡住很多年了。』『還不足以在這種濃霧裡找到路。』布朗說著，布朗懶洋洋往後靠，一隻手臂在派不上用場的舵柄上來回移動。『足夠了。』柯尼利斯咆哮道。布朗說，『那很好。你蒙著眼睛也能找到你說的那條水路嗎？』柯尼利斯咕噥一聲，沉默片刻後問道，『你們會不會累得沒力氣划船？』『不可能！』布朗突然大叫。『那就拿出船槳往那邊划。』濃霧裡傳出雜亂的碰撞聲，一段時間後平息下來，變成規律的咿呀聲，是看不見的船槳與看不見的槳架互相磨擦的聲音。除此之外什麼都沒變。布朗說，如果沒有槳葉切入水中的輕微潑濺聲，感覺會像在雲層裡划著氣球車。從那時起柯尼利斯沒再多說話，只一度蠻不高興地要人幫他把獨木舟裡的水舀出去，當時獨木舟還拖在大艇後面。濃霧慢慢淡化，前方的視野變清晰了。布朗看見右邊一團漆黑，彷彿看見黑夜臨去前的背影。突然間他頭頂上出現一根枝葉茂密的巨大樹幹，彎曲的枝椏末端就在近旁，一動不動滴著水。柯尼利斯不發一語地拿走他手上的舵柄。」

第四十四章

「之後他們應該沒有再交談。他們把槳葉戳向搖搖欲墜的堤岸，將大艇推進一條狹窄的小水道。那裡面一片陰暗，彷彿一對巨大的黑色翅膀伸展開來，覆蓋在直達樹木頂端的濃霧上方。高處枝葉的大水珠穿過陰沉的霧氣密集落下。柯尼利斯咕噥一聲，布朗命令他的手下裝子彈。『你們這些沒用的傢伙，我給你們機會在死之前找他們報仇。』他對手下說，『獵犬們，好好把握機會。』他們的手下低聲嗥叫回應。柯尼利斯小題大作地擔心他的獨木舟會不會受損。

「另一方面，檀布伊塔已經抵達他的目的地。濃霧減緩了他的速度，但他穩定地向前划，始終離南岸不遠。不久後晨光乍現，像磨砂玻璃球裡的亮光。河流兩岸的陸地陰暗又模糊，裡面隱約看得見圓柱形的物體和高處縱橫交錯的枝椏。水面上的霧依然濃厚，但放哨的人沒有懈怠，因為檀布伊塔一接近營地，兩個人影就從白色霧氣裡出現，急切地對他說話。他回應了，不久後一艘獨木舟來到他身邊，他跟船上的人交換訊息。一切順利，麻煩結束了。那兩人鬆開抓著他獨木舟的手，匆匆消失在他的視線裡。他繼續往前划，直到聽見說話聲隔著水面傳過來，在漸漸消散的翻騰霧氣裡看見一片沙地上燃著許多小火堆，後面有細瘦的參天林木與樹叢。這裡同樣有人把守，因為對方出聲質問他。他大聲喊出自己的名字，繼續用力划兩下，把小舟送上岸。營地規模不小，人們三三兩兩蹲在一起，趁著大清早在低聲閒聊。一縷縷細長的煙氣在白霧裡緩緩盤繞。空地上搭建起幾間首領專用的小棚子，毛瑟槍堆成許多小尖塔，長矛一根根插在火堆旁的沙地上。

「檀布伊塔鄭重其事地表明要見達因，而後看見主人的朋友躺在棚子裡的竹床上，枝條搭建的棚子鋪著草席。達因醒著，他的棚子前方燒著明亮的火堆，像簡陋的神龕。他友善地回應檀布伊塔的問候。檀布伊塔先把證明他句句屬實的戒指交給達因。達因撐著手肘斜躺，要檀布伊塔快把事情說清楚。檀布伊塔用神聖的慣用語開場：『好消息。』之後轉述吉姆親口說的話。所有首領一致同意，准許那些白種人航向下游。檀布伊塔回答達因的提問時，詳細敘述那次會議的過程。達因一面專心聽他說，一面把玩那枚戒指，最後把戒指戴在右手食指上。他聽完檀布伊塔轉達的一切，就讓他去吃點東西休息一下，並立刻下令當天下午返回帕吐桑，之後睜著雙眼重新躺下，他的私人侍者在火堆旁為他準備早餐。檀布伊塔也坐在火堆旁，跟信步走過來打探鎮上最新消息的人聊天。陽光漸漸驅散濃霧，白種人隨時會經過這段流域，岸上的人全神貫注戒備著。

「布朗就是在那個時候向世界展開報復，因為他輕蔑魯莽地恃強凌弱二十年之後，這個世界竟然連最普通的搶劫也不願讓他得手。那是冷血凶殘的報復，像決不妥協的反抗，帶給臨終時的他極大安慰。他帶著手下偷偷摸摸從布吉人營地的反方向上岸，悄悄往營地去。柯尼利斯原本一上岸就想溜走，經過一陣迅速又安靜的扭打，認命地帶他們走一條矮樹叢最稀疏的路。布朗將柯尼利斯兩條細瘦的胳膊拉到背後，只用一隻大手抓住，偶爾猛力一推，催促他往前走。柯尼利斯像魚一樣安靜，淒苦又忠誠地朝目標前進，而他的目標已經隱約出現在前方。到了一片樹林的邊緣，布朗的人各自散開找掩護，耐心等待。營地完整呈現在他們眼前，沒有人望向他們這邊。沒有人料想得到那些白種人會知道這座島後側的狹窄水路。布朗覺得時機到了，大喊一聲，『動手！』十四枝槍整齊劃一同步發射。

「檀布伊塔告訴我，營地的人太震驚，除了倒地死亡或受傷的人，其他人在第一聲槍響後都呆了相當長的時間沒有動彈。接著有個人尖叫，之後所有人在驚愕與恐懼中吶喊，驚慌失措地沿著河岸盲目竄逃奔走，像一群怕水的牛。少數幾個人跳進河裡，但大多數人直到最後一波槍響後才跳河。布朗的人前後朝著人群開槍三次，他們之中只有布朗現身，咒罵著大喊，『槍口壓低！槍口壓低！』

「檀布伊塔說，他在第一波子彈齊射時就知道發生什麼事。他沒有中彈，卻還是像死人一樣躺在地上，只是沒有閉眼睛。躺在床鋪的達因在第一波槍響後跳起來跑到空曠的河岸，在第二波槍響時前額中彈。檀布伊塔看見他倒地前雙手向兩側伸直。他說，到那時他才感受到強烈的恐懼，先前他並不害怕。白種人離開了，沒有人看見，就像他們出現時一樣。

「就這樣，布朗跟他的厄運清算了總帳。你該發現到，即使在這種恐怖的暴行中，仍然隱含某種優越感，就像一個人將抽象的權利包裹在他平凡的欲望裡。那不是粗魯、背信的屠殺，那是教訓，是懲罰，展現我們天性裡某種黑暗、驚悚的特質。那種特質隱藏在我們內心，埋得恐怕不如我們想像中那麼深。

「白種人從檀布伊塔看不見的地方消失了，好像也徹底消失在人們眼前。他們的帆船也像失竊的物品般消失了。但據說一個月後一艘蒸汽貨輪在印度洋救起一艘白色大艇。大艇上有兩個人乾枯蠟黃、眼神呆滯、形銷骨立，他們咕噥地證實第三個人是他們的船長。那第三個人自稱布朗。布朗說，他的縱帆船載著一批爪哇糖往南航行，突然嚴重漏水，在他腳底下沉沒。全體六名船員只有他跟另外兩個同伴逃過一劫。那兩人後來死在救他們的蒸汽船上，布朗拖著一口氣被我找到，我可以證實他直到死前都維持本色。

「然而，他們離開時好像忘了解開柯尼利斯的獨木舟。射擊開始的時候，布朗就放了柯尼利斯，踢了他一腳當做臨別的祝福。檀布伊塔從死人堆裡站起來以後，看見基督徒柯尼利斯在河岸邊的屍體與殘餘火堆之間跑來跑去。柯尼利斯低聲吶喊著，突然衝到水邊，瘋狂地想把一艘布吉人的船推下水。檀布伊塔說，『他停下來看著沉重的獨木舟，搔了搔腦袋，之後才看到我。』『他後來怎麼了？』我問。檀布伊塔定定看著我，舉起右手模擬一個生動的手勢。『先生，我刺了他兩次。他看見我走過去的時候，砰地一聲倒在地上，又踢又叫。他像母雞一樣尖叫個不停，直到發現矛尖刺中他。接著他不動了，躺在那裡直盯著我，生命的光芒從他眼裡消散。』

「做完這件事以後，檀布伊塔立刻行動。他知道他必須搶先把這恐怖的消息送回堡壘。達因的人當然還有很多人活下來，但在極度驚慌之下有些人游到對岸去，也有人衝進叢林裡。事實上他們不知道究竟是誰攻擊他們，不知道會不會有更多白人強盜過來，那些人會不會已經控制整座島。他們想像自己遭到嚴重背叛，注定被消滅。據說有些小隊三天後才回到鎮上。不過，還是有幾個人立刻趕回帕吐桑。另外，那天早晨有一艘獨木舟在營地附近的河上巡邏，正好目睹槍擊事件。一開始獨木舟上的人確實嚇得跳下水游到對岸，但事後他們又回到獨木舟，驚恐地往上游划去。檀布伊塔比他們早到一小時。」

第四十五章

「賣命划槳的檀布伊塔回到城鎮邊緣時，許多婦人擠在屋子的平台上等待達因的船隊回歸。鎮上洋溢著喜慶氣氛，到處都有男人在走動，或一群群站在岸邊，手裡還拿著長矛或槍。中國人的商店一早就開了，但市集空蕩蕩。有個人在堡壘的角落站崗，看見檀布伊塔，大聲對裡面的人喊話。大門打開了，檀布伊塔跳上岸飛速跑進去。他遇見的第一個人是剛從屋子走下來的女孩。

「檀布伊塔神色驚慌氣喘吁吁，嘴唇顫抖眼神狂野，在她面前站了一會兒，像是突然中了魔咒。接著他快速說道，『他們殺了達因和很多人。』她雙手互擊，說出口的第一句話是：『關上大門。』堡壘大多數人都已經回家去了，檀布伊塔匆匆走向留下來值勤的幾個人。那些人東奔西走的時候，女孩站在院子中央。檀布伊塔經過她身邊時，她絕望地大喊，『多勒敏。』他再次從她身邊經過時倉促地回答，『沒錯，不過整個帕吐桑的彈藥都在我們這裡。』她拉住檀布伊塔的手臂，指了指屋子，用顫抖的嗓音輕聲說，『喊他出來。』

「檀布伊塔跑上台階。他的主人在睡覺，他在門外喊，『是我，檀布伊塔。有重要消息必須立刻報告。』他看見吉姆轉過頭來睜開眼睛，衝口而出說，『主人，這是邪惡的一天，是被詛咒的一天。』他的主人撐著手肘聽他說，就跟先前的達因一樣。檀布伊塔開始敘述，盡量有條有理地陳述事件經過。他稱呼達因為『首領』，說道，『那時首領指示船夫的領隊：「給檀布伊塔弄點吃的……」』他的主人已經起身，臉上的表情是那麼不安，他沒辦法再說下去。

「『說吧。』吉姆說，『他死了嗎？』『願你長命百歲。』檀布伊塔大聲說，『那是最冷酷的背信。他在第一波槍響後往外跑，就倒下了。』他的主人走到窗戶旁，用拳頭捶打百葉簾。房間光線變亮。接著他沉穩快速地下達指令，要檀布伊塔立刻組一支船隊去追擊，要他去找這個人和那個人，派人出去傳口信。說話的過程中他坐回床鋪，彎下腰迅速綁好靴子的鞋帶，突然又抬頭。『你為什麼還站在這裡？』他的臉色通紅。『別浪費時間。』檀布伊塔沒有動。『主人，原諒我。只是，只是……』他欲言又止。『怎麼了？』他的主人大聲問，臉色難看極了，雙手緊抓床鋪邊緣。『你的僕人現在出去見那些人太危險。』檀布伊塔遲疑片刻後答。

「於是吉姆明白了。他為了衝動一跳這種小事退出一個世界，現在他親手打造的另一個世界崩塌了，砸在他頭上。他的僕人出去見他自己的人會有危險！我相信在那一刻他已經決定要反抗那件災難，用他所知唯一有效的方法。但我只知道，他不發一語走出房間，在長桌的主位坐下。他慣常在那裡處理他的世界的事務，每天說出心中的真實話語。他不允許黑暗力量兩度奪走他的寧靜。他像石雕般坐著。檀布伊塔恭敬地暗示該為防禦做準備了。他心愛的女孩進來對他說話，但他揮了揮手。那手勢無聲地要求靜默，女孩十分震驚。她走到遊廊，坐在門檻上，彷彿想用她的身體為他抵擋外面的危險。

「當時他腦海浮現什麼樣的念頭，什麼樣的記憶？誰能知道？一切都完了，他曾經辜負對他的信任，如今再度失去所有人的信賴。我猜他就是那時想要寫信給某個人，卻又放棄。孤獨步步向他進逼。人們將生命託付給他，只因他們相信他。然而，如他所說，他們永遠沒辦法了解他。外面的人沒有聽見他的動靜。將近傍晚的時候，他走到門口召喚檀布伊塔，問道，『情況如何？』『很多人在哭，也有很多人在生氣。』檀布伊塔答。吉姆抬頭看他，咕噥說，『你知道。』『是，主人，你的僕人知道。大門已經關上了，我們要戰鬥。』『戰鬥！為何而戰？』他問。檀布伊塔答，『為我們的生命。』吉姆說，『我沒有生命。』檀布伊塔聽見女孩在門口大叫一聲，說道，『誰知道？只要膽大心細，我們也許能逃出去。那些人心裡也很害怕。』他往外走，讓吉姆和那女孩獨處，心裡隱約想著船隻和大海。

「接下來大約一個小時裡，她為了留住自己的幸福與吉姆角力，那段過程她曾經向我透露一二，但我沒那份心情在這裡重述。沒有人知道他是不是懷抱任何希望、心裡有什麼期待，或在想些什麼。他堅定不移。他的倔強讓他越來越孤單，但他的精神似乎從他的存在的廢墟中升起。她對他的耳朵大喊，『戰鬥！』她沒辦法理解。找不到戰鬥的理由。他決定用另一種方式證明他的力量，戰勝那毀滅性的命運本身。他走到院子裡，女孩踉蹌地跟在他後面，長髮飄揚、面容狂野、呼吸急促，倚著玄關的一側。『打開大門。』他下令。之後他轉身面對堡壘裡的人，叫他們各自回家去。『回去多久？』其中一個人怯生生地問。『永遠。』他嚴苛地說。

「先前爆發的慟哭與哀號掠過河面，像來自洞開的悲傷屋宇的一陣風，之後整個城鎮陷入沉寂。但謠言悄悄流傳，在人們心中注入驚駭與恐怖的疑慮。白種強盜打回來了，帶來更多人手，乘著大船，這片土地上沒有人躲得過。一種地震來襲時的不安全感盤據人們的腦海。他們輕聲訴說自己的猜疑，面面相覷，彷彿面對某種可怕的凶兆。

「太陽落到森林上方時，達因的遺體被送進多勒敏的聚落。遺體由四個人抬著，體面地蓋著他的老母親派人送到大門迎接兒子的白布。他們將遺體放在多勒敏腳邊，老多勒敏一動不動坐了很久，雙手放在膝蓋上，低頭看著。棕櫚樹的葉子輕柔地擺動，果樹的枝葉在他頭頂上方搖曳。等到多勒敏終於抬起視線時，他所有的人都在那裡，全副武裝。他慢慢環顧四周的群眾，像在尋找一張缺席的臉孔。他的下巴又垂到胸前。人們的低語聲與樹葉的沙沙聲混雜一氣。

「送檀布伊塔和那女孩前往三寶瓏的馬來人也在那裡。他說他『不像很多人那麼生氣。』只是感到敬畏與驚奇，因為『命運的變化是這麼突然，像夾帶雷電的雲層飄浮在人們頭頂上。』他說，達因遺體上的白布在多勒敏的指示下被掀開來，人們口中這位白人領袖的朋友沒有任何變化，依然雙眼微閉躺在那裡，彷彿即將醒過來。多勒敏向前彎得更低些，像在尋找掉在地上的物品。他的視線在遺體上尋找，從腳到頭，也許在找傷口。傷口在額頭，小小一個。有個旁觀者彎腰，從冰冷僵硬的手指摘下那枚銀戒指，沒有人說話。那人默默把戒指送到多勒敏面前。看見那熟悉的信物，人群中傳出驚慌恐懼的低語。老多勒敏凝視戒指，突然發出狂暴的驚天吶喊。那聲音來自胸腔深處，是痛苦與憤怒的咆哮，像負傷公牛的怒吼。不需要話語，就充分傳達其中蘊含何等的怒火與哀慟，在人們心中激起深沉的恐懼。而後遺體被四個人抬到一旁，過程中現場寂然無聲。遺體被安放在樹下的那一刻，人群中響起一聲長嘯，多勒敏家的女眷放聲痛哭，用尖銳的吶喊表達哀慟。夕陽緩緩下沉，錐心泣血的尖叫聲停歇時，可以聽見兩個老人用平直的聲調唱誦《古蘭經》。

「大約同一個時間，吉姆倚著一座大炮架，背對屋子望著河流。女孩站在門口，隔著院子凝望吉姆。她喘著大氣，彷彿一路跑來剛站定腳步。檀布伊塔站在離主人不遠的地方，耐心地等待接下來的變化。原本似乎想得入神的吉姆突然轉過來對他說，『該做個了結了。』

「『主人？』檀布伊塔敏捷地上前，他不明白主人的意思。吉姆一動，那女孩也動了，舉步走進空曠的院子，其他人好像都不在這裡。她腳步有點踉蹌，走到中途出聲喊吉姆。這時吉姆顯然已經轉頭繼續對著河流平靜沉思。他轉身，後背靠向火炮。女孩大喊，『你會戰鬥嗎？』『找不到戰鬥的理由，』他說。『沒有失去任何東西。』說完，他朝她走了一步。『你會逃走嗎？』她又大喊。『無路可逃。』說著，他突然停下來，她也站在原地，沉默無語，那眼神像要吞噬他。『那麼你會去？』她慢慢問道。他低下頭。『啊！』她大喊一聲，仍然凝視著他。『你不是瘋子，就是騙子。那天晚上我求你離開，你說你做不到，你還記得嗎？你說不可能！不可能！你記得你說過永遠不離開我嗎？為什麼？我沒有要求你承諾。別忘了，是你主動做出承諾。』『別說了，可憐的女孩。』他說，『我不值得擁有。』

「檀布伊塔說，他們說話的時候，她會麻木地大笑，像被神靈附身。他的主人雙手抱頭。當時他跟平常一樣打扮整齊，但沒有戴帽子。她突然不笑了，用威脅的語氣大喊，『最後一次問你，你會捍衛自己嗎？』『什麼都傷害不了我。』他的表情閃過最後一抹極致的自負。檀布伊塔看見她身體向前傾，張開雙臂快速奔向他，將自己投進他懷抱，摟住他頸子。

「『我要這樣抱著你。』她叫道，『你屬於我！』

「她伏在他肩膀上啜泣。帕吐桑上方的天空是血紅的，廣闊無邊，像敞開的血管般湧動。巨大的深紅色落日端坐在樹梢上，底下的森林顯得漆黑又險惡。

「檀布伊塔告訴我，那天晚上的天空看起來憤怒又可怕。這我相信，因為我知道那天有個龍捲風從距離海岸不到一百公里的地方通過，雖然帕吐桑只有疲軟無力的微風。

「忽然間，檀布伊塔看見吉姆抓住她的手臂，想拉開她的手。她整個人掛在他身上，腦袋向後仰，頭髮垂落地面。『過來！』他的主人喊道。他們好不容易才掰開她的手指，檀布伊塔幫忙把她放在地上。吉姆彎低上身真摯地注視她的臉，而後遽然跑向浮橋。檀布伊塔跟了過去，回頭看見她已經努力站起來，朝他們的方向跑了幾步，又重重跪在地上。『主人！主人！回頭看看！』檀布伊塔大叫。但吉姆已經跳上獨木舟，手拿船槳站著，沒有回頭。檀布伊塔勉強趕在獨木舟離岸前手腳並用爬上去。那時女孩就在水門旁，雙手交握跪在地上。她這種懇求的姿勢維持一段時間後，又跳起來，對著吉姆大叫，『你是騙子！』『原諒我！』他大聲說。『絕不！絕不！』她吼回來。

「檀布伊塔拿走吉姆手上的船槳，沒道理他坐著讓主人划船。他們抵達對岸後，主人不准他繼續跟著，但他還是遠遠跟著，爬上山坡去到多勒敏的聚落。

「當時天色已經變暗，到處都有火炬閃耀著。他們在路上遇見的人好像驚呆了，匆匆站在一旁讓吉姆過去。婦人的嚎哭聲從上面傳來，院子裡擠滿武裝的布吉人和他們的隨從，也有很多帕吐桑人。

「我不明白那些人為什麼聚在那裡。是為了作戰？或復仇？或對抗可能的入侵？連續好幾天，人們膽顫心驚地提防那些一身破爛的大鬍子白種人會回來。他們始終弄不懂那些白種人跟他們自己的白種人之間有什麼關係。即使在頭腦簡單的人眼中，可憐的吉姆依然雲遮霧罩。碩大、淒涼的多勒敏獨自坐在他的扶手椅裡，那兩把燧發槍放在腿上，一群武裝勇士站在他面前。吉姆出現了，現場有人驚呼出聲，其他人同時轉頭去看。人群退向兩側，吉姆從人群中走過，兩旁的人紛紛避開視線。低語聲跟隨著他：『他召喚了邪惡力量。』『他有魔咒。』他聽見了……也許吧！

「他走到火光裡的時候，婦人的嚎哭驟然止息。多勒敏沒有抬頭。吉姆默默在他面前站了一段時間，之後看向左邊，慎重地走過去。達因的母親蹲伏在遺體頭部近旁，花白亂髮遮住她的臉龐。吉姆慢慢上前去，看著他死去的好友，掀開白布，又默默放下。他緩步往回走。

「『他來了！他來了！』人們交頭接耳，嘀咕聲隨著他移動。『他用腦袋作擔保。』有個人大聲說。吉姆聽見了，轉頭看向眾人。『沒錯，用我的腦袋。』有幾個人畏怯了。吉姆在多勒敏面前等了一陣子，而後輕聲說，『我懷著悲傷前來。』等了一會兒又說，『我做好了準備，沒帶武器。』

「行動不便的老多勒敏碩大的前額低垂著，像扛著軛的牛。他抓起腿上的燧發槍，費力地想站起來，喉嚨發出阻滯的、非人的汩汩聲，他的兩名侍者在背後協助他。人們看見原本落在他腿上的戒指掉下地，滾到白種人腳邊。可憐的吉姆低頭看著那枚護身符。它為他打開通往名聲、愛情與成功的大門，讓他走進那個被白色浪花圈圍的叢林，走進那個夕陽西下時宛如夜晚的穩固堡壘的海岸。多勒敏艱難地站著，他的兩名侍者隨著他的身體一起蹣跚擺盪。他的小眼睛含著瘋狂的悲痛，憤怒地盯著吉姆，周遭的人看見他目露凶光。吉姆挺直身體站著，定定注視他，沒戴帽子的腦袋被火光照亮。多勒敏左手臂使勁勾住一名低著頭的年輕人的脖子，從容地舉起右手，朝他兒子朋友的胸膛開槍。

「多勒敏舉起手槍時，吉姆背後的人群已經分散，槍響後，他們騷亂地往前擠。他們說那白種人驕傲又無畏地看了一眼左右兩邊的人，而後舉手掩住嘴唇，倒地而亡。

「這就是結局。他在雲遮霧罩中死去，難以理解、被人遺忘、不被原諒，無可救藥地活在幻想裡。即使在他年少時期最狂野的幻想裡，也想像不到這種非凡成就的迷人景象！因為在最後那驕傲又無畏的短暫一瞥，他很可能見到了那個像東方新娘般蒙著臉來到他身旁的機會的面容。

「但我們能看見他，一個搏得名聲的模糊身影，在他崇高自我的信號與呼喚下，掙脫一份占有的愛。他離開一個活著的女人，去跟朦朧的行為典範舉行無情的婚禮。我好奇，如今他心滿意足了嗎？我們應該有答案，他是我們的一份子。我不就曾經像個被召喚的鬼魂，站出來證實他永恆的堅貞？我終究錯得離譜嗎？如今他不在了，但他存在的事實偶爾會以令人難以招架的強大力量浮現我腦海。說實在話，有些時候他也會從我眼前掠過，像迷失在這個地球上的無形魂魄，隨時準備好忠實地聽從他自己的鬼魂世界的要求。

「沒有人知道。他走了，帶著他那顆難以理解的心。那可憐的女孩在史泰因的屋子裡行屍走肉般活著。近來史泰因蒼老了許多。他自己感覺到了，經常說他『準備離開這一切，準備離開……』邊說邊舉起手哀傷地揮向他的蝴蝶。」

一八九九年九月到一九〇〇年七月

（全文完）

國家圖書館出版品預行編目資料

吉姆爺 / 約瑟夫・康拉德（Joseph Conrad）著；陳錦慧譯 . --
初版 . -- 臺北市：商周出版：英屬蓋曼群島商家庭傳媒股份有限公司城邦分公司發行 , 2023.07
面；　公分 . -- (商周經典名著 ; 72)
譯自 : Lord Jim
ISBN 978-626-318-706-1 (平裝)

873.57　　112007371

商周經典名著 72

吉姆爺

作　　者 / 約瑟夫・康拉德（Joseph Conrad）
譯　　者 / 陳錦慧
企畫選書 / 黃靖卉
責任編輯 / 黃靖卉

版　　權 / 吳亭儀、江欣瑜
行銷業務 / 周佑潔、賴正祐、賴玉嵐
總 編 輯 / 黃靖卉
總 經 理 / 彭之琬
事業群總經理 / 黃淑貞
發 行 人 / 何飛鵬
法律顧問 / 元禾法律事務所王子文律師
出　　版 / 商周出版
台北市104民生東路二段141號9樓
電話:(02) 25007008　傳眞:(02)25007759
E-mail:bwp.service@cite.com.tw
Blog:http://bwp25007008.pixnet.net/blog
發　　行 / 英屬蓋曼群島商家庭傳媒股份有限公司 城邦分公司
台北市中山區民生東路二段141號2樓
書虫客服服務專線:02-25007718;25007719
服務時間:週一至週五上午09:30-12:00;下午13:30-17:00
24小時傳眞專線:02-25001990;25001991
劃撥帳號:19863813;戶名:書虫股份有限公司
讀者服務信箱:service@readingclub.com.tw
城邦讀書花園:www.cite.com.tw
香港發行所 / 城邦(香港)出版集團有限公司
香港灣仔軒尼詩道235號3樓;E-mail:hkcite@biznetvigator.com
電話:(852) 25086231　傳眞:(852) 25789337
馬新發行所 / 城邦(馬新)出版集團 Cite (M) Sdn Bhd
41, Jalan Radin Anum, Bandar Baru Sri Petaling, 57000 Kuala Lumpur, Malaysia.
Tel:(603)90563833 Fax:(603)90576622 Email:services@cite.my

封面設計 / 日央設計工作室
排　　版 / 芯澤有限公司
印　　刷 / 韋懋實業有限公司
總 經 銷 / 聯合發行股份有限公司
新北市231新店區寶橋路235巷6弄6號2樓
電話:(02) 29178022　傳眞:(02) 29110053

■2023年7月4日初版一刷　　Printed in Taiwan

定價420元

城邦讀書花園
www.cite.com.tw

著作權所有 翻印必究 ISBN 978-626-318-706-1

廣　告　回　函
北區郵政管理登記證
北臺字第000791號
郵資已付，免貼郵票

104　台北市民生東路二段141號2樓

英屬蓋曼群島商家庭傳媒股份有限公司城邦分公司　收

請沿虛線對摺，謝謝！

書號：BU6072	書名：吉姆爺	編碼：

請於此處用膠水黏貼

讀者回函卡

線上版讀者回函卡

感謝您購買我們出版的書籍！請費心填寫此回函卡，我們將不定期寄上城邦集團最新的出版訊息。

姓名：＿＿＿＿＿＿＿＿＿＿＿＿＿＿＿＿ 性別：☐男 ☐女

生日：西元＿＿＿＿＿＿年＿＿＿＿＿＿月＿＿＿＿＿＿日

地址：＿＿＿＿＿＿＿＿＿＿＿＿＿＿＿＿＿＿＿＿＿＿＿＿

聯絡電話：＿＿＿＿＿＿＿＿＿＿＿＿ 傳真：＿＿＿＿＿＿＿＿＿＿＿＿

E-mail ：

學歷：☐ 1. 小學 ☐ 2. 國中 ☐ 3. 高中 ☐ 4. 大學 ☐ 5. 研究所以上

職業：☐ 1. 學生 ☐ 2. 軍公教 ☐ 3. 服務 ☐ 4. 金融 ☐ 5. 製造 ☐ 6. 資訊

☐ 7. 傳播 ☐ 8. 自由業 ☐ 9. 農漁牧 ☐ 10. 家管 ☐ 11. 退休

☐ 12. 其他＿＿＿＿＿＿＿＿＿＿＿＿＿＿＿＿＿＿＿＿

您從何種方式得知本書消息？

☐ 1. 書店 ☐ 2. 網路 ☐ 3. 報紙 ☐ 4. 雜誌 ☐ 5. 廣播 ☐ 6. 電視

☐ 7. 親友推薦 ☐ 8. 其他＿＿＿＿＿＿＿＿＿＿＿＿＿＿＿

您通常以何種方式購書？

☐ 1. 書店 ☐ 2. 網路 ☐ 3. 傳真訂購 ☐ 4. 郵局劃撥 ☐ 5. 其他＿＿＿＿

您喜歡閱讀那些類別的書籍？

☐ 1. 財經商業 ☐ 2. 自然科學 ☐ 3. 歷史 ☐ 4. 法律 ☐ 5. 文學

☐ 6. 休閒旅遊 ☐ 7. 小說 ☐ 8. 人物傳記 ☐ 9. 生活、勵志 ☐ 10. 其他

對我們的建議：＿＿＿＿＿＿＿＿＿＿＿＿＿＿＿＿＿＿＿＿＿＿＿

＿＿＿＿＿＿＿＿＿＿＿＿＿＿＿＿＿＿＿＿＿＿＿＿＿＿＿＿

＿＿＿＿＿＿＿＿＿＿＿＿＿＿＿＿＿＿＿＿＿＿＿＿＿＿＿＿

【為提供訂購、行銷、客戶管理或其他合於營業登記項目或章程所定業務之目的，城邦出版人集團（即英屬蓋曼群島商家庭傳媒（股）公司城邦分公司、城邦文化事業（股）公司），於本集團之營運期間及地區內，將以電郵、傳真、電話、簡訊、郵寄或其他公告方式利用您提供之資料（資料類別：C001、C002、C003、C011 等）。利用對象除本集團外，亦可能包括相關服務的協力機構。如您有依個資法第三條或其他需服務之處，得致電本公司客服中心電話 02-25007718 請求協助。相關資料如為非必要項目，不提供亦不影響您的權益。】

1.C001 辨識個人者：如消費者之姓名、地址、電話、電子郵件等資訊。　2.C002 辨識財務者：如信用卡或轉帳帳戶資訊。

3.C003 政府資料中之辨識者：如身分證字號或護照號碼（外國人）。　4.C011 個人描述：如性別、國籍、出生年月日。

請於此處用膠水黏貼